Anna DOMINI

UNE BREVE HISTOIRE DU VINGT-ET-UNIEME SIECLE !

Éditions des Écrivains

Sur simple demande adressée aux
Éditions des Écrivains, 147-149 rue Saint-Honoré, 75001 Paris,
vous recevrez gratuitement notre catalogue
qui vous informera de nos dernières publications.

—

Texte intégral

© Éditions des Écrivains, 2002
ISBN 2-7480-0495-7

PREAMBULE

Les événements rapportés dans le présent récit risquent de mystifier le lecteur par le choix de sites, de personnages, de mœurs, de noms, de quelques mots, enfin, qui n'appartiennent à aucune langue ni à aucun pays connus d'eux, et pour cause. Même si elle se déroule dans des lieux familiers, l'action appartient à un temps totalement étranger, car il s'agit d'un siècle futur et les lieux ont changé de maîtres.

Pour mieux comprendre la situation en vigueur pendant le dernier quart du vingt et unième siècle, il est indispensable de parcourir la séquence historique qui a conduit aux événements relatés ci-après et qui aboutiront au coup de force de Barize en l'année 2084. L'histoire du vingt et unième siècle dépasse en complexité celle du vingtième, aussi elle sera évoquée à grands traits, choisis dans le but de servir le récit sans l'alourdir ni, il est à espérer, impatienter le lecteur.

L'intrigue a pour cadre la ville de Barize au début des années « 80 ». « Barize » n'est autre que l'ancien Paris, capitale de l'ex-France, rebaptisé puis promu au rang de principale ville sainte de la foi boukhinienne et centre administratif du S.E.I. (Sublime Empire Istérien), vaste territoire dans le ciel duquel à n'importe quel moment brille le soleil, s'il n'y a pas de nuages, bien entendu.

Il y aura bientôt une décennie que l'administration regroupée de l'ensemble des pays d'Occident a été remplacée par un gouvernement théocratique étranger, que toutes les institutions en place ont été abolies, le tricolore, le multicolore et tous les autres tons retirés, la Néo-Marseillaise interdite et que, tout d'un coup, le territoire français n'appartient plus à ses citoyens qui subiront simultanément l'horreur de l'occupation étrangère et celle du rigorisme religieux.

Quant à la parenté de cet ancienne contrée avec l'Eglise qui l'a longtemps considérée comme son aînée, il n'en est plus question. Depuis belle lurette, devant le manque croissant d'intérêt et les manifestations disgracieuses d'opposition, les papes ont cessé d'y entreprendre des visites pastorales. Ils ont cessé tout court d'entreprendre ces visites-là, n'importe où, et sont revenus à l'ancienne coutume de repliement sur leur petit état, graduellement réduit à un bureau administratif dépourvu de rayonnement spirituel. Déjà, la religion chrétienne ancestrale avait vu sa clientèle diminuer peu à peu jusqu'à ne plus compter, ses églises vidées puis vendues et recyclées, ses dogmes remplacés par un ensemble vague de valeurs morales, sociales et technologiques appelé « démocratisme » et dont un nom plus approprié aurait été « moimêmisme ». Cependant, il est possible, qu'aujourd'hui, des irréductibles de l'ancienne foi, comme leurs ancêtres très lointains, aient repris le chemin des souterrains abandonnés pour s'y réunir et prier mais ils le font si prudemment que personne ne s'en rend compte.

Le monde occidental, resté longtemps inchangé depuis la Renaissance, est transformé au point de devenir méconnaissable. Après de nombreux mouvements locaux de sécession accomplis avec plus ou moins de succès, un retour a eu lieu vers les grands ensembles territoriaux, jugés plus rentables. Ainsi, vers le début du vingt et unième siècle, à la surprise des états qui venaient de faire sécession, les quatre pays d'Amérique du Nord abolissaient leurs frontières communes pour partager leurs économies et leur sort sous le nom d'« América ».

Quelques années plus tard, sur le rivage opposé de l'océan Atlantique, les états européens imitaient l'América et adoptaient « Europa » comme raison sociale. De nouvelles constitutions furent rédigées, de nouveaux pavillons flottèrent à la place des anciens et l'on dut remettre à jour toutes les cartes géopolitiques de la région.

Ces fusions continentales furent des réussites mais l'humanité franchit un véritable pas de géant lorsque les deux supernations de part et d'autre de l'océan, l'América et l'Europa, décidèrent de regrouper leurs états sous le titre de Grande République de la Démocratia (GRRD) raccourci par l'usage populaire en « Démocratia ». On baptisa le vingt et unième siècle « siècle de la grande unité ». Ce titre fut préféré à celui de « siècle du cosmos » étant donné que la réalisation de cette union politique et monétaire rencontra plus de difficultés et exigea plus de labeur que l'expédition qui, quelques années auparavant, avait déposé des piétons sur la planète Mars.

Des noms autrefois célèbres tels que Canada, France, Allemagne, Pologne, etc…, ne désignèrent plus que des provinces du grand ensemble. La française porta le nom de F.E.D. ou France-Europa-Démocratia et ses habitants furent appelés Fédiens, nom auquel ils mirent un certain temps à s'habituer après avoir commencé par refuser son utilisation en alléguant que c'était la France qui était immortelle et non pas la Fédie.

– Vive la France éternelle !

Gloire à ceux qui…

Personne encore n'était mort pour la Fédie.

La province anglaise devint la An.E.D. et sa population et sa soupe furent désignées sous le nom d'Anédiennes. On filerait désormais à l'Anédienne… Les Allemands, trop disciplinés pour désobéir, se firent connaître sous les lettres G.E.D. (Germania-Europa-Démocratia) et on les appela les Gédiens. Etc… Etc…

Entretemps, les marchés s'étaient mondialisés et le libre échange sévissait depuis les chambres à coucher des simples citoyens jusqu'aux temples de la haute finance et du com-

merce international dont les décideurs exigèrent et obtinrent des accords libérateurs et des accès ouverts à tous les pays de la planète.

D'un commun accord, dès le milieu du siècle, Paris fut choisi pour être la capitale du second nouveau monde de l'histoire.

La Démocratia (GRRD) engloba tous les états autrefois connus sous le vocable d'« Occident » auxquels se joignirent les pays de l'ancien « Bloc de l'Est » soucieux de rattraper leur retard économique. Elle réussit à faire régner une prospérité encore jamais vue dans l'histoire des peuples. Ses institutions politiques étaient issues des longs siècles pendant lesquels l'humanité s'était débattue contre l'obscurantisme, avait résisté à l'oppression et lutté contre l'injustice sous toutes ses formes. Le vingtième siècle avait vu apparaître les structures qui mirent ses citoyens à l'abri du besoin et de la maladie, leur garantirent la jouissance des libertés individuelles, le droit à la prospérité et à la recherche du bonheur, la poursuite de la connaissance du monde et le développement illimité de la science. Le vingt et unième siècle les confirma, les consolida et les développa.

Les techniques de production furent transformées par les progrès des machines qui prirent le relais des travailleurs, en les soulageant des labeurs pénibles, anciennement accomplis au prix de leur santé et parfois, de leur vie, par leurs ancêtres. Les ouvriers n'eurent plus qu'à pousser des boutons sur des claviers et les tâches s'exécutaient comme par magie, avec précision, sans erreurs et sans efforts indus. En contrepartie, les heures de travail hebdomadaire furent réduites de façon à conserver et même à multiplier les emplois, éliminant par là la plaie du chômage.

La médecine accusa des progrès foudroyants, les plus sensationnels étant le vaccin préventif contre le cancer qui contribua à augmenter de dix ans l'espérance moyenne de vie et la victoire, moins spectaculaire mais non moins importante, sur la grippe et le rhume. On réussit à libérer les diabétiques des piqûres biquotidiennes en remplaçant les injections d'insuline par un breuvage délicieux (saveurs multiples au choix) dont on déterminait la dose à l'aide d'un bracelet-glycomètre. Le sida résistait encore mais on était à la veille de percées importantes dans le traitement de cette maladie.

Ce fut encore plus extraordinaire dans le domaine du transport. L'automobile, cette idole des sociétés occidentales, évolua d'abord en « électromobile », ruinant de ce fait les producteurs de combustible fossile qui ne s'en remirent pas, ensuite en « atomobile » mue par la force atomique, dûment domptée et purifiée de ses radiations nocives. Cette « ato », comme on l'appela, obéissait à la voix de son pilote qui n'avait qu'à s'y asseoir et verbaliser ses commandes en langage naturel. Mais elle conservait ses quatre roues. Un chariot solaire qui venait d'être inventé attendait sa mise en marché alors que des techniciens promettaient le véhicule jetable pour bientôt. Le coût des voitures baissa tellement que tous les citoyens purent en posséder de neuves. Il en fut de même dans les airs, où l'on vit des appareils de plus en plus gros, de plus en plus rapides assurer le transport non pas de centaines mais de milliers de passagers à la fois.

A prix minime et accessible à tous, de petits appareils de télécommunication incorporés aux montres-bracelets avaient été mis au point pour permettre l'échange de messages avec n'importe qui, n'importe quand, n'importe où sur la planète. Plus besoin d'ordinateur ou de branchement à un réseau. Il était désormais impossible de se sentir seul.

La communication sans barrières, l'information instantanée, les gadgets électroniques exécutant toutes les tâches de la vie courante en obéissant à la voix, les séquences informatiques de réalité virtuelle aussi réalistes que la réalité et se confondant parfois avec elle, transformèrent les êtres humains et établirent de nouveaux modèles de relations entre eux. Rien n'avait résisté à l'ingéniosité des inventeurs. Il suffisait d'exprimer un besoin pour qu'aussitôt ceux-ci se mettent au travail et créent l'objet, le système ou le service demandé. C'en était étourdissant.

Que pouvait-on désirer de plus? Au moment de la grande fusion, la Démocratia semblait être l'Utopia matérialisée dont les habitants étaient appelés à jouir de mille années et plus de bonheur pacifique sans crises, sans dictatures ni conflits armés.

Hélas! En y regardant de plus près, on pouvait déceler des faiblesses graves dans le système, la principale étant que personne ne voulait les admettre, à plus forte raison, y remédier.

Pour lutter contre la tyrannie des anciens monarques et celle de dictateurs plus récents, les législateurs avaient humanisé le système pénal de façon à le rendre moins barbare. Ils encouragèrent ensuite la réhabilitation des détenus en vue de leur réinsertion dans la société, enfin ils abolirent la peine de mort et toutes les cruautés par lesquelles les gouvernements avaient autrefois prétendu administrer la justice. C'étaient des réformes civilisées et très généreuses mais qui, à l'usage abusif qu'en firent les délinquants, s'avérèrent dangereuses pour ceux qu'elles ne concernaient pas directement, c'est-à-dire, les victimes d'actes criminels et les honnêtes gens.

Voulant se caractériser par la générosité envers l'humanité nonobstant ses origines ethnico-géographiques, luttant avec rage contre le racisme sous toutes ses formes même celle du sexisme, appliquant les principes démocratiques avec la plus grande rigueur, poussant le respect scrupuleux jusqu'à l'absolue rectitude politique, les gouvernements de l'«Occident» se donnèrent une politique humanitaire d'immigration caractérisée par le devoir d'accueillir sans réserve les réfugiés qui arrivaient à leurs frontières en affirmant courir des risques graves s'ils étaient refoulés vers leurs contrées de départ. Généreusement, naïvement, disaient les méchantes langues, car il s'en trouve partout, au nom du respect et de l'égalité de toutes les cultures, les nouveaux venus furent encouragés à conserver leur style de vie et leur langue d'origine. En même temps, aux immigrants visibles, impuissants contre la décision de la nature à l'égard de leur apparence extérieure, s'ajoutèrent des citoyens qui se voulurent visibles par leurs accoutrements distinctifs.

La société démocratienne changeait lentement de visage. Malgré des conflits sourds à caractère racial vigoureusement dénoncés par les politiciens de l'opposition et les journalistes en mal de « scoops », la Démocratia, autant dans sa région europanienne que dans celle de l'América, miroitait comme un paradis aux yeux de ceux qui ne l'habitaient pas. La fascination s'exerçait surtout sur les citoyens les moins favorisés de la planète, ceux qui vivaient encore sous des cultures millénaires à traditions lourdes, peu touchées par les changements technologiques et que la perspective de la prospérité sinon du soutien matériel des gouvernements attirait fortement. Des foules venues du monde entier se pressaient à ses frontières sous divers prétextes, immigration légale, demande d'asile politique, tourisme, affaires, etc…

Une nation, en particulier, avait encouragé et organisé son immigration dans toutes les régions de la Démocratia et ses ressortissants très nombreux devenaient de plus en plus apparents grâce au costume porté par ses femmes. Il s'agit de l'Istéria, théocratie draconienne, impitoyablement misogyne, dont les habitants immigraient en Démocratia pour se libérer du joug de l'implacable divinité et surtout de celle de ses interprètes mortels. C'est, du moins, ce qu'ils déclaraient à leur arrivée et que les peuples hôtes, idolâtres des libertés civiles et religieuses, crurent de bonne foi en leur ouvrant toutes grandes les portes des pays. Ils s'y engouffrèrent. Lorsqu'ils acquirent la citoyenneté de leurs nouvelles patries celles-ci furent surprises, quelque temps plus tard, de les voir s'attacher à maintenir les anciennes contraintes culturelles et religieuses, celles-là mêmes qui ont généré les conditions sociales et politiques à cause desquelles, selon leurs dires, ils ont dû s'expatrier. C'était à n'y rien comprendre.

Plus les gouvernements se montraient ouverts, plus les citoyens de souche se fermaient à l'ouverture au monde. On aurait dit que les dirigeants prenaient systématiquement des positions contraires à celles de leurs administrés dont certains auraient aboli l'immigration tout court.

— Ils viennent voler nos emplois, entendait-on souvent.

— Ils veulent prendre nos femmes.

— Leur attitude envers les parasites domestiques n'est pas la même que la nôtre, expliquaient les propriétaires d'immeubles en refusant des locataires dits « ethniques ».

— Quelle affreuse mascarade ! s'écriait-on dans la rue, devant les mêmes costumes qu'on avait vigoureusement applaudis lors des derniers festivals de danses folkloriques.

— Ils vivent à vingt dans un petit studio…

— Ils baragouinent…

— Comme leur cuisine sent drôle…

— Qu'ils sont laids et contrefaits !…

— Ce sont peut-être de braves gens mais leur place n'est pas ici…

— Etc…, etc…

11

Malgré tout, les élus du peuple en quête de votes courtisaient les nouveaux venus en leur promettant monts et merveilles, promesses qu'il fallait tenir après le scrutin, en cas de victoire. Ceux-ci, en échange, exigèrent et obtinrent la liberté de pratiquer publiquement leurs cultes, dont certains imposaient à leurs fidèles le port de vêtements rituels voyants et inconfortables, ce qui eut pour effet d'inquiéter et même d'irriter les individus des communautés d'accueil pour qui la foi était affaire privée devant rester discrète.

Les cultures commencèrent à s'entrechoquer. Des signes de bris apparaissaient sporadiquement, ici et là. D'une marche invisible mais sûre, des fêlures dangereuses faisaient le tour de l'édifice national.

— Mobilisez-vous! crièrent les cassandres, mobilisez-vous avant qu'il ne soit trop tard.

— Vous regretterez un jour votre inaction, appuyèrent leurs disciples.

— Xénophobes! répliquèrent des bien-pensants.

Mais il était trop tard. L'extrémisme vit le jour, l'opinion publique se polarisa et celle des anciens habitants qui commençaient à perdre l'avantage du nombre bascula vers l'extrême droite. Les partis conservateur, libéral, démocrate, républicain, travailliste, etc…, perdirent partout leurs membres et leurs sièges dans les parlements au profit de partis nationalistes purs et de plus en plus durs.

Le jour où s'ouvre le récit qui suit, la Fédie, l'Europa, l'América et toute la Démocratia (GRRD) ont cessé d'exister. A leur place, règne une stricte théocratie qui a décidé de garder la ville lumière comme capitale et, mieux encore, d'en faire sa principale cité sainte. Le siècle précédent a subi le choc du futur. Ce sera, vers la fin du vingt et unième, le choc du passé qui s'abattra encore plus brutalement sur les citoyens de la Démocratia.

Il aura suffi de quelques décennies pour que le taux de natalité du peuple fondateur accompagné de sa pratique aveugle d'une démocratie pure et molle le réduise à une minorité muette et impuissante. D'après les textes rédigés par les historiens istériens dans les nouveaux manuels scolaires publiés par le Ministère de l'Orientation Nationale, l'Empire istérien s'est créé grâce à de grandes victoires militaires. En réalité, pas un coup de feu n'a été tiré, aucune armée n'a envahi le territoire, nulle guerre n'a été déclarée, enfin, rien n'explique ce transfert pacifique de pouvoir aux conséquences avérées plus désastreuses que celles des combats les plus meurtriers.

Non. Le grand responsable de cette incroyable défaite est le régime appelé « démocratie parlementaire » qui, sur des territoires couvrant deux continents et plus, a fini par supplanter l'ancienne religion et en est pratiquement devenu une aux yeux de ses adeptes. Les théologiens démocratiens préconisaient la jouissance des libertés individuelles, l'acceptation de toutes les orientations sexuelles des citoyens, l'accueil aux individus opprimés de la terre, le respect de toutes les cultures, enfin, l'ouverture complète sur le monde et au monde. Hélas! Cet éden s'est trouvé un jour rempli de vieillards car les femmes, à leur tour, avaient décidé qu'on ne ferait plus d'elles des usines à bébés. Elles descendirent dans la rue manifester leur volonté.

– Au diable, le régime patriarcal et ses suppôts !

– Notre corps nous appartient !

– Finies les grossesses forcées !

– Nous voulons désormais avoir les enfants que nous voulons, clamèrent-elles. Elles n'en voulurent plus.

D'autres populations moins évoluées au niveau de la libéralisation des mœurs immigrèrent ou se réfugièrent en Démocratia, amenant avec elles leurs usines à bébés. Trois générations suffirent pour qu'un groupe de députés istériens se retrouve majoritaire et cohérent à l'Assemblée Nationale, que son chef soit élu Premier Ministre selon les plus pures méthodes de la démocratie parlementaire représentative et que le premier acte ministériel du nouveau Premier Ministre soit de dissoudre ladite assemblée en faveur d'un gouvernement divin interprété et exercé par les ayyous, c'est-à-dire, les membres de la hiérarchie religieuse boukhinienne, avec lui-même à leur tête. Son deuxième acte fut l'abolition de l'abolition de la peine de mort, c'est-à-dire, son rétablissement.

La démocratie et ses corollaires, à savoir, les libertés individuelles, les associations pour la défense des travailleurs, la presse indépendante, le gouvernement transparent, les oppositions parlementaires, les groupes de pression, la justice ouverte, etc… etc…, disparurent de la vie publique. Les soubresauts de rébellion qui s'ensuivirent ne résistèrent pas à la répression immédiate qui en prit charge sans ménagements.

– Adieu constitutions, déclarations des droits, chartes des libertés, codes civils, adieu égalité de naissance, adieu liberté, adieu joie de vivre, pleurèrent des Démocratiens.

– Bonjour tristesse ! se lamentèrent d'autres.

Les événements de cette période importante de l'histoire, même s'ils contribuent à l'expliquer, ne font pas partie du présent récit. De nombreux ouvrages en ont traité, les uns officiels et les autres clandestins, comme il se doit. Aussi, ne seront racontés dans les pages suivantes que les événements contemporains et quelques uns du passé très récent.

Pour finir, il faut reconnaître que la dénatalité ne fut pas seule à exercer ses ravages sur les populations de la Démocratia. Au fur et à mesure du basculement du pouvoir vers les nouveaux venus, on enregistra des conversions vers la foi des maîtres de l'heure. Les causes en furent multiples. La peur, l'ambition, l'appât du gain – les non Boukhiniens étant maintenus dans une torpeur économique voulue – en convainquirent plus d'un. Des caractères peu affirmés traversèrent simplement pour suivre la majorité vociférante et éviter le stress de la persécution sourde. Parfois, ce fut l'amour d'une Istérienne qui fut le déclencheur car, si les hommes boukhiniens avaient le droit de prendre épouses parmi les Païennes, les Païens, eux, ne pouvaient épouser des Boukhiniennes que s'ils adoptaient officiellement la foi de leur future après avoir abjuré la leur, s'ils en avaient. Un petit nombre qui se sentait mal à l'aise dans le Démocratisme et ne savait trop que faire de son libre arbitre suivit sa conviction sincère et se convertit. Enfin, beaucoup de citoyens adhérèrent à la foi officielle, mus par une force intérieure irrésistible qui les convainquit que ciel penchait généralement du côté des plus forts et des plus nombreux, en l'occurrence, les Boukhiniens.

A toutes ces difficultés s'ajouta le phénomène de l'exode rural commencé deux siècles plus tôt et qui continuait à déverser le trop plein des populations agricoles sur le pourtour des grandes villes, les obligeant à s'étendre en avalant les campagnes et les villes avoisinantes. Paris ne fut pas épargné. Déjà surpeuplé au temps de la Démocratia, il commença à étouffer lorsque, devenu Barize, il cumula les rôles de capitale du Sublime Empire Istérien et celui de haut lieu de pèlerinage du culte boukhinien. La circulation y devint une douloureuse épreuve de même que l'obtention de n'importe quel service. La ville dont les infrastructures desservaient autrefois une dizaine de millions d'habitants en compte près du quadruple et cette population à la démographie galopante est en perpétuelle augmentation.

Les autorités municipales sont débordées devant l'ampleur des problèmes. Barize est redevenu célèbre pour ses embarras. Quant à la qualité de vie, c'est une notion que les Bariziens doivent oublier, car elle n'aura jamais plus cours dans cette cité si admirée autrefois. La Ville-lumière de réputation mondiale, devenue Ville-lumière de la Foi (boukhinienne), est devenue aux yeux de ses habitants fédiens une mégapole éteinte.

Telle est la situation politique et sociale à Barize (ex-Paris) en 2083, au moment où commence ce récit. Le gouvernement est « istérien », la religion officielle est le « Boukhinisme » et le régime politique, une dictature théocratique. C'est ce qui explique que Madeleine Duperrier, jeune Parisienne devenue Barizienne malgré elle, affublée d'une tenue grotesque, se soit fait interpeller dans la rue et traîner au poste de police comme une vulgaire délinquante.

* * *

1 LA MADELON

– Ils nous feront mourir à petit feu…, confie Madeleine à son frère Alain venu la ramener du poste de police où on l'a conduite pour les délits suivants :

      1) circulation sans permis ni escorte autorisée

      2) infraction au code vestimentaire.

« Ils », ce sont les Istériens, maîtres des anciens pays d'« Occident », occupants à la main lourde et colonisateurs incrustés. Alain lance un regard furtif à droite, puis à gauche, pour s'assurer qu'aucun passant n'a entendu la réflexion imprudente que sa sœur vient de laisser échapper. Heureusement que non. Ouf !

– Doucement ! Quelqu'un pourrait nous entendre… Calme-toi, Madeleine, je t'en prie, calme-toi, lui souffle-t-il.

Mais elle tremble de colère impuissante à la suite de l'incident qu'elle vient de vivre. En revenant de l'épicerie où elle a dû passer, après sa sortie du bureau, pour s'acquitter des commissions demandées par sa mère, tout d'un coup, à quelques pas de chez elle, deux individus en uniforme de P.B.M. (Policiers des Bonnes Mœurs) se sont braqués devant elle en lui barrant la route.

– Arrête ! Je t'arrête ! a hurlé l'un d'entre eux, tu ne portes pas ton *surghamm* sur la tête ! Tu es en infraction !

Madeleine s'est figée, surprise et effrayée. Son emplette lui a échappé des mains. Tandis que s'affolait son rythme cardiaque, le souffle lui a manqué un instant. Mais elle s'est vite reprise, puis, revenue à elle, a ramassé le sac tombé et lui a rendu les provisions qu'il venait de répandre.

Elle retrouve son applomb.

– Pas du tout. Je ne suis pas obligée de le porter. D'ailleurs je suis vêtue du *ghamm*, répond-elle avec sang-froid en montrant son long manteau.

– Tu es obligée de porter le *surghamm* ! Comme toutes les femmes !

– Pardon, Monsieur, je ne suis pas de religion *boukhinienne* et je connais la loi. Elle me dispense du *surghamm*. Elle ne m'oblige qu'au *ghamm*.

Le « *sur* » fait toute une différence ! Mais la nuance encourt l'indifférence du policier.

– Ah ! Oui ! Tu prétends que tu n'est pas *boukhinienne* ! Eh ! Bien ! Prouve-le.

– Oui. Montre-nous tes papiers ! ajoute son collègue sur un ton méprisant.

15

Le fardeau de la preuve du contraire s'abat sur les frêles épaules de Madeleine qui a posé son paquet de provisions à terre pour farfouiller dans son sac à main à la recherche de sa carte d'identité et de son permis de circuler sans escorte. Catastrophe! Ils ne s'y trouvent pas! Que faire? La voici prise en défaut, incapable de justifier son droit d'aller nu-tête, seule, dans les rues de la ville.

Or ses yeux bleus et ses cheveux blonds trahissent son appartenance à une minorité visible.

— Je suis d'origine fédienne. Ça paraît, non?

— Ne sois pas insolente! Il y en a des vôtres qui se sont converties. Vous êtes toutes des menteuses et tu vas nous suivre au poste. De toute façon, tu n'as pas ton autorisation de circuler seule. Nous ne sommes pas dans la jungle. Nous sommes à Barize et tu dois respecter notre loi.

Rien à redire. Madeleine change de ton.

— Bien, Monsieur. Mais j'habite à deux pas d'ici. Accompagnez-moi chez moi et je vous montrerai mes papiers en règle.

— Plus un mot d'excuses! C'est toi qui vas nous accompagner.

Et Madeleine doit suivre les deux sbires à la gendarmerie où elle est accueillie avec des quolibets et des railleries par les gendarmes de service.

— Oh les beaux cheveux! Sont-ils à vendre?

— Peut-on toucher? demande un homme en uniforme qui fait mine de s'exécuter.

— Moi, je fantasme sur les petites blondes…, Hé!… Hé!…

— Quelle impudeur! Tu n'as pas honte de t'exhiber ainsi à la vue de tous?!

Devant ces regards indiscrets, et bien que couverte jusqu'au menton, aux poignets et aux chevilles, la malheureuse Madeleine se sent nue comme un ver. Les sarcasmes et les rires gras de la soldatesque vont bon train.

— Toutes les femmes devraient porter le *surghamm* sur la tête. On se demande pourquoi la loi vous donne tant de privilèges.

— Une femme comme il faut ne se montre pas ainsi au premier venu.

— C'est qu'elle n'est pas une femme comme il faut.

— Est-ce que tu te fais payer cher?

— Sûrement puisqu'elle est blonde! Ça coûte le triple.

— A moins que ses cheveux ne soient teints…

— Hé! Hé! Je sais comment vérifier.

— Ha! Ha! Ha!…

— Etc…, etc…

Madeleine n'est pas la seule délinquante à franchir le seuil du poste ce matin. Elle traverse une première salle remplie d'individus à la mine patibulaire, dont certains, ensanglantés, appartiendraient plutôt à une salle d'attente d'hôpital. D'autres sont assis par terre, faute de sièges. Les gardes armés qui surveillent l'endroit ne se gênent pas pour envoyer des coups de pied aux protestataires lorsque ceux-ci deviennent trop braillards. Une seconde pièce plus petite est réservée aux femmes. Le P.B.M. qui a arrêté Madeleine lui montre un siège.

– Ne bouge pas d'ici jusqu'à ce qu'on t'appelle.

– Bien. Dans combien de temps allez-vous m'appeler ?

– C'est quand le capitaine sera libre. C'est lui qui va décider quand.

Madeleine sait que l'attente sera longue. Deux femmes *ghammées* sont assises dans la salle. A leur mine défaite, on devine qu'elles sont là depuis longtemps et qu'elles le resteront encore. Qui sait ce qui les a amenées dans cet endroit ? Elle s'adresse à l'une d'entre elles.

– Bonjour ! Etes-vous ici depuis longtemps ?

– Silence ! crie le garde. Vous n'avez pas le droit de parler.

Il vaut mieux se calmer et réfléchir froidement à la situation. Mais comment rester calme lorsqu'on est accusé injustement ? Lorsqu'on n'a aucune idée de ce qui peut arriver dans le futur immédiat, moyen et lointain, qu'on a perdu d'un seul coup le contrôle de sa vie, de sa personne et de ses projets et qu'on n'est plus qu'un jouet entre les mains d'on ne sait quels sadiques ? Les membres de sa famille sont absents et ignorent complètement le sort de leur parente qui se sent abandonnée et seule contre la foule. Et tout ça pour un papier et un chiffon !

Le code vestimentaire objet de la dérogation commise par Madeleine a été imposé par le gouvernement istérien. A l'anarchie vestimentaire qui régnait depuis plus d'un siècle dans les pays d'Occident, a succédé une harmonisation forcée des modes qui s'est appliquée surtout aux femmes. Celles qui appartiennent à la foi *boukhinienne* sont obligées de se couvrir le corps et la tête de façon à ne pas susciter chez les passants des désirs libidineux. Elles dissimulent leurs appâts sous un long manteau noir de coupe sévère, appelé le « *ghamm* ». De plus, beau temps, mauvais temps, leur tête est emmaillotée dans un carré de tissu opaque, également de couleur noire (gris foncé pour les jeunes filles) qui ne laisse voir que les yeux, le nez et la bouche. Leurs sourcils doivent être soigneusement cachés pour ne pas laisser deviner la couleur de la chevelure et du reste du système pileux dont la vision peut provoquer chez les spectateurs une jouissance obscène. Sur le sommet de la tête, une coiffure en feutre de forme conique fixe fermement le voile qu'il empêche de glisser. Cet ensemble est nommé « *surghamm* ». Il emprisonne la chevelure, et comprime le crâne avec ce qu'il contient. Ainsi, rendues informes, habillées de noir de la tête aux pieds, les femmes *Boukhiniennes* paraissent plongées dans un deuil perpétuel.

– C'est celui de leur liberté, se chuchotent les Démocratiennes.

Pour ces dernières, la règle est moins sévère puisqu'elle n'oblige pas au port du *surghamm* sur la tête, et laisse la couleur du *ghamm*, obligatoire aussi, à la discrétion de la porteuse. Malgré tout, la plupart des Démocratiennes préfèrent se couvrir la tête avec un voile léger, histoire de ne pas paraître indécentes par comparaison avec les autres et aussi pour éviter les regards insistants d'hommes frustrés de n'avoir qu'elles sous les yeux. Pour les mêmes raisons,

17

elles choisissent des couleurs ternes pour leur *ghamm*. Par malheur, celui que porte Madeleine ce matin, est d'un marron plutôt frivole.

Le but de ces accoutrements, explique-t-on, est de protéger les femmes contre la lubricité des mâles, de leur mériter le respect public et, surtout, surtout, de les soumettre à la volonté d'Eliomm-le-Tout-Puissant, dieu suprême et propriétaire de l'état istérien. Ce costume peut, à la rigueur, être acceptable en hiver où, en plus de la protection contre les malintentionnés, il en offre une contre les intempéries, mais, l'été, il devient insupportable, peu hygiénique, insalubre et les malheureuses y ont tellement chaud que certaines se résignent à ne pas sortir plutôt que d'être contraintes de l'endosser. Aucune protestation n'y fait car le code vestimentaire est d'inspiration divine et l'enfreindre est un péché grave. D'ailleurs, le dieu Eliomm auteur et responsable de ce réglement, est de sexe mâle, bien que réputé pur esprit.

Les femmes ne sont pas les seules à déplorer l'imposition du *surghamm* sur leurs têtes. La confrérie des coiffeurs et stylistes, à son tour, en est pour ses frais car, non seulement elle a perdu une partie importante de sa clientèle mais, pour celle qui lui reste fidèle, les contraintes conséquentes à la législation rendent la pratique du métier extrêmement difficile. Quelle coiffure, bouffante ou non, pourra tenir sous l'étau que forme le sévère couvre-chef et à quoi serviront les artifices de la beauté puisque l'embellissement est désormais interdit sur la voie publique?

— Pouvez-vous donner plus de volume à ma chevelure?

— Faites-moi une coiffure séduisante que je puisse couvrir sans l'écraser, demandent des clientes irréalistes mais éternellement coquettes.

Malheureusement, beaucoup d'entre elles ayant renoncé à la fréquentation des salons de coiffure et de beauté, l'industrie des cosmétiques dut repenser ses produits pour les adapter à la demande de la nouvelle société. Pour commencer, elle produisit de nombreux chômeurs.

Les hommes, par contre, ont le droit de porter les vêtements qu'ils veulent. Certains d'entre eux ont conservé le costume universel, répandu depuis plus de deux siècles et composé d'un pantalon, d'un veston et d'une cravate. D'autres se vêtent selon la tradition istérienne ancestrale, c'est-à-dire, de deux tuniques superposées de longueur inégale qui ne laissent paraître que leurs chevilles chaussées de noir, comme leurs souliers. Le chapeau occidental classique à bord rond, déconsidéré par les *ayyous*, a été abandonné en faveur d'un couvre-chef vert en forme de cône tronqué inversé, le *turbuche*, agrémenté d'un pompon noir sur le sommet. Cette coiffure, inspirée en même temps du turban, du tarbouche et de la toque magistrale, couvre toutes les têtes masculines, les traditionnelles, les modernisées, et même, les démocratiennes, excepté pour le pompon, interdit à ces dernières. Comme le *surghamm* des femmes, le sommet du *turbuche* selon qu'il est pomponné ou non permet de reconnaître à vue les différentes appartenances religieuses des citoyens. Le port de la barbe sans moustache est privilégié parmi les *Boukhiniens* et même, certains hommes démocratiens, pour se dédouaner, laissent pousser la leur.

18

La religion *boukhinienne*, inspiratrice de ce balisage vestimentaire, avait été révélée en Istéria, il y a plus d'un millénaire, par le Tout-Puissant Eliomm en l'année de la Grande Révélation. Aucun prophète, aucun intermédiaire, personne ne fut chargé par le ciel de la diffusion de la nouvelle doctrine. Un matin que la tradition veut printanier, on vit un bel inconnu distribuer aux passants un volume qui semblait chaque fois surgir de ses mains vides. L'homme à la longue barbe rectangulaire, vêtu d'une simple tunique blanche ornée de fils argentés, avançait en flottant, comme si la chaussée était un nuage. Un lion majestueux glissait docilement derrière lui. Le miracle fut qu'on l'aperçut au même moment avec son animal dans toutes les agglomérations du pays, se livrant à la même activité. Ceux qui le virent n'oublièrent jamais cette apparition que d'aucuns n'hésitèrent pas à qualifier de céleste.

Lorsque tous les habitants de la contrée eurent reçu leur *Saint-Boukhin*, c'était le titre inscrit en lettres d'or sur l'ouvrage, le distributeur disparut à jamais et, n'était l'édition qu'il avait laissée derrière lui, le souvenir de son intervention se serait estompé dans la nuit des temps. Les sages du pays y reconnurent une révélation divine adressée au peuple que le Tout-Puissant Dieu Eliomm, car c'était lui, avait choisi pour lui révéler la vérité suprême. Aussitôt, les Istériens brisèrent leurs idoles, apprirent à lire et se convertirent au *Boukhinisme*. Eliomm, après cette première apparition, ne revint plus sur la terre. Certains, cependant, espèrent son retour pour la fin des temps, peut-être avant.

Le *Boukhinisme* fut déclaré religion d'état. Comme nombre d'autres, celle-ci s'attaqua particulièrement aux femmes qui furent rituellement mutilées, épilées, voilées, confinées et enfin considérées et traitées comme des mineures délinquantes. Les théologiens *boukhiniens* étaient de l'opinion que toutes les femmes étaient perverties. Même si elles n'appartenaient pas officiellement à la plus ancienne profession reconnue, elles se prostituaient par le simple fait de leur mariage puisqu'elles assuraient leur survivance par l'échange du service sexuel, leur seule raison d'être sur la terre. Les épouses n'étaient donc, comme les leçons, que des putains particulières. De toute façon, leur sexe était responsable des malheurs de l'humanité.

– C'est écrit dans la Bible et confirmé dans le *Saint-Boukhin*, affirmaient, sans rire, les *ayyous* du haut de leur chaire.

– Mmmmm......, mmmmm......, répondaient convaincus les fidèles des deux sexes.

Les femmes devaient donc être traitées avec sévérité. En ce qui les concernait, la législation devait viser deux objectifs,

     1) les châtier,

     2) les empêcher de recommencer.

Les femmes *boukhiniennes* avaient l'interdiction d'utiliser des appareils facilitant le travail ménager, comme, par exemple, des machines à laver ou des robots culinaires, ce qui s'avéra néfaste à l'industrie des dits appareils qui cessa toute activité de recherche et de développement, se contentant de vendre ses vieux modèles aux mécréantes paresseuses.

– Ne leur donnez pas le temps de penser, conseillait le chef de l'état, le *Grand-Ayyou* Basram Khar Delion qui, lui, y pensait souvent. Occupez-les à des tâches longues et fastidieuses qui les retiendront dans leur foyer et, comme elles n'auront pas terminé leur travail à temps, vous pourrez les punir sévèrement.

Le *Grand-Ayyou* en faisait, d'ailleurs, le thème de sermons maintes fois répétés. L'oisiveté, désapprouvée par le dieu Eliomm et génitrice de tous les vices, c'est bien connu, favorise les interventions du démon auprès des pratiquantes de ce sport malsain. Il édulcorait ensuite ses propos en rappelant que, contrairement aux vertueuses mains actives, les appareils inspirés de Satan tombaient souvent en panne, laissant le linge taché et les utilisatrices désemparées. Le mieux était de se tenir loin de ces machines diaboliques. Les fabricants d'appareils ménagers qui osèrent élever une protestation s'entendirent répondre que la soumission à la volonté d'Eliomm passait avant les profits des entrepreneurs cupides.

Au poste, l'attente, heureusement n'a pas été trop longue. Debout devant le bureau du capitaine, Madeleine, le cœur battant de rage et d'inquiétude, éprouve l'émotion que doit ressentir une souris face au chat qui vient de l'attraper et s'amuse avec avant de la dévorer. Elle essaye de jouer le courage avec dignité.

– Monsieur, je proteste !

– Elle proteste, entendez-vous, elle proteste ! Ha ! Ha ! Ha ! Vous êtes délinquante, ma petite dame, et je pourrais vous jeter en prison. Vous circuliez toute seule, sans permis. C'est une infraction à la loi.

– Je possède un permis mais je l'ai laissé dans un autre sac. Laissez-moi vidéphoner chez moi ; je peux demander à mon frère, s'il est là, de vous l'apporter.

– Nous allons faire preuve de générosité à votre égard. Si c'est votre première infraction, et nous allons le vérifier, vous pourrez appeler votre frère ou quelqu'un d'autorisé. Et recommandez-lui d'avoir des documents qui prouvent qu'il est vraiment votre frère.

– Il me ressemble beaucoup.

– J'ai dit des preuves !

Madeleine préfère ne pas utiliser son vidéphone portatif. Elle se sert de celui du bureau, en réalité un téléphone qui transmet la voix et non comme son nom l'indique le portrait de l'interlocuteur. L'écran de transmission de l'image reste blanc mais la voix familière la rassure.

– J'arrive immédiatement.

Pendant qu'un fonctionnaire subalterne scrute sur un moniteur le dossier civique de la délinquante afin de s'assurer qu'il est vierge de délits, l'officier qui l'interroge croit bon de lui servir une leçon de morale sur l'opportunité de porter une toilette modeste et de circuler le moins possible seule dans la rue afin de s'éviter toutes sortes d'ennuis. Même si la loi l'autorise à ne pas se couvrir la tête, il serait plus prudent de le faire car la chevelure, surtout celle des blondes, provoque chez les hommes des désirs aussi violents que s'ils voyaient ces femmes entièrement dévêtues. Une jolie fille comme elle, blonde surtout, ne peut manquer de réveiller les pires instincts des passants, masculins pour la plupart et, si leur harcèlement lui devient importun, elle ne pourra s'en prendre qu'à elle-même.

— Ce serait plus courtois envers la société istérienne de lui montrer qu'on respecte ses lois et ses usages, ajoute l'officier qui invite Madeleine à le rencontrer plus tard, chez lui, pour mieux lui expliquer toutes les implications de la loi protectrice des femmes.

Entretemps, quelques hommes se sont approchés en ricanant et l'un d'entre eux entonne à l'adresse de l'interpellée un joyeux refrain, survivant d'un temps plus heureux.

— « La Ma-de-lon pour nous n'est pas sé-vè-re… »

— Ha ! Ha ! Ha !…

— Vous voyez, lui fait remarquer l'officier, si vous portiez une coiffure décente et un manteau de couleur plus sérieuse, ils n'auraient jamais osé se moquer de vous. Et si je n'étais pas là pour vous protéger, ils auraient été beaucoup plus loin. Vous devriez me remercier.

Le supplice prend fin avec l'arrivée d'Alain qui, après avoir montré le permis de circuler de Madeleine, reçoit, lui aussi, force conseils moralisateurs.

— Surveillez mieux votre sœur. Elle est écervelée et a tendance au dévergondage.

— Oui, Monsieur, je vais le faire.

— Cette fois-ci, je vais être généreux et la laisser aller mais si cela se produit une autre fois, j'appliquerai la loi dans toute sa sévérité. Vous êtes avertis.

— Oui. Oui. Merci.

Sur le trottoir, Alain décharge Madeleine de son paquet de provisions tout dégoulinant de ne pas avoir assez vite rejoint le congélateur puis l'entraîne par le bras vers l'appartement que la crise du logement, de plus en plus aiguë à Barize, les oblige à partager avec leurs parents. Elle s'efforce de contenir sa rage.

— Je te dis qu'ils nous auront à l'usure, reprend-elle. Ils font ce qu'il faut pour nous rendre hystériques et nous accusent ensuite de l'être.

Nicole Duperrier, morte d'inquiétude, attend ses enfants à la porte.

— Mais qu'est-ce qui s'est passé ?

Pendant qu'Alain la met au courant de l'incident, Madeleine se dévêt de son *ghamm*, dont elle fait une boule qu'elle lance avec rage à l'autre bout de la pièce.

— Ah ! J'en ai marre de cette guenille !!! Dire que mon arrière-grand-mère se promenait dans la rue, bras nus et cheveux au vent quand ce n'était pas en short, les pieds dans des sandales et personne ne l'importunait ! Toi aussi, maman, n'est-ce pas ?

— Allons, calme-toi, ma petite Mado, ça ne donne rien de s'énerver. Tout ça devra finir un jour. En attendant, il ne faut pas s'exposer à tout perdre pour un morceau de tissu.

— Ce n'est pas un morceau de tissu qui est en cause, c'est la mort lente par étouffement qui nous attend si nous ne réagissons pas ! Nous devons résister ! Nous devons nous battre ! Ça ne peut pas durer !… Il y a de quoi devenir folle !

— Calme-toi, allons, calme-toi.

– Calme-toi, c'est tout ce que vous savez me dire…

– Papa est-il rentré? s'informe Alain.

– Il est allé chercher vos tantes Sergine et Régine qui viennent dîner avec nous.

Les tantes n'habitent pas loin. Veuves sans enfants toutes les deux et vivant ensemble, elles n'ont que leur frère cadet Léo comme homme « autorisant ». Bien qu'il leur ait accordé des permis de circuler dûment signés devant l'officier, selon la loi, elles préfèrent être accompagnées lorsqu'elles se risquent dans la rue, surtout le soir.

Nicole console sa fille du mieux qu'elle peut. Elle-même s'est résignée à subir les restrictions de toutes sortes imposées par le nouveau régime, « à vivre avec, n'ayant pas d'autre choix » dit-elle, (survivre, corrige Madeleine), mais elle ne parvient pas à les faire accepter à sa fille dont elle craint la fougue et l'impétuosité. A plusieurs reprises, elle lui a conseillé, pour s'éviter des ennuis, de se coiffer d'un voile lorsqu'elle sort mais celle-ci, fière, inflexible, refuse obstinément et déclare qu'en exposant sa chevelure au vent et aux regards elle ne fait qu'exercer ses droits de citoyenne contribuable.

Quelques minutes plus tard, les convives et leur escorte se présentent, essoufflés d'avoir escaladé à pied les quatre étages de l'immeuble dont l'ascenseur a rendu l'âme depuis belle lurette et qu'on ne répare ni ne remplace non plus.

– Allons! L'exercice fait du bien et aiguise l'appétit, fait remarquer Léo, consolateur.

On raconte la mésaventure de la journée aux tantes qui redoublent de conseils de prudence et surtout de patience.

– A l'avenir, ma chérie, assure-toi que tes papiers sont avec toi… il vaut mieux éviter les occasions de mauvaises rencontres…

– A table! appelle Nicole.

Le repas est silencieux malgré l'appétissante cuisine qui ne réussit pas à décrisper les estomacs. Le sujet de conversation quotidien, généralement composé de complaintes, de critiques et d'imprécations dirigées contre le régime, n'est même pas entamé car Madeleine, le regard dur, ressasse son aventure et on n'ose trop l'interrompre. Elle fulmine. A vingt-cinq ans, elle aurait droit à toute la liberté dont une personne majeure et honnête peut et doit jouir et voici qu'une loi absurde et inique la place sous l'autorité d'un frère, son cadet de plusieurs années. Son ressentiment n'a rien de personnel car elle sait que celui-ci ne lui refusera jamais une autorisation ou un service lorsqu'elle en aura besoin mais elle se sent profondément humiliée de n'être désormais et pour toujours qu'une personne mineure et dépendante. Pourtant, elle occupe un emploi intéressant et gagne sa vie alors qu'Alain n'est encore qu'étudiant. Monsieur Duperrier se tait, respectant sa colère. Il ne saurait que lui dire. Il est libre, lui, de circuler en portant le costume qu'il veut.

Le café qu'on prend au salon finit par délier les langues. Il est imbuvable. Il n'y a plus rien de bon, etc… etc… Toutes les denrées de la vie courante sont chères et toujours de mauvaise qualité comme si on était en temps de guerre. Plus rien ne fonctionne comme il faut et on ne peut rien acheter sans faire de longues queues. Pourtant, il n'y a pas de guerre. Il n'y en a pas eu depuis longtemps, mais Barize n'est plus le même. La vie y est devenue insupportable depuis que les *ayyous* ont pris le pouvoir et il reste peu d'espoir de le leur arracher.

— Nous sommes près de la fin du siècle, pourtant! finit par s'écrier Madeleine, nous approchons du vingt-deuxième.

— Comme le temps passe! soupire tante Régine.

On vient de fêter le nouvel an de 2083.

— Vous avez raison, Régine. On dirait que nous sommes en train de retourner au millénaire précédent, approuve Nicole.

— Ils sont absurdes, ces Istériens! marmonne Léo.

Papa Duperrier est un honnête citoyen respectueux de la loi. Sa carrière de fonctionnaire municipal n'est pas encore terminée et la précarité de sa situation de Fédien d'âge mûr lui dicte la plus grande discrétion en matière de préférences politiques. Quand il se laisse aller à des critiques acerbes, c'est seulement dans la sécurité de son cercle familial.

— Regardons l'holoviseur.

— Oh! Il n'y a jamais rien d'intéressant à part les nouvelles du *Grand-Ayyou*, les télégrammes de félicitations qu'il a reçus, ceux qu'il a envoyés, ses déplacements, ses discours, etc... On en a marre!

— Allumons tout de même. Voyons au moins ce qui se passe.

— Ou plutôt ce qu'ils veulent que nous croyions qui se passe.

La famille essaye de trouver oubli et distraction devant le petit écran mais, comme d'habitude, les trois postes diffusent la même émission à caractère politico-religieux. On y voit ce personnage qui aurait paru fort pittoresque par son allure et son costume s'il n'avait été le chef de l'état et s'il n'abusait autant du pouvoir que lui confère sa position. Il parle sans arrêt, dans une langue étrangère entrecoupée de passages en français. Au bout de quelques phrases, Léo Duperrier éteint l'appareil et demande si on a eu vent de rumeurs selon lesquelles un mouvement de résistance est en train de s'organiser. Alain en a déjà entendu parler par quelques camarades étudiants mais il recommande la plus grande prudence à cause de la présence d'espions partout où on ne les soupçonne pas et, surtout, il ne faut jamais en faire mention au vidéphone avec ou sans fil car ceux-ci passent pour être sous écoute.

Madeleine aussi en sait quelque chose mais préfère se taire.

— Bon, dit tante Sergine, ce fut très agréable d'être en votre compagnie mais il est temps de rentrer chez nous. A propos, comment va Olga? Il y a assez longtemps que nous ne l'avons pas vue.

— Nous ne la voyons pas souvent non plus, répond Nicole.

Les Duperrier ont trois enfants, progéniture exceptionnellement nombreuse en ces temps de disette démographique. Olga est leur fille aînée. Depuis son mariage à un architecte il y a trois ans, ses visites à ses parents se sont raréfiées et son frère et sa sœur ne la voient pratiquement plus.

— Je vous accompagne, dit Léo à ses sœurs.

Il fait nuit. Après les embrassades, les recommandations à la prudence et les promesses de ne pas rester trop longtemps sans échanger des nouvelles et des visites, les deux tantes escortées par leur frère prennent le chemin de leur demeure.

— On ne voit rien, remarque Léo en montrant des lampadaires brisés.

— Comme la ville est malpropre, fait Régine en dépassant un tas d'ordures, j'aurais un mot à dire à Monsieur le Maire.

— Et moi j'aurais tout un discours à lui faire, renchérit Sergine qui vient de trébucher sur une fissure du trottoir.

— Et moi, je vous dis que vous n'en ferez rien, conclut Léo, d'ailleurs regardez.

Deux Policiers des Bonnes Mœurs leur barrent la route.

— J'exige de voir vos cartes d'identité, dit l'un d'eux en s'adressant au groupe.

Tous les citoyens du S.E.I. ou Sublime Empire de l'Istéria, sont tenus de posséder une carte d'identité qu'ils doivent produire immédiatement sur demande d'un agent officiel, sous peine d'amende ou d'incarcération. Sur cette carte apparaissent, outre la photo du titulaire, la date et le lieu de sa naissance, son statut civil, sa religion, l'adresse de sa résidence ainsi que d'autres renseignements d'ordre personnel.

Le policier saisit les cartes que les trois personnes lui tendent et se met à les étudier longuement tout en fronçant les sourcils. Elles sont en règle mais il s'efforce d'y découvrir des irrégularités afin d'inquiéter ceux qu'il vient d'interpeller et qui se taisent pour ne pas aggraver sa mauvaise humeur. Il les montre ensuite à son collègue qui les scrute à son tour en hochant la tête. Au bout d'un moment qui paraît interminable, il les tend à l'homme du groupe et s'éloigne non sans avoir ajouté :

— Une autre fois, vous ferez attention.

— Oui, Monsieur. Merci, Monsieur, fait Léo en recevant les trois documents.

Il ajoute à voix inaudible :

— Attention à quoi ?

Le trajet se poursuit et se termine dans le silence puis Léo quitte ses sœurs et rentre chez lui sans autre incident fâcheux.

— C'est absurde ! se dit-il en marchant, ils ne cherchent qu'à régresser alors que tout le monde s'efforce de progresser ?!

Deux interpellations en une journée, c'est bien assez et, heureusement cette fois-ci, elles n'ont pas eu de conséquences graves, la première surtout, qui aurait pu mal tourner à cause du caractère impétueux de sa fille cadette. Il lui en parlera le lendemain quand la poussière sera retombée et son esprit devenu plus calme.

* * *

2 LE VOILE ET LES CITRONS

Lorsque la famille Olex Krombalion avait emménagé au 65, rue de la Lionne-Rugissante, les résidents de l'immeuble, tous d'origine fédienne, avaient eu le sentiment d'être envahis par des intrus qui auraient enfoncé leur porte pour s'établir de force au milieu d'eux. Pourtant, le changement de locataires de l'appartement 12, au troisième étage, s'était effectué dans la parfaite légalité. L'ancien occupant ayant rendu l'âme à son créateur, le logement vide trouva preneur chez une famille istérienne qui, munie de son permis de déménagement, signa rapidement le contrat de location puis s'installa le plus normalement du monde, c'est-à-dire, en dépassant quelque peu les niveaux de bruit et de désordre généralement tolérés dans le quartier.

Obligés qu'ils étaient d'accepter une situation contre laquelle ils ne pouvaient rien, les anciens d'emblée adoptèrent une attitude hautaine avec les nouveaux venus. Portes et visages se fermèrent doucement au passage de ces indésirables qui furent, par contre, l'objet d'abondantes observations et de commérages échangés. Lorsqu'apparut, un jour, sur une volée d'escalier, une pelure de banane qui n'avait pas trouvé refuge, comme il se doit, dans une poubelle, une réunion informelle fut tenue entre quelques locataires qui partagèrent leur indignation et se promirent d'agir.

– Ah! Mais ça ne se passera pas comme ça!

– Des gens qui ne savent pas vivre, Madame…

– On se demande d'où ça sort…

Les nouveaux arrivants sortaient d'une ancienne partie du S.E.I. (Suprême Empire Istérien), en réalité, de l'Istéria originelle, terre sacrée de leur confession mais paradoxalement peu développée économiquement malgré les récents progrès technologiques inouïs qui ont contribué à l'avancement et à la facilité de vie dans le reste du monde. Le sol de cette contrée éloignée n'avait révélé aucun minerai ni solide ni liquide, et le pays était resté sur la voie du développement qu'il n'avait pas encore atteint. Depuis que Barize avait été consacrée ville sainte du *Boukhinisme*, nombre de ses habitants, optant pour une vie mieux nantie, avaient choisi d'aller s'y fixer, car, si un lieu saint en vaut bien un autre, « Barize sera toujours Barize », chuchotaient quelques malicieux dévots. C'est ainsi que les Duperrier se virent, pour le meilleur et pour le pire, obligés de voisiner avec une première famille istérienne de religion *boukhinienne*.

Celle-ci prit un appartement de trois chambres à coucher que se partagèrent ses sept membres. Des cinq enfants Krombalion, on ne vit au début que les garçons qui pouvaient facilement passer pour de jeunes Fédiens, vêtus qu'ils étaient de la même façon que ceux-ci et manifestant la turbulence et la polissonnerie communes à tous les adolescents du monde, ce qui n'en faisait pas des voisins de tout repos. Les deux filles, treize et neuf ans, disparurent après l'emménagement. Cependant, quelques jours plus tard, on put les apercevoir en compagnie de leur mère, toutes les trois *ghammées* et *surghammées*, triple ombre fantômale, qui rasait les murs en ayant soin d'éviter les passants.

Il arrivait que toute la famille prenne le trottoir en même temps. Alors elle se disposait en formation de sortie, c'est-à-dire, que le père et les trois fils précédaient toujours de quatre pas la mère et les deux filles. Voyant ceci, les Fédiens crurent d'abord à un hasard où à une communauté d'intérêts entre membres du même sexe sinon de la même génération mais, lorsqu'ils aperçurent le couple dans la rue sans ses enfants, et le mari, cheveux au vent, suivi de son épouse entièrement enveloppée, marchant quatre pas derrière lui, ils comprirent qu'il y avait là autre chose que le hasard.

Prise de curiosité, Nicole Duperrier voulut en savoir plus long. Parmi les locataires du 65, de la Lionne-Rugissante, elle avait été la seule à ne pas éviter systématiquement et même, encouragée par sa fille aînée, Olga, à rechercher un rapprochement avec ses nouveaux voisins car, sans se l'avouer, elle ne jugeait pas inutile un contact honnête avec des membres du groupe au pouvoir. D'un naturel pacifique, elle préférait, tout en évitant les guerres et guérillas de voisinage si éprouvantes à la longue, normaliser ses relations avec des gens qu'elle risquait de rencontrer quotidiennement dans le hall d'entrée ou les escaliers de l'immeuble. La méfiance régnant dans les deux camps, ce ne lui fut pas facile jusqu'au jour où Madame Noria Krombalionne, vint frapper à la porte de sa cuisine.

La dame, *ghammée* et *surghammée*, ne laissait deviner qu'une très petite partie de sa personne et de sa personnalité. De taille moyenne, nettement portée à l'embonpoint, ce qu'on apercevait de son visage montrait des traits réguliers plutôt qu'une grande beauté. La couleur de ses cheveux, la forme de ses bras et de ses jambes, la largeur de ses épaules, son tour de taille, la hauteur de son cou, tout ceci restait mystérieux. Nicole eut l'impression de voir devant elle un gros colis qui lui demanda en s'excusant si elle pouvait lui emprunter un ou deux citrons jusqu'au lendemain car son mari avait oublié de lui en rapporter et elle en avait absolument besoin le jour même.

Nicole lui en passa deux. La dame se confondit en remerciements. Cette première rencontre fut suivie de plusieurs autres car les demandes d'emprunt se répétèrent à la fureur de Monsieur Duperrier qui ne voyait jamais le retour des denrées emportées. Madame, plus patiente, utilisait ces occasions pour assouvir sa curiosité sur les attitudes et agissements particuliers aux Krombalion et à leurs coreligionnaires.

— Patience, mon chéri, j'ai mon plan.

– Ah! Bon! répondait Léo qui n'y croyait pas trop.

– Oui. Tu vas voir.

– Ce que je veux voir, c'est le retour des citrons.

– Ne sois pas pressé. Laisse-moi faire.

Les citrons ne revenaient pas le lendemain comme promis mais les visites d'affaires se poursuivirent et l'intimité grandit. Tout en bavardant, les deux voisines prenaient parfois le temps, assises dans la cuisine prêteuse, de siroter un café occasionnel.

De quel sujet peuvent s'entretenir deux femmes de cultures différentes mais aux fonctions symétriques d'épouses et de mères de famille? Après les commentaires et échanges obligatoires de recettes culinaires, vient le tour des enfants dont on partage le souci commun sur leur avenir même si dans les deux familles les âges ne correspondent pas, les jeunes Duperrier étant déjà au seuil de la vie et les jeunes Krombalion, encore enfants et adolescents. L'inquiétude est plus grande au sujet des filles qui, comme partout sur la planète, ont à satisfaire à de plus grandes exigences bien que la nature capricieuse les ait faites plus faibles et plus vulnérables que leurs frères. Celles de Noria se marieront bientôt avec les partis que leurs parents choisiront pour elles. Nicole, pour sa part, se tracasse pour la sienne qui n'a encore ni époux ni compagnon fixe.

– C'est bien de penser à sa carrière, mais ce n'est pas tout dans la vie.

– Ne vous inquiétez pas, chère Madame, nous lui en trouverons un, répond Noria, émue par la détresse de son amie.

– Ah! Je ne sais pas. Elle est si exigeante…

Enfin, quand au bout de quelques rencontres-café et de nombreux transferts d'ingrédients et d'ustensiles de cuisine, la confiance est établie, Madame Duperrier propose aimablement de laisser tomber les titres et d'utiliser directement les prénoms, ce qui est accepté avec enthousiasme, chacune des deux dames ayant ses propres raisons de conserver de bonnes relations avec l'autre. Un jour, mise en confiance, elle aborde avec délicatesse le sujet des droits de la femme dans la société en général et dans le *Boukhinisme* en particulier.

– Ma chère Noria, me permettez-vous d'être franche avec vous? demande-t-elle, remettant le tutoiement à plus tard.

– Je vous en prie, ma chère Nicole, nous sommes plus que des voisines, nous sommes des amies maintenant, n'est-ce pas?

– Mais naturellement. Ça peut vous paraître indiscret, mais voici. Lorsque je vous vois dans la rue avec vos filles, entièrement… heu… couvertes de noir, surtout les jours où il fait beau, enfin, heu…, je me demande si vous n'avez pas chaud dans vos vêtements… heu… comme maintenant, par exemple.

Noria ne s'attendait pas à la question qui lui fait écarquiller les yeux.

– Oui. Nous avons chaud… quand il fait chaud mais nous sommes très bien quand il fait froid.

– Ah! Je comprends. Pourquoi alors ne pas porter des vêtements plus légers et des couleurs plus claires quand il fait chaud… heu… comme aujourd'hui?

– Mais parce que c'est indécent!

C'est au tour de Nicole d'écarquiller les yeux. Pressentant que la notion *boukhinienne* d'indécence serait indiscutable et sa défense inébranlable, elle décide pour le moment de ne plus poser de questions personnelles. Mais Noria Krombalionne qui n'a pas fini de répondre, se met à réciter:

– « *Une femme doit avoir une tenue modeste et cacher ses cheveux pour ne pas exciter les passions des hommes qui la voient* ». C'est écrit plusieurs fois dans le *Saint-Boukhin*.

– Mais, ici, il n'y a pas d'hommes. Vous et moi nous sommes seules et pourtant vous portez votre *surghamm* sur la tête.

– Comment!? Votre mari et votre fils peuvent arriver d'un moment à l'autre.

Nicole toussotte discrètement à l'évocation des deux prédateurs mâles de sa famille.

– Mais moi, s'obstine-t-elle, je ne me couvre pas la tête et les hommes me laissent tranquille lorsque je vais dans la rue.

– C'est que vous n'êtes plus très jeune.

Douze années environ séparent les deux voisines. Nicole Duperrier, dont la coquetterie vient d'être mise à rude épreuve, décide d'enjamber son orgueil ensanglanté et de poursuivre l'interview.

– Comment se fait-il que Monsieur Krombalion et vos fils ont le droit de s'habiller légèrement quand il fait chaud?

– C'est parce qu'ils sont des hommes.

– Voulez-vous dire que les hommes ont des privilèges que les femmes n'ont pas? Qu'ils peuvent se permettre, seuls, certaines libertés et que les contraintes et l'inconfort ne sont que pour les femmes? J'ai une autre question, heu… si vous permettez.

– Mais très certainement.

– Pourquoi marchez-vous derrière lui et non près de lui?

Noria regarde la « vieille » Nicole avec pitié. Ses compatriotes et coreligionnaires l'ont prévenue que les Démocratiennes sont lentes à comprendre la vie, qu'elles posent des questions oiseuses et qu'il faut être patient en leur expliquant que le meilleur mode de vie au monde, c'est celui qu'Eliomm-le-Tout-Puissant a indiqué aux hommes pour les femmes. Ce qu'on lui a dit d'elles est donc vrai.

– Dans notre société, les femmes sont égales aux hommes. Je suis l'égale de mon mari mais ma place est derrière lui.

– Ah! Je vois.

Nicole capitule car c'en est trop pour une seule entrevue. Lorsque Noria la quitte emportant un gros oignon et deux citrons, elle se demande si ce qu'elle a appris au cours de leurs entretiens vaut tous les fruits et légumes sacrifiés à cet effet. Léo a raison. Elle prend la ferme résolution de rendre les futurs emprunts beaucoup plus difficiles.

Quelques soirs plus tard, une douzaine de locataires se réunissent dans l'appartement des Duperrier pour y raconter leurs histoires Krombalion et exposer leurs doléances. Nicole est choisie comme principale destinataire des plaintes vu qu'elle est la seule à avoir eu des contacts directs avec les voisins contestés.

— Je ne peux plus fermer l'œil avant deux heures du matin.

— Il y a une grosse tache, par terre, devant ma porte.

— Leur cuisine sent la peste. On se demande ce qu'ils font cuire.

— Je n'oserais pas le dire. J'ai trop d'éducation.

— Qu'est-ce qu'ils font avec tout ce citron?

— Quoi, vous aussi?

— Moi, c'est le sucre. Ça n'arrête pas.

— Leurs garçons n'arrêtent pas de courir dans les escaliers.

— On a forcé ma boîte aux lettres.

— Etc... Etc...

C'est comme une litanie des catastrophes qu'on récite jusqu'à épuisement. Celle des suggestions ne démarre que difficilement.

— Portons plainte au propriétaire.

— Je l'ai déjà fait.

— Moi, aussi et il m'a répondu qu'ils payaient leur loyer à temps.

— Alors, adressons-nous à l'administration de la ville.

— Vous oubliez que ce sont eux qui administrent la ville.

— Faisons quelque chose, enfin! Rendons-leur la vie impossible ici.

— Attention, c'est un jeu dangereux.

— Vous êtes tous des racistes!

Stupeur! L'ennemi s'est glissé dans la place! C'est Etienne Gilbert, l'occupant du cinquième, un employé des postes, qui vit encore le vieux rêve démocratique pur et généreux et que les événements récents n'ont pas encore secoué. Pour lui, le vocable de raciste est la pire insulte qu'on puisse adresser à quelqu'un. Au temps de la Démocratia, de grandes campagnes humanitaires ont combattu ce sentiment honteux mais il reste beaucoup de poches de résistance et, à la moindre occasion, il refait surface chez les égoïstes et les arrogants qui se jugent meilleurs que tous les autres habitants de la terre. Monsieur Gilbert fait foi d'antiracisme militant et vient de le clamer au milieu de ses compatriotes estomaqués.

— Vous plaisantez, n'est-ce pas? rétorque Madame Leclerc qui habite au deuxième.

— Mais non. Je suis tout ce qu'il y a de plus sérieux. Vous en voulez à ces gens-là parce qu'ils sont différents et qu'ils agissent autrement que nous. Vous êtes donc des racistes. Voilà!

— Voyons, Monsieur Gilbert, vous simplifiez les choses. La vie, ce n'est pas comme dans les livres que vous lisez, dit Monsieur Renaud, le comptable du cinquième. On n'est pas raciste. C'est simplement qu'on se sent... comment dirais-je?... bousculés.

– Mais vous ne pouvez pas nier que vous en voulez à ces gens-là.

– Je reconnais que je m'étonne parfois de les voir faire des choses qui ne se font pas à Paris, hum… à Barize.

D'autres voisins interviennent.

– C'est parce qu'ils ont des mœurs qui ne nous conviennent pas…

– Et qu'ils veulent garder…

– Ce serait plus courtois envers la société fédienne de lui montrer qu'on respecte ses usages, vous ne trouvez pas? surenchérit un voisin.

– Mais, c'est à eux de s'adapter à nous et non le contraire.

– Hélas!…

– Moi, en tous cas, je suis raciste et je n'ai pas honte de l'être, Monsieur! proclame Madame Leclerc sans vergogne.

– Voyons, Yvonne, tu exagères un peu, intervient doucement Monsieur Leclerc.

– Ah! Non. Pas du tout. D'ailleurs, toi aussi, tu l'es. Veux-tu que je te rappelle ce que tu m'as murmuré l'autre jour au marché? Bon.

Elle se tourne vers l'antiraciste.

– Et puis, dites-moi, vous qui êtes si tolérant, qu'est-ce que vous faites ici au milieu de ce groupe de racistes que nous sommes?

– Je suis un locataire comme vous et je viens voir ce qu'il en est. J'en ai le droit.

– Vous êtes un espion, un traître. Allez vous en!

– Allez mettre un pompon sur votre chapeau!

Les sentiments s'exaspèrent, les mains et les bras s'agitent, le ton monte, tout le monde parle et bientôt personne n'entend plus rien.

– Mes amis, mes amis, intervient Monsieur Duperrier, calmons-nous. Nous n'arriverons nulle part en nous querellant ainsi.

– Les voisins peuvent nous entendre.

– Quels voisins? Les voisins, c'est nous.

– Madame Leclerc, vous n'êtes pas raciste. Vous ne faites que vous défendre. Vous n'êtes pas contre les autres. Vous ne leur voulez aucun mal, j'en suis sûr. Vous prenez simplement parti pour les vôtres, n'est-ce-pas? dit Monsieur Fernand Renaud qui veut édulcorer l'intervention de la dame.

– C'est quand même du racisme, s'entête Etienne Gilbert.

– Disons que c'est du racisme positif qui est plus excusable que l'autre, intervient Alain.

– Ha! Ha! Ha! Entendez-vous celle-là? Du racisme positif! Ça veut dire quoi, ça? se moque Etienne Gilbert. Et d'abord, qui est ce blanc-bec qui vient nous donner des leçons?

Alain ignore l'insulte.

– Ça veut dire, cher Monsieur, qu'on n'est pas nécessairement contre les autres, ce qui serait négatif et méchant, mais pour les siens, ce qui est positif. C'est une chose normale. Voyez la nature. Les espèces restent regroupées entre elles sans chercher à éliminer les autres. Pouvez-vous traiter les oiseaux de racistes ?

– Tiens, c'est vrai, ça ! dit quelqu'un, alors, moi aussi, je suis raciste positif.

– Moi aussi, alors.

– Moi aussi.

La nouvelle formule de racisme recueille l'unanimité et les voisins, rassurés d'être positifs et d'accord, s'apaisent. Mais Etienne Gilbert ne lâche pas.

– Comme ça, vous êtes tous des oiseaux ! Coucou ! Vous n'irez pas loin avec votre soi-disant racisme positif, et, pendant que j'y pense, y en a-t-il parmi vous qui manifestent du racisme neutre ? Ha ! Ha ! Ha ! Comme les poissons, peut-être ? Oui. Dites-le moi, s'il vous plaît. Est-ce que les poissons sont racistes neutres ?

Il éclate de rire, tape une de ses cuisses et promène un regard ironique autour de lui en attente d'une réponse aussi spirituelle que sa question.

– Et vous ? répond un locataire, irez-vous plus loin avec votre pseudo-tolérance ? C'est grâce au laisser faire de gens comme vous que nous en sommes rendus là !

– Votre tolérance, ce n'est que de la reddition, surenchérit un autre. Vous n'avez pas eu le courage de vous battre. Sous prétexte de tolérance, vous avez cédé comme des lâches !

– Non, Madame. Vous n'avez rien compris. Nous avons respecté leur dignité. Nous avons voulu être démocratiques et donner l'exemple de la générosité.

– A votre tour, Monsieur le généreux, de nous tolérer.

Dominant difficilement sa colère, Etienne Gilbert se lève, annonce qu'il va chercher un appartement dans un immeuble aux locataires plus civilisés et sort en claquant la porte.

– Le plus tôt, le mieux ! lui lance Madame Leclerc, et allez ailleurs réfléchir sur vos théories absurdes.

– Tu as raison, ma chérie, approuve Monsieur Leclerc, pourvu seulement qu'il trouve un autre appartement.

– Ce qui est très difficile sinon impossible de nos jours…, murmure un voisin.

Un assez long moment de silence suit cette scène d'une violence verbale imprévue. Quelqu'un finit par se réveiller.

– C'est très bien tout ça, mais qu'est-ce qu'on fait maintenant ?

On est revenu au point zéro. Les assistants se tournent vers Nicole qui a un pied chez l'ennemi ou, plutôt le pied de l'ennemi chez elle et qui, à ce titre, se doit de prendre l'initiative des opérations. Oui, mais lesquelles ? Nicole proteste. La dame avec qui elle a contact est très fermée sauf, évidemment, pour les emprunts de citrons. Mieux encore, elle s'est mis en tête de la convertir au *Boukhinisme* et de lui faire porter le *surghamm* sur la tête !

– Mais pourquoi ferait-elle une chose pareille ? Au lieu d'essayer de s'en débarrasser elle-même ?

– C'est que lorsqu'une absurdité est commise par tout le monde, elle finit par paraître raisonnable et on ne s'en préoccupe plus, explique un philosophe. Comme la mode…

– Ces femmes ressentent comme un reproche votre chevelure en liberté.

– C'est vrai. D'ailleurs, on voit aujourd'hui tant de choses bizarres qu'on ne sait plus quoi penser. Peut-être qu'un jour vous finirez par le porter, commente un taquin.

– Taisez-vous. J'aimerais mieux mourir.

Il se fait tard. La fatigue et le sommeil gagnent les participants dont certains pensent à leur réveil matinal du lendemain. La réunion se termine sans résultat et les locataires qui étaient venus dans l'espoir de mettre au point un plan d'action vigoureux mais ne peuvent que constater leur désaccord rentrent chez eux découragés et déçus.

Madeleine, quant à elle, n'a pas participé aux discussions car, à cette étape de sa vie, le classement de son racisme vient en dernier dans la liste de ses priorités. Si elle avait deviné l'intérêt qu'elle suscitait chez ses nouveaux voisins, peut-être ne serait-elle pas restée aussi indifférente et absente qu'elle l'a été ce soir-là.

* * *

3 L'ART DE L'ADMINISTRATION

Certains jours, Madeleine ressent très fort les contraintes de sa vie de Fédienne sous régime istérien. D'un caractère intransigeant, intraitable sur ses droits et sur ceux des autres, elle n'est parvenue ni à s'adapter, ni, comme nombre de ses parents et amis, à se faire une raison de façon à mener une vie tranquille, sinon heureuse, dans la conjoncture environnante. Si elle essaye de s'abstraire de la situation, aussitôt un détail, et ils ne manquent pas, la rejettent brusquement dans la réalité qu'elle tente de fuir. Sur le menu d'irritants du jour, figure en premier l'expiration très prochaine de son permis de circuler seule, celui-là même dont l'oubli l'a envoyée au commissariat, et la nécessité de le faire reconduire sous peine de vivre enfermée à la maison en étant obligée de solliciter, tour à tour, son père ou son frère chaque fois qu'elle doit sortir.

Chez elle, heureusement, père et fils, n'abusent jamais des privilèges que la loi leur accorde en tant que mâles. Alors que certaines Fédiennes voient leurs hommes influencés par le mode de traitement que les Istériens accordent à leur gent féminine, dans la famille Duperrier, les femmes sont respectées et, autant que faire se peut, traitées sur un pied d'égalité. A l'intérieur du logis, les choses se passent comme « avant » et, sauf les deux *ghamms* accrochés sur le porte-manteau et que les dames de la maison doivent endosser en sortant, rien ne rappelle que Paris est devenu Barize. C'est très heureux, mais peut-on vivre indéfiniment enfermé en prétendant ignorer ce qui existe au delà des murs ? Quelques millénaires auparavant, le Bouddah, lui-même, n'avait pas supporté l'incarcération dorée dans le palais du roi, son père, et l'on connaît la suite…

Monsieur Duperrier étant retenu au travail, Alain, libre de cours ce matin-là, a offert à Madeleine de l'accompagner au complexe du Louvre où elle doit se présenter pour solliciter le renouvellement de l'indispensable document. L'autorisation du tuteur légal doit être signée en présence du fonctionnaire en charge des laissez-passer spéciaux pour les dames. A plusieurs reprises, Madeleine a vidéophoné au bureau des renseignements pour demander si son jeune frère pouvait remplacer son père comme signataire du permis mais la ligne était toujours occupée.

— A croire qu'ils font exprès de décrocher le récepteur, grogne-t-elle.

— Allons-y tout de même, quand ce ne serait que pour obtenir ce renseignement, propose Alain.

Elle s'affuble de son *ghamm*.

– Soyez très prudents, leur recommande leur mère en se *ghammant* à son tour avant de partir pour l'école où elle remplace des professeurs absents.

Comme il fait beau et bon ce matin-là, Madeleine et Alain se dirigent à pied vers les bureaux regroupés de l'administration. Elle commence par lui prendre le bras puis le lâche, se souvenant qu'un tel geste peut faire surgir un P.B.M. (Policier des Bonnes Mœurs) collant qu'il est préférable ne pas rencontrer, surtout lorsqu'on on est pressé. Nombreux sont les Bariziens que le beau temps a poussés dehors. Les trottoirs disparaissent sous une foule qui ne s'en contente pas, déborde sur la rue et dispute le terrain aux véhicules qui tentent d'emprunter la chaussée de la même artère. Quelques malheureux animaux de selle et de trait s'efforcent de survivre au milieu de la mécanique indisciplinée.

Le costume sévère des *Boukhiniennes* contraste avec la journée tiède et ensoleillée à laquelle il serait si plaisant d'offrir sa peau et sa chevelure. Si la couleur d'ensemble de la foule est sombre, il est surprenant de constater le niveau élevé du bruit qu'elle engendre. Aux avertisseurs des véhicules, s'ajoutent des sons émis par toutes sortes d'appareils sonores qui, à partir d'édifices, de commerces ou de passants porteurs, diffusent simultanément de la musique ou de la cacophonie, cela, selon la perception culturelle de l'oreille réceptrice. Un peu plus loin, deux magasins adjacents ont syntonisé deux postes différents, chacun s'étant juré de couvrir l'émission de l'autre. Madeleine presse le pas. Elle ne s'habitue pas à la musique istérienne qui lui paraît toujours agressante surtout lorsqu'elle n'a pas choisi de l'entendre et qu'elle y est exposée tout le temps, partout, et même, jusque chez elle, à travers les murs.

– Regarde, une *babboule* !

Madeleine se retourne. Le fantôme noir qu'elle aperçoit ne lui fait aucune peur. C'est un phénomène qu'elle a déjà rencontré mais qui ne laisse pas de l'étonner chaque fois qu'elle le revoit. Certaines *Boukhiniennes* confites en dévotion et livrées pieds et poings à la folie religieuse, jugeant leur costume réglementaire insuffisant, le complètent par des gants, des lunettes et un masque noirs. Elles présentent alors une silhouette informe et sombre destinée à repousser les avances du sexe adverse. On a affublé les femmes ainsi vêtues du nom d'une créature mythique inquiétante qui peuple les histoires légendaires qu'on racontait autrefois aux enfants pour les inciter à l'obéissance.

Des commerçants astucieux ont mis sur le marché des poupées appelées *babboulettes* qui imitent l'allure de ces saintes personnes mais ne portent aucun vêtement ni sous-vêtement sous leur *ghamm* réglementaire. Obtenant un succès foudroyant auprès de la clientèle masculine, ces figurines se sont très bien vendues jusqu'au jour où le gouvernement les a interdites pour indécence. Leur prix a grimpé aussitôt et les collectionneurs se sont mis en chasse.

La ferveur populaire a canonisé les *babboules* car elles portent très loin le respect et l'obéissance à Eliomm-le-Tout-Puissant. Personne dans la rue ne se permettrait de leur adresser la parole ou de les approcher de quelque façon que ce soit ou même de laisser paraître qu'il a remarqué leur présence. Un passant qui en croise une doit obligatoirement s'effacer pour lui céder le passage. Quant aux Policiers des Bonnes Mœurs, non seulement ils renoncent à les déranger pour vérifier leurs papiers lorsqu'ils les aperçoivent marchant seules dans la rue mais ils prennent soin d'éloigner d'elles quiconque ne respecte pas une distance convenable d'un mètre et demi au moins.

La *babboule* trottine tranquillement quand, sortis d'on ne sait où, trois titis bariziens, le visage masqué par dérision et prudence l'entourent en scandant à plusieurs reprises sur le fameux air des lampions :

— Boule-boule-boule !!! Les *bab-boules* !!! Sont ma-boules !!!

La malheureuse, empêtrée dans ses vêtements, se met à accélérer le pas en trébuchant mais les gamins la pourchassent en criant de plus belle puis, tout d'un coup, se sauvent à toutes jambes de crainte d'être arrêtés et sévèrement punis pour harcèlement sexuel et manque de respect envers la foi. Des passants qui n'ont pas pu s'empêcher d'éclater de rire veulent porter secours à la dame mais elle les ignore et passe tout droit son chemin, la tête haute, sa colère occultée par le voile opaque qui dissimule son visage.

— Tu pourrais dire merci, lui crie quelqu'un.

— Attention, dit Alain à l'homme en qui il a reconnu un compatriote, il ne faut pas s'approcher de ces femmes-là. Vous pourriez vous faire arrêter.

— Ce sont de vraies maniaques ! On ne sait pas ce qu'elles dissimulent sous leurs rideaux tirés.

— Vous pouvez le dire ! On ne sait même pas qui elles sont !

— On n'est même pas sûr que ce sont des femmes. N'importe qui peut se cacher sous ce déguisement ridicule.

— Et faire n'importe quoi.

— Ha ! Ha ! Même le plus vieux métier du monde.

— Taisez-vous, malheureux ! On vous écoute peut-être.

La première réaction de Madeleine est d'éclater de rire à l'espièglerie des garçonnets qui maintiennent vivante la tradition des gamins de Paris.

— On n'est pas tout a fait morts, pense-t-elle fièrement.

Elle se rembrunit aussitôt. Un jour viendra peut-être où on lui imposera cette mascarade et elle n'aura d'autre choix que de se soumettre, quand ce ne serait que pour échapper au harcèlement des passants au zèle plus misogyne que religieux.

— Jamais je ne m'affublerai de cette horreur, se dit Madeleine, les sourcils froncés, j'aimerais mieux mourir toute nue.

Ralentis par la mésaventure de la *babboule*, le frère et la sœur se hâtent au milieu de la cohue et du bruit. Un chameau a pris le mors aux dents et désorganise toute la rue. Une vieille électromobile tombée en panne est arrêtée au milieu de la chaussée avec, derrière elle toute la file de voitures et de charrettes qu'elle précède et, autour, une mêlée d'où s'échappent des cris, des injures, des gestes hystériques. Les avertisseurs des véhicules fonctionnent à plein régime, de malheureux chevaux hennissent et se cabrent. Des badauds immobilisés en nombre grandissant font obstacle à l'exécution de la solution provisoire qui consiste à pousser manuellement le véhicule fautif contre le trottoir le plus proche. Les Duperrier reprennent leur chemin.

– Nous arrivons, fait remarquer Alain un peu plus loin.

Ils traversent la cour du Louvre. Un squelette de pyramide vient défigurer le grand ensemble architectural, dont l'esplanade est colonisée par des centaines de commerçants fixes et ambulants installés dans des kiosques improvisés ou sur le sol, avec leur inventaire, ou encore colportant leur marchandise sur le dos en poussant des cris publicitaires amplifiés à l'aide d'un porte-voix. Les produits offerts vont des objets les plus divers jusqu'à la nourriture pour le débit de laquelle les casse-croûtes voisinent avec des étals de boucherie et même des animaux vivants dont on en égorge un de temps en temps aux cris joyeux de la foule qui couvrent les hurlements du pauvre martyr. Madeleine horrifiée détourne les yeux.

– C'est horrible!... Je vais devenir végétarienne.

Le Louvre a terminé son existence de musée d'œuvres d'art. Dès le basculement politique et social qui a suivi les dernières élections, c'est-à-dire, celles après lesquelles il n'y en a plus eu, le monument a été l'objet de l'attention spéciale des nouvelles autorités politico-religieuses qui l'ont vidé de son contenu dont la plupart des œuvres furent jugées profanes et blasphématoires. La même opération de purification artistique a été appliquée simultanément à tous les musées d'art de la ville, des provinces et du reste de l'empire. Les tableaux ont été soit enlevés, soit recouverts de plâtre sur les personnages insuffisamment vêtus. Les peintures et les sculptures de nus ont subi plus attentivement l'ire des *ayyous* qui les ont fait pulvériser et brûler en grande pompe sur la place publique au cours d'une cérémonie inoubliable présidée par le *Grand-Ayyou* lui-même et hautement publiée dans tout l'Empire. Ce fut là que les Fédiens virent leur patrimoine calciné s'envoler en fumée.

Les baigneuses ont mérité les traitements les plus ignobles. Jugées impudiques, elles ont été injuriées, couvertes de crachats, puis fracassées, déchirées, pilées, et leur poussière répandue aux quatre vents. Les œuvres des plus grands peintres et sculpteurs, pour ne nommer que quelques uns parmi la multitude, Rubens, Renoir, Manet, Laliberté, Rodin, Maillol et même Picasso dont les nus ne sont pas vraiment lascifs y ont passé. Dans son délire, la foule a lapidé la pyramide.

Une seule exception à Barize est le musée d'Orsay auquel on a laissé sa vocation seconde et dont les murs se sont dénudés en attendant de recevoir les œuvres des artistes istériens respectueux des convenances et de la morale. Ces espaces libres se couvrent peu à peu de portraits de personnalités istériennes qui voisinent avec les paysages encore accrochés aux cimaises mais qui ne le resteront pas longtemps, on s'en doute. Dans les autres ex-capitales de l'Empire, les grands musées, gardiens de la création artistique de leur pays au long des siècles passés, ont subi et continuent de subir le même sort. Une énumération en serait trop fastidieuse et surtout trop désolante.

Au Louvre, les salles d'exposition vidées servent de bureaux gouvernementaux et, désormais, l'édifice historique regroupe l'administration centralisée de tout l'Empire Istérien. Les Fédiens qui, par nécessité, sont obligés de s'y rendre, souffrent encore, car ils ne s'y font pas, de constater l'état où a été réduit le monument glorieux qui a donné tant de fierté nationale à la France puis à la Fédie. Les chefs d'œuvre immortels ont quitté les cimaises pour céder la place à des portraits du chef spirituel de l'état, le *Grand-Ayyou* Basram Khar Delion, et à des banderolles portant des slogans religieux et patriotiques en langue istérienne. Sur le plancher, des rangées de bureaux croulent sous les dossiers et les écrans cathodiques, des chaises s'adossent le long des murs et toutes les salles sont combles de visiteurs immobiles ou en mouvance, surveillés par des gardes qui se tiennent aux portes. Le premier étage est réservé aux demandeurs de toutes sortes de permis : permis de circuler pour les femmes, permis de posséder un ordinateur ou un vidéphone, permis de travailler, permis de déménager, permis d'entreprendre des études, de se marier etc…, etc… Des vendeurs de collations légères qui annoncent leur marchandise à la cantonade veillent à ce que les clients n'aient ni faim ni soif. Sur de petits bureaux dans les coins, des écrivains publics offrent de remplir des formulaires et de rédiger, contre rémunération, tout ce qu'on leur demandera, soit en français soit en istérien. Près de l'entrée principale, un guichet d'information oriente le public vers les bureaux où chacun doit se rendre pour l'affaire qu'il vient traiter. Le Louvre est devenu le Louvre-Administration.

Il est déjà dix heures du matin lorsqu'Alain et sa sœur franchissent la porte de l'édifice. Ignorant les quelques chaises adossées le long du mur à l'intention des demandeurs, une grappe humaine assourdissante s'accroche au guichet, chacun de ses individus s'efforçant à tout prix, en même temps, de convaincre le préposé de le renseigner avant tous les autres. Celui-ci, débordé, excédé, hagard, pressé d'arriver à la retraite, tenant à choisir lui-même son premier client qu'il cherche des yeux sans parvenir à se décider, ne réussit qu'à mettre davantage de désordre et d'impatience dans le groupe. Voyant ceci, Alain indique une chaise à Madeleine et fonce dans la mêlée. Poussant et poussé tant bien que mal, il réussit à arriver devant le fonctionnaire qui décide arbitrairement de lui répondre tout de suite.

— Bonjour, Monsieur, c'est pour renouveler un permis de circuler pour une dame.

— Bureau 114.

Alain veut connaître l'emplacement du dit bureau mais, bousculé par un autre client aussi pressé que lui, il se retrouve, sans savoir comment, à l'extérieur de la grappe, très loin du guichet. Comme il n'est plus question de recommencer la manœuvre heureusement réussie une première fois, il fait un signe à sa sœur et tous deux partent en exploration à la recherche du bureau 114.

Le local portant ce numéro ne se trouve pas comme on pourrait s'y attendre entre le 113 et le 115 car on l'a déménagé et personne n'en a été prévenu. Trois quarts d'heure plus tard, après avoir parcouru presque tous les corridors du Louvre et interrogé une dizaine d'employés qui ont retourné dix réponses différentes, le bureau 114 avec son titulaire et son attroupement est enfin découvert quelque part sous un escalier au troisième étage.

– Je n'ai encore rien fait et je suis déjà épuisée, soupire Madeleine.

– Il vaut mieux que tu me laisses discuter tout seul, conseille Alain qui craint que sa sœur ne s'emporte et n'indispose le fonctionnaire.

Madeleine s'assombrit.

– Il me traite déjà comme une mineure.

Le frère et la sœur, lui pressé, elle furieuse, s'ajoutent à la file de couples déjà formée. Une longue attente s'annonce, qui éprouvera leur patience et risquera de les mettre en colère lorsqu'arrivera leur tour auprès du fonctionnaire devant lequel il est conseillé d'avoir une attitude humble et déférente. Il n'y a qu'à se résigner.

De fulmination en fulmination, de bouillonnement en bouillonnement, impatiente mais essayant d'apaiser ses pensées, Madeleine avance lentement avec la queue. Au nom de quelle justice, se demande-t-elle, l'empêche-t-on de fouler les trottoirs entretenus avec l'argent de ses impôts ? Quelle est cette société dont une moitié est tenue en esclavage par l'autre ? Pourquoi cette férocité envers les femmes ? En plein vingt-et-unième siècle ? Bientôt au vingt-deuxième ?

– Je ne comprendrai jamais… je ne comprendrai jamais !

La plupart de ceux qui attendent sont Fédiens et Fédiennes et la loi qui les aligne dans cette file de quémandeurs n'est pas de leurs œuvres. Les vrais coupables sont les autres avec leur prétendue religion qui se résume en un ensemble d'actes de terrorisme, oui, de terrorisme, envers les femmes dans le seul but de satisfaire leurs caprices. Dans le vieux temps, les Démocratiennes s'étaient mobilisées pour conquérir leurs droits et leur dignité et elles y avaient presque réussi. Aujourd'hui, elles se retrouvent au point de départ, même pas, bien avant. Tout est à refaire…

Mettant à profit ce temps mort pour ressasser son sort et celui de toutes les femmes, les Fédiennes en premier, Madeleine écrit dans sa tête des scénarios de libération et de vengeance sanglante. Chaque Istérien sera affublé du *surghamm* puis enchaîné nu à un arbre et toutes les femmes, légèrement habillées, défileront devant lui en le narguant, le menaçant, le fouettant, lui crachant au visage et le laissant mourir de frustration, de honte, de rage, de froid et de faim. Ce n'est pas fini. On lui arrachera tous les poils du corps, un à la fois, en utilisant la cire fabriquée avec les citrons que sa mère a prêtées à la voisine.

Devant elle, une dame d'âge mûr essaie de calmer son fils qui s'impatiente parce qu'il a dû quitter son travail pour l'accompagner. Tous deux semblent se livrer à une querelle chuchottante. Parfois, le fonctionnaire se fait entendre :

– Pourquoi veux-tu circuler seule dans la rue ? Ne vaut-il pas mieux rester chez toi à l'abri du danger ?

– Psss… psss… psss… psss…

La réponse est toujours inaudible.

Lorsqu'ils arrivent devant le bureau 114, les candidats dont c'est le tour s'asseyent sur le bord de leur chaise en arrondissant le dos car celui qui est en face d'eux jouit d'un pouvoir sans appel de vie ou de mort sur leurs autorisations. L'enjeu de la demande est aussi important pour l'autorisateur que pour celle qui dépend de lui. Un refus, et voici la malheureuse enfermée chez elle alors que le non moins malheureux, lui, se verra astreint à une servitude importune, celle d'avoir à lui faire ses courses et celles de la maison en plus d'être toujours obligé de l'accompagner lorsqu'elle aura à sortir. Le fonctionnaire chargé de la distribution de ces permis le sait très bien et ne refuse pas de se laisser fléchir par un petit cadeau passé très discrètement sous peine pour le corrupteur de ne plus jamais pouvoir postuler à un permis de n'importe quoi, n'importe où dans le Sublime Empire Istérien.

Le tour des Duperrier arrive. Le fonctionnaire les toise un moment puis il s'adresse directement à Madeleine.

– Alors tu viens demander un permis de circuler seule ? Pour quelle raison ?

Madeleine reste muette. Elle a préparé quelques réponses mais aucune à cette question inattendue. Avant qu'elle n'ait le temps d'envoyer une explication narquoise qui aurait compromis toutes ses chances, Alain intervient et indique que le permis a déjà été accordé plusieurs années de suite, qu'on est venu simplement en demander le renouvellement. Il fait valoir la nécessité pour elle de se rendre au travail tous les jours avec l'impossibilité où il est de l'y accompagner, son père non plus. D'ailleurs, il est venu remplacer celui-ci pour la même raison, explique-t-il respectueusement.

– Et son mari ? demande le fonctionnaire.

– Elle n'est pas mariée.

Le fonctionnaire prend un air méprisant et raille Madeleine, une belle fille blonde comme elle pas mariée, et pourquoi ? Qu'est-ce qu'elle attend ? Elle est d'âge… Non ? Encore une de ces questions méchantes et indiscrètes que les jeunes filles, plus si jeunes, détestent entendre ! Madeleine n'est pas mariée parce qu'elle est liée à quelqu'un qu'elle ne peut pas épouser. Mais cela, c'est son secret et elle ne va pas le révéler à un indigne inconnu qu'elle a envie de poignarder mais à qui il faut, comble de rage, manifester des marques de respect.

– Ne t'inquiète pas ma belle, nous pourrons te trouver un mari, dit le fonctionnaire. Tu sais, j'ai un fils qui aime les blondes…

– Monsieur, je désire, avec votre permission, accorder à ma sœur l'autorisation de circuler sans escorte dans les rues de la ville, intervient Alain qui commence à s'impatienter et craint de le laisser paraître.

– Un instant, s'il vous plaît, il faut que je m'assure que la demande est justifiée.

Hélas ! Madeleine et Alain sont tombés entre les mains d'un tyranneau qui s'amuse avec le pouvoir qu'il détient comme un enfant le fait avec un jouet. La séance peut durer indéfiniment. D'ailleurs, les questions de toutes sortes se multiplient et paraissent n'avoir aucun rapport ni entre elles ni avec le sujet de la rencontre.

– Quelle est votre religion ?

– Quel âge avez-vous ?

– Où avez-vous fait vos études ?

– Qui est votre employeur ?

– Quels sont vos horaires de travail ?

– A combien se monte votre salaire ?

– Avez-vous des sœurs ?

– Quel est le dernier livre que vous avez lu ?

– Que faites-vous les jours de congé ?

– Quel est votre poids ? Savez-vous faire la cuisine ?

– Que pensez-vous de notre *Grand-Ayyou* ?

– Etc…? Etc…?

Au fur et à mesure des réponses de Madeleine éberluée, le fonctionnaire tape sur un clavier des notes qui s'affichent sur un écran invisible aux candidats. Elle ne peut s'empêcher de lui demander l'à-propos de ce questionnaire qui fait plutôt penser à un interrogatoire.

– C'est pour la sécurité de l'état que nous nous informons sur les titulaires des permis que nous délivrons. Vous n'avez pas à comprendre, poursuit-il sèchement, mais à fournir les renseignements demandés et c'est tout.

– Excusez-moi… C'est pour mieux répondre à vos questions que j'ai demandé des explications, ironise imperceptiblement Madeleine.

– Ah ! Bon ! Vous pouvez partir, maintenant. Votre demande sera étudiée.

– Mais quand pourrons-nous retirer le permis ?

– Revenez dans une semaine avec les droits à acquitter, est la réponse qui manque des précisions nécessaires.

– Où faut-il les payer ?

– Ici, à moi-même. Le suivant !

Dans la rue, Madeleine se laisse aller à sa colère qu'Alain partage cette fois-ci. C'est son tour à elle de le calmer.

– Il te faudra revenir avec moi pour retirer ce fichu permis, mon pauvre Alain, et qui sait quand il sera prêt ? Entretemps, je resterai enfermée chez moi. Ah ! J'ai envie de les tuer !

– Ne t'inquiète pas. J'irai avec toi chaque fois que ce sera nécessaire. Pour le moment, allons respirer un peu.

– Oui. J'ai besoin de décompresser…

Elle ajoute :

– Franchement, je ne pensais pas représenter une menace à la sécurité de l'état.

– Ce n'est pas toi seule, ce sont toutes les femmes qui sont dangereuses… Comment ? Tu ne le savais pas ?

– Toi, attention à tes propos qui sentent le macho à plein nez !

En éclatant de rire tous les deux, ils dirigent leurs pas vers la Place de l'Istéria, anciennement, place de la Concorde.

Il ne reste que peu de chose du plan urbain conçu par le baron Haussman deux siècles plus
tôt. Les grands boulevards, ces illustres paradis des flâneurs, grouillent de piétons et de véhicules aux dimensions et aux mouvements variés, leurs trottoirs disparaissant sous les étals
des commerces ambulants qui ont plus de succès auprès de la clientèle que les distributrices
électroniques ou les établissements modernes à la propreté impersonnelle. Pour ajouter à la
confusion, les rues de la ville ont été débaptisées au profit de noms nouveaux à consonance
étrangère, difficiles à retenir, impossibles à prononcer. Il faut donc se fier à son sens de l'orientation pour trouver son chemin.

Le principal monument de Paris, la célèbre tour ex-Eiffel, domine encore l'espace Barizien
mais sa silhouette rabougrie et la rouille qui la couvre accusent la négligence dont elle est victime. Plutôt que de la ravaler, les autorités y ont fait installer des hauts-parleurs qui diffusent
les prières du jour et de la nuit et, dans l'intervalle, des hymnes patriotiques. Ainsi Barize,
comme Paris autrefois, possède un emblème symbolique identificateur et, si les voyageurs
manquent de l'apercevoir, du moins ils sont sûrs de l'entendre. On l'a renommée provisoire-
ment la « tour de Barize ». Un projet existe de la baptiser plus tard « tour Basram ».

La place de l'Istéria, témoin de tant d'événements historiques lorsqu'elle était connue du
monde entier sous le nom de place de la Concorde, est encore l'un des cœurs de Barize. Au
milieu de la foule omniprésente, l'obélisque dresse fièrement sa pointe en pyramide vers le
ciel mais les statues allégoriques, évocatrices des villes de la Fédie, ne sont plus là. Elles ont
été emportées dans la tornade qui a balayé le nu féminin et même le féminin tout court car
ces dames de pierre n'étaient pas toutes déshabillées.

– Ici, sur ce socle, il y avait la statue de Strasbourg qui avait porté le deuil autrefois, fait remarquer Madeleine en montrant un socle vide

– Si elle avait su…, répond Alain, elle ne l'aurait jamais quitté.

– Quoi, son socle?

– Mais non! Le deuil!

Ils enfilent l'ancienne avenue des Champs Elysées qui porte un nouveau nom que personne ne se résigne à utiliser, même les Istériens qui continuent à la désigner de son ancienne
appellation dont ils altèrent légèrement la prononciation. La foule y est dense comme il faut
s'y attendre par une si belle journée et les parterres gazonnés sont envahis par les pique-ni-
queurs qui y ont transféré leur matériel de cuisine et leur système de son. Des effluves de
grillades viennent chatouiller les narines des passants, des musiques bruyantes leur écorchent
les oreilles. A quelques pas de là, une charette-cantine tirée par un bourricot vend des sand-
wichs et des plats cuisinés.

– Qu'est-ce que tu en penses?

– Bonne idée! Cette aventure m'a creusé et j'avalerais n'importe quoi.

Ils achètent elle, une boisson gazeuse et un sandwich, lui, deux, et dénichent un banc pour les déguster tranquillement. Deux hommes qui s'y trouvent déjà, leur font place. Madeleine déballe son sandwich et s'apprête à commencer.

— Vous êtes Fédiens ? N'est-ce pas ? demande l'un des hommes.

— On ne peut rien vous cacher, dit Madeleine qui mord dans son pain.

— Vous ne trouvez pas que la vie sous le régime des ecclésiastiques est devenue insupportable ?

— Mmm, fait Madeleine, la bouche pleine.

— Vous ne pensez pas que quelqu'un devrait avoir le courage d'aller exécuter ce dément qui nous gouverne. Ah ! Si Charlotte Corday pouvait revenir !

— On lui devrait une fière chandelle... N'est-ce pas, Alain ?

— Pas du tout, répond Alain qui pioche en silence dans son casse-croûte. Je pense que personne ne mérite d'être assassiné dans son bain, ni ailleurs...

Madeleine s'étonne de la réticence d'Alain à condamner l'*Ayyou* en chef pour lequel, d'habitude, il n'a que des paroles dures.

— Etes-vous barizienne, Mademoiselle ? reprend celui qui a ouvert la conversation.

— Non. Nous sommes de passage, coupe Alain, et d'ailleurs nous avons un rendez-vous très pressé. Viens-tu, Mireille ?

Son bras saisi et tiré, Madeleine se lève et suit Alain, en s'étonnant de son geste.

— Qu'est-ce qui te prends, Alain ? Pourquoi est-ce-que nous sommes partis avant même d'avoir fini de manger ? Et depuis quand je m'appelle Mireille ?

— Il faut se méfier des inconnus qui posent trop de questions. Nous ne sommes plus en Démocratia, ma chère.

— Mais ces hommes-là sont des Fédiens comme nous.

— Ils pourraient être des délateurs au service de la police secrète. Nous n'en savons rien. Il vaut mieux ne pas prendre de risques.

— Ma parole, Alain, tu souffres d'espionite aiguë.

Madeleine finit de manger en marchant puis se rend seule à son travail. Son permis de circuler est encore valide. Il est à espérer que le renouvellement lui soit délivré à temps, c'est-à-dire, dans moins d'une quinzaine de jours.

Elle en aura un besoin urgent.

* * *

4 QUELLE HISTOIRE !

– J'ai quelque chose à te montrer, chuchote Madeleine à son frère. Elle lui fait signe de la suivre dans sa chambre.

– Quoi ! Un secret d'état ?

– Tout comme. Ferme la porte, s'il te plaît.

Ils s'arrêtent un moment devant la fenêtre en contemplant le paysage urbain qui s'offre à leurs yeux. La rue qu'ils habitent a changé de nom. De Léonie-Larouge qu'elle s'est toujours appelée, elle est devenue un jour rue de la Lionne-Rugissante, traduction littérale du nom istérien qu'on lui a donné. Quant à leur quartier, autrefois calme et retiré, il a suffi de quelques déménagements, comme celui qui a amené dans leur immeuble une famille « étrangère », pour perturber l'atmosphère paisible qu'ils y ont toujours connue.

Couvertes de graffiti, les maisons avoisinantes avouent un besoin pressant de peinture et de réparations. De temps en temps, on aperçoit, collé à un mur, le portrait géant d'un individu enturbanné, longuement barbu, à la mine noble et sévère. Ce visage n'est pas celui d'un Grand Frère. C'est celui du Père Suprême de la nation, le célèbre *Grand-Ayyou* Basram Khar Delion, chef de l'Empire Istérien, pape de la foi *boukhinienne* et inspirateur des réformes qui bouleversent le pays. De nombreux passants parmi lesquels on remarque des femmes et des fillettes enveloppées de noir transitent sur le trottoir. Une paire de turbans jaunes domine la foule, révélant une présence policière. Un chien et deux chats jouent à la bataille autour d'un tas d'ordures en attente de cueillette. Près du carrefour, un vendeur est assis en tailleur avec, posé à terre devant lui, un étalage dans lequel on peut reconnaître des galettes de forme annulaire, des œufs, et deviner un fromage blanc. De temps, en temps, lorsque sa clientèle se disperse, il annonce son commerce par un grand cri.

– Tire les rideaux. Il ne faut pas qu'on nous voie.

Intrigué, Alain s'exécute et Madeleine retire du fond d'un tiroir un cahier assez épais qu'elle lui tend. C'est un volume grossièrement relié dont les feuilles sont retenues par un montage inspiré du système « D » d'antan. La couverture ne porte aucun titre.

– Qu'est-ce que c'est ?

– C'est un secret à garder rigoureusement.

– C'est promis, juré. Si je mens je vais en enfer.

– Arrête de blaguer. C'est très sérieux.

– Je t'assure que je ne plaisantais pas.

– Bon. Assied-toi là. Parcours-le et dis-moi sérieusement ce que tu en penses.

Alain examine rapidement le volume. En première page, se lit : « LA VRAIE HISTOIRE », puis, au dessous, en caractères plus petits, « Précis d'Histoire de la Fédie ». Il commence par une courte préface et, dès la page suivante, le texte raconte l'histoire du pays depuis les ancêtres gaulois jusqu'à l'année en cours, laissant la porte ouverte à l'enregistrement de tous les événements présents et à venir. Plus d'une vingtaine de siècles sont enserrés entre les deux cartons qui servent de couvertures. Alain le feuillette attentivement avec un petit sourire en coin.

– Ils l'ont enfin terminé, dit-il en regardant Madeleine.

– Cet ouvrage a été composé dans le plus grand secret et, tu peux me croire, ça n'a pas été facile. Il reste maintenant à le diffuser parmi nos compatriotes.

– Surtout, sans se faire prendre, n'est-ce-pas ?

– Surtout.

Il commence à lire en diagonale.

Dans les jours qui avaient suivi sa victoire aux élections, le nouveau gouvernement avait créé d'urgence le Ministère de l'Orientation Nationale auquel il confia la mission de veiller à la pureté de tous les médias écrits, visuels, sonores, électroniques et autres, en s'assurant que les citoyens n'aient accès qu'à des images, des sons, et des textes agréables à Eliomm. C'était un véritable ministère de la censure qui s'en prenait à tout ce qu'il soupçonnait de trahison, depuis le courrier personnel, ouvert avant d'être livré, jusqu'aux manuels scolaires, depuis les journaux et périodiques, les revues, les bandes dessinées, jusqu'aux œuvres romanesques de fiction, en passant par les livres de recettes et de bricolage, les traités de diététique, les guides de voyage, les dictionnaires, tous les vidéos et vidéogrammes, le réseau informatique universel, les films et holofilms, les chansonnettes, etc…, etc…

Un jour, un fonctionnaire qui s'amusait à faire des mots croisés sur ses heures de travail s'aperçut que les mots verticaux en s'alignant livraient des communications subversives contre le gouvernement et contre la religion. Plein de zèle, il porta ce fait à l'attention de ses supérieurs qui firent interdire la publication de tous les jeux de vocabulaire dans les pages de tous les journaux dans tout l'Empire. Le fonctionnaire fut félicité et promu mais sa joie ne fut pas sans mélange car il ne trouva plus de grilles pour passer le temps au bureau.

Les traités scientifiques et leurs versions vulgarisées ne furent pas épargnés car les censeurs craignaient que les textes et les formules qui y apparaissaient et qu'ils ne comprenaient pas ne dissimulent des messages secrets échangés par des espions. Les jeux vidéo qui avaient fait l'objet de tant de débats sur l'impact qu'ils pouvaient avoir sur la jeunesse furent purement et simplement interdits.

Les censeurs avaient fort à faire. Lorsqu'il s'agissait d'imprimés, la tâche était relativement facile mais devant les disques, disquettes, pastilles, vidéos et autres supports électroniques, elle devenait immensément difficile. Ces ouvrages étaient généralement protégés par des mots de passe impossibles à décoder, œuvres de programmeurs diaboliques. La consigne fut donnée de détruire tout ce qu'on ne pouvait pas voir ou lire immédiatement. Les œuvres sur électronique furent l'objet d'une guerre sans merci qui se traduisit par de nombreux feux de camp dans les cours des ministères et des bibliothèques publiques, à la grande joie des badauds.

– Brûlez au nom d'Eliomm tout ce qui est impur, ordonnait le *Grand-Ayyou*.

– Eliomm est le plus grand et notre *Grand-Ayyou* Basram le représente très bien, approuvait le bon peuple.

– Ils détruisent tout ce qu'ils ne comprennent pas. Il ne restera rien de nos œuvres…, murmuraient les victimes du saccage, ironiques mais craintives.

Seule exception, la littérature pornographique survécut et même prospéra malgré l'œil vigilant des gardiens de la morale. Pas plus que sous les régimes précédents, les femmes ne purent mettre fin à ce qu'elles considéraient comme l'institution la plus infamante pour elles car le nouveau gouvernement, si strict à tout autre égard, regardait du côté opposé, prétendant qu'elle n'existait pas. L'important était qu'on ne voie nulle part ses produits exposés à la vente, ce que comprirent très vite les pornographes qui continuèrent d'exercer leur commerce dans la discrétion et la prospérité. La prostitution, malheur des unes et bonheur des autres, profita de la même attitude aux mêmes conditions pour encore augmenter son ancienneté.

Des consignes sévères régissaient l'œuvre de création dont, en général, on se méfiait, qu'elle soit écrite, chantée, dansée, dessinée, holographiée ou vidéofilmée. Les écrivains devaient s'arranger pour qu'apparaissent dans leurs récits les effets de la gloire et de la volonté d'Eliomm, intervenant obligatoirement pour punir les délinquants et récompenser les vertueux. Les bandes dessinées dont l'art avait survécu malgré la vogue des jeux électroniques racontaient des exploits de guerriers istériens qui terrassaient leurs ennemis, les humiliaient et les anéantissaient. Tout autre scénario était refusé. Les ouvrages scientifiques n'échappaient pas aux orientations idéologiques. Dans les manuels de géologie, les éruptions volcaniques et les séismes furent dissociés de la tectonique des plaques continentales et attribués à la volonté divine qui s'en servait pour administrer sa justice collective.

Tout ceci avait considérablement ralenti et réduit la production de littérature écrite et vidéographiée en circulation d'autant plus que les bibliothèques publiques avaient été fermées jusqu'à ce que soit terminée la vérification de leur immense contenu et que soient détruits et remplacés les ouvrages réprouvés. L'œuvre écrite subit le même sort que l'œuvre peinte ou sculptée. Le fameux réseau informatique de communication planétaire était criblé de trous et l'information n'y circulait presque plus, la plupart des sites ayant été fermés pour diverses raisons dont la poursuite inlassable par les autorités et la détérioration physique des lignes de liaison.

Ainsi, la censure, autrefois abomination du monde démocratien malgré les abus de toutes sortes auxquels son absence donnait lieu, fut institutionnalisée et régna en maîtresse sur les artistes et sur leurs œuvres. Au nom du pro-istérianisme, c'était le nom attribué à la nouvelle politique, le gouvernement s'appropriait la responsabilité de décider des lectures et des spectacles que les citoyens auraient la permission de lire et de voir. Il prendrait désormais le contrôle des consciences et des mentalités qu'il pourrait manipuler à sa guise en vue de l'exécution de son grand plan de *boukhinisation* du monde entier.

— Si vos écrits vont à l'encontre du *Saint-Boukhin*, ils sont condamnables et s'ils s'y conforment, ils sont superflus, proclamaient les maîtres à penser du pouvoir.

L'*Ayyou* Méchouet Tigralion qui avait des idées bien précises sur l'orientation qu'il voulait donner à l'Orientation Nationale fut placé à la tête de ce Ministère. Son objectif à long terme était de bannir tout ce qui entraînait à la frivolité et de promouvoir, au contraire, ce qui glorifierait la patrie istérienne et ses grands principes religieux. Les défilés de mode qui avaient fait la célébrité de Paris dans le monde entier disparurent de Barize. Les boîtes de nuit, les casinos, les théâtres, les cinémas et tous les lieux de plaisir et de détente fermèrent d'eux-mêmes, les propriétaires n'ayant pas attendu de recevoir la visite de la Police des Bonnes Mœurs.

Méchouet-*ayyou* voulait avant tout effacer les mémoires communes des peuples non istériens. Barize, par exemple, avait été la capitale d'un grand pays dont l'histoire était riche de personnages célèbres, d'exploits héroïques, d'œuvres littéraires et artistiques, de pensée philosophique, de chercheurs, de succès scientifiques, etc…, qu'on enseignait sans relâche aux élèves pendant leurs années d'études. Tous ces noms célèbres éparpillés dans les rues, sur les monuments publics, dans le métro, partout enfin où on pouvait poser le regard, imprégnaient les esprits et les cerveaux qu'ils lessivaient sans relâche. Il se devait d'y mettre fin. C'est pourquoi l'une des commissions qu'il constitua fut chargée d'examiner les manuels d'histoire afin de les adapter et de les réorienter dans le bon sens, c'est-à-dire, vers le *boukhinisme*.

— Quel grand psychologue, que notre *Ayyou* Méchouet ! s'exclamèrent les membres de la commission et comme il connaît bien la mentalité des jeunes !

Pour commencer, ils entreprirent la lecture des livres en question. Le riche passé de la Fédie leur était peu connu.

— Leur histoire est drôlement compliquée ! Je me demande comment faisaient leurs élèves pour l'étudier, confia un lecteur-censeur à un collègue.

— Pas étonnant qu'il y ait eu beaucoup d'échecs dans cette matière.

— Justement. Nous allons la leur simplifier.

Après de nombreuses séances de travail, la commission présenta un rapport dans lequel elle indiquait l'impossibilité d'entreprendre une tâche aussi monumentale et recommandait tout simplement la rédaction d'un nouveau manuel et la mise à l'index de tous les anciens. Le rapport fut accepté et, quelques mois plus tard, une nouvelle histoire de France assez surprenante fut introduite dans les programmes scolaires de la province fédienne du Sublime Empire Istérien. Il en fut de même dans toutes les autres provinces de l'Europa et celles de l'América qui durent réapprendre l'histoire de leur pays aux mains de maîtres étrangers. A la satisfaction du *Grand-Ayyou* Basram Khar Delion qui loua l'*Ayyou*-Ministre Méchouet

Tigralion, la nouvelle version officielle fut favorablement accueillie par les élèves qui devaient l'étudier car elle contenait très peu de noms propres et encore moins de dates.

La période gauloise des ancêtres y était survolée mais non sans que les Gaulois n'aient été traités de sauvages, mangeurs de glands sous les chênes et de païens analphabètes. La défaite de ceux-ci aux mains des Romains fut, par contre, racontée avec des détails nouveaux dont personne, sinon les historiens istériens, n'avait jamais entendu parler. Mélangeant réalité et fiction, les rédacteurs démentirent la saga d'Astérix le Gaulois, encore si populaire à ce jour. Les invasions des « barbares » au Moyen-Age furent longuement décrites afin que les Fédiens et tous les Europaniens en général réalisent qu'ils sont les descendants de conquérants étrangers indignes dont ils ne peuvent tirer aucune gloire, bien au contraire. La preuve, ce Clovis, roi des Francs, dont le sport favori était de lancer des franciques sur les vases. Des compétitions de tir annuelles avaient lieu dans la petite ville de Soissons et il y remportait toujours le championnat, sauf une certaine année où il fut battu par un de ses soldats. Fou de colère et d'humiliation, le roi envoya son arme sur la tête du vainqueur qu'il ne rata pas. A sa rudesse, il ajouta l'impertinence lorsqu'il traita l'évêque de Reims de « vieux si courbe ». En conséquence, les successeurs de ce sportif furent tous des rois maudits. La Pucelle d'Orléans, qui, lorsqu'elle était sous l'influence de la drogue, entendait des voix bizarres allait cavalcader en costume d'homme au milieu de la soldatesque. Elle n'avait eu que ce qu'elle méritait lorsqu'on l'avait incinérée vivante sur la place publique, à Rouen.

Le siècle de Louis Quatorze commença avec la saga du Cardinal de Richelieu, le seul homme d'état qui trouva grâce aux yeux des *ayyous* vu qu'il était ecclésiastique comme eux et parce qu'il avait combattu les infidèles par les armes, seul traitement approprié à cette engeance. Il est vrai que le Cardinal lui-même ainsi que tout son peuple étaient des hérétiques mais ils avaient l'excuse de n'avoir pas encore reçu la révélation du *Saint-Boukhin* qui ne descendrait sur leur pays que quelques siècles plus tard. Le texte officiel fit silence sur la foule de gloires littéraires qui s'illustrèrent sous le règne du Roi-Soleil mais il ne manqua pas de souligner la barbarie que le souverain avait manifestée envers son frère jumeau qu'il avait cruellement enfermé et masqué de métal parce qu'il avait osé proclamer que l'état, ce n'était pas lui.

Au siècle suivant, on occulta la révolution des philosophes qui opposèrent le règne de la raison humaine sur celui de la croyance héritée, aveugle et indiscutable ; par contre, on vanta celle, violente, qui avait eu raison des têtes des souverains vicieux et de leur entourage.

Napoléon fut traité avec un certain respect par la commission de l'*Ayyou* Méchouet qui admirait cet empereur dont il avait lu une biographie. Toutes les campagnes militaires impériales furent racontées dans le détail bien que pour l'harmonie de l'ensemble de l'ouvrage et le maintien de l'objectif fixé, il fallut transformer quelques victoires en défaites. Ainsi Marengo et Austerlitz devinrent des noms de déroutes honteuses où les soldats français survivants avaient lâchement abandonné le grand empereur sur le champ de bataille déserté. Enfin, sur le dix-neuvième siècle, point de départ des idées libérales et des grands développements scientifiques et technologiques, le manuel restait vague et racontait très peu de choses, dont le règne de Napoléon Trois, où il décrivait longuement la vie de cabaret, la consommation d'absinthe, les danseuses peu vêtues et les premiers soubresauts des femmes hystériques en quête de libération.

Au siècle suivant, la nouvelle rédaction reconnut en passant les deux grandes guerres mondiales et leurs séquelles chaudes et froide, les guérillas urbaines, saintes ou profanes, les coups d'états, les révolutions, les alliances, les marchés communs, les traités, les sécessions, les fusions, etc..., etc... Pas plus que les grandes explorations des quinzième et seizième siècles, la conquête de l'espace ne mérita mention alors que l'explosion du sida, juste rétribution de la fornication débridée, y fut développée dans un long chapitre.

Mais la révision istérienne de l'histoire bouleversa les événements du vingt-et-unième siècle où l'on s'éloigna complètement de la réalité des faits, pourtant récents et bien documentés, pour créer une séquence d'événements préalables à l'accession au pouvoir des Istériens qualifiée par les autorités de conquête héroïque bien qu'elle ait eut lieu par des moyens pacifiques sans aucune bataille ni perte de vie. Pourtant, la stratégie de conquête du monde par la double voie de l'immigration et de la démographie s'avéra aussi valable que celles mises au point par les grands capitaines batailleurs de l'histoire et, de plus, elle fut couronnée de succès. Or, comme la culture istéro-*boukhinienne* prônait la virilité et l'usage de la force armée, le Ministère de l'Orientation Nationale préféra édifier ses jeunes avec des histoires martiales de combats et d'héroïsme guerrier.

– Instruisez-les de façon à en faire des soldats d'Eliomm, recommandait le *Grand-Ayyou*.

D'après la version revue et corrigée, le peuple fédien-démocratien, bien que tombé en décadence, se serait battu avec acharnement et courage mais les troupes istériennes eurent raison de la grande armée fédienne qui, taillée en pièces par les intrépides guerriers d'Eliomm, déposa honteusement les armes à la bataille de Barize.

C'est, en résumé, ce que racontait le manuel du Ministère. La reconnaissance de la vaillante résistance fédienne venait contredire la notion de décadence démocratienne que le livre véhiculait à travers ses pages mais ce point échappa aux rédacteurs qui cherchaient avant tout à exalter leur victoire récente et la conclusion de l'histoire du peuple de la Fédie fut qu'il était en même temps brave, courageux, lâche et décadent. Ce manuel devint le livre officiel des classes d'histoire dans les écoles secondaires en remplacement des anciens qui furent retirés et commis à l'incinérateur.

Les Fédiens furent atterrés de voir leur histoire ainsi bafouée. Lorsque des protestations s'élevèrent elles furent vite et si durement réprimées qu'elles cessèrent aussitôt. Les partisans de l'ancienne version, celle qui racontait les véritables faits, celle de « Madame, tout est perdu, fors l'honneur », de « Paris vaut bien une messe », de « Messieurs les Anglais, tirez les premiers », de « Non, Sire, c'est une révolution », et de « Ils ne passeront pas… », etc... etc... n'eurent d'autre recours que de se réfugier dans la clandestinité. Des groupes s'organisèrent pour récupérer les textes qui avaient échappé aux autodafés. Les citoyens concernés furent sollicités pour prêter les livres de leurs bibliothèques que le Ministère de l'Orientation n'avait pas réussi à découvrir et à confisquer. Ce fut le mouvement PRO-V-OCC qui se voua au réta-blissement de la véritable histoire du pays, quitte, plus tard, à rétablir le véritable pays.

Dès la fin du régime démocratique et son remplacement par la théocratie des *ayyous bou-khiniens*, et, comme sous tous les régimes coloniaux, la résistance naquit, muette d'abord puis active mais toujours dans un silence prudent. Des groupuscules s'étaient formés un peu par-tout, sans plan, sans moyens d'action, mais avec beaucoup d'élan et de patriotisme dont ils ne savaient que faire encore. Ils s'étaient baptisés de noms sybillins et leurs réunions secrètes leur donnaient l'impression d'agir alors qu'ils ne faisaient qu'exprimer leur exaspération du nouveau projet de société totalitaire à caractère religieux qui leur était tombé sur la tête. Un de ces groupes s'était intitulé : « Promotion des Valeurs Occidentales » dont le sigle devint PRO-V-OCC. Rapidement, il émergea comme le mieux organisé et joua le rôle de leader et de centre de liai-son auprès des autres. Le fondateur et président de PRO-V-OCC était Rémy Martin, un ancien professeur d'histoire à l'Université de Barize qui avait été remercié de ses services sans autre raison que la décision de confier sa chaire à un *Boukhinien*, chaud partisan du nouveau régime.

Le malheureux, sans travail et incapable d'en trouver, ne put faire autrement que de se recy-cler dans l'industrie du taxi. Il ne décolérait pas contre les *ayyous*. PRO-V-OCC, son œuvre de lutte et de vengeance, se mit à la recherche d'une mission qu'elle trouva le jour où le Ministère de l'Orientation Nationale s'attaqua à l'histoire de la Fédie. Martin allait contre-attaquer en réécrivant et répandant à nouveau parmi la population fédienne un nouveau texte véridique et percutant.

Il fallait restituer ses héros à ce peuple menacé d'extinction, lui remettre devant les yeux leurs actions d'éclat, réveiller sa fierté assoupie et son courage pour susciter encore d'autres héros qui voleront au secours de la mère-patrie meurtrie. Il était indispensable que les jeunes élèves fédiens connaissent cette histoire merveilleuse qu'on leur taisait à l'école mais que leurs parents se de-vaient de leur transmettre, même illicitement, au prix des plus grands sacrifices et des plus grands risques. Pour livrer un combat, il fallait croire à la cause et pour y croire, il fallait la bien connaître.

Suite à de généreux efforts fournis dans le secret au milieu des plus grands dangers cou-rus, l'ouvrage voit enfin le jour. C'est celui que Madeleine vient de montrer à Alain. Le résul-tat n'est pas nécessairement un chef d'œuvre d'impartialité ou de rigueur historique, mais il éclate d'ardente passion patriotique. Au mérite d'avoir été construit et rédigé dans la clan-destinité, il ajoute de grandes qualités littéraires qui en rendent la lecture émouvante, en-thousiasmante et entraînante à l'action. Il a l'impact d'un hymne national.

Tout d'un coup, Madeleine réalise qu'Alain est au courant du plan secret de la résistance fédienne. Y a-t-il eu des fuites ? Des *Boukhiniens* l'ont-ils appris ? Ce serait catastrophique...

– Dis-moi, Alain, comment se fait-il que tu connaisses l'existence de ce projet ? Nous avons travaillé dans le plus grand secret. Est-ce que quelqu'un nous aurait trahis ? Ce serait très grave... Si nous sommes pris, ces gens-là ne nous feront pas de quartier.

– Aïe ! C'est moi qui viens de me trahir. Tant pis ! Je vais tout te dire. Et, d'abord, ne t'inquiète pas. Personne nous a vendus. Je suis au courant du projet parce que... je me suis engagé dans

PRO-V-OCC. Tout comme toi, d'ailleurs. Il n'y a que les membres de la résistance qui, pour le moment, possèdent des exemplaires de la VRAIE HISTOIRE. Et, comme tu en as un, tu en fais donc partie, comme moi. Vrai ou pas?

– Vrai. Mais surtout, pas un mot à quiconque, encore moins à nos parents.

– Bien entendu. Ils seraient morts de peur s'ils savaient. Mais je te recommande encore davantage de te méfier de nos nouveaux voisins, les Krombalion, qui entrent chez nous par la cuisine sous prétexte d'emprunter des citrons. Ils ont un visiteur qui est toujours en train de nous regarder, toi surtout. Il paraît que c'est le cousin de la dame.

– Ah! Oui? Je ne l'avais pas remarqué...

– Tu n'as pas remarqué que leur porte est toujours entr'ouverte lorsque nous montons les escaliers?

– Je regarderai la prochaine fois.

Madeleine et Alain se taisent, émus par ce que chacun vient d'apprendre au sujet de l'autre.

– Alain, je dois te dire que je suis très fière de toi sauf que, désormais, je serai terriblement inquiète de ce qui pourrait t'arriver. Tu fais partie de quelle cellule?

– Je n'ai pas le droit de le révéler et je suppose que c'est la même chose de ton côté.

– Tu as raison. Moins on en sait, moins il pourront nous en faire dire.

Tout en recommandant avec insistance à son frère et désormais compagnon de combat d'oublier la conversation qu'ils viennent d'avoir, Madeleine lui fait part de son ennui d'être encore sans permis de circuler ce qui ralentira ses activités tant qu'elle n'en aura pas obtenu le renouvellement.

– Mais tu peux sortir seule quand tu voudras, lui affirme Alain.

– Comment ça? Tu connais leur loi.

– Et je sais aussi comment la contourner. Ecoute, il existe une catégorie de femmes, qui circule librement sans être molestée par les Policiers des Bonnes Mœurs. On les voit dans les rues entièrement couvertes de noir. Comme toutes les autres, elles sont obligées d'avoir un permis de circulation autonome mais, par respect pour la religion, on ne se permet pas de les aborder. Tu n'as qu'à faire comme elles. Habille-toi en *babboule*. Tu ne risques rien puisque personne ne pourra te reconnaître ni t'empêcher d'aller où tu veux, quand tu veux. Aucun P.B.M. n'osera t'interpeller.

– Moi, en *babboule*?!!! C'est le comble, alors! Tout ce que je refuse! Tout ce que je combats! Ne pas montrer mon visage au grand jour! Non! Jamais!

– Justement. Penses-y bien. C'est peut-être un moyen qui n'est pas si mauvais...

Il sort de la chambre.

Elle remet le livre au fond de son tiroir secret et s'attarde un moment, songeuse.

– *Babboule*? Pfff!...

* * *

50

5 LE FAUX DINER

Madeleine se penche sur un sérieux problème de logistique.

Son permis de circuler seule est périmé.

Malgré deux visites au Louvre-Administration en compagnie de son frère, et l'acquittement du montant demandé, son formulaire de renouvellement sommeille encore sur le bureau du fonctionnaire qui l'a reçu. La cellule secrète RETOUR dont elle est membre, filiale du mouvement PRO-V-OCC, doit bientôt se réunir. Or, il lui est impossible, faute d'autorisation officielle, de sortir librement dans la rue, et, même si elle connaît quelqu'un de sûr pour l'escorter, comment faire pour se rendre à la réunion dont le lieu doit rester secret, sans que son accompagnateur n'en apprenne l'emplacement ? Ce n'est pas tout. Celui-ci devra revenir à la fin de la séance pour la ramener chez elle, ou bien y assister, ce qui est encore plus inconcevable.

A moins d'y renoncer, elle doit s'arranger par ses propres moyens, sans se faire intercepter par les P.B.M. (Policiers des Bonnes Mœurs) comme cela s'est produit le jour où son frère est venu la réclamer au poste. Une seule solution s'offre : un déguisement habile. Alain vient justement de lui suggérer une idée qu'elle a trouvé farfelue sur le coup mais qui, finalement, ne l'est pas tellement. Mais oui ! De toute façon elle n'en a pas d'autre. Alors, pourquoi pas ?

Quelques locataires du 65 rue de la Lionne-Rugissante qui prennent le frais au balcon sont étonnés, un après-midi, de voir une *babboule* quitter l'immeuble. Cela ne s'est jamais produit chez eux. Il doit s'agir d'une visiteuse de la famille étrangère qui vient d'emménager.

– C'est incroyable, dit un locataire à sa femme, et ce n'est pas fini, tu vas voir.

– Hélas, oui, nous allons être envahis, est la réponse résignée.

– Nous le sommes déjà…

Sous l'impossible costume, la silhouette noire foule le trottoir d'un pas hésitant. Ironie du sort, cette dévote excessive n'est autre que Madeleine Duperrier, qui entreprend dans la rue ses premiers pas de super-*boukhinienne*. Suffoquant de chaleur humide, le long *ghamm* retenant ses jambes comme cela arrive dans les cauchemars, le nez écrabouillé par le masque qui lui renvoie son haleine, respirant péniblement, elle s'efforce tant bien que mal de retrouver son chemin à travers les lunettes noires, presque opaques, qui protègent ses yeux. Nul ne pourrait la reconnaître.

Ainsi affublée, elle s'est, bien malgré elle, glissée dans la vie des femmes *boukhiniennes* qui proclament leur foi par l'anéantissement total de leur être physique sans se douter un seul instant que leur costume sacré peut servir d'instrument d'espionnage et de désobéissance civile.

– C'est à cette seule condition que je consens à cette abominable mascarade, se promet Madeleine. Aucune femme saine de corps et d'esprit, telle que je le suis encore et espère le rester, ne peut accepter cette existence. Il faut être masochiste pour se *babbouliser* volontairement. Autrement, c'est incompréhensible. Mais, non. C'est impossible! Je suis sûre qu'elles font toutes ce que je fais…, elles se cachent et vont où il leur plaît sous leur incognito. Bravo, Mesdames! Ne lâchez pas!

Deux rues plus loin, elle évoque le temps pas si lointain de son adolescence où elle rêvait de devenir comédienne.

– Voilà. Je suis en train de réaliser un de mes rêves. Je joue un rôle en costume, s'encourage-t-elle. Je suis l'agente 008 en mission secrète.

Le trajet périlleux se poursuit sans incidents. Deux P.B.M. qui viennent en sens inverse, s'effacent pour la laisser passer. Lorsqu'elle défile devant un café à la clientèle attablée sur le trottoir et exclusivement masculine, aucune réflexion dégradante ne souligne son passage. A l'arrêt d'autobus où une montagne humaine remplace la file d'attente réglementaire, on se bouscule pour lui donner la deuxième place près d'une autre sainte, laissant les passagères laïques se disputer la troisième dans le compartiment des femmes. Tant pis pour elles! Elles n'avaient qu'à s'habiller. Le chauffeur qui est *boukhinien* rivalise de courtoisie et de respect en refusant d'accepter le prix de son passage.

– Quelle incroyable aventure! Alain avait raison. Désormais, jusqu'à ce que j'obtienne le renouvellement de mon permis, je ferai la *babboule*. Et j'apprendrai à marcher, entravée comme elles. Mais, patience, Istéria! Un jour, je me promènerai en short dans les rues de Barize! Et je vous ferai tous crever de rage!

La réunion secrète du groupe « RETOUR » se tient dans l'appartement des Martin au 234, rue de Montalban. Toutes les précautions nécessaires ont été prises. Chaque participant s'est donné un pseudonyme et un mot de passe spécial a été adopté pour la circonstance. Pour ne pas éveiller les soupçons des concierges et des voisins, on a déguisé la réunion en dîner mondain et demandé aux « invités » un effort vestimentaire approprié, même sous le couvert du *ghamm* pour les invitées. Cela permet de faire jouer de la musique pour couvrir les paroles prononcées pendant la réunion. Sur un mur de la salle à manger, un drapeau fédien et un drapeau français sont déployés à la vue des convives dont ils fortifient la foi en leur mission.

Les six hommes et quatre femmes présents ce soir-là forment la cellule RETOUR, filiale de PRO-V-OCC, celle qui a pris sur elle de reconstituer l'histoire de la Fédie et de la distribuer aux descendants de ses auteurs. Il y a là, Rémy Martin alias Versin G., l'hôte de la réunion et chef de la cellule, fondateur et animateur du mouvement tout entier, ancien professeur d'histoire devenu chauffeur de taxi à la suite d'une « restructuration » de l'Université de Barize où il enseignait ; sa femme, Marie dont c'est le nom et le pseudonyme et à qui l'on doit la préparation du pseudo-repas ; Maître Louis Corbeau, un jeune avocat au pseudonyme de Renard ; Brigitte Langolier, une secrétaire ; un imprimeur au pseudo-nom de Jean Gut. ; Daniel Hubert, ingénieur en recherche d'emploi ; Chantal Cossette, enseignante ; Raymond Fosse, étudiant en musique et Victorien Léger, journaliste. Madeleine débarrassée de son déguisement de *babboule* est connue du groupe sous le nom de Jeanne D.

L'ex-professeur préside l'assemblée qui a pris place autour de la table comme pour un repas normal. Près de lui, est assise une inconnue qui a gardé son chapeau et ses lunettes noires et que les invités dévisagent avec curiosité. Sans doute s'agit-il d'une nouvelle recrue ? Celle-ci, à son tour, examine ses commensaux. Après vérification de l'identité de chaque convive et fouille de la pièce afin de s'assurer qu'elle ne contient ni micros ni caméras, ni autres instruments d'espionnage dissimulés, Versin s'adresse à l'assemblée.

— Mes amis, j'ai le plaisir et l'honneur de vous présenter Madame Augustine Noiret dont vous vous souvenez tous, n'est-ce pas ?

Oui. Ils se souviennent. Des cris de surprise et de joie saluent l'ancien chef du Parti Fédien qu'on remet maintenant malgré ses lunettes teintées et ses lèvres pâles. Les convives se lèvent pour aller lui serrer la main et rendre hommage à la lutte désespérée mais courageuse qu'elle avait menée sans succès, hélas ! avant de disparaître de la scène politique.

Augustine Noiret avait autrefois fondé le P.F., c'est-à-dire, le Parti Fédien qui ralliait tous les mécontents de l'immigratien istérienne et de l'immigration tout court. Les gouvernements de la Démocratia s'étaient, selon elle et ses partisans, depuis trop longtemps laissé aller à la multiculturisation laquelle avait répandu dans le pays toutes sortes d'accoutrements et de manières de vivre inconnues qui eurent pour effet d'inquiéter puis d'irriter les citoyens de souche. Nombreuses étaient les femmes qui avaient rallié son parti, alarmées qu'elles étaient par les mœurs nouvellement introduites, caractérisées par une misogynie statutaire et, toujours, des affublements impossibles.

— Elles sont libres de s'habiller comme elles veulent, rassuraient les dirigeants occupés ailleurs, nous sommes en démocratie.

— Mais justement, elles ne s'habillent pas comme elles veulent, avertissaient les membres du parti en faisant remarquer que ces costumes se répétaient comme un uniforme.

L'ennemi à combattre était le P.P.C. ou « Parti Progressiste-Conservateur » au nom contradictoire qui avait rallié des naturalisés de toutes sortes d'origines, mais surtout istérienne, et qui préconisait la soumission à la volonté d'Eliomm, le rétablissement de la morale, la vie de famille traditionnelle, l'exclusion des femmes de la vie publique et leur retour à la cuisine, à la nursery et au Temple. En réalité, le programme de ce parti fondé et dirigé par l'*Ayyou* Basram Khar Delion était assez flou mais son recrutement fut substantiel et il eut de fortes chances de former le gouvernement suivant.

La campagne électorale fut dure car les enjeux étaient très élevés. La F.E.D. était à la croisée de deux chemins absolument opposés. La route qu'elle avait traditionnellement suivie, malgré bien des cahots et des accidents de parcours, était celle de la culture dite « occidentale », vouée au respect des libertés individuelles, au gouvernement par consentement des gouvernés, à la législation confiée à un parlement, à l'égalité de tous et de toutes devant la loi, à la séparation de l'église et de l'état, à la protection des citoyens contre la tyrannie et les autres malheurs du genre. Le chemin qui s'ouvrait lors du prochain scrutin et où elle risquait bien malgré elle de s'engager était de caractère totalement différent et mènerait l'état vers une dictature religieuse, sans garantie pour l'individu, punissable pour ses idées si elles ne sont pas conformes à l'étiquette sociale et politique, et où la collectivité pourrait impunément maltraiter ses membres marginaux sans que ceux-ci n'aient aucun recours. Même si de nombreux peuples avaient, tout au long de l'histoire, vécu sous des statuts totalitaires et y vivaient encore, les Fédiens, eux, ne pourraient jamais s'en accommoder.

La seule formation politique qui avait eu le courage de dénoncer le danger était le Parti Fédien. Sa fondatrice, Augustine Noiret, femme à la personnalité flamboyante comme sa chevelure rousse et ses tenues voyantes fit, pour commencer, la fortune des caricaturistes politiques et des imitateurs. On bouda le parti, qu'on traita de féministe, de xénophobe et d'autres noms sévères, jusqu'aux femmes qui s'en mêlèrent et disaient à qui voulait les entendre : « Non, je ne suis pas féministe. » Un jour, les Fédiens se réveillèrent et, prenant enfin conscience de la nouvelle situation démographique devenue si menaçante, ils décidèrent de ne plus se soucier des adjectifs dont on les affublait et s'inscrivirent en grand nombre à ce parti, décidés à accorder un vote indivis à ce qui ressemblait de plus en plus à une solution de la dernière chance.

Ce fut la malchance qui gagna les élections et le Parti Progressiste-Conservateur prit le pouvoir avec comme Premier Ministre de la Démocratia, le *Grand-Ayyou* Basram Khar Delion. On conseilla à Madame Noiret de disparaître dans le décor, où elle alla se faire oublier pendant dix ans jusqu'à sa réapparition de ce soir chez les Martin, au sein de la cellule « RETOUR ».

Bien qu'elle ait renoncé à faire teindre ses cheveux et que les années écoulées aient inscrit leur nombre sur son visage, son charisme n'a pas disparu et son pouvoir de galvaniser les foules est encore agissant. L'émotion s'ajoute à la surprise de la revoir, les cœurs se gonflent d'orgueil et de fierté et les bouches doivent faire un effort pour se retenir d'entonner la Marseillaise.

— Madame Noiret fera partie de notre cellule à titre de membre honoraire.

Les assistants se pressent autour d'elle, lui serrent les mains, l'embrassent, lui disent leur joie.

— Merci, Monsieur Martin, merci, chers amis, répond la dame, je suis venue me joindre à votre groupe pour reconquérir ma patrie. Elle jette un regard ému sur les drapeaux.

Des applaudissements enthousiastes accueillent cette déclaration puis le repas-réunion commence par une délicieuse entrée soulignée par d'autres applaudissements. A côté de chaque plat, un calepin électronique témoigne de l'objectif réel du repas.

Versin communique verbalement l'ordre du jour ainsi que les étapes de réalisation des objectifs du mouvement. A court terme, ce sera la diffusion d'un ouvrage dont il faut produire clandestinement une édition assez volumineuse. A plus long terme, il s'agira d'organiser le recrutement de nouveaux membres du mouvement PRO-V-OCC, d'en créer de nouvelles cellules et, finalement, de concrétiser la lutte en vue du rétablissement des institutions démocratiques et du gouvernement laïque de la Fédie. En même temps, mais en exerçant une extrême prudence car le secret est le principal élément de réussite de l'action, il est indispensable d'établir un protocole de concertation et un réseau de communication sûr entre les résistants fédiens et ceux des autres régions de l'Empire qui commencent, eux aussi, à s'organiser des deux côtés de l'Atlantique.

C'est un programme immense. Les convives s'arrêtent de mâcher.

— Alors c'est la guerre, demande Brigitte.

— Pas encore, répond Rémy.

— Comment, pas encore ? Si ce n'est pas la guerre, c'est quoi ?

— La guerre aura lieu en dernier. Notre lutte comportera trois étapes que voici :

      1) Nous commencerons par la littérature.

      2) Ensuite, ce sera la résistance que nous transformerons en guérilla.

      3) En dernier, ce sera la vraie guerre.

— A condition que nos deux premières étapes soient couronnées de succès, fait judicieusement remarquer Jean Gut.

— Elles le seront, je vous le jure, assure Versin dont la foi est inébranlable.

— Vous l'avez dit, appuie Augustine, cette fois-ci nous réussirons.

Marie se présente avec le plat de résistance. La discussion est suspendue pendant qu'on garnit les assiettes et les verres.

— Il ne faut pas nous faire d'illusions, le danger nous guettera dès les premiers instants, avertit Versin en dégustant.

— Ce que je comprends, dit Raymond entre deux bouchées, c'est que nous n'avons pas encore commencé le vrai travail.

— Ah ! Non. Nous l'avons commencé avec la rédaction de la VRAIE HISTOIRE. Mais ça, ce n'était qu'un travail d'écriture, relativement facile à exécuter, facile à dissimuler. Pour le reste, il n'y a eu, jusqu'ici, que des approches, des entrevues non-enregistrées, des contacts discrets, une reconnaissance des intentions de notre population, mais rien de concret. Nous commençons aujourd'hui-même, ici.

— Donc, au moment où nous nous parlons, nous ne sommes pas dans l'illégalité.

— Pas encore.

– Alors pourquoi nous cachons-nous ? Il n'est pas, que je sache, défendu de se réunir pour partager un repas. Officiellement, nous ne faisons rien d'interdit.

– Interdit, non. Mais peut-être contre l'*Essoule*.

– Qu'est-ce que ça veut dire ?

– Ça veut dire que sur un simple soupçon nous pouvons être arrêtés et accusés.

– Accusés de quoi ?

– Justement, ils ne nous le dirons jamais. Nous sommes censés connaître par intuition ce qui se fait et ce qui ne se fait pas. C'est ça l'*Essoule*.

L'*Essoule* est ce code oral de convenances sociales traditionnelles transmis par des générations depuis la nuit des temps que les Istériens connaissent et appliquent mieux que la loi officielle. Manquer à l'*Essoule* est, chez eux, un manque de savoir-vivre plus grave que transgresser la loi. D'ailleurs, le groupe RETOUR se prépare à enfreindre et l'*Essoule* et la loi puisqu'il s'apprête à imprimer et diffuser une œuvre dont il est sûr qu'elle ne recevra jamais l'imprimatur des *ayyous*.

Tous les livres, journaux, revues, cassettes, etc…, doivent porter sur le coin gauche supérieur de leur couverture le logo du Ministère de l'Orientation attribué par les censeurs en signe d'approbation du contenu. « LA VRAIE HISTOIRE, Précis d'Histoire de la Fédie », ce sont le titre et le sous-titre de l'ouvrage, est condamnée à évoluer dans le secret ce qui en rendra le tirage difficile tout en exposant ses auteurs, ses imprimeurs, ses distributeurs et, jusqu'à ses lecteurs, aux dangers de la poursuite et des sanctions sévères de l'état.

– Pour ma part, je suis prête à assumer tous les risques, déclare Madame Noiret et les assistants surenchérissent.

– Du moment que nous n'avons plus rien à perdre…

– Et peut-être quelque chose à gagner…

– Au travail, maintenant, dit Versin. Voici le texte du livre à distribuer, ajoute-t-il en brandissant un petit paquet.

Maître Corbeau, alias Renard, avance l'idée qu'il est inutile d'imprimer la VRAIE HISTOIRE, qu'il est préférable, par contre, de la diffuser sur des pastilles, plus faciles à reproduire, à dissimuler, à faire circuler, enfin, à protéger par des mots de passe et convenant très bien à une entreprise illégale exposée à la poursuite. Pour les mêmes raisons, il vaut mieux éviter les réseaux informatiques. Chantal fait remarquer que les ordinateurs se font de plus en plus rares dans les maisons parce que les permis d'en posséder, les pots-de-vin d'encouragement et ces appareils eux-mêmes sont devenus hors de prix. L'impression est donc incontournable. Les avis se scindent, livres ou pastilles. On attend les suggestions de Jean-Gut l'imprimeur.

– Je n'ai peur ni de me battre ni de prendre des risques puisque je suis ici. Mais, confier un travail d'impression de cette importance à mes ouvriers, peut tenter des délateurs. Il y aurait possibilité d'effectuer le travail la nuit, pendant qu'ils sont absents, mais là aussi existent des chances d'éveiller des soupçons et de faire échouer toute l'affaire. Il faut trouver d'autres moyens.

Victorien propose que chaque propriétaire d'ordinateur en imprime quelques copies et l'on inventorie ceux sur lesquels on peut compter. Il y en a huit. Tout cela ne remplace pas un atelier d'imprimerie. Les tirages seront longs à sortir mais on n'a pas d'autre choix et, d'ailleurs, l'opération ainsi fractionnée aura de meilleures chances de passer inaperçue. Jean-Gut fera le travail comme les autres, chez lui, discrètement, mais s'il préfère ne pas impliquer son atelier, en revanche, il s'engage à fournir tout le support, papier et pastilles nécessaire. On décide de diffuser les pastilles et les livres selon la préférence des acheteurs. Si ces derniers possèdent des moyens de reproduction de documents, ils feront autant de photocopies de l'ouvrage qu'ils pourront et les distribueront à leur tour.

Tout le monde est d'accord sauf Raymond, encore une fois.

– Je ne pensais pas me transformer en vendeur de livres ou de logiciels, objecte-t-il, pourquoi parler d'acheteurs. Parlons plutôt de destinataires.

On fait comprendre à l'idéaliste que l'argent perçu par la vente est un mal nécessaire mais indispensable pour couvrir les frais de reproduction de l'ouvrage et qu'on ne cherchera à faire aucun profit sur le dos de la patrie.

– Mieux encore, nous devrons nous résigner à accepter des donations de la part de nos concitoyens patriotes. Il faudra les solliciter par une campagne de financement.

Un autre questionneur demande si c'est vraiment nécessaire de préserver l'histoire de la Fédie et s'il ne vaut pas mieux organiser une résistance plus active et plus mobilisante. C'est Daniel, l'ingénieur qui se souvient des mauvaises notes qu'il obtenait en classe d'histoire à cause, entre autres, de sa faible mémoire des dates et des noms. Lorsqu'une troisième question met en cause l'existence même de PRO-V-OCC, Versin reconnaît là un problème à traiter immédiatement.

On arrive au dessert.

– Mes amis, alors que l'heure est grave, nous sommes en train de nous éparpiller en détails futiles. Voyons aux choses vraiment essentielles. Il s'agit de notre survie comme nation. Avant d'attaquer l'ordre du jour, faisons un tour de table et que chacun de nous explique aux autres la raison de son engagement dans notre mouvement, ses objectifs, et comment il envisage leur réalisation.

La tablée fait silence un moment, le temps de regrouper ses idées. Augustine Noiret prend la parole, la première. Elle s'exprime lentement, solennellement, fermement.

– Chers amis compatriotes, je vous ai déjà dit que je venais reconquérir ma patrie. Lorsque notre Parti Fédien a été battu aux élections, nous avons concédé par respect pour la démocratie. Mais maintenant qu'il n'y a plus de démocratie ni quoi que ce soit à respecter, nous n'avons plus à nous soucier de rectitude politique ; par contre, nous devons à tout prix mettre à jour nos méthodes de combat. Nos propres gouvernements n'avaient-ils pas « adapté » la

Marseillaise en édulcorant ses fières paroles pour accommoder toutes sortes de gens dont les ancêtres n'étaient pas présents à sa création? Eh! Bien! Faisons la même chose. Adaptons-nous! Luttons! Ayons recours à la force! Je propose l'organisation d'une lutte armée sous forme de guérilla urbaine, notre seul choix. Et pour commencer, rétablissons notre Marseillaise authentique.

– Oui, oui, s'écrient des enthousiastes. A bas la Néo-Marseillaise! Vive la Vraie Marseillaise! Vive la Vraie Histoire! Vive la liberté! Luttons! Chassons ces sauvages de notre terre ancestrale. Redevenons maîtres chez nous!

– Retrouvons notre vraie histoire inspiratrice, celle que Versin a pris l'initiative de sauve-garder et que vous allez offrir à notre peuple, poursuit Augustine Noiret, afin que demeure notre gloire passée. Désormais, mes chers amis, c'est Versin qui sera votre chef et, quand la lutte aboutira à la victoire, nous ferons revivre le Parti Fédien dont il sera le président. Moi, je suis devenue trop vieille pour diriger le combat, mais je lutterai avec vous jusqu'à la victoire finale ou la mort.

– D'ailleurs, ajoute Versin qui vient de terminer la rédaction de l'histoire de France-Fédie, ce n'est pas la première fois que notre patrie est occupée par l'ennemi et, chaque fois, nos an-cêtres ont réussi à les chasser. Nous n'aurons qu'à suivre leur fier exemple.

Le petit groupe présent accepte la proposition de Madame Noiret et Rémy Martin, alias Versin G. est élu par acclamation président du Parti Fédien, bras politique de PRO-V-OCC. Le tour de table de ressuscitation des enthousiasmes, son but atteint, s'arrête là. On applaudit vi-vement le nouvel élu qui brandit son verre:

– A bas l'Istéria! Victoire à la Fédie! s'écrie-t-il.

L'émotion est à son comble. Tous les verres se lèvent à l'unisson et, du fond des âges et des cœurs, retentit ce cri d'amour mouillé de larmes: « Vive la France! »

– Oui! Oui! Assez ri! Au diable la Fédie et la Démocratia! Vive la France éternelle! Faisons tous ensemble le serment de la ressusciter. Jurons de ne pas nous séparer avant d'avoir ac-compli notre mission sacrée.

Les convives debout répètent en chœur les paroles prononcées par Rémy.

– Nous jurons de lutter jusqu'à la mort pour la libé…

A ce moment, un coup de sonnette se fait entendre, paralysant les dîneurs-électeurs qui, dans leur enthousiasme, ont oublié le reste du monde. Le serment fait escale dans les gorges et un silence inquiet succède à l'euphorie. On demande aux Martin s'ils attendent quelqu'un. Non. Ils ont pris soin de n'être là pour personne… Mais alors?!!!

– Il faut ouvrir, conseille Madame Noiret, c'est plus prudent.

– Mais de quoi avons nous peur puisque nous ne sommes pas encore dans l'illégalité? de-mande Raymond qui poursuit son idée.

Ils n'ont pas peur. Ils éprouvent l'inquiétude qui saisit tous les conspirateurs du monde lorsqu'ils se trouvent devant une situation imprévue dans leur planification. Ils ont l'impression que leurs pensées deviennent lisibles. La sonnette s'impatiente. Versin qui avait assuré au groupe que son appartement était absolument sûr et que les précautions déjà prises étaient plus que suffisantes se précipite sur les drapeaux qu'il arrache et glisse hâtivement sous le buffet. Les calepins électroniques, les pastilles et toutes traces incriminantes sont enfouis. Comprimant les battements désordonnés de son cœur, Marie Martin se lève et va ouvrir.

Madame Bélilla Émilionne, la nouvelle voisine du dessous, *ghammée* et *surghammée* se tient devant la porte, aimable et souriante.

– Bonsoir, Madame Martin, comment allez-vous? Je voulais avoir de vos nouvelles et si vous aviez un ou deux citrons à me prêter jusqu'à demain matin?

Marie prend quelques secondes à se remettre de son émotion. Aucun bruit ne sort de la salle à manger. La voisine sourit tout en regardant fixement par dessus l'épaule de Marie dont les jambes viennent de vieillir de quarante ans.

– Heu… Oui…, je vais aller voir si j'en ai… Attendez un instant.

Laissant la dame à la porte, elle se rend à la cuisine et prend deux limettes qu'elle revient remettre à la quêteuse importune. Celle-ci, entretemps, s'est avancée dans l'appartement et s'apprête à pénétrer dans la salle à manger dont elle a ouvert la porte, surprenant les convives-conspirateurs.

– Ah! Vous avez des invités! Excusez-moi de vous avoir dérangés… Je m'en vais tout de suite. Je reviendrai une autre fois. Mmm… Ça sent bon ce que vous avez là. Est-ce que c'est une nouvelle recette?

Mais elle ne part pas, attendant son citron, ou peut-être, une invitation à partager ces victuailles apétissantes, invitation qui ne vient pas. A ce moment, Marie lui tend les limettes mais ce n'est pas suffisant pour lui faire évacuer les lieux.

– C'est tout ce que j'ai trouvé.

– Oh! Merci. Heu… Ce serait une bonne idée de faire connaissance puisque nous sommes voisins, vous ne pensez pas? propose gentiment l'importune en prenant les limettes…

Elle examine chaque convive à son tour.

– Seigneur Eliomm! Que vous êtes élégants! Est-ce que c'est une fête? Où sont vos enfants?

Les « invités » dont les mâchoires ont gelé restent muets de surprise. Versin, le premier, retrouve son sang-froid et se souvient qu'il est le maître de maison. Il se lève, balbutie quelques mots de courtoisie, pas d'invitation outre mesure, puis esquisse quelques pas pour raccompagner la visiteuse à la porte, comme il se doit. Elle finit par s'ébranler et part avec son emprunt, laissant dans son sillage le trouble, l'angoisse et la menace de recommencer son irruption sans avertissement.

– Quel sans-gêne, alors! s'écrie Chantal au bout de quelques secondes.

– Reprenons notre serment si malencontreusement interrompu, propose Versin.

Mais les cœurs n'y sont plus. Ils battent la chamade. L'émotion a été trop forte et, RETOUR, fortement secoué par cet épisode insignifiant, après tout, éprouve le besoin d'une pause. C'est, heureusement, le tour du café qu'on prend sans parler, sans faire les allusions habituelles à sa pauvre qualité. Tous les participants à la « fête » viennent de réaliser qu'ils vivent dans la peur la plus abjecte puisqu'une banale visite de voisinage a suffi pour affoler leurs rythmes cardiaques. Que serait-il arrivé, se demandent-ils, des policiers s'étaient présentés ? Que serait-il resté des volontés et des déterminations avec lesquelles on s'est juré de libérer la patrie ? Les courages tiendront-ils jusqu'au bout ? Le silence autour de la table s'alourdit de tous ces questionnements intérieurs qui surgissent, suite à l'interruption intempestive. Marie demande s'il n'aurait pas fallu inviter Madame Kamilionne à prendre le café rien que pour désamorcer sa curiosité et empêcher ses soupçons de naître.

– Selon l'*Essoule*, c'est ce que nous aurions dû faire.

– En tous les cas, mon cher ami, se lamente Augustine Noiret en s'adressant à l'hôte du festin, votre appartement est brûlé comme repaire secret. Il nous faudra trouver un autre endroit où personne ne viendra nous déranger.

– Mais où ?

– Partout, c'est-à-dire, jamais deux fois de suite au même endroit, suggère Jeanne D.-Madeleine qui s'est rappelé sa propre voisine, Madame Krombalionne, et, à propos, je me demande ce qu'elles font avec tout ce citron…

– Bravo, Jeanne, approuve Versin, c'est une excellente idée, nous irons chaque fois chez l'un d'entre nous et pas nécessairement pour dîner, rassure-t-il. Allons, au travail, maintenant.

Tout d'un coup, c'est Jeanne qui préside le groupe.

– Mes chers amis, moi, je suis épuisée d'entendre dire que nous n'avons pas le choix de faire ceci ou de faire cela. J'en ai marre.

– Nous avons le choix du non-choix, dit Chantal qui a tâté de la philosophie et qui essaye d'égayer l'assistance découragée. Son intervention passe inaperçue.

– Malheureusement, poursuit Jeanne, la perte de notre liberté n'est que trop évidente et c'est vrai que nous n'avons pas d'autre « choix » que de continuer la lutte même au prix de notre vie. Ce qui vient de se passer en est la preuve. Peur de ceci, peur de cela, peur le matin, peur le soir, peur dans la rue, à la maison, au travail, peur, peur, peur, mais jusqu'à quand ? Est-ce que vous trouvez que c'est une vie ? Moi, je choisis de lutter. Ça, au moins, c'est un choix qui me reste. La vie en régime istéro-*boukhinien* ne m'intéresse pas et je ne dis pas ça parce que je suis une femme ; ce serait pareil si j'étais un homme malgré tous les privilèges dont ils jouissent. Je jure de me battre jusqu'au bout même si je dois y laisser ma peau.

– Bravo, Jeanne, approuve Augustine Noiret. Nous allons, tous ensemble, bouter les Istériens hors de Fédie.

– J'en brûle d'impatience, répond-elle.

Jeanne réussit à raviver la flamme de la cause sacrée et à éloigner l'épisode malheureux de la visite de la voisine. RETOUR se voit déjà marchant au combat, à la gloire… Pour le moment, on se contentera de poursuivre le travail commencé.

– Nous sommes minoritaires, intervient Victorien, le journaliste, même pas le quart de la population, comment pourrons-nous en venir à bout ? Je vous rappelle également que la répression en cas de défaite sera impitoyable.

Les Fédiens, en effet, ne forment même plus le quart de la population du pays et la tendance de leurs familles de ne compter que peu ou pas d'enfants se poursuit sans relâche faisant d'eux une espèce menacée. Pourront-ils, dans cette situation numériquement inférieure, reprendre un jour le contrôle de leur destinée ? Au mieux, ils peuvent espérer un statut spécial comme celui qu'avaient autrefois obtenu les Amérindiens sur leur terres occupées par des étrangers. Mais les maîtres de l'América étaient des pratiquants de la démocratie alors qu'on ne peut pas en dire autant des Istériens dont le système politique est monolithique, adepte du « crois ou meurs », ne tolérant ni opposition, ni résistance, encore moins statut spécial.

– Oui, nous le sommes, répondit Versin, mais le quart de la population, ça veut encore dire six ou sept millions à Barize.

– Faites votre calcul. Si nous sommes aujourd'hui quelques millions, ils sont quatre fois ces millions-là. Demain, ce multiplicateur passera de quatre à cinq et, après demain, à six.

– Je ne veux pas le savoir, dit un futur héros, si je dois perdre la vie, j'aimerais mieux que ce soit sur le champ d'honneur plutôt que de frustration et d'ennui chez moi.

– Et moi, proclame Brigitte, j'aimerais mieux mourir au combat plutôt que de rester chez moi en passant le temps à m'épiler.

– Que voulez-vous dire ? demande Daniel, curieux.

– Comment ? Vous ne savez pas ? dit celle-ci qui s'apprête à expliquer mais que Versin arrête à temps en remettant l'assemblée aux choses sérieuses.

– Tout d'abord, nous allons baptiser notre action « Opération Vérité ».

– Bravo ! souscrit Augustine Noiret, c'est le meilleur nom qu'on puisse lui attribuer.

– Allez-vous former un gouvernement-fantôme en attendant ? demande Victorien à Versin.

– Moi, ce que je vise, c'est un vrai gouvernement, pas une ombre.

– Voilà qui est parlé, reprend Augustine. Il faut se fixer des objectifs précis en vue de la victoire finale. Rien de moins.

Aucune autre interruption ne venant déranger RETOUR, le programme de la réunion est complété et les conjurés se quittent satisfaits, enthousiastes mais légèrement inquiets. Chaque membre s'est vu confier une mission particulière à accomplir et dont il doit rendre compte à la réunion suivante.

Rémy demande à Madeleine si elle accepte d'être l'animatrice et responsable du groupe en son absence. L'assemblée approuve et lui demande de consentir. Elle hésite, demande à réfléchir et promet sa réponse pour le lendemain. En attendant, elle est chargée de dresser deux listes.

1) La première, la plus longue possible, de Fédiens sûrs qui auraient droit à leurs exemplaires de la pastille ou du livre précieux.

2) La seconde, plus restreinte, identifierait des membres potentiels du mouvement de résistance active, guerriers prêts tous les sacrifices, y compris celui de leur vie.

Avant de sortir, elle se redéguise en *babboule* mais cette fois, sans réticence. Devant elle attendent un projet à réaliser, une responsabilité à assumer, des dangers à affronter, un but à atteindre, une raison de vivre, enfin !

– Ce costume sera désormais mon uniforme de commando et j'en serai fière, se dit-elle en ajustant le masque qui couvre son visage. Maintenant, à nous deux, Barize !

* * *

6 AMOUR, QUAND TU NOUS TIENS…

Enveloppée de noir de la tête aux pieds, Madeleine quitte l'appartement des Martin et s'élance joyeusement dans la rue.

– C'est formidable! Plus besoin de me cacher pour agir. Je suis libre! Vive l'incognito!

Jouissant de sa drôle de liberté, elle avance d'un pas allègre lorsque, tout à coup, son attention est attirée par une atomobile atomique garée le long du trottoir. On dirait la nouvelle voiture de Marcel Lebeau. Mais oui! C'est celle de Marcel avec Marcel dedans! Ça alors! Toute une surprise… S'approchant doucement du véhicule, elle ouvre la porte en murmurant son nom.

– Mais… que… qu'est-ce que c'est?

Il a sursauté à la vue de la *babboule* qui s'installe sur le siège du passager.

Celle-ci se démasque en éclatant de rire.

– Coucou! C'est moi. Je t'expliquerai après.

Ils s'embrassent passionnément et vite car il suffirait qu'un Policier des Bonnes Mœurs ou même un passant malintentionné les aperçoive pour que le couple termine sa soirée au poste au milieu d'un scandale épouvantable. Marcel murmure « Démarre » et le véhicule s'élance.

– Quelle merveilleuse surprise! Je ne m'attendais pas à te voir. Comment l'as-tu su? Qui t'a dit que je serais ici, ce soir? demande Madeleine inquiète et ravie.

– Toi-même, la semaine dernière. Tu m'avais dit que tu étais invitée à dîner chez ces amis-là. Vous en avez mis du temps, par exemple! Mais, explique-moi d'abord, qu'est-ce que tu fais dans ce costume ridicule? Ne me dis pas que tu t'es…

– Mais non. Mais non. Ce n'est pas ce que tu penses. Tu as parfaitement raison, ce costume est ridicule. Mais il me permet de circuler sans permis et sans escorte. Voilà. Est-ce que tu m'emmènes chez nous?

– Malheureusement, ma chérie, je n'en ai pas le temps. Je suis venu parce que j'avais envie de te voir, même un court instant, le temps de te ramener chez toi.

Elle lui prend la main et l'effleure rapidement de ses lèvres sans qu'il en paraisse auprès des passants ou des occupants des autres véhicules. Déchirée entre sa joie et sa déception, frustrée de ne pouvoir se blottir contre lui, elle laisse couler une larme qu'il ne voit pas.

– Tu ne me dis pas si tu t'es bien amusée chez tes amis.

– Oui. Ils sont charmants mais j'aurais tellement préféré être avec toi !

Le trajet se poursuit dans un silence ému. Un autre baiser lourd est échangé lorsqu'ils arrivent au coin de la rue de la Lionne-Rugissante où Madeleine descend pour parcourir à pied les quelques pas qui la séparent du numéro 65. Encore étourdie de bonheur, baignée d'ivresse, elle monte lentement les marches qui mènent à l'appartement familial, passe devant celui des Krombalion qui reçoivent des visiteurs. Un homme s'efface obséquieusement pour la laisser passer et la salue avec une insistance de mauvais aloi.

Elle n'a qu'une envie, ne rencontrer personne, aller s'enfermer seule pour réfléchir et démêler calmement l'enchevêtrement des événements de la journée. Il lui faut pourtant saluer ses parents d'un air naturel, leur raconter sa soirée chez ses amis en décrivant le menu, écouter son père commenter sévèrement le dernier bulletin de nouvelles, jugé comme d'habitude plein d'absurdités. Lui trouvant l'air préoccupé et la mine fatiguée, sa mère lui fait prendre une tisane qu'elle ingurgite sans que cela ne lui apaise les nerfs. Au bout d'une demi-heure de comédie de salon, elle réussit à se retirer dans sa chambre où, de son lit, elle contemple longuement le plafond avant de s'endormir.

Madeleine a le malheur d'être amoureuse de Marcel. Alors que pour le monde entier, aimer est le plus grand des bonheurs qu'un être humain, surtout une femme, puisse éprouver, pour elle ce n'est, au milieu d'une alternance d'extases et d'accès de désespoir, qu'un perpétuel souci. Marcel ne lui appartient pas, ne lui appartiendra jamais car il vit avec sa femme et leurs trois enfants une union qui est, aux yeux du monde, un modèle de vie familiale réussie. Son épouse qu'elle connaît, par ailleurs, est une personne aimable et réputée très riche.

Lorsqu'elle avait rencontré Marcel et qu'ils avaient commencé leur liaison, il avait suggéré que leurs amours secrètes restent… secrètes.

– Ce sera notre secret chéri, avait-il expliqué

– Tu as raison, ça ne regarde que nous.

Elle avait accepté volontiers car, comme lui, elle préférait ne pas les afficher au grand jour pour diverses autres raisons, l'une d'elles étant l'opprobre jeté par le gouvernement des *ayyous* sur les couples clandestins, particulièrement le partenaire féminin, l'autre, que le rôle de voleuse de mari lui répugnait d'autant plus que l'épouse légitime était une bonne personne qui ne méritait pas un tel sort même si elle rendait Marcel malheureux ainsi qu'il le lui avait confié maintes fois en cherchant consolation auprès d'elle.

– Ah ! Je suis une grande amoureuse méconnue, se répétait-elle souvent avec mélancolie.

Paradoxalement, elle tirait une certaine fierté de cette situation irrégulière car elle faisait de son amour un sentiment désintéressé, noble, sincère, d'une haute qualité et qui n'attendait d'autre récompense que lui-même. Ce fait, ajouté au regard que Marcel, réputé grand expert en séduction, avait jeté sur elle, lui procuraient une joie intérieure ineffable, une confiance en sa féminité et une force morale qui lui faisaient supporter les plus grandes difficultés, endurer toutes les épreuves et même ignorer les allusions plus qu'agaçantes à son état de célibataire que certains indélicats ne cessaient de lui adresser. D'imperceptibles sentiments de révolte vite réprimés, d'ailleurs, la saisissaient parfois à la pensée qu'elle n'était que la maîtresse soigneusement cachée, l'épouse secondaire et, qu'en les gardant toutes les deux, lui, s'arrangeait pour avoir le meilleur des deux mondes. Alors qu'elle… Mais elle n'y pouvait rien. Elle aimait.

Madeleine s'était ajoutée sans le vouloir à la longue cohorte des femmes qui, au cours de l'histoire, avaient eu comme lot l'amour d'un séducteur imprenable à qui elles avaient tout sacrifié, incapables qu'elles étaient de résister à leur passion. Vilipendées, honnies, bafouées parfois même par celui qui les a réduites à cette situation, elles n'avaient de refuge que dans la discrétion totale où elles tâchaient de se faire oublier par la société, impitoyable envers les femmes, mais glorifiante envers les hommes pour l'acte qu'aucun des deux ne pouvait commettre sans l'autre. Rien de tout ceci, pourtant, n'empêchait la liste de s'allonger.

Il arriva un temps où les mœurs évoluèrent vers une attitude indulgente envers les dévergondées qui se livraient à ce sport et où les amours clandestines furent déclassifiées et livrées sans vergogne au regard public. Les amoureuses ajoutaient à leur bonheur la fierté de montrer en public qu'elles avaient un « conjoint ». Mais ce printemps ne dura que le temps des roses et, bien vite, le gouvernement istérien, cautionné par le *boukhinisme*, ramena les choses à leur point de départ, c'est-à-dire, au millénaire précédent. Les unions libres furent prohibées par une loi sévère et la société fédienne en fut terriblement secouée car les nombreux couples qui se trouvaient dans cette situation furent contraints de se marier, de se séparer ou alors de se cacher comme autrefois. Les propres parents de Madeleine avaient dû légitimer leur union après quinze années de cohabitation libre et une descendance exceptionnellement nombreuse de trois enfants.

C'est dans cette situation que Madeleine se trouve, aujourd'hui, avec son amour impossible qu'elle doit à tout prix garder secret mais pour lequel, comme toutes celles qui l'ont précédée, aucun risque n'est trop grand, aucun sacrifice trop dur. Une fois par semaine, elle rejoint Marcel dans un petit appartement discret qu'il a loué à cette intention. La rencontre qui a généralement lieu entre la sortie des bureaux et le dîner est brève, une heure tout au plus pendant laquelle, enfin seuls, oubliant l'Istéria, les trois enfants, leur mère, le mouvement PRO-V-OCC et tout le reste du monde, ils s'enlacent comme si c'est la première et la dernière fois.

Pendant ces moments si rares et si courts mais si enivrants, Madeleine se dit que la vie vaut la peine d'être vécue même si elle ne doit jamais lui donner d'autre félicité que celle-ci.

– Ah ! Comment peut-on être si heureux ! délire-t-elle près de son amant qui éclate de rire.

– Comme ça, tu as été heureuse ?

– Aaaaaah !

A ces moments extatiques, elle n'accepterait d'échanger sa place avec aucune autre, même la plus comblée des femmes et ne souhaite plus, à l'instar de toutes les jeunes filles, rencontrer le prince charmant puisque son prince, son seigneur à elle, est déjà dans ses bras.

Ce grand amour est son secret adoré, celui qui la fortifie, la soutient, la fait flotter sur un nuage mais qu'elle ne peut partager avec personne, même ses parents. Elle se propose de mettre sa mère au courant, mais, à chaque occasion propice, les mots s'arrêtent sur ses lèvres et elle remet sa confidence à une prochaine occasion. Alain non plus n'a pas été mis au courant. Tant de précautions ont été prises et avec tant de succès que rien jusque là n'a transpiré de ses amours cachées.

– Ils n'en savent rien. Ils me prennent pour une vieille fille oubliée mais moi, je suis la sœur spirituelle de Juliette, d'Héloïse et d'Yseult, se répète-elle.

Certains jours, pourtant, le paradis s'assombrit et elle émerge de sa béatitude pour projeter le scénario de sa vie dans le futur où rien ne lui apparaît sinon encore des rendez-vous clandestins, suivis d'autres rendez-vous clandestins, tantôt amoureux, tantôt politiques, des bonheurs infinis suivis de désespoirs accablants et, toujours, ce handicap social de ne pas avoir de conjoint visible. Et, si un jour, Marcel n'était plus près d'elle? S'il perdait la vie? Après tout, il est son aîné de plus de vingt ans. S'il retournait exclusivement dans les bras de son épouse ou peut-être d'une autre jeune femme, on ne sait jamais avec les hommes, que deviendra-t-elle alors? Il ne lui restera que le vide, la solitude, des souvenirs merveilleux, d'autres moins, la certitude d'avoir mal occupé son temps et sa jeunesse et, pour finir, de terribles regrets.

Ces éclairs de lucidité qui viennent parfois l'empoisonner sont rares car, en ce moment de sa vie, elle chérit contre toute logique son état d'amoureuse éperdue et perdante. Lorsqu'une fois ou l'autre elle a tenté de rompre sa liaison, une étreinte passionnée a eu raison de sa volonté défaillante et elle s'est relevée encore plus attachée et plus éprise. Madeleine ignore que l'amour éternel est une fiction de l'esprit et que rien n'est plus éphémère que le chagrin que procure son interruption. Si elle le savait, elle ne craindrait pas autant la douleur de la rupture. Elle est encore jeune. Elle l'apprendra certainement, un jour.

Mais Marcel n'est pas le seul secret de sa vie. Il y a aussi son affiliation à la résistance fédienne à travers la cellule RETOUR du mouvement PRO-V-OCC. Là, non plus, ses parents ne sont pas informés car elle sait que, tout en manifestant des sentiments fortement anti-istériens, ils ne sont pas prêts à voir leurs enfants risquer leur vie même au service de la patrie en danger. La principale raison de son mutisme est le silence qu'elle a fait serment de garder lorsqu'elle s'est enrôlée pour la cause, ce qu'elle n'a pas révélé à Marcel, non plus.

Ainsi Madeleine qui abhorre la cachotterie et le manque de transparence mène, par la force des circonstances, une vie doublement dissimulée, sa liaison avec Marcel étant ultra secrète et son appartenance à la cellule restant ignorée de tous, y compris de Marcel lui-même. Avec le secret No 1 elle risque sa réputation et celle de Marcel, et avec le secret No 2, c'est sa vie qu'elle met en danger. Convaincue du caractère inévitable de son amour, elle l'est autant de la nécessité de lutter contre l'occupant istérien.

– Ça donnera un sens à ma vie, pense-t-elle, mais c'est encore un secret à garder et les gens qui me connaissent doivent me prendre pour une grande sotte.

Aujourd'hui, le secret No 2 a pris une importance particulière puisqu'elle est à la veille d'être nommée lieutenant de la cellule RETOUR si elle y consent. Tous ces mystères sont très lourds à porter surtout les jours où des idées morbides lui traversent l'esprit.

– Ah! si j'en avais le courage!…, se reproche-t-elle, je finirais de tout ça d'un seul coup.

Mais elle aime trop la vie et se résigne à la garder et à la vivre telle qu'elle lui a été tracée.

– Je suis une héroïne malgré moi, se console-t-elle en évoquant la carrière de Jeanne d'Arc.

Elle finit par s'endormir profondément mais sans avoir réglé ses problèmes de cœur.

* * *

7 PRO-V-OCC-ACTION

Au lendemain de ses deux rencontres secrètes, la première, stratégique, avec la cellule RE-TOUR et la deuxième, passionnée, avec son amant, Madeleine, contre toute attente, se réveille paisible, reposée, de bonne humeur et pleine de bonnes résolutions. Une longue et bonne nuit de sommeil l'a remise d'aplomb. Oubliés les tourments de la veille, effacés les soucis du lendemain. Bonjour les oiseaux! Bonjour le soleil! Des deux personnages clandestins qu'elle porte, elle décide de n'en assumer qu'un seul, celui de guerillera urbaine. Jusqu'à nouvel ordre, c'est-à-dire jusqu'au prochain rendez-vous avec Marcel, elle laissera sommeiller celui d'amoureuse éperdue.

– C'est cette double existence cachée qui me donne, parfois, des migraines, diagnostique-t-elle. La preuve? Ce matin, je vais très bien.

Aujourd'hui, sa vie sera tranquille, sinon simple. Aller au bureau, vaquer calmement à ses occupations normales tout en donnant suite à la réunion politique de la veille, sera bien assez.

– Un jour à la fois, une mission secrète à la fois, c'est tout ce que je peux faire sans craquer. Mais je vais bien m'en tirer et vous allez voir, menace-t-elle en s'adressant à un auditoire imaginaire.

Vêtue de son uniforme paramilitaire de *babboule*, gantée de noir, les yeux chaussés d'épaisses lunettes de soleil, soustraite aux regards des curieux, circulant librement et sans encourir de harcèlement d'aucune sorte, Madeleine s'enfonce dans les couloirs du métro où, sur les murs, les portraits multipliés du *Grand-Ayyou* semblent lui adresser des clins d'œil d'approbation. En réponse, elle s'amuse à leur tirer la langue, à leur montrer les dents, à simuler des crachats. Aucun passager ne peut savoir combien elle s'amuse derrière le masque opaque.

A la porte de l'édifice où elle travaille, ses accessoires de *babboule* sont fourrés dans un sac, histoire de ne pas attirer l'attention ou le rire de ses collègues, ni de susciter leurs questions indiscrètes. Glissant à la dérobée vers son bureau, elle allume son ordinateur d'un air naturel, comme elle le fait tous les jours, sauf que, cette fois-ci, ce n'est pas pour travailler sur les dossiers de la compagnie mais pour constituer la liste dont elle a été chargée la veille. Malgré le danger, sa mission de résistante à l'occupation étrangère lui procure infiniment plus de satisfaction et de fierté que sa profession civile de conseillère en publicité.

Assise devant son appareil, l'œil attentif, Madeleine, alias Jeanne D., combat l'adversaire avec courage et acharnement comme les guerriers qui ont autrefois livré les batailles les plus terribles en corps à corps avec l'ennemi ou à partir de tranchées crasseuses, alors qu'à tout moment, un obus pouvait leur enlever la vie ou sinon les estropier. Ce matin-là et tous les suivants, à partir du bunker de son bureau, Madeleine sera un soldat qui se faufile derrière les lignes ennemies, affrontant mille périls, risquant cent fois sa vie. Elle rêve.

— Je suis sur un champ de bataille et, si je ne suis pas vigilante, l'ennemi peut me surprendre et m'abattre.

L'ennemi n'est pas dans la place mais sait-on s'il n'a pas infiltré des espions ?

L'entreprise de consultation qui emploie Madeleine appartient à un compatriote fédien. Elle compte deux Istériens parmi sa vingtaine d'employés. Les *Boukhiniennes* étant confinées chez elles par les exigences de l'*Essoule*, toutes les travailleuses sont des Démocratiennes. Ces dernières évitent, autant que le travail le permet, les contacts avec les collègues istériens dont elles sentent le mépris en même temps que la convoitise.

— Nous sommes capables de faire vivre nos femmes, nous, au lieu de les obliger à sortir travailler comme des esclaves, se font-elles dire souvent.

La notion d'esclavage est, naturellement, particulière à chaque individu et les employées visées s'abstiennent de répondre à ces propos peu bienveillants. Mais cela ne les empêche pas de fulminer.

— Eux préfèrent garder leurs esclaves à la maison, bougonnent-elles.

Le patron traite tous ses employés avec équité mais son personnel le voit montrer plus de déférence envers les Istériens. Malgré tout, Madeleine n'aimerait pas l'exposer à une accusation d'espionnage. Si cela arrivait, la justice istérienne se fiant davantage aux soupçons et à la délation qu'aux preuves tangibles, tout le personnel serait en péril de sanctions graves après pertes catastrophiques d'emploi.

Aucun suspect ne rôde autour de son bureau. Le cœur battant, les doigts fébriles sur le clavier, elle joue le personnage de l'employée modèle. Si quelqu'un s'approche de son écran, surtout si ce quelqu'un est istérien, il la verra effectuer une banale opération d'extraction dans un fichier de clients. Et s'il s'avise de poser des questions, elle prétendra être en train de les marquer pour une campagne publicitaire, ce qu'elle fait souvent dans le cadre de sa tâche. Heureusement, ce jour-là, le bureau est tranquille et personne ne vient perturber son activité illicite. Lorsqu'elle a fini d'aligner trois cent noms triés selon leurs adresses, elle s'arrête, jugeant le nombre suffisant pour un premier raid. Profitant du temps qui reste avant la fermeture du bureau, elle fait avancer quelques uns des dossiers en cours qu'elle a volontairement négligés puis rentre chez elle à la fin de la journée, satisfaite de l'ouvrage accompli, déterminée, prête à recommencer le combat tous les jours.

— Versin G., vous pouvez être fier de votre lieutenant ! s'écrie-t-elle entre ses dents.

Le lendemain, toujours dans l'uniforme de *babboule* qu'elle commence à manier avec adresse, elle rencontre son chef dans le Parc *Ayyou*-Coulion où elle lui remet le résultat de sa recherche. Ils tiennent ensuite une rapide conférence au sommet.

— As-tu réfléchi à ma proposition d'hier ? Acceptes-tu la responsabilité de la cellule pendant mon absence ?

— Oui. J'accepte et j'espère en être digne.

— Je n'en attendais pas moins de toi.

Madeleine assume immédiatement sa nouvelle fonction.

— Et toi, as-tu pensé à un moyen sûr de rejoindre les destinataires et de les convaincre d'acheter l'ouvrage malgré les risques encourus ? s'informe-t-elle.

Oui. Il a réfléchi au problème. Le courrier écrit, le télécopieur, sont écartés de crainte de laisser des preuves qui pourraient devenir incriminantes. Le vidéophone est jugé difficile d'emploi surtout qu'il a la réputation d'être sous écoute lorsqu'il n'est pas en panne. Versin privilégie le contact direct, le plus sûr et Madeleine est d'accord avec lui. Il se propose de faire visiter par ses agents toutes les familles de la liste pour les mettre au courant des développements récents. Pour mieux évaluer leur base populaire, ces émissaires prendront note des réactions rencontrées. Ils compileront des statistiques indispensables. Beaucoup de prudence sera nécessaire pour éviter les trahisons.

Rémy prend la disquette, remercie et félicite Madeleine puis repart avec son taxi.

D'autres listes suivront. Versin a divisé la première en groupes selon les quartiers d'habitation. Madeleine répartit sa liste entre les membres de son groupe dont la mission est d'aller rencontrer leurs compatriotes pour leur proposer des copies de la VRAIE HISTOIRE et leur faire part des objectifs larges du mouvement PRO-V-OCC.

Entre temps, Rémy s'occupera d'établir le contact avec les autres cellules répandues dans la ville et dans le reste du pays pour les associer à l'opération qui fera démarrer la résistance active.

Malgré la difficulté qu'elles ont de circuler seules, les femmes tiennent à prendre part à cette première opération et partent à leur tour en campagne. Une réunion est convoquée pour le mois suivant dans le but d'analyser les résultats de l'action et de rectifier le tir, si nécessaire. Versin est satisfait. Ça commence à bouger.

Au milieu de nombreuses difficultés, mais avec la vaillance des héros que rien ne décourage lorsqu'ils luttent pour une cause qui leur tient à cœur, les délégués de PRO-V-OCC s'élancent au combat pour l'Opération Vérité. Les « clients » qu'ils visitent montrent beaucoup d'enthousiasme, louent avec effusion ceux qui ont écrit l'ouvrage litigieux relatant le passé qu'on veut leur faire oublier à tout prix et l'achètent volontiers. Non seulement la VRAIE HISTOIRE sera lue, mais elle sera enseignée à la jeune génération d'écoliers en remplacement des sornettes qu'on cherche à lui faire passer pour des faits historiques.

Une difficulté anticipée est d'obtenir que les jeunes élèves consentent à apprendre un deuxième programme d'histoire, le premier faisant souvent l'objet de réticence de leur part, et, surtout, qu'ils ne le trahissent pas devant leur professeur à l'école. Certains parents ont des problèmes de communication avec leurs adolescents qui, sans raison apparente, s'opposent systématiquement à toute demande, qu'elle soit raisonnable ou pas, de leur part. Il serait malheureux que les difficultés de croissance de ces jeunes viennent se mettre en travers du noble complot et le fassent échouer par caprice ou simple entêtement. Ceci génère une discussion vive sur l'opportunité de faire apprendre la VRAIE HISTOIRE aux élèves fédiens. Versin tient à ce qu'on l'enseigne aux jeunes dès le niveau secondaire. Louis préfère qu'on attende qu'ils aient quitté l'école. Les avis restent partagés.

– Personnellement, je trouve très imprudent d'imposer aux adolescents deux enseignements contradictoires. Malgré toutes les bonnes volontés et les précautions prises, des erreurs de parcours surviendront et, adieu la Vérité. Peut-être que nous devrions abandonner cette partie de notre programme pour le moment, quitte à la reprendre plus tard.

– Mais, en attendant, proteste Rémy, ils seront endoctrinés, intoxiqués de propagande mensongère, remplis de faussetés et, lorsqu'ils auront atteint l'âge adulte, ils seront perdus pour nous. Moi, je veux, dès maintenant, leur inculquer l'amour de la patrie, leur faire connaître ses richesses, les motiver à la reconquérir.

– Mais est-ce que vous ne craignez pas la légèreté de la jeunesse? ajoute Jean Gut, son irresponsabilité? Son manque de sérieux? Attention, ce ne sont pas des critiques que je formule à son égard, mais des constatations réalistes.

Rémy a confiance en la jeunesse fédienne. Mais les objections posées par les membres sont sérieuses et doivent être prises en considération. Des jeunes pourraient, sans malice, par simple étourderie, trahir le secret.

Madeleine suit la discussion mais n'intervient pas. Elle a une opinion claire sur le sujet. A bout d'arguments, on finit par l'interroger.

– Qu'en penses-tu, lieutenant Jeanne? Donne-nous ton avis sur la question.

– Vous avez tous raison mais il reste que nous ne pouvons pas imposer nos décisions pédagogiques aux parents puisqu'ils ne sont pas affiliés à nos cellules.

– C'est bien vrai!

– Nous ne pouvons ni n'avons le droit de remplacer les parents. Ce que nous pouvons faire, par contre, c'est leur recommander de n'associer leurs enfants à l'Opération Vérité que s'ils les jugent capables d'apprendre, sans danger, une histoire simultanée.

– C'est vrai aussi!

L'assemblée se range à l'avis de Madeleine qui est aussi celui d'Augustine Noiret. On fera parvenir les volumes aux parents qui, eux, prendront les décisions judicieuses concernant l'enseignement de l'histoire à leurs enfants.

L'Opération Vérité commence et se poursuit dans le plus grand secret. Les démarcheurs de PRO-V-OCC se répandent parmi leur clientèle-cible en lui recommandant vivement la plus extrême discrétion. Pastilles et livres sont distribués, mais livres surtout, vu la rareté des ordinateurs dans les foyers. Madeleine, pour sa part, place vingt-trois exemplaires pour commencer. Elle obtient que ses clients, à leur tour, fassent connaître l'œuvre à d'autres, parmi leurs amis les plus sûrs. Elle prend grand soin de garder son incognito.

Le groupe RETOUR se réunit, comme planifié, après un mois de travail sur le terrain. L'hôte est cette fois-ci Louis Corbeau, alias Renard, qui n'a pas, comme les Martin, des voisines susceptibles de venir emprunter des citrons au moment où on a le moins envie de les voir paraître. Augustine Noiret est absente, repartie vers l'anonymat.

Versin fait savoir que l'Opération Vérité s'annonce comme un succès.

– Membres combattants de « PRO-V-OCC/RETOUR » et des autres unités de combat, proclame-t-il d'un ton solennel, vous avez mérité de la patrie. Vous n'êtes plus des citoyens soumis à d'ignobles occupants, vous êtes des soldats courageux qui allez livrer la bataille la plus noble qui soit, celle de la liberté, celle de la vie, celle de l'honneur. Aujourd'hui, vous n'êtes armés que d'un livre, celui qui raconte notre histoire glorieuse. Demain, vous aurez le fer de la reconquête dans les mains et le feu de l'amour dans le cœur et vous serez invincibles. En attendant que ce grand moment arrive, personnellement, je serais fier de m'appeler « PRO-V-OCCateur » et vous le serez tous, comme moi !

Il attend la réaction de l'assistance dont l'enthousiasme reprend vie à la suite de ses paroles exaltantes. Le cynisme qui a longtemps été de mise dans les sociétés occidentales n'a plus cours et le patriotisme ne sera plus, désormais, un sentiment ringard dont on rougira. Bien au contraire, on laissera parler son cœur et ses émotions, la tête haute, fièrement, en brandissant les trois couleurs.

– Oui, Versin. C'est un beau nom. Mais nous préférerions, plutôt qu'avec un drapeau, le porter, les armes à la main.

– Patience, mes amis, et, surtout, prudence. Nous n'avons droit à aucun risque. Notre plan est soigneusement tracé et nous devons le suivre à la lettre.

Ayant rassuré ses troupes, Versin reprend :

– Notre premier mois d'action a été couronné de succès même si, en apparence, rien n'a changé. Mais l'espoir est revenu nous habiter et nous savons qu'un jour nous serons débarrassés du cauchemar istérien. Ce qui va se passer ne fera qu'ajouter un chapitre de plus à l'histoire de notre pays et pour rien au monde je ne voudrais manquer d'en faire partie.

Les « PRO-V-OCCateurs » sentent la fierté nationale, un sentiment depuis longtemps oublié, leur serrer la gorge. Ce qu'ils ont entrepris réussit au delà de toute espérance. Aucun obstacle de ceux qu'ils s'étaient plu à prévoir, afin s'y préparer, ne surgit, ni de la part de l'ennemi, ni du côté des compatriotes qui, tous, se sont montrés très concernés. Quant aux jeunes, c'est surprenant et édifiant de constater la sincérité de leur engagement à la cause de leur avenir. Les conflits parents-enfants ont été remisés jusqu'à la fin de la guerre. Victorien Léger raconte que les familles auprès desquelles il s'est rendu ont acquis chacune plusieurs exemplaires et se sont engagées à les offrir à des parents et amis sûrs. Raymond, outre sa liste, a repéré des camarades qui lui en ont fait commande pour les répandre chez tous ceux, et ils sont nombreux, qui sont fatigués d'entendre énumérer les victoires militaires des troupes istériennes sur l'armée fédienne. Enfin, tous les émissaires de RETOUR ont obtenu le succès et il en est de même pour toutes les autres cellules du mouvement PRO-V-OCC. Après des années de léthargie meurtrière, voici que la Fédie se prépare à l'action. Elle commence à revivre. Elle recommence à respirer. Elle se prépare à ressusciter.

Lorsque c'est au tour de Madeleine de présenter son rapport, elle s'amuse à raconter les avatars de sa *babboulisation*, ce qui détend l'atmosphère en faisant rire tout le monde aux éclats. On admire son astuce et son esprit de sacrifice car on sait que le vêtement en question est loin d'être confortable.

— Mais pas du tout ! répond-elle, c'est comme si j'allais au bal masqué tous les jours.

Et vlan ! Les bals masqués sont interdits par les autorités istériennes.

— D'ailleurs, poursuit-elle en plaisantant, je ne sais pas si je n'utiliserai pas ce costume même après l'obtention de mon permis ! Je ne vous dirais pas que c'est mon habit de lumière, non, mais que c'est, incroyablement, celui de ma liberté !

— Ah ! Les femmes ! Elles ont plus d'un tour dans leur sac ! commente un macho.

— C'est bien pour ça qu'elles se promènent toutes avec un sac à main, approuve un autre.

— Hé ! La ! Attention…

D'autres anecdotes sont racontées et l'humeur devint franchement joyeuse. Avec l'activité qui reprend, les gens commencent à se sentir plus forts, à réaliser qu'ils sont encore un peuple qui compte à la surface de la terre, qui n'a pas dit son dernier mot à la civilisation.

Mais, attention ! Il ne faut pas s'oublier ni se laisser aller à l'indiscrétion car on sait que plus un secret est partagé par un grand nombre de personnes, plus fortes sont ses chances d'être percé. Le danger des dérapages est plus grand du côté des enfants qu'on exposera à deux enseignements contradictoires. Quelle sera la réaction des professeurs d'histoire, tous istériens, d'ailleurs, par volonté ministérielle, lorsqu'ils entendront réciter des faits historiques qu'ils n'auront pas expliqués en classe ?

— Je ne saurais assez vous recommander la plus extrême prudence, finit par dire Versin à ses compagnons. Prudence ! Prudence ! Prudence ! Désormais notre mot d'ordre sera « Prudence et Patrie ». Ce sera notre devise et notre mot de passe jusqu'à l'arrivée au but final.

La réunion se termine sur une note optimiste et combative. Les soldats se sont trouvé un nom et une devise. Ce ne sont encore que modestes résultats mais il est connu que des mots bien choisis et bien placés peuvent avoir un impact décisif sur le moral des troupes. La vraie histoire de la Fédie peut en témoigner.

Madeleine rentre chez elle, enthousiaste.

— Je viens de découvrir ma vraie vocation : organisatrice et combattante. Tant pis si personne n'en sait rien. Pour le moment c'est tant mieux ! Un jour je partagerai ce bonheur avec mon peuple libéré ! Et nous défilerons sur les Champs-Elysées, fanfare et tricolore en tête ! En short !

* * *

73

8 UNE DEMANDE EN MARIAGE

A quelques jours de là, Madeleine en rentrant chez elle un soir, aperçoit, bavardant ensemble au salon, sa mère, sa sœur Olga et une visiteuse qui n'est autre que Madame Noria Krombalionne, l'emprunteuse culinaire attitrée de l'immeuble.

– Tiens! Tiens! C'est au salon maintenant qu'elle reçoit les citrons... Maman est vraiment généreuse.

Tout en s'interrogeant sur l'origine de cette réunion, la voisine n'ayant pas l'habitude de s'attarder lorsqu'elle vient quêter des agrumes et sa sœur n'apparaissant que rarement chez ses parents, Madeleine les salue et se joint aimablement à leur groupe.

La visiteuse et la sœur sourient d'un air entendu pendant que l'hôtesse, l'expression concentrée, étudie une fleur sur le tapis. La conversation interrompue à l'arrivée de Madeleine ne redémarre pas. Il semble que Madame Krombalionne n'est pas là pour négocier un emprunt. Mystère... Au bout d'un moment, Madame Duperrier abandonne sa fleur et rompt le silence.

– Notre chère Noria a quelque chose à te dire.

Un pressentiment de désastre saisit Madeleine qui aurait préféré que cette scène n'ait pas lieu et que la visiteuse se soit trouvée en ce moment sur une autre planète, dans une autre galaxie, au confins de l'univers. Hélàs! Noria, très présente, annonce triomphalement:

– Ma chère Mademoiselle Madeleine, je vous apporte une grande nouvelle, j'ai un beau fiancé pour vous.

– Ah! fait Madeleine.

– Bravo! il était temps! s'écrie Olga, piétinant l'amour-propre de sa sœur.

Madame Duperrier se replonge dans l'observation du tapis.

Madeleine l'aurait deviné. Un complot se trame contre elle! Cette voisine est une femme indiscrète, autoritaire, une Madame Sans-Gêne, qui vient se mêler de ce qui ne la regarde pas, une sorte de marieuse de village à la manière istérienne. De quel droit cette étrangère se permet-elle d'intervenir dans sa vie privée, elle qui ne lui a jamais adressé la parole? Madeleine se souvient d'avoir, à plus d'une reprise, aperçu dans l'escalier un étranger barbu, qui la dévisageait avec insistance. Ce doit être lui, c'est lui. Les femmes savent cela. Elle s'efforce de contenir sa réaction autant par prudence que pour ne pas mettre sa mère dans l'embarras lors de ses relations ultérieures de bon voisinage. Elle cédera à la colère plus tard, plus loin, à l'abri des regards, là où déjà une trop grande partie de sa vie s'est réfugiée. Des larmes coulent sur ses joues.

— Je le savais! Regardez-la. Elle pleure de joie. Elle brûle de savoir qui c'est, n'est-ce pas, Mademoiselle Madeleine?

Madame Duperrier vole au secours de son enfant.

— Attendez, Madame Noria... heu... Noria, attendez... Elle est très émue. Laissez-lui le temps.

— C'est tout à fait normal, ma chère Nicole. Croyez-en mon expérience. Toutes les jeunes filles rêvent de se marier et surtout quand elles ne sont plus si jeunes (Madeleine veut l'assassiner!). Mon cousin, le Docteur, vous a aperçue dans les escaliers, Mademoiselle Madeleine, et vous a trouvée à son goût. Il raffole des blondes, vous savez. Il aimerait vous rencontrer pour mieux vous connaître avant le mariage. Qu'est-ce que vous en pensez, chère Nicole? Dites à votre fille de se préparer parce que mon cousin est très impatient.

Les Istériens, en général, considèrent les Fédiennes comme des délurées ce qui ne les empêche pas de rechercher les alliances avec elles. Un vague relent de complexe les habite encore et, épouser une de ces étrangères, d'abord, ramène celles-ci au niveau des femmes de leur peuple, ensuite satisfait leur goût pour un certain type physique d'autant plus prisé qu'il est rare dans leur population. Madame Krombalionne menait rondement les affaires. Ayant déjà présumé du consentement de la famille et conclu dans sa tête le mariage voulu par son cousin, elle se met à faire l'éloge du prétendant dont elle vante l'instruction, la fortune et le caractère, toutes qualités qui feront précisément le bonheur d'une Fédienne. La femme qu'il cherche est exactement comme Madeleine. Et puis, il est médecin. C'est un heureux hasard pour elle, une occasion unique à ne pas manquer.

— Est-ce que je cauchemarde? Est-ce que je vais me réveiller bientôt? se demande Madeleine.

Une demande en mariage? Non, plutôt un ordre péremptoire de la part d'un parfait inconnu qui ne connaît d'elle que son enveloppe charnelle. Cela dépasse en absurdité tout ce qu'elle peut imaginer. C'est, ni plus ni moins, un viol non consommé. La respiration, la parole et les mots lui manquent et la voisine qui connaît quelques proverbes fédiens interprète ce silence comme un consentement.

Madame Duperrier est en proie à des sentiments mêlés. Une mère dont la fille trouve un prétendant est normalement en droit de se réjouir et, d'autant plus, lorsque celui-ci correspond à l'idéal rêvé. Or, si le cousin Piquemalion est médecin, il est, par contre, *boukhinien* et ceci est beaucoup moins souhaitable. La décision finale appartiendra à sa fille qu'elle ne cherchera d'aucune façon à influencer dans un sens ou dans l'autre. Elle-même, malgré les avantages sociaux indéniables qu'apporterait à la famille une telle union, préférerait pas donner suite au projet qui ferait d'elle l'alliée de ces gens-là et, plus tard, la grand-mère de leur progéniture. Non, non, il y a trop d'étrangetés dans leur façon de vivre et sa fille, telle qu'elle la connaît, ne pourra jamais s'y adapter.

Par contre, si Madeleine consent, elle-même n'aura plus à se faire de souci pour son avenir et finira par accepter la réalité istérienne irrésistible, fatale, inéluctable. La balance de ses réflexions maternelles penche tantôt d'un côté, tantôt d'un autre, plus longtemps du côté du refus mais revenant parfois du côté du oui. Elle est déchirée.

Noria Krombalionne ne lâche pas sa proie.

— Et puis, si vous saviez, le Docteur, mon cousin, est un excellent père de famille qui aime beaucoup ses enfants, même les filles.

— Comment! Il est marié? s'écrie Madame Duperrier qui trouve là une porte de sortie honorable.

— Il l'est encore, répond la Krombalionne. Mais il attend votre réponse pour répudier sa femme avant d'épouser la belle Madeleine. Quand mon cousin pourra-t-il la rencontrer? Que dois-je lui répondre?

— Répudier sa femme? Mais pour quelle raison?

— Parce qu'il veut vous épouser et que notre loi ne lui permet qu'une seule épouse à la fois. Que dois-je lui dire de votre part? Quand voulez-vous le rencontrer, Mademoiselle Madeleine?

— Il faut d'abord qu'elle y consente, n'est-ce pas? Donnez-lui le temps d'y penser, dit Madame Duperrier qui commence à souffrir d'une migraine et éprouve le besoin d'aller réfléchir dans le calme. Madeleine, en proie au même besoin, quitte le salon et la marieuse pour sa chambre où elle laisse sa colère se déchaîner.

— Quelle horreur! M'appeler Madame Piquemalionne No 2, ou 3, qui sait? Il ne manquerait plus que ça! Plutôt mourir mille fois!...

Encore un boulet à traîner dans sa vie! Le Docteur-prétendant vient d'ajouter un article à la liste de ses principaux soucis. Au fond, il n'y a qu'à dire non merci et tout sera terminé. Oui, mais s'il refuse d'accepter son refus et qu'il se fait insistant? Ce serait une dure bataille à livrer car rien n'est plus éprouvant pour une femme que le désir d'un homme qui ne l'attire pas. Il serait commode de prétendre qu'elle se destine au couvent mais, de couvents, il n'y en a plus depuis belle lurette. Même clandestinement, PRO-V-OCC et Marcel, tour à tour, comblent sa vie et il n'est aucunement question qu'elle abandonne l'un ou l'autre au profit de quiconque, fut-il le prince Charmant. Il faudra, en outre, s'assurer que l'excuse invoquée soit plausible auprès de ses parents qui ignorent ses activités secrètes. D'ailleurs, sa raison de vivre est de combattre la nation conquérante de l'Istéria, de la chasser de son pays et pas du tout, mais pas du tout alors, de lui donner des fils!

— Oh! La! La! Dans quels beaux draps je me trouve!

Dire qu'elle connaît à peine le visage de celui qui veut faire d'elle son épouse légitime car le mariage traditionnel est revenu à la mode sous l'influence de la culture passéiste du nouveau régime istérien. Devenir Madame Piquemalionne, c'est d'abord subir qui sait quelles sortes de traitements bizarres pour se conformer à leurs mœurs ! Qu'elle ne soit pas *boukhinienne*, il doit bien le savoir mais ne pas s'en faire pour autant. Pour elle, par contre, tout contact avec un non-démocratien, et tout spécialement un *Boukhinien*, est impensable. Sans compter qu'il porte la barbe.

– Car je suis raciste positive, se dit-elle, se souvenant de la réunion tenue avec les locataires, mais comment le lui faire comprendre sans le vexer ?

La voilà l'excuse. Il suffirait de lui faire état de leur différence d'allégeance religieuse pour retourner un non poli. Il n'y aurait rien de vexant là. Cette pensée l'apaise quelque peu. Elle compatit même au sort de la malheureuse Madame Piquemalionne actuelle, dont elle tient l'avenir entre ses mains. Si elle pouvait, elle irait la rassurer.

La messagère nuptiale partie, Madame Duperrier et Olga la rejoignent dans sa chambre.

Les deux sœurs Duperrier sont aussi différentes de caractères, de mentalités, et de jeu de valeurs que si elles avaient été de parfaites étrangères. Olga qui ne s'embarrasse ni de patriotisme ni de causes à défendre suit le seul chemin qui lui paraît digne d'être parcouru, celui du conformisme bourgeois et des convenances sociales. Sa religion, car elle en a une, est la poursuite de la fortune qu'elle pratique dévotement depuis son mariage avec un jeune architecte barizien à la réputation montante. Elle avait, alors, pris ses distances avec ses parents peu ambitieux et trop modestes à son goût. Quand à sa sœur cadette, avec ses idéaux farfelus et sa manie agaçante de tout remettre en question, elle a décidé qu'elle ne pourra lui être d'aucune utilité dans le monde où elle va désormais évoluer. C'est pourquoi, ses visites se sont espacées, et Madeleine s'interroge sur ce qui l'a poussée à venir ce jour-là.

– Félicitations, ma chère sœur. Tu vas devenir femme de médecin. Tu seras « Madame Docteur Piquemalion ».

Depuis l'aube de l'humanité, la profession de sorcier-chaman-guérisseur-médecin a joui d'un prestige incontesté auprès de toutes les sociétés qui ont peuplé les jungles, les banquises, les villages, et les salons de la planète. L'appellatif de « Docteur » est porté avec fierté par les pratiquants de cette profession, la plus noble, si ce n'est la plus ancienne. D'autres sont appelés plus pompeusement « Professeur », titre que les véritables enseignants, eux-mêmes, n'ont pas le privilège de porter. Considération, respect et fortune sont éternellement et universellement accolés à la pratique de la médecine. Le prestige social fait partie des idoles d'Olga.

– Oh ! Oui, poursuit-elle emballée, peut-être même un jour « Madame le Professeur Pique… »

– Un instant, ma chère sœur. Ne nous affolons pas. Tu oublies qu'il est istérien et *boukhinien* et que je ne le connais pas du tout.

– Qu'est-ce que ça fait ? Tu seras riche, respectée et amie du pouvoir.

Elle-même deviendrait belle-sœur du pouvoir. Mais l'insupportable Madeleine le voit d'un autre œil.

– Comment qu'est-ce que ça fait ? Mais… mais… enfin… ils sont tellement différents de nous. En guise de respect, ils traitent leurs femmes comme des servantes qu'ils peuvent renvoyer par caprice n'importe quand. C'est bien connu !

– Ce n'est pas vrai. Elles sont très fortes, leurs femmes et tout le monde sait que ce sont elles qui terrorisent leurs maris.

– Ah ! Oui ? Tu sais ça, toi ? Est-ce qu'elles peuvent aussi les répudier à volonté ? Au fait, pourquoi n'en as-tu pas épousé un toi-même ?

– Comme tu es stupide ! Avec tes idées et ton manque de souplesse tu resteras toute ta vie une vieille fille, comme autrefois. Elle n'est pas même pas capable d'avoir un amant, dit Olga en s'adressant à sa mère.

Madeleine se retient à temps d'élever une protestation. Nicole, déboussolée devant la liberté de langage de sa fille aînée qui dégénère toujours en querelles désagréables et stériles avec sa sœur, pratique la neutralité pour désamorcer les crises mais il en reste toujours un goût amer et un désaccord latent entre elles. Aujourd'hui, abandonnant exceptionnellement sa politique d'apaisement, elle se sent partisane de Madeleine qui repousse de toutes ses forces le mariage en question.

– Doucement, Olga, doucement. Madeleine a besoin de calme pour réfléchir. Il faut l'aider au lieu de l'accabler.

– A son âge, elle devrait avoir plus de plomb dans la tête et réaliser les avantages qu'elle procurerait à toute la famille en acceptant ce parti. Qu'elle mesure bien les conséquences d'un refus à un homme si important ! Je n'ai jamais vu pareil égoïsme ! s'écrie Olga en se levant et faisant un geste avec la main qui veut dire qu'elle ne veut plus jamais avoir affaire avec sa sœur. Elle saisit son sac, arrange son voile sur la tête et prend la porte non sans avoir ajouté :

– Enfin, maman, tâche de lui faire entendre raison !

Les Duperrier sont pris de court par l'étrange demande en mariage adressée à leur fille car jusque là, ils n'ont envisagé les Istériens que comme une foule étrangère, encombrante et bruyante à tenir aussi éloignée que possible, mais tout d'abord, des voisins à éviter. En bref, ils les endurent comme une nuisance inévitable. Voici que, tout d'un coup, ceux-ci ont la prétention de devenir leurs parents et alliés. Pour la première fois ils se voient acculés à traiter de questions personnelles avec ces inconnus et ne savent trop comment s'y prendre.

– Il ne s'agit pas de céder à leurs exigences, mais il ne faut pas les vexer non plus, conseille Nicole qui croit les connaître à travers les transferts de citrons.

– Mais enfin ! On dirait que nous avons peur d'eux ! constate Monsieur Duperrier.

Ils en ont peur mais ne se l'avouent pas. Un silence coupable répond à la remarque du père. C'est, malheureusement, la réalité.

N'étaient les différences d'âge et de milieu, ce mariage aurait été une bonne affaire car le prétendant est un personnage important. On le sait riche, bien introduit dans les milieux gouvernementaux et même, vaguement apparenté au *Grand-Ayyou* Basram, le chef de l'Empire, dont il est l'un des médecins. En somme, un homme puissant, influent, dont il vaut mieux faire un ami qu'un ennemi surtout en ces temps de désolation. Malheureusement pour lui, la principale intéressée reste indifférente à tous ces avantages matériels.

Ce n'est pas tellement par attachement à sa foi qu'elle se refuse à l'union *boukhinienne* mais plutôt par la répulsion qu'elle éprouve envers cette confession. Pas tant, d'ailleurs, à la religion elle-même qu'à la mentalité qu'elle instille dans les comportements sociaux de ses adeptes. D'abord, elle sera astreinte à emmailloter sa tête dans le *surghamm* en ayant bien soin de ne laisser passer aucune de ses mèches blondes sous peine d'arrestation par des soi-disant policiers des bonnes mœurs aussi vicieux en privé que vertueux en public. Sa vie ne deviendra qu'un acte perpétuel de soumission à son seigneur et maître, autant dire son propriétaire, et à sa belle-famille qui ne manquera pas d'en profiter. Une esclave, quoi ? Elle n'aura aucun recours, aucune protection ni de la part de ses parents ni de la part des autorités, elles-mêmes responsables de l'établissement et du maintien de ce curieux système familial.

Ce n'est pas tout. Elle a entendu des histoires d'horreur au sujet de certaines préparations corporelles douloureuses et dégradantes exigées des femmes préalablement à tous les mariages *boukhiniens*. Rien que d'y penser, est une humiliante torture. C'est à croire que tous les mâles istériens en commençant par Eliomm-le-Tout-Puissant, lui-même, sont des sadiques religieux et que, par déduction, toutes les *Boukhiniennes* sont des masochistes.

Comment ces femmes peuvent-elles accepter pareil asservissement sans murmurer bien que formant la moitié de la population, si ce n'est plus ? Quelques tentatives de recherche de justice ont été prestement étouffées, leurs courageux auteurs si cruellement punies qu'il n'y a plus eu de récidives et la société istérienne a pu, sans être autrement dérangée, continuer à pratiquer l'esclavage d'une de ses moitiés par l'autre. C'est la volonté suprême d'Eliomm, proclament les *Boukhiniens* des deux sexes en réponse à toute question soulevée sur le sujet et c'est un devoir sacré de s'y conformer. Il n'y a qu'à se soumettre sans comprendre, sans discuter et surtout sans protester, sous peine de blasphème.

Madeleine a toujours trouvé étrange que la volonté d'Eliomm corresponde si bien aux lubies sexuelles des hommes et qu'elle aille jusqu'à entamer l'intégrité physique des femmes pour satisfaire ces caprices. Il est vrai qu'à bien les examiner, toutes les religions se montrent, à divers degrés, plus soucieuses des besoins intimes de leurs fidèles mâles que du salut des âmes de toute la population. Par la coercition ou, subtilement, par la culpabilisation, ce sont les femmes qui sont les grandes perdantes à ces jeux-là. Le *Boukhinisme* ne fait pas mystère de sa subordination à la volonté d'Eliomm de les asservir. Le plus inouï, c'est la conversion volontaire de femmes démocratiennes mystérieusement attirées vers cet enfer.

– Il doit y avoir quelque chose que j'ignore encore parce que, logiquement, raisonnablement et tout ce que vous voudrez, on ne peut pas préférer le *Boukhinisme* au Démocratisme si on est une femme. A moins d'ajouter la vocation de martyre à un tempérament de masochiste...

Peut-être est-ce la maternité qui leur apporte la force d'endurer toutes les tribulations de leur vie maritale… Avec ce monsieur, ce sera grossesse après grossesse et les enfants ne lui appartiendront même pas. Jamais elle ne pourra leur transmettre la culture reçue de ses ancêtres, leurs codes moraux, leur mentalité, leurs valeurs devenues les siennes, enfin, la fierté de sa patrie et l'amour de son drapeau. Ses enfants s'exprimeront dans une langue qu'elle ne sera jamais capable de maîtriser. Elle ne pourra pas choisir leurs écoles, ni leur enseigner les sports qu'elle aime pratiquer. Quant à ses filles, enveloppées de la tête aux pieds dans des linges cruels, elles resteront confinées avec elle, frustrées et abruties par les obligations irrationnelles qu'elles devront subir tous les instants de leur jeune vie.

Pourtant, quelques Fédiennes ont pris des Istériens comme amants. Mais ce n'est pas la même chose. C'était volontaire… On entend ces imprudentes affirmer que les hommes de cette race sont de véritables mâles et que, dans leurs bras, elles se sentent devenir de véritables femmes. Mais qu'est-ce qui leur arrive après le relâchement de l'étreinte ? Est-ce qu'elles changent de sexe ? C'est à n'y rien comprendre.

— Papa, maman, non, je ne peux pas, conclut-elle.

Elle ne mentionne pas Marcel. Ce n'est pas nécessaire. Il y a une pléthore de justifications à sa décision de refuser.

— Je comprends très bien, approuve Nicole, soulagée, mais je voulais te l'entendre dire. Si seulement il n'était pas *boukhinien* !

— Maman !

Alain à qui la loi donne tant d'autorité sur sa sœur offre de prendre sur lui la responsabilité du refus et la communication de la nouvelle à Madame Krombalionne.

— Elle ne sera pas du tout contente. Ne le lui dis pas tout de suite. Laisse-là croire que j'y réfléchis pendant quelques jours.

C'est là une petite revanche de faible que Madeleine s'offre. La voisine n'a pas voulu lui nuire en s'entremettant pour un beau mariage, mais, par son initiative, elle lui a causé un ennui de plus à elle qui n'en manque pas. En réalité, Madeleine se venge selon ses pauvres moyens de la défaite de la Démocratia.

Le surlendemain, elle est arraisonnée par l'ennemi devant la porte de l'immeuble. Le Docteur Piquemalion en personne est venu chercher sa réponse sinon sa fiancée. Tous les chemins de retraite étant coupés, il faut faire face.

— Bonjour Mademoiselle Duperrier. Je me présente. Je suis le docteur Farique Piquemalion cousin de votre voisine qui l'ai chargée de demander à vos parents de vous permettre de m'épouser.

C'est direct et franc. Madeleine n'a aucune stratégie de préparée. Elle a confié le soin de transmettre sa réponse négative à Alain et s'en est désintéressée depuis. Maintenant il lui faut reprendre les opérations en main.

— Oui, Monsieur. J'ai rencontré votre cousine, notre voisine, à ce sujet, fait-elle, prudente. C'était il y a trois jours et…

— Très bien. Avez-vous ma réponse ?

— Pas encore tout à fait, fait lâchement Madeleine qui a peur de la révéler à cet instant. C'est trop vite pour une telle décision…

— Donc, vous ne dites pas oui. Je ne comprends pas pourquoi ? Moi, dès que je vous ai vue je vous ai trouvée à mon goût.

— Enfin, Monsieur, je ne vous connais pas. Je ne peux pas engager ma vie avec un inconnu.

— Mais votre voisine est ma cousine et elle me connaît très bien.

Madeleine pense si fort « Eh ! Bien ! Epousez-là vous-même ! » qu'elle a peur d'être entendue. Le Docteur insiste.

— Si ce n'est que cela, nous aurons tout le temps de nous connaître après le mariage. Que dites-vous maintenant ?

— D'abord, je ne suis pas *boukhinienne*.

— Ça ne me dérange pas. Vous pourrez pratiquer votre foi comme il vous plaira.

— Je n'ai pas de religion, proclame-t-elle espérant le mécontenter.

— Alors, vous pourrez devenir *boukhinienne*, si vous voulez.

L'objection religieuse ne le décourage pas plus que le fait de ne pas se connaître. Madeleine cherche ailleurs.

— Il nous sera difficile de nous entendre vu la différence d'âge entre nous.

— Mais vous n'êtes pas très jeune vous, pour une femme, et vous ne devriez pas trop attendre pour vous marier.

Madeleine veut le dépecer. Vingt-cinq ans et être traitée de vieille ! Qu'il est dur en ce moment de garder le secret de ses amours cachées ! Non. Elle n'est pas une femme délaissée malgré les apparences. Mais ce n'est pas ce malotru médical et barbu qui va la ramasser pour lui conférer une respectabilité. Elle devient agressive.

— On m'a dit que vous étiez déjà marié et père de famille !

— Ma plus jeune est encore un bébé. Ceci devrait vous rassurer.

— Je ne veux pas épouser un homme marié. D'ailleurs, vous ne pouvez pas m'épouser puisque votre loi n'admet pas la polygamie.

— Pas dans cette vie, mais dans la suivante au Paradis. Ce n'est pas pour rien qu'on a surnommé cette terre une vallée de larmes. Au Paradis, nous pourrons épouser autant de femmes que nous voudrons et quand nous voudrons.

— Et les femmes, elles, que trouveront-elles pour récompense au Paradis ? Autant d'hommes qu'elles en auront envie ?

— Non. Les femmes n'aiment pas ça.

Il prétend connaître la psychologie féminine !

Selon le *Saint-Boukhin*, le Paradis de la vie future offrira en récompense aux bons croyants tous les bonheurs auxquels ils auront aspiré pendant leur passage terrestre. Ainsi, chaque fidèle disposera entre autres, d'autant de femmes qu'il pourra en épouser et, pour ce faire, il n'aura besoin d'en renvoyer aucune sauf s'il en a envie. Il les traitera selon ses caprices, sans avoir de comptes à rendre à personne. Elles resteront toujours pures.

Par contre, le livre sacré reste muet en ce qui concerne le sort des *Boukhiniennes* méritantes lorsqu'elles auront passé de vie à trépas. Les théologiens interrogés sur le sujet y trouvent une autre preuve de la grandeur d'Eliomm qui, par galanterie, prépare pour l'au-delà une belle surprise à ses ouailles du sexe faible. C'est la volonté d'Eliomm-le-Tout-Puissant de garder un silence divin sur le sujet et il faut la respecter en ne posant pas de questions, ce dont se gardent bien ces dames.

— Ecoutez. Quand vous me donnerez votre consentement, mais pas avant, je répudierai ma femme afin d'être libre de vous épouser.

C'en est trop. Madeleine veut se retirer. En vain.

— Mademoiselle Madeleine, quand allez-vous me donner votre réponse ?

— Mais pourquoi voulez-vous briser votre famille pour m'épouser ?

— Parce que vous me plaisez et que je vous aime.

Il est plus que temps d'arrêter ce dialogue de sourds et de partir. Les nerfs de l'aimée ne tiennent plus. Impossible de répondre à quelqu'un en pleine face qu'on le trouve déplaisant et indiscret. La délivrance apparaît enfin sous les traits d'Alain qui rentre. Le docteur s'éloigne non sans avoir ajouté : « Pensez-y bien, Mademoiselle Madeleine ».

— Est-ce que c'est une menace ? demande Alain.

— Non. Une demande en mariage, rectifie Madeleine et elle lui raconte sa rencontre avec le Docteur Piquemalion. Alain la console et lui remet son permis de circulation qu'il vient de retirer.

— Malheureusement, c'est un permis restrictif. Ils ont considéré tes horaires de bureau pour fixer les limites de tes heures de déplacement libre.

— Ah les salauds ! Mais je les envoie promener avec mon déguisement de pieuse femme. Non seulement je sortirai seule quand il me plaira, mais ce sera sous la haute protection de leur Eliomm, s'il te plaît !

— Tu pourras circuler cheveux au vent au moins pendant quelques heures, chaque jour.

— Pour le moment, ma plus grande jouissance sera de m'être débarrassée à tout jamais du collant Docteur Piquemalion. J'aurais eu envie de lui donner tout de suite ma réponse définitive. Malheureusement, il est parti en te voyant. Merci pour le permis.

L'arrivée inopinée d'Alain délivre momentanément Madeleine de son assiégeant mais la laisse avec son épée de Damoclès suspendue bien haut sur sa tête…

* * *

9 OPERATION VERITE

Comme si elle avait passé près de le perdre, c'est avec une fougue renouvelée que Madeleine court se jeter dans les bras de son bien-aimé. Pourtant, il n'est nullement question de séparation et leurs relations intimes sont toujours au beau fixe. Le seul autre homme qui l'a récemment approchée est le Docteur Piquemalion et, de ce côté, leur liaison ne court aucun danger puisqu'elle a décidé de refuser la main de cet arrogant dont l'insistance est devenue un véritable harcèlement.

Malgré tout, elle se sent envahie par une inquiétude d'autant plus troublante que rien ne semble la justifier. Les femmes ont, paraît-il, des intuitions prémonitoires sur les événements de la vie mais Madeleine se refuse à croire qu'elle est en proie à l'une de celles-ci. D'ailleurs, l'intuition n'existe pas. Elle n'est qu'une façon malicieuse d'expliquer les coups de cerveau des femmes. Pour finir, Madeleine se dit que les temps actuels, incertains, difficiles à vivre, rendent les gens pessimistes et qu'elle-même n'y échappe pas. A moins que le malaise qu'elle ressent ne soit un premier symptôme de dépression pathologique?... Parfois, dans des circonstances personnelles pénibles, des malheureux subissent des attaques de panique tellement atroces qu'ils tentent de s'enlever la vie après avoir cherché en vain des traitements pour soulager leur souffrance. Risque-t-elle d'arriver à cette extrémité? Elle se le demande en allant, cet après-midi là, quérir l'aide de celui en qui elle a investi sa vie et qui, elle en est sûre, sera le seul capable dans la circonstance, de lui tendre une main secourable et rassurante.

Marcel qui, d'ordinaire, se dépêche de partir après leurs extases pour rejoindre femme et enfants, s'attarde un moment près d'elle. Il a envie de parler d'autre chose que d'amour. Romanesque incorrigible, Madeleine se serre contre lui et l'en aime davantage. Sa passion, déjà exaltée par l'appréhension, l'est, plus encore, par le petit moment extra qu'il lui accorde généreusement en le prenant sur le temps de ses obligations familiales.

— Ah! Je t'aime! Je t'aime!... Et toi, m'aimes-tu? Dis-le moi. Répète-le moi, je t'en supplie, mon amour. J'ai envie de l'entendre encore.

— Tu le sais. Tu le sais. Dis-moi, ma chérie, es-tu au courant de certaines choses illégales qui se trament du côté des Fédiens?

— Illégales? Que veux-tu dire?

Elle s'inquiète mais pour d'autres raisons, cette fois.

— Savais-tu qu'il circule des livres et des journaux clandestins dans lesquels le gouvernement est très vivement critiqué?

Madeleine s'étonne qu'il aborde pour la première fois un sujet d'intérêt politique, leurs échanges se bornant généralement à la description de leur attirance mutuelle ponctuée d'exclamations et de soupirs d'accompagnement.

— Oui, mon amour, je le sais. Mais tu ne penses pas que c'est normal? ajoute-t-elle. Notre peuple est incapable de se soumettre à la censure et si on l'empêche de s'exprimer au grand jour, il trouvera d'autres moyens de le faire.

— Hum… Oui.

— Souviens-toi, poursuit-elle, au siècle dernier, les gouvernements communistes avaient muselé leurs écrivains mais ceux-ci réussissaient quand même à publier et à répandre leur littérature. Pour finir, les régimes totalitaires se sont effondrés et les auteurs qu'ils persécutaient sont devenus célèbres. Comment as-tu appris cette nouvelle?

— Quelqu'un que je ne connais pas m'a proposé discrètement d'acheter un livre d'histoire, une VRAIE HISTOIRE, paraît-il. Et pour pas très cher.

— L'as-tu acheté?

— Pas encore. J'ai demandé à réfléchir. C'est un gros risque à prendre vu que le livre n'a pas l'imprimatur du Ministère de l'Orientation Nationale. Je me demande qui a pu donner mon nom et mon adresse à ce vendeur.

Peut-on cacher la vérité à celui qu'on aime? Madeleine manque d'avouer que c'est elle qui l'a inscrit sur une de ses listes de clients potentiels. Une intuition la retient à temps. Elle décide de lever le voile mais sur une partie de la vérité, seulement.

— J'ai reçu la même offre.

— Ah! Oui! Et qu'est-ce que tu as fait?

— Je l'ai acheté et je l'ai lu. Il est vraiment intéressant. Il rend justice à notre patrie, à nos ancêtres, à nos grands hommes et femmes célèbres. Il nous fait presque oublier nos malheurs.

— Ah! Bon! Je l'achèterai alors, fait Marcel, mais je t'en prie, sois extrêmement prudente. Détruis-le après l'avoir lu de crainte qu'il ne soit découvert en ta possession. Les pénalités sont terribles, tu sais.

Marcel commence à se rhabiller. Il n'a pas l'étoffe d'un héros de la résistance.

— Je suis inquiet. Je n'aimerais pas être approché par des hors-la-loi qui risquent de me compromettre avec eux. Mon refus les tiendra éloignés pour de bon, je l'espère. Je préfère acheter les livres officiellement autorisés dans les librairies publiques.

Madeleine en prend bonne note et décide, toujours in petto, de l'éliminer de la liste de ses prospects. Elle ne peut s'empêcher de s'étonner de son attitude légaliste comme s'il considérait la situation politique actuelle comme un fait accompli irréversible. Tout en se rhabillant à son tour, amoureuse encore aveugle, elle se laisse convaincre qu'il cherche simplement à protéger ses enfants et qu'elle ferait la même chose dans des circonstances semblables.

Ils s'embrassent tendrement avant de quitter l'appartement. A sa demande, il la dépose loin de chez elle. Elle éprouve le besoin de faire quelques pas, seule, pour revenir de l'état second dans lequel elle baigne en sa présence et récupérer son air naturel. Dix minutes plus tard, alors qu'elle arrive, le Docteur Piquemalion surgit derrière la porte d'entrée de l'immeuble et lui barre le chemin. Elle sursaute, agacée. C'est trop vite après Marcel.

– Mademoiselle Madeleine, avez-vous réfléchi?

– Oui.

– Alors, puis-je espérer?

Le courage lui manque d'avouer le fruit de sa réflexion. Elle cherche à retarder son échéance.

– Pas encore, Monsieur. Pas encore.

– Alors quand? Je vous ai déjà laissé beaucoup de temps.

– C'est que j'ai des questions à vous poser. Mais pas ce soir. Je suis pressée. Je suis fatiguée. Je communiquerai avec votre cousine. Bonsoir.

Elle parvient à s'enfuir dans l'escalier et à rentrer chez elle. Nicole l'accueille.

– Maman! Papa! Il faut déménager au plus vite! s'écrie-t-elle essoufflée, en guise de salutation. Je ne peux plus rester ici.

Elle raconte la poursuite dont elle est l'objet de la part de son prétendant têtu.

– Mais, dis-lui ton refus et qu'on en finisse une fois pour toutes! s'écrie son père.

– Ce n'est pas aussi simple, papa. Ce type me hante, m'obsède. On dirait que j'ai peur de lui. J'ai l'impression qu'il a abandonné son travail et sa famille pour venir ici m'épier et m'aborder chaque fois que je passe par la porte.

– Déménager est très difficile, presque impossible. Tu connais la crise des logements qui sévit. Le permis mettra beaucoup de temps à nous être accordé. Il vaut mieux régler ton problème sur place.

– Je vais essayer de trouver un studio, loin d'ici, très loin, où je pourrai vivre tranquille.

– Il viendra nous harceler jusqu'à ce qu'ils finisse par te trouver, ajoute Nicole. Le mieux est que tu lui parles. Allons! Allons! Ce ne sera qu'un mauvais moment à passer et nous sommes tous avec toi.

– Vous avez raison tous les deux, soupire Madeleine, il faut que je me décide à lui parler.

Elle est agacée et inquiète comme avant ce rendez-vous d'amour d'où elle est revenue agitée et drôlement mal à l'aise. Elle se reprend à analyser la réaction de Marcel devant le fait de la résistance fédienne. Qu'il n'en fasse pas partie, cela peut se comprendre pour diverses raisons familiales et professionnelles. Mais qu'il s'y oppose fermement est plus troublant car il est Fédien comme elle. A-t-il accepté comme définitif le remplacement de la Démocratia par l'Istéria? N'a-t-il pas envie comme tous ses compatriotes de retrouver un gouvernement démocratique parlementaire fédien, la liberté, la transparence et tout ce qui vient avec?

Quelle drôle d'attitude est la sienne! Madeleine s'aperçoit qu'elle ne le connaît pas vraiment et que, si elle voit en lui un amant magnifique, pour le reste, elle ne sait pas grand chose. Elle trouve difficilement le sommeil. Une migraine amplifie ses tourments.

La réunion de la cellule RETOUR « reçue » cette fois-ci chez Brigitte se déroule, par contre, sous le signe de l'optimisme et de l'espoir. On y apprend que plusieurs dizaines de milliers d'exemplaires de la VRAIE HISTOIRE ont été distribués et que, dans les familles, on étudie de nouveau l'histoire glorieuse de la Fédie, le soir autour de la table. Les enfants sont soigneusement déprogrammés de la version istérienne du jour et reprennent contact avec leurs compatriotes du temps passé, les vrais bâtisseurs de leur grand pays. Le lendemain, à l'école, ils recommencent, mine de rien, à écouter les sornettes officielles, conscients de leur fausseté. La distribution du livre se poursuit sans relâche.

Une ombre au tableau, pourtant. Certains jeunes sont perturbés par la double attitude qu'on exige d'eux alors que, préalablement, leurs parents leur ont appris que le mensonge est répréhensible en toute circonstance. Mentir à droite ou mentir à gauche est mentir, tout simplement. Cela a donné lieu, dans quelques familles à des scènes pénibles d'insubordination envers ce qui reste d'autorité parentale et même a mis en péril tout le projet de libération. La tâche déjà complexe en temps normal de l'éducation des jeunes s'en trouve alourdie. Les stratèges de PR0-V-OCC le savent, mais trafiquent à leur tour l'idéal de droiture en penchant du côté du principe très discutable que « la fin justifie les moyens ». A l'immense travail de reconstruction que la Fédie libérée devra entreprendre, s'ajoutera celui du redressement de la moralité publique.

Jusque là, et malgré ces quelques accidents de parcours, l'« Opération Vérité » s'avère un succès. Le bras militaire de PRO-V-OCC ne chôme pas non plus. L'entraînement des soldats se fait à la campagne où la population istérienne est moins nombreuse qu'à la ville et où des manœuvres nocturnes de terrain peuvent passer inaperçues. Cette armée au noir porte les initiales de FFL ou Forces Fédiennes Libres. Elle se regroupe dans les zones montagneuses forestières qui n'attirent pas les Istériens et peut, toutes règles de prudence respectées, se livrer à la mise au point et à la répétition de ses plans d'action sans être trop inquiétée. De nombreux jeunes gens, filles et garçons, ont rejoint ses rangs. Les jeunes filles sont les plus enthousiastes parce que, malgré la discipline militaire sévère qu'elles rencontrent en s'engageant dans le mouvement, elles se sentent plus libres, plus importantes et plus humaines qu'en régime urbain *boukhinien* étouffant.

Une vaste stratégie de combat est en préparation et, aussitôt qu'elle sera prête ce qui ne devrait pas tarder, l'armée passera à l'action. Telles sont les nouvelles encourageantes communiquées par Versin aux membres du groupe RETOUR et par les autres chefs à leurs cellules respectives.

— Vous serez tous mis au courant des détails et de la date du grand moment, conclut Versin. Madeleine propose une motion de félicitation au chef. C'est adopté à majorité.

Les conspirateurs sont émus. Ils voudraient, chanter leur joie et leur enthousiasme, se jeter dans les bras l'un de l'autre mais le moment leur paraît trop solennel pour crier et gesticuler. Des larmes douces coulent sur les joues.

– Enfin! s'écrient-ils.

Reprenant son déguisement de *babboule* Madeleine retourne chez elle, débordante d'espoir. Le succès de la conspiration libératrice non seulement brisera les chaînes de la Fédie mais apportera des solutions à ses problèmes personnels.

1) Le Docteur ne se sentira plus le droit de venir s'imposer à elle

2) et Marcel, du même coup, pourra acheter et lire la VRAIE HISTOIRE sans crainte d'être poursuivi.

Sous le lourd déguisement, elle se sent légère sinon court vêtue et avance d'un pas sautillant. Comme pour confirmer son optimisme de l'heure, à son arrivée chez elle, personne ne l'attend à la porte avec des demandes en mariage ou autres importunités du genre.

– Ah! Si ça pouvait se réaliser!…, soupire-t-elle en retirant son masque.

Nicole lui annonce que toute la famille, Olga et son époux inclus, est conviée à dîner le lendemain chez les tantes paternelles. Alain s'est excusé d'avance car il a accepté de passer deux semaines chez des amis, à la campagne, assez loin de Barize.

Les invitations des tantes sont appréciées à cause de la bonne chère qui rend les tablées toujours joyeuses. Ni mauvaise humeur, ni rancœur ne résistent à l'excellente cuisine qui s'offre aux convives. Ceux-ci se font une joie de venir goûter aux chefs d'œuvre culinaires qui consolent si bien de la mocheté des distractions disponibles dans Barize. C'est à qui des deux sœurs exécutera la meilleure recette, la plus ragoûtante, la plus nouvelle, la plus joliment présentée et ce, malgré les pénuries fréquentes de denrées fines. Olga qu'on voit rarement chez ses parents ne manque jamais les repas de tante Sergine et de tante Régine qui sont très flattées de l'affection spéciale qu'elle leur porte.

Arrivés à destination, les hommes passent au salon pendant que les dames se débarrassent de leur *ghamm* à la porte. Une réunion d'authentiques Parisiens et Parisiennes se révèle alors. Les robes se montrent au grand jour, les attitudes deviennent plus libres, l'air paraît plus respirable et les femmes qui recommencent à examiner leurs toilettes mutuelles, en viennent à oublier le purgatoire environnant. Madeleine et sa mère se sont « habillées » pour la circonstance mais c'est l'aînée des filles qui paraît la plus élégante des trois. Sa mère et ses tantes la félicitent vivement sur sa toilette et son bon goût. Olga qui aime être la première et la meilleure partout où elle passe montre une franche belle humeur, ce qu'on lui voit rarement. Elle est charmante et charmeuse.

– Merci. Merci. J'ai eu beaucoup de peine, vous savez, à dénicher cette robe que j'ai payée très cher, répond-elle fièrement en regardant sa sœur qui ne lui a adressé aucun compliment sur sa tenue recherchée.

Madeleine sourit et cherche des mots de circonstance pour amadouer Olga et retenir une de ces crises de nerfs explosives, inattendues, dont sa sœur a l'habitude et qui peuvent jeter un froid polaire sur n'importe quelle réunion.

– Tu as du mérite, trouve-t-elle enfin, parce qu'il est très difficile de suivre la mode aujourd'hui dans Barize. Bravo ! Ta robe est épatante et elle te va très bien…

La mode féminine a été braquée par les *ayyous*. Selon eux, elle n'a d'autre but que d'exposer des parties du corps féminin à la vue d'hommes étrangers qui n'y ont pas droit. Les dessinateurs de mode et les couturiers qui, par leur génie, leur imagination et leur audace ont autrefois établi la réputation de Paris dans le monde entier, sont tenus de suivre les instructions officielles sous peine des plus grands châtiments dont le moindre est la fermeture de leur entreprise suivie de l'internement du patron et de la destruction de ses patrons. Pour les modèles de *ghamm,* point n'est besoin de créativité. Plus le vêtement est informe, plus il est conforme. Par contre, toutes les fantaisies, jusqu'aux élucubrations les plus érotiques, sont permises lorsqu'il s'agit de sous-vêtements accessibles uniquement à un spectateur licite, en l'occurrence l'époux, seigneur et maître de la porteuse du linge.

Le grand problème de l'industrie de la mode est la mise en marché de sa production car il est interdit d'exposer en vitrine des représentations féminines autrement qu'en tenue légale, c'est-à-dire, invisibles. Les lécheurs de vitrines n'ont plus rien à se mettre sous la langue. Quant à publier des magazines de mode, où à faire défiler des mannequins vivants, une censure sévère intervient pour empêcher la diffusion de modèles indécents comme l'est tout ce qui n'est pas *ghammé* et *surghammé*. Les robes vendues dans les boutiques sont annoncées par un texte affiché en devanture qui donne une description imprécise des formes disponibles qu'on peut examiner seulement dans le magasin, habillant des mannequins rituellement couverts comme il se doit. Les vendeuses elles-mêmes, Fédiennes pour la plupart, considérant qu'elles œuvrent dans un lieu ouvert au public, doivent obligatoirement porter le *ghamm* toute la journée à cause des escortes masculines de leur clientèle.

Comme l'industrie de l'édition, celle de la haute-couture a perdu son impact économique. La longueur des jupes caractérisée depuis plus d'un siècle par son mouvement de yoyo a fini par se stabiliser par prudence et lassitude à la hauteur de la cheville. Une autre ligne de l'industrie de la mode, celle qui produisait des vêtements de sport et des costumes de bain au tissus raréfié jusqu'à la ficelle interfessière, a été complètement abolie. Malgré tout, des stylistes réussissent à réaliser en contrebande des modèles gracieux qui rappellent l'ancienne élégance des Parisiennes à qui s'en souvient encore.

Au contraire, la mode masculine est étalée dans toutes les vitrines des magasins qui en font commerce. En ce qui concerne les hommes, le design de leurs costumes n'a pratiquement pas changé depuis le trépas de la Démocratia. Les laïcs portent un modèle composite inspiré de celui qui habille depuis plus de deux siècles les hommes en Occident et qui se compose d'un veston, d'un pantalon et d'une chemise ornée d'une cravate savamment nouée.

Mais, jugée frivole, la cravate avec toute son industrie disparaît peu à peu du paysage. La chemise, peu importe sa couleur, est dissimulée sous un col Mao. Quatre poches disposées symétriquement autour d'un boutonnage de même couleur que son tissu forment le devant austère du veston. Concession et respect à la culture religieuse en cours, celui-ci arrive au dessus du genou. C'est l'habit contemporain officiel. Costumes à veston court et cravates fantaisistes, se voient de plus en plus rarement. Léo Duperrier, en porte un ce jour-là mais Roger, l'époux d'Olga, est, sauf le sommet du turbuche privé de pompon, vêtu de la tête aux pieds comme les Istériens.

La plupart des costumes sont gris ou noirs, couleurs prisées par la société istéro-*boukhinienne* qui les considère honorables et viriles. Quelques *Boukhiniens* se promènent en habit traditionnel composé de deux tuniques superposées, de longueur inégale. Ils restent coiffés du turbuche à pompon car le turban à plumage est réservé aux ecclésiastiques.

— A table, chante joyeusement tante Sergine qu'enveloppe un fumet délicieux.

Elle est vite obéie. Huit personnes prennent place autour de la table présidée de chaque côté par une des tantes. Il y a là Madeleine, ses parents, sa sœur, Roger, son beau-frère, les tantes et une voisine, amie des tantes.

Le repas est joyeux, aidé en cela par deux bonnes bouteilles de Chablis. Au menu, figure un rôti d'agneau à la sauce aux abricots, œuvre de tante Sergine qui l'essaye pour la première fois. Quel réussite ! Quel talent ! On s'en lécherait les doigts.

— Notre chère Sergine est un véritable maître queux !

— A la santé de nos tantes et à leur excellente cuisine, propose Roger, en levant son verre.

— Heureusement qu'il nous reste le vin, soupire Léo en portant le sien à sa bouche.

La conversation est bruyante, chacun devisant entre deux bouchées des affaires qui lui tiennent à cœur. Roger explique un projet de développement domiciliaire dont il s'apprête à signer le contrat, une des tantes décrit les opérations de cuisson du rôti et Madeleine s'entretient avec la voisine.

Tout d'un coup, la conversation devient plus animée et plus sonore. Le sujet de l'heure vient d'être évoqué par un imprudent.

— Avez-vous vu ou entendu parler de ce livre d'histoire qui circule clandestinement ?

— Est-il vrai que des rumeurs annoncent un coup d'état prochain ?

— Moi, j'en ai acheté un exemplaire.

— Pensez-vous que ce soit la fin de leur domination ?

— C'est trop beau pour y croire…

— Etc…, etc…

Une dissidence se fait jour dans le groupe déjà engagé sur le chemin de l'espoir et elle s'exprime par la voix stridente d'Olga.

— C'est d'une imprudence et d'une stupidité terrible, cette histoire de livre clandestin ! affirme-t-elle péremptoirement.

La glace tombe sur l'assemblée qui cesse toute activité. Les mâchoires gèlent. Les ustensiles s'affalent.

— Mais pourquoi? hasarde quelqu'un.

— Parce que nous n'allons rien gagner sinon à les rendre plus enragés contre nous tous. C'est fini. Ce qui est fait est fait et, si on veut survivre, on doit se tenir tranquille et respecter la loi. Si des héros veulent se suicider, ils n'ont pas besoin de nous entraîner avec eux.

Roger écoute et ne dit rien. Le contrat important qu'il doit signer a été obtenu avec l'aide d'amis istériens que lui et sa femme cultivent soigneusement. Il n'est pas question pour eux d'histoire ni vraie ni fausse, il est question d'histoires à éviter, un point c'est tout. Le meilleur, le seul moyen est de collaborer gentiment avec les autorités.

— Mais, hasarde Madeleine, es-tu heureuse de vivre sous le régime religieux istéro-*boukhinien*? Est-ce que tu portes le *ghamm* de bon gré? Peux-tu circuler librement?

L'intervention de Madeleine déclenche la tempête habituelle.

— Tu es stupide, tu ne comprends rien. Si tu étais mariée, tu penserais autrement, tu chercherais à protéger tes enfants, à les nourrir au lieu de rêver à des sottises et de te croire plus intelligente que les autres. Moi, je m'arrange très bien avec cette loi qui ne te plaît pas. Il faut être souple et beaucoup de gens ne le sont pas. Tant pis pour les imbéciles!

Et voilà! Encore le même reproche de ne pas être mariée. Mais de quels enfants parle-t-elle? Elle n'en a pas. Personne n'ose ouvrir la bouche. Madeleine combat la suffocation qui la prend à la gorge.

Olga se déchaîne.

— Tu te révoltes pour un costume… un morceau de tissu! Pauvre idiote! Tu ne sais pas qu'ils auraient pu nous jeter en prison, nous torturer, nous massacrer, s'ils l'avaient voulu. Mais non. Ils sont tolérants. Ils nous laissent vivre en paix pourvu que nous respections leurs lois. C'est généreux, non?

Elle a crié ces mots en brandissant le poing moins l'index qui joue à l'essuie-glace.

— Allons! Allons! intervient Nicole, chacun peut avoir une opinion différente et respecter celle de l'autre… même… dans une même famille.

— Toi, maman, coupe Olga sèchement, on sait que tu prends toujours le parti de Madeleine et d'Alain contre moi.

Elle éclate en sanglots, glaçant les joyeux dîneurs qui ne le sont plus depuis son esclandre. Madeleine se reproche de ne pas avoir réussi à éviter l'affrontement inévitable qui survient à chacune de leurs rencontres. Pire encore, elle s'inquiète du sort de la conspiration de PRO-V-OCC dont le secret peut être éventé, non par une trahison volontaire dont elle croit sa sœur incapable, mais par un mouvement de nerfs dont le contrôle, comme d'habitude, lui échappera. Elle s'en veut d'avoir pris la parole. Ce n'est ni le moment ni le lieu indiqué pour défendre ses opinions. En présence de la famille au complet, il faut, au moyen de conversations anodines, endormir les antagonismes au lieu de réagir étourdiment comme elle l'a fait.

D'ailleurs, si Olga la juge écervelée et imprudente, elle-même trouve que sa sœur est peureuse et opportuniste et qu'elle fait un mauvais calcul en pensant, comme beaucoup de colonisés, qu'en obtempérant, elle calmera la colère des maîtres et recevra leurs faveurs. Rien de plus faux. Bien au contraire, plus ces maîtres verront d'échines courbées, plus ils seront tentés de manier le fouet et ne s'en priveront pas. Tant pis pour les peureux !

– Le café, maintenant, claironne tante Régine et l'on quitte la table pour investir le salon et poursuivre la soirée.

Lorsque vient le temps de rentrer chez soi, Madeleine fait un effort vers sa sœur pour une tentative de réconciliation. Elle s'avance pour l'embrasser. Mais Olga ne décolère pas.

– Oh ! Laisse-moi tranquille ! Tu peux aller t'enrôler avec ces fous ! C'est tout ce que tu es capable de faire !

Si elle savait ! Madeleine avale l'insulte en se disant que, dans peu de temps elle, pourra proclamer à la face du monde entier sa participation d'« héroïne suicidaire » à la libération de la patrie et qu'elle en tirera une grande gloire au lieu de s'en cacher comme elle est obligée de le faire en ce moment. Ce seront au contraire Olga et son arriviste de mari qui baisseront la tête.

Léo sent que son devoir le pousse à faire usage d'autorité paternelle. Il s'adresse à ses filles en élevant la voix.

– Vous devriez remercier vos tantes du mal qu'elles se sont donné pour nous servir ce succulent repas et non vous livrer à des querelles stériles chez elles. Je ne serais pas surpris qu'elles ne nous invitent plus.

Etonnées, les deux sœurs se taisent.

– Mais non ! Mais non ! Nous aimons vous avoir avec nous, proteste tante Régine. Les temps sont difficiles, vous savez, et tout le monde vit sur les nerfs. Il ne faut pas s'en faire. Allez ! Embrassez-vous maintenant.

Madeleine et Olga sursautent mais ne peuvent se dérober au vœu de celle qui vient de les régaler et qui promet de recommencer. Elles échangent alors le second baiser le plus hypocrite après celui, resté célèbre, que Judas posa sur la joue de Jésus. Mais la famille est satisfaite et repart soulagée.

– Si elle ne s'était pas mariée, bougonne Madeleine, elle serait mon problème numéro trois.

– Que dis-tu ? De quels problèmes parles-tu ?

– Non. Rien, maman.

* * *

91

10 SACRE CHARLEMAGNE

Le lycée de garçons *Ayyou*-Papilion, situé en plein cœur de Barize sur l'ancienne rue de la Pompe, a récupéré les bâtiments d'un établissement scolaire de grande réputation qui a dispensé l'enseignement et transmis la culture aux jeunes Français naguère, aux jeunes Fédiens, hier, et qui poursuit sa mission, aujourd'hui, avec les jeunes Istériens. A l'extérieur de la bâtisse rien n'a changé sauf qu'au milieu de la cour se dresse une statue de l'*Ayyou* Onix Papilion brandissant le poing droit au ciel et de l'autre un drapeau istérien. Une inscription bilingue orne le socle. Sur la traduction française aux caractères plus modestes, on peut, en s'approchant, lire sur trois lignes :

« Merci cher *Ayyou* Onix Papilion,

vos élèves reconnaissants

jusqu'à la mort »

ainsi que les deux dates de la naissance et de la mort du personnage selon le calendrier *boukhinien*. A l'intérieur de l'école, les salles de classes ne présentent rien de particulier sauf que les murs en sont tapissés de portraits d'*Ayyous* importants, le Grand principalement, illustrés à l'aide de maximes istériennes et d'une phrase qui revient au moins une fois par local :

« Il est notre guide et notre inspiration »

L'*Ayyou* Papilion, lui aussi, a sa part de présence et de citations édifiantes dans l'école comme celle qu'on lit sous la plupart de ses portraits.

« Il est notre bienfaiteur et notre maître »

Tous les professeurs des lycées de l'Istéria se font un devoir d'expliquer en classe le pourquoi de la reconnaissance exprimée à cet *ayyou* huit siècles après sa mort mais c'est surtout pendant les cours d'histoire que sa biographie et ses mérites sont le plus longuement étudiés. C'est que ce monsieur a tout simplement inventé l'école, institution grâce à laquelle l'ignorance a été vaincue, l'instruction répandue et la civilisation avancée dans le monde. Il a développé ensuite les techniques d'apprentissage qui ont fait de l'école le centre intelligent de formation de la jeunesse depuis l'enfance.

– Sans le savant *Ayyou* Papilion, nous serions tous des ignares, rabâchent les professeurs d'histoire d'un coin de l'Empire à l'autre.

– Il est notre bienfaiteur et notre maître, répondent en psalmodiant les élèves.

Avant ce grand pédagogue, les enfants apprenaient ce qu'il fallait savoir de leurs parents lesquels n'avaient pas toujours les compétences voulues pour instruire et former leur progéniture et, pour finir, les erreurs se transmettaient intactes de père en fils, de mère en fille. A partir du moment où l'*ayyou* intervint dans son pays, les choses changèrent radicalement. Tous les jeunes fréquentèrent l'école et, une génération plus tard, les Istériens étaient devenus un peuple instruit qui connaissait le *Saint-Boukhin* par cœur d'une couverture à l'autre. Ce n'est pas tout. Un jour, un Istérien inventa une machine ingénieuse qui permit d'imprimer les textes, jusqu'alors reproduits manuellement, ce qui contribua à l'expansion de la connaissance et de la science sur la planète.

En hommage à cette contribution, chaque ville de l'Empire possède son Lycée Papilion et, chaque matin de l'année scolaire, l'effigie de ce bienfaiteur de l'humanité est acclamée avec déférence pendant le salut au drapeau qui réunit les élèves avant le début des cours.

Mais l'*Ayyou* Papilion n'est pas le seul homme remarquable de l'histoire istérienne. A côté de chacune de ses représentations, le gouvernement a fait ériger la statue d'un autre grand Istérien à qui l'humanité est endettée d'un bienfait quelconque et il y en a un très grand nombre. Ces personnages de pierre ont remplacé les statues des génies et savants du passé local destinés à devenir inconnus aux yeux de la nouvelle population. Chaque école est ainsi consacrée au culte d'une personnalité différente dont on inculque la connaissance et le respect aux jeunes qui la fréquentent. C'est une nouvelle sainte trinité qui est offerte à la vénération des élèves du S.E.I. et qui est formée de trois *ayyous*,

1) le Grand,

2) l'inventeur des écoles et

3) celui qui donne son nom au lycée.

Monsieur Fanousse Parolion, le professeur d'histoire, raconte pour la vingt-cinquième fois depuis la rentrée, la vie et les bienfaits de l'*Ayyou* Papilion. Monsieur Parolion est *Boukhinien* car le Ministère de l'Education, incité en cela par le Ministère de l'Orientation Nationale, et sous l'impulsion du *Grand-Ayyou*, a décidé que l'histoire est une discipline trop sensible pour la confier à des étrangers fédiens qui se mêleront d'examiner les programmes et d'en discuter la valeur alors qu'ils ne connaissent rien de l'Istéria. La même mesure a été appliquée à l'Université comme on l'a vu dans le cas de Rémy Martin. L'enseignement de cette matière est donc attribué uniquement aux enseignants d'origine istéro-*boukhinienne*. D'ailleurs, le plus grand nombre parmi les élèves, appartient à cette confession ce qui paraît justifier la mesure.

Monsieur Parolion explique le chapitre qui traite de l'*Ayyou* Papilion, chapitre qu'il maîtrise mieux que tout autre. Il en rajoute chaque fois, sûr que le Ministre de l'Education appréciera son zèle et son patriotisme.

Avec une attention respectueuse, les élèves l'écoutent évoquer les qualités du fondateur de la pédagogie moderne, discourir sur sa grande générosité, son immense culture, sa piété édifiante, son intelligence exceptionnelle, sa vision de l'avenir, enfin, sur son génie. Aucun bavardage, aucun avion en papier lancé dans le ciel de la classe, aucun mégot de craie tiré sur le tableau à l'aide d'une fronde improvisée, ne viennent perturber le cours. Les ados istériens n'ont pas besoin de mesures disciplinaires. C'est l'*Essoule*, ce code oral de convenances sociales plus puissant que ceux gravés dans la pierre ou ceux, plus récents, enregistrés dans les ordinateurs, qui les tient en place. Selon l'*Essoule*, la dissipation pendant les cours équivaut à un manque de respect envers la religion et peut avoir des conséquences graves pour ceux qui s'y livrent. Les professeurs n'ont pas besoin de les acheter avec des promesses de récompenses célestes ou des menaces de punitions de même origine. Ils ont l'*Essoule* dans la peau.

Les cinq Fédiens assis au milieu de leurs camarades istériens écoutent le récit des exploits du personnage. L'*Essoule* agit sur leur petit groupe aussi. Ils ne se permettraient jamais pour quelque raison que ce soit d'interrompre le discours sur l'*Ayyou* Papilion, principal sujet d'étude du programme d'histoire. Ils oseraient encore moins rire de son nom en se souvenant de ce qui est arrivé à celui qui l'a fait une fois et qui a encouru une sanction hautement disproportionnée à l'offense commise. On l'a condamné à copier mille fois

« L'*Ayyou* Papilion n'est pas un insecte volage mais un homme de grande valeur ».

Les Fédiens se consolent en jugeant les Istériens, élèves et professeurs, imperméables à l'humour. Et comme ceux-ci tiennent le bon bout du bâton, il vaut mieux retenir sourires et éclats de rire jusqu'en des lieux où on peut s'y laisser aller impunément.

Jean écoute et cherche à comprendre ce qu'explique le professeur. La veille, avec ses parents, il a étudié un peu de VRAIE HISTOIRE et là, l'inventeur reconnu des systèmes scolaires n'était pas le même que celui dont parle Monsieur Parolion qui termine en annonçant une interrogation écrite pour le lendemain. Jean redouble d'attention car, pour mériter des notes de passage, il doit bien connaître l'histoire enseignée à l'école et oublier momentanément celle apprise à la maison.

A l'heure prévue, le lendemain, le professeur distribue les questionnaires aux élèves. Les sujets choisis sont faciles. Jean soupire de soulagement et se met à répondre sans délai. Il quitte l'école le cœur léger, sûr d'être parmi les premiers. Erreur! Quand, deux jours plus tard, le professeur revient avec les copies corrigées, il en est tout autrement. Sa feuille affiche un zéro souligné trois fois en rouge. Pire, il est interpellé.

— Jean Carnet, levez-vous. Vous êtes un âne en histoire, lui dit Monsieur Parlion, votre composition est remplie de sornettes.

La classe qui retrouve son sens de l'humour éclate de rire puis attend le reste de la représentation. Jean, debout, ne rit pas. Sa surprise est à son comble. Il pense à une erreur sur la personne. Mais non. C'est bien de lui qu'il s'agit.

— Avez-vous bien étudié votre leçon d'histoire?

— Oui, Monsieur, je l'ai bien étudiée.

– Alors, dites-moi qui est le personnage important qui a inventé le système scolaire?

– C'est… Heu!… C'est l'*Ayyou* Onix Papilion, Monsieur, fait Jean qui retrouve sa mémoire avant ses esprits.

– C'est bien lui. Pourquoi alors avez-vous écrit dans votre copie que c'était… Charlemagne?

Jean a confondu les deux textes qu'il a appris et peut-être trahi sans le faire exprès le secret de la VRAIE HISTOIRE. Des gouttes de sueur se préparent à couler sur son front.

– Je… je ne sais pas… J'étais distrait.

– Et qui est ce Charlemagne au nom si ridicule? Ne serait-ce pas plutôt un charlatan?

Eclat de rire de la classe. Jean pense que si le nom de Charlemagne est inconnu de Monsieur Parolion, tout n'est pas perdu. Et puis, si Charlemagne est un nom ridicule que dire de Papilion,… de Basram et de tous les autres?

– Je ne sais pas… Je l'ai inventé sur le moment.

– Vous avez très peu de mémoire et beaucoup d'imagination, mon cher. Je vais vous aider à retrouver l'une et à contrôler l'autre.

Un second éclat de rire général suit les traits d'esprit du maître qui, encouragé et flatté, reprend l'éducation de l'élève déficient.

– Pour réparer votre ignorance et parfaire votre instruction, vous resterez en classe après la fin des cours et vous me copierez cent fois de votre plus belle écriture le nom de l'*Ayyou* Papilion. En français, d'abord, en istérien, ensuite. Asseyez-vous.

Héritées des méthodes d'éducation prônées par l'*ayyou* fondateur, la retenue et la sanction par copie de longs textes répétitifs sont fermement appliquées dans la pédagogie istérienne moderne. Papilion était certain qu'un élève coupable condamné par son professeur à une sanction sévère n'aurait plus l'idée de recommencer l'acte délictueux par lequel il l'a méritée. Toute autre façon de procéder pour amener l'élève à la soumission serait pure perte du temps de tout le monde. Ainsi, prendre une «approche humaine» avec un perturbateur, l'appeler à une exploration commune de son problème de comportement, lui parler avec douceur, le conseiller, lui donner une seconde chance, lui organiser des sessions de groupe et toute autre méthode pédagogique qui ne ferait pas appel à l'autorité ferme sont considérés comme de la complaisance de la part des éducateurs. Que l'enseignant se préoccupe de savoir si son élève a une excuse ou, tout au moins, une justification de son agir délinquant est absolument impensable. Même si le jeune vit des conflits au milieu de sa famille, s'il a un problème de santé, s'il est obligé de suivre un cours qui ne l'intéresse pas, ou s'il est persécuté par ses camarades, il est obligé

    1) d'écouter en silence,

    2) d'apprendre ses leçons,

    3) de faire ses devoirs,

    4) d'obéir en tous temps aux ordres du professeur.

La préparation de cours vivants, variés, stimulants, l'aide de techniques audio-visuelles, l'accès à des ordinateurs, le travail en laboratoire et tous autres appuis à l'enseignement des matières ne sont pas encouragés par les responsables de l'éducation qui considèrent ces moyens comme des distractions appelées à apaiser plutôt qu'à instruire. Pour transmettre les connaissances, il y a l'apprentissage par cœur des livres dont le modèle est le *Saint-Boukhin*. Aucune machine diabolique n'a réussi à les remplacer. En classe, le professeur indique aux élèves le titre du volume à ouvrir, leur désigne la page et la classe se concentre sur le seul texte dont la lecture doit pénétrer les esprits et éviter les distractions tout en développant la mémoire des lecteurs. C'est ainsi que l'a voulu Eliomm-le-Tout-Puissant, c'est ainsi que l'a rappelé et codifié l'*Ayyou* Papilion, c'est ainsi qu'on fera toujours dans les écoles du S.E.I. D'ailleurs les anciens pays d'Occident ont, eux aussi, au début, procédé selon ces méthodes et c'est depuis qu'ils ont introduit toutes sortes de pédagogies modernes laxistes qu'ils sont tombés dans le désordre avec le résultat qu'on connaît. Les enseignants de l'Istéria moderne sont formés à la pédagogie papilionienne dont ils n'ont pas le droit de déroger puisqu'elle a fait ses preuves, même chez l'ennemi.

Jean est soulagé de s'être tiré à si bon compte avec quelques lignes à écrire. Il est heureux que son professeur d'histoire ignore celle de la France et qu'il ne se montre pas plus curieux des origines du nom de Charlemagne. Il raconte l'incident à ses parents qui ne rient pas, mais s'inquiètent.

Monsieur Parolion, lui, s'amuse beaucoup de l'ignorance de son élève et s'amuse à fredonner Charlemagne..., Charlemagne... nom qu'il trouve très drôle. Le grand Empereur sancto-romano-germanique qui, déjà au siècle précédent, a été l'objet d'une chansonnette irrévérencieuse, reprend vie de la façon la plus inattendue. Les enfants de Monsieur Parolion viennent de recevoir un chiot qu'il faut nommer pour lequel ils n'arrivent pas à se mettre d'accord. Plusieurs noms ont été essayés mais sans succès. Finalement, tout le monde tombe d'accord sur celui de Charlemagne. C'est ainsi que le nom du grand empereur que Lutèce a déjà entendu retentit de nouveau quelques siècles plus tard dans les mêmes rues, dans la même ville, mais cette fois à Barize.

La famille Parolion très fière de son chien de race qui grandit en poids et en volume l'emmène souvent en promenade au parc.

– Charlemagne ! Charlemagne ! entendent les promeneurs et ils s'arrêtent pour admirer la belle bête au nom si amusant. Les enfants répondent volontiers aux questions des admirateurs qui répètent Charlemagne ! Charlemagne ! à leur tour en provoquant de grands balayages de queue et des jappements joyeux.

– D'où avez-vous pris ce drôle de nom ? leur demande-t-on.

– C'est papa qui nous l'a donné.

Le nom de Charlemagne circule dans Barize où il est attribué à toutes sortes de choses vivantes et inertes : animaux, commerces, rues, modes, glaces, etc... Un vieux fonctionnaire du

Ministère de l'Orientation Nationale qui a appris l'histoire de la Fédie avant la réforme pro-istérienne de l'éducation se souvient du premier porteur du nom et s'étonne que ses enfants en aient eu connaissance et l'aient attribué à leur hamster. De leur côté, Jean Carnet et ses parents n'en reviennent pas de voir le nom de l'Empereur devenir l'objet d'un tel engouement.

— Je n'aime pas ça, dit M. Carnet père.

Jean n'aime pas ça non plus parce que ses camarades en toute conformité avec les agissements de leur groupe d'âge lui ont donné le sobriquet de « Monsieur Charlemagne » qu'ils utilisent d'autant plus souvent qu'ils devinent l'agacement produit chez le porteur.

Cet âge est sans pitié.

* * *

11 LES NEIGES D'ANTAN

Tous les êtres humains cachent dans un coin discret de leur psychisme un petit coffret intitulé le « bon-vieux-temps » dans lequel ils conservent la nostalgie d'un passé lointain, présumé heureux, dont ils rêvent secrètement de retrouver l'art de vivre. Sans arriver jusqu'au jardin perdu par nos premiers parents, ils remontent deux ou trois générations, là où leur imagination situe la dernière société idéale, celle après laquelle toutes sortes de nouveautés fracassantes, et, souvent d'une utilité douteuse, sont venues bouleverser la vie des êtres humains. Tout devient admirable dans leur tableau reconstitué du passé. Contrairement au présent, la vie y était simple, plaisante, facile, tout était connu, continu, rassurant, paisible et moins cher. C'était vraiment l'âge d'or de l'humanité, celui qu'ils ont manqué de connaître à cause de l'année, hélas! trop tardive de leur naissance.

Quelle belle époque c'était alors et quelle douceur d'y vivre! Les gens habitaient des villages pittoresques ou de jolies villes aux dimensions humaines, dont tous les résidents se connaissaient, se saluaient avec courtoisie, s'aimaient, s'entraidaient, savaient se tenir selon les convenances et, lorsqu'ils sortaient en promenade, s'habillaient avec soin, après s'être rasés de près (les hommes). Ils coulaient des jours heureux, paisibles, au milieu des leurs, sans dépendre de machines malicieuses et sans médias enragés. Au milieu de leurs jardinets, les maisons, coquettes, confortables, accueillantes, fleuries, s'enroulaient gracieusement autour d'un clocher d'église qui dominait le pays ou, en ville, le quartier, en même temps qu'il en ponctuait le rythme et l'on pouvait voir passer les fiacres et écouter le chant des coqs sans entendre maugréer des voisins acariâtres.

Les commerces restaient fermés le dimanche afin de permettre aux travailleurs d'accompagner leurs familles à l'église avant de les emmener en excursion dans les riantes campagnes environnantes où ils se joignaient à d'autres groupes avec lesquels ils passaient la journée dans la bonne humeur et l'amitié. A la fin de la journée, tout le monde rentrait chez soi, satisfait, détendu, heureux. En guise de fumée, il n'y avait que celle des pipes des bons pères de famille qui les allumaient assis dans un bon fauteuil devant la cheminée ou alors, en été, sur le pas de leur porte. Les enfants nombreux, obéissants, silencieux, innocents, cédaient le pas et leur siège aux grandes personnes, leur parlaient poliment et ne fumaient rien devant leurs parents, ni ailleurs. Ils respectaient ceux-ci qui, à leur tour, respectaient les leurs et les gardaient près d'eux en en prenant soin jusqu'à leur mort.

De belles cartes postales aux couleurs angéliques font revivre l'atmosphère idyllique de ce temps-là. Les spectacles qu'on pouvait voir au théâtre ou au cinéma d'alors peignaient le portrait d'un monde sans brutalité où l'amour véritable, au milieu de danses et de chants évocateurs, tenait une grande place, sans que ne soient exhibées les gymnastiques ni sonorisés les clapotis qui l'accompagnent. D'ailleurs, maris et femmes, tout en gardant leurs places et leurs costumes distinctifs, s'aimaient, se respectaient et ne se quittaient jamais. Les petites filles étaient modèles et les garçons, espiègles mais virils et galants, tel qu'il convient. Batailles des sexes, revendications sociales sauvages et dépressions nerveuses n'avaient pas encore apparu. Les travailleurs, heureux de gagner leur vie honnêtement, sans plan de carrière, gardaient la même activité et le même emploi jusqu'à leur retraite. La vie était bon marché et la monnaie ne filait pas entre les doigts comme aujourd'hui. Bref, malgré le climat, tout le monde nageait dans la félicité. C'est, du moins, ce qu'on pense aujourd'hui du fameux temps des neiges. D'antan, s'entend.

Mais ce n'est pas ce « bon vieux temps » là qui remue les nostalgies de quelques membres du club des Aînés de Monceaulion réunis cet après-midi là au parc du même nom.

Malgré son aspect négligé, ce lieu a survécu presque intact à la Barization de Paris, sans doute oublié des autorités qui ont eu fort à faire ailleurs et qui ne se sont souciés que d'ajouter un suffixe significatif à son nom. Quelques retraités Fédiens y ont repéré un coin tranquille où ils peuvent venir prendre le frais sans être trop dérangés. Ils ont gardé l'habitude de s'y rencontrer deux ou trois fois par semaine pour oublier leurs rhumatismes et s'en consoler ensemble. Comme il ne leur reste plus beaucoup d'avenir, ils reviennent souvent sur le passé, qualifié comme toujours de « bon-vieux-temps ».

– Ah ! De mon temps, ça ne se passait pas comme ça…

– Mon père racontait que lorsqu'il était jeune…

– Taisez-vous, malheureux, on pourrait vous entendre.

– Pardon ? crie le récriminateur en portant sa main à l'oreille.

– Chut, ne parlez pas si fort, conseille une femme du groupe qui souligne son message de gestes inquiets.

Quelques aînés regardent autour d'eux, d'autres font le tour des buissons.

– Non. Il n'y a personne. Nous pouvons parler.

Ce ne sont plus les villages fleuris qui sont l'objet des regrets du jour. Les années ont passé et le « bon vieux temps » s'est rapproché d'autant. Ce qui, autrefois, était vertement critiqué par les contemporains est devenu l'idéal souhaitable à partir du moment où il a cessé d'être la norme. C'est ainsi que chaque génération a son propre « bon vieux temps » d'autant plus beau et regretté qu'elle en a ignoré la dure réalité. Là-bas ou autrefois, c'est la même chose, l'herbe est toujours plus verte.

– Imaginez-vous que ma femme est obligée de laver notre linge avec ses mains qui sont toutes gercées… Quant au savon, mieux vaut ne pas en parler…

– Mon ordinateur a rendu l'âme. Je suis obligé d'écrire avec un crayon.

– …Qu'on ne trouve pas toujours sur le marché, n'est-ce-pas?…

– Où est la bonne vieille odeur d'essence de ma jeunesse? Les rues d'aujourd'hui sont remplies de crottin d'animaux…

– Ah! Le bon vieux temps où on pouvait dire ce qu'on voulait!

– Comme vous avez raison!

– Êtes-vous allé au cinéma dernièrement? Quels soporifiques que leurs films! Des leçons de morale tout le temps, des femmes enveloppées, invisibles, etc…

– Et toujours méchantes et perverses.

– Vous souvenez-vous de ces petits cafés sur les trottoirs où on allait s'asseoir pour regarder passer les jolies Parisiennes? Qu'est-ce qu'on voit aujourd'hui? Rien que du noir. Du noir partout. Tout le monde a l'air d'aller à un enterrement. Ma parole, c'est ça, la grande noirceur.

– Des faces allongées… quand on peut les apercevoir!

– Et notre beau Paris? Avez-vous vu ce qu'il est devenu? Un gros village mal entretenu.

– Nous étions les maîtres chez nous…

– Plus bas, voici des promeneurs.

Les vieux se taisent et regardent venir les importuns. C'est une famille qui cherche un coin de pelouse pour s'y installer. Le père et deux jeunes garçons marchent devant en montrant du doigt des sites possibles. A cinq pas derrière, une femme et quatre fillettes suivent, toutes les cinq *ghammées* et *surghammées*, chargées de provisions et de tout un matériel de cuisine de pique-nique. Sur un signe du père, la famille s'arrête près des Aînés. Les femmes déposent leur chargement et la maman retire d'un sac un ballon de football qu'elle tend aux garçons. Avec les filles, elle s'affaire à la préparation et à la présentation du repas.

Une partie commence entre le père et les fils. Le ballon est lancé à grands cris et à grands coups de pied, et, lorsqu'il retombe loin des joueurs, une des filles va le récupérer pour eux. Il aboutit souvent près du groupe de retraités qui cessent toute conversation pour se préoccuper d'éviter l'impact du projectile. Le père s'excuse d'un signe chaque fois mais les garçons éclataient de rire.

– On dirait qu'ils le font exprès!

– On n'a pas le droit de jouer au ballon dans un parc public.

– Pardon?

– Je dis qu'on n'a pas le droit. Il faudrait le leur rappeler.

– Leur rappeler quoi?

L'équipe qui joue au ballon s'est enflée de plusieurs jeunes promeneurs et une véritable partie de football s'organise. Si le ballon est devenu plus discipliné, l'agitation et le bruit, par contre, ont décuplé. Le coin tranquille des Aînés du Parc ne l'est plus. Il vient d'être envahi par un ennemi jeune et trop nombreux pour justifier une bataille, la résistance, ou simplement un rappel verbal de l'infraction en train de se commettre. Aucune force policière n'appuiera la juste revendication de quelques vieillards Fédiens. Il n'y a qu'à céder le terrain. Ce n'est pas la première fois que cela arrive et ce ne sera probablement pas la dernière. Les aînés se résignent à quitter le parc.

— Un jour prochain, ça ne se passera plus comme ça! s'écrie un fonctionnaire retraité, nous allons les chasser de nos parcs et leur faire avaler leurs ballons.

— Vous êtes bien optimiste, vous, d'espérer qu'un jour vous serez capable de leur donner des leçons, encore moins de les envoyer promener.

— La situation doit finir par se retourner en notre faveur. C'est une question de temps.

— Allons donc, mon cher! J'aimerais bien vous croire, mais…

— Croyez-moi, mon cher! Je sais des choses, répond l'ancien fonctionnaire d'un air mystérieux.

— Quoi? Quelles choses? Dites.

Le groupe, diminué de quelques membres qui ont préféré rentrer chez eux, s'arrête autour de l'ex-fonctionnaire. Celui-ci commence par s'assurer qu'aucun passant ne pourra entendre ce qu'il va dire ni l'observer de loin, immobilisé comme il l'est dans une attitude suspecte.

— Je ne peux rien vous révéler parce qu'il s'agit d'un secret sacré. Mais je peux vous assurer que tout n'est pas perdu. Ecoutez bien. Une armée de libération est en train de se constituer. Il s'agit naturellement d'une armée de l'ombre. Un jour elle sortira au soleil pour combattre et vous en entendrez parler. C'est tout ce que je sais. Et je vous prie de garder le secret le plus absolu sur ce qui vient d'être dit.

— Mais quel secret? Vous n'avez rien dit.

— J'en ai déjà trop dit. Eloignons-nous d'ici.

Ils avancent d'un bloc d'immeubles puis l'ex-fonctionnaire lui-même s'arrête en leur faisant signe. Ils s'approchent, intrigués.

— Il y a un livre qui circule clandestinement au nez et à la barbe des *ayyous*, murmure-t-il, et qui raconte la véritable histoire de notre pays, celle qu'ils ont falsifiée pour servir leur propagande. L'auteur est inconnu mais c'est un homme très courageux et qui a pris de gros risques. Tous les Fédiens se doivent de le lire.

— Mais encore?

— Plus tard. Plus tard.

Les curieux et leur informateur reprennent leur marche. Il ne sont plus que trois. A quelques pas de là, un kiosque de journaux est entouré d'une foule nombreuse. Les Fédiens s'arrêtent en essayant d'apercevoir, entre deux acheteurs, la nouvelle qui a attiré ces passants. Lorsque tous les clients se sont éloignés avec leur copie du journal, ils lisent en caractères géants:

LE SUBLIME EMPIRE ECRASE SES ENNEMIS.
Ils passent leur chemin sans acheter le journal. Pour la première fois, la lecture d'un titre triomphaliste ne les jette pas dans des transes car le semblant de révélation livré par leur ami, l'ancien fonctionnaire, a glissé une lueur d'espoir dans leur cœur.

– Plus pour longtemps, marmonne un des Fédiens en souriant.

Ses compagnons approuvent et le trio reprend sa promenade.

– Si nous allions au Petit-Coq? suggère un des aînés que personne n'attend chez lui, on y mange très bien et le vin maison y est délicieux.

– Et la serveuse est charmante, hé! hé!... commente l'autre qui oublie parfois son âge.

Le petit groupe se dirige vers le restaurant qui n'est pas loin de là. Outre la nourriture, il y aura là quelques nouvelles à apprendre et, peut-être, à vérifier la confidence que le fonctionnaire retraité vient de faire.

Le Petit Coq sert de la cuisine fédienne traditionnelle. Il a résisté avec succès à la concurrence des restaurants à menus rapides et continue à recevoir une clientèle de fins gourmets, pour la plupart fédiens, qui en apprécient le décor et la convivialité. Les affaires vont bien et mieux encore depuis quelques semaines. Monsieur René, le patron et chef cuisinier, accueille chaleureusement ses habitués, leur propose la table qu'ils préfèrent et les aide à faire un choix, souvent difficile, tellement les plats inscrits sur le menu sont appétissants. Monsieur René n'est pas impressionné par la cuisine istérienne, pourtant savoureuse, il faut le reconnaître, et son menu ne comporte strictement que des plats fédiens d'origine française. D'ailleurs, les Istériens ignorent son commerce et se tiennent à l'écart, ce qui arrange tout le monde. Entre les principales heures d'affaires, le restaurant se transforme en club social. Souvent, après avoir terminé leur repas, les clients s'attardent à bavarder et à échanger des nouvelles d'une table à l'autre. Ils se sentent chez eux au Petit Coq, un peu comme s'ils étaient de nouveau à Paris, au «bon vieux temps».

Alice compte sa recette de pourboires qui est nettement plus grosse que d'habitude. Depuis quelques semaines, les clients se montrent plus généreux. Pourtant, rien n'a changé, ni les prix, ni les menus, ni le chef cuisinier, encore moins le décor.

– Alice, une autre bouteille, commande un groupe. Nous avons quelque chose de spécial à fêter.

La belle Alice court d'un coin du restaurant à l'autre servir ceux qui réclament du vin. Monsieur René se réjouit de la forte consommation de spiritueux qui ne nuira pas à son chiffre d'affaires du jour, au contraire. Toutes les tables sont occupées et une file d'attente à laquelle se sont joints les trois Aînés rescapés du parc Monceaulion s'est formée à l'entrée du restaurant. Ce n'est pourtant pas Noël, ni le 14 juillet, ni aucune des ces fêtes d'autrefois que certains clients s'obstinent à célébrer, année après année. Peut-être que le beau temps pousse les gens hors de chez eux. Le Petit Coq n'est pas seul dans son cas. D'autres restaurants fédiens accusent la même tendance.

Les sources de nouvelles étant sous le contrôle absolu du gouvernement et les lignes vidéphoniques passant pour être sous surveillance, la population d'origine fédienne n'a d'autre choix que de revenir, pour ses besoins d'information, au système du bouche à oreille. Au restaurant, on peut, tout en dégustant un bon plat, rencontrer des amis et se chuchoter les dernières nouvelles d'intérêt lorsqu'il y en a, ce qui est devenu rare. Or, depuis quelque jours, d'agréables rumeurs circulent et ceux qui veulent en savoir davantage, vont déjeuner ou dîner au restaurant. C'est ainsi que ce jour-là, la salle à manger du Petit Coq est pleine à craquer de clients curieux et joyeux.

L'événement qui égaye l'atmosphère n'est autre que la « parution » de la VRAIE HISTOIRE, exploit remarquable en soi et qui en laisse prévoir d'autres, plus audacieux, dans un temps rapproché. D'une bouche à l'autre, les nouvelles gagnent en importance ce qu'elles perdent en précision. On raconte entre les branches qu'une armée de résistants se prépare, dans l'ombre, au combat de la libération, simultanément, en plusieurs points de l'Empire.

Depuis qu'ils ont été brutalement écrasés puis aliénés de leur culture, les Fédiens se sont laissé aller au repli sur soi et à la morosité mais, à la lecture de leur grandeur passée, il se réveillent, se reprennent à espérer et à rêver au retour des jours heureux de la liberté et de la fierté nationale. Ils réapprennent l'émerveillement, l'enthousiasme, l'optimisme, le bonheur, et qui sait ? Peut-être même qu'ils pourront oublier la Fédie et ses mésaventures en ramenant la grande France léguée par leurs ancêtres. Leurs voisins d'outre-Manche iront récupérer leur monarchie déposée par l'Istéria et tout reviendra comme au « bon vieux temps ».

Ce sera le temps retrouvé…

Jusque là confinés dans leurs tristes appartements envahis par le délabrement, ils éprouvent le besoin de se réunir entre compatriotes pour se réjouir ensemble du vent favorable qui passe. A l'une des tables, Madeleine et trois de ses collègues de bureau sont venus se détendre et oublier les caprices du patron, autour d'un repas joyeux. Daniel apprend à Madeleine le pourquoi des réjouissances communes. Elle fait semblant de s'en étonner puis de s'en réjouir le plus naturellement du monde. Sa joie éclate non pas à cause de la « nouvelle » qu'elle vient d'apprendre mais parce que cette nouvelle est partiellement le résultat de son effort. Mais ceci, personne ne le sait dans ce lieu sauf Louis Corbeau qui l'a aperçue et, prudent, a fait semblant de ne pas la voir.

— A la vôtre, mes amis, s'écrie quelqu'un en levant son verre.

De toutes les tables, tous les verres sont levés, comme un seul.

— Notre histoire… pardon, notre vraie histoire est remplie d'actes de courage et d'héroïsme et notre peuple est capable de recommencer.

— Ce n'est pas la première fois que la Fédie et l'Europe ont été envahies par les barbares et s'en sont débarrassées ! Souvenez-vous de Sainte Geneviève, de Charles Martel, de Clovis, de Charlemagne et de Jeanne d'Arc !

— N'oublions pas le grand Empereur.

– Et surtout le grand général.

– On recommencera et on les aura, vous verrez!

– Enfin! Voici la lumière au bout du tunnel.

– Ah! Mes *ayyous*, crie un facétieux, vous allez voir ce que vous allez voir!

Une tablée entonne un chant joyeux qui fait allusion à la couleur d'un petit vin et tout le monde reprend en chœur refrain et couplets.

– C'est comme autrefois, larmoie une dame, quand j'étais jeune.

– Prudence, mes amis, prévient Louis, soyons très prudents car il ne faut pas nous faire connaître avant d'être prêts et «ils» sont encore partout.

Ce judicieux conseil est écouté et les réflexions, chansons, vivats et hourrahs sont vite bémolisés. Mais la joie demeure, calme et sereine. Seul, Monsieur René, montre un front légèrement rembruni par la crainte d'être dénoncé pour avoir autorisé dans son établissement des activités prohibées. Dans le fond de son cœur, il aspire, comme ses clients, à la fin du cauchemar istérien.

– Vous voyez, dit l'ancien fonctionnaire à ses deux amis du club des Aînés, c'est ce que je vous disais au parc.

Un joyeux luron se lève. C'est Yves Deschamps, un familier du restaurant apprécié pour les histoires comiques qu'il raconte à la chaîne.

– Connaissez-vous la dernière?

– Non. Dites. Dites.

– Voilà. C'est le *Grand-Ayyou* qui arrive à la porte du Paradis où Saint-Pierre l'intercepte. «Vous? Qu'est-ce que vous faites ici? Votre paradis est ailleurs. Nous ici, nous ne pouvons que vous envoyer en enfer» Le *Grand-Ayyou* insiste. «Oui. Je sais. Mais laissez-moi vous expliquer...»

A ce moment, un couple istérien apparaît à la porte du restaurant.

L'histoire s'arrête. La fête cesse. L'explication ne sera pas connue.

C'est comme si la nuit est tombée tout d'un coup. Le restaurant prend l'aspect d'un réfectoire de couvent. Monsieur René installe les nouveaux venus à une table qui vient d'être libérée et leur tend le menu. La femme qui révèle une physionomie fédienne garde son *ghamm* et son *surghamm* sur la tête. L'homme, vêtu d'un costume moderne, est coiffé d'un turbuche à pompon. Il porte une barbe carrée. C'est elle, qui a dû l'entraîner au Petit Coq. Il choisit leur deux menus puis attend en dévisageant les clients des tables voisines qui se dépêchent d'avaler leur nourriture après avoir avalé leur exubérance, leurs chants de victoire et leurs blagues. La dame regarde furtivement ses compatriotes dont le *ghamm* est pendu au porte-manteau et qui mangent et bavardent en toilette légère. De temps en temps, elle s'essuie le nez avec un mouchoir. Madeleine qui l'observe de loin visualise le scénario de son mariage éventuel avec ce docteur qui la poursuit de ses assiduités et cette vue la conforte dans sa décision de lui opposer une fin définitive de non recevoir.

– Jamais, se dit-elle en serrant les poings et les lèvres, jamais au grand jamais.

Les clients terminent et partent assez vite. Il n'y a ni café ni club social. Un seul Istérien a suffi pour dissiper l'atmosphère joyeuse d'un grand groupe de Fédiens. Impossible d'interdire l'entrée du restaurant à quiconque, surtout un Istérien. Il est à souhaiter que ces gens-là continuent d'eux-mêmes à se tenir loin de la cuisine fédienne, seul élément de la culture ancestrale que les autorités n'ont pas réussi à faire disparaître. Mais la VRAIE HISTOIRE et, par la suite, la vraie résistance verront à se débarrasser des intrus et c'est l'espoir qu'emportent les habitués du Petit Coq en rentrant chez eux, ce jour-là.

Pour la seconde fois dans la journée, les trois Aînés se voient en train de céder du terrain de loisir à des indésirables.

* * *

12 L'AMOUR MÉDECIN

Né à Paris, petit-fils d'immigrants istériens de la première heure, Farique Piquemalion est élevé par ses parents dans la foi *boukhinienne* de leurs ancêtres qu'ils ont préservée dans leur nouveau pays et qu'ils pratiquent en jouissant pleinement de la liberté que leur accorde la constitution de la Démocratia. Ses premiers mots de bébé sont balbutiés en istérien, langue qu'il apprend en écoutant sa mère le bercer et qui restera la seule qu'il connaîtra pendant sa première enfance. Lorsque vient l'âge de l'école, on lui fait fréquenter le lycée fédien où il reçoit en français une éducation conforme aux valeurs modernes de la société démocratienne, c'est-à-dire, la responsabilité personnelle, l'autonomie, la liberté d'opinion, l'acceptation du pluralisme, la poursuite de la connaissance sans restrictions, le développement du corps et de l'esprit. Il absorbe si bien cette formation qu'à la fin de ses études secondaires brillamment réussies, il est transformé en un véritable jeune Fédien qui peut, sans se ridiculiser, faire référence à ses ancêtres, les Gaulois.

Pour mieux passer inaperçu au milieu de la foule fédienne, il adopte le prénom de Frédéric dont la consonance rappelle celle de son nom istérien. Le jeune Farique-Frédéric se félicite souvent de ne pas être natif de l'Istéria dont il réprouve la mentalité fermée, l'opposition au progrès à tous les niveaux et la fixation obsessionnelle sur le passé. C'est plutôt l'avenir à la manière fédienne qui lui sourit de toutes ses dents. Après de solides études de médecine, il ouvre un bureau de consultation dont le succès s'explique autant par sa science que par son approche humaine auprès des malades dont aucun n'aurait l'idée de se demander si le Docteur Piquemalion est fédien ou étranger. Devant la maladie, ça n'a vraiment aucune importance.

Il vient d'avoir vingt-huit ans lorsque ses parents lui présentent une jeune fille dont ils lui disent le plus grand bien et dont la qualité principale à leurs yeux est son origine istérienne, la même que la leur. Farique a toujours voulu se marier selon son choix et selon son cœur et, surtout, sans attendre le consentement de personne. Par un hasard heureux, ces conditions se trouvent réunies chez l'élue qui, elle aussi, ayant goûté à la liberté d'esprit fédienne, imite discrètement les façons de se comporter des jeunes filles du pays. De surcroît, elle est jolie. Le mariage se fait et Mourial, c'est le nom de la perle qui, comme lui, a francisé son nom en Murielle, lui donne coup sur coup trois mignonnes petites filles.

C'est peu après la naissance de la deuxième, que le pays où il fait si bon vivre et prospérer est bouleversé par l'arrivée au pouvoir des *ayyous* qui défont toutes les institutions démo-

106

cratiques pour les remplacer par les procédés qui ont régi l'Istéria pendant son millénaire d'existence. Tout d'un coup, Frédéric se trouve appartenir au groupe des puissants et très vite après, le système istérien n'est plus si absurde à ses yeux.

De nouvelles législations concernant la pratique de sa profession entravent considérablement ses collègues fédiens mais offrent, par contre, aux médecins *boukhiniens* des privilèges dont il profite largement. Désormais, il combinera la science médicale des Occidentaux avec la liberté d'action et le prestige des vainqueurs. Sa clientèle augmente en nombre et en importance. Le Docteur Piquemalion, jusque là un authentique Parisien, se métamorphose en un pur Barizien convaincu et célèbre. Il reprend son prénom originel de Farique.

Murielle, redevenue à son tour Mourial, doit le suivre dans son évolution au sujet de laquelle il néglige de la consulter, pas plus qu'il ne lui demande son avis lorsqu'il exige d'elle et des filles le port du *surghamm* sur la tête.

— Mais, négocie-t-elle, le *surghamm* est encombrant et je pourrais m'habiller tout a fait décemment sans avoir à le porter. Quant aux filles, elles sont trop…

— C'est pour respecter la loi, explique-t-il, et, de plus, c'est bon pour ma carrière.

Elle se soumet. Pour la carrière, la famille, bascule du modernisme libéral au conservatisme étriqué et se métamorphose en un clan *boukhinien* traditionnel qui proclame haut et fort son allégeance à Eliomm et à son représentant à Barize, Basram Khar Delion. Sauf la dernière qui est encore un poupon, les filles doivent abandonner les vêtements à la mode qu'elles portent avec tant d'aisance pour s'enfermer dans des frusques peu adaptées à leurs jeux. Pour les pauvres petites, c'est un adieu précoce à l'enfance.

Le succès et la fortune couronnent ces efforts de retour à la culture d'origine puisque Farique est appelé à se joindre à l'équipe de médecins du *Grand-Ayyou*, lui-même. Entretemps, parmi les immigrants istériens qui ont pris d'assaut la grande ville, une famille apparentée à la sienne, vient s'installer dans un appartement sis au 65, rue de la Lionne-Rugissante. L'esprit de loyauté à la tribu particulièrement développé chez les Istériens l'amène souvent à cette adresse car la mère de cette famille, Noria Krombalionne, déjà rencontrée au cours de ce récit, est sa cousine germaine du côté paternel.

Au début de leurs relations retrouvées, Farique lui rend visite accompagné de son épouse et de ses enfants qui viennent jouer avec leurs cousins. Par la suite, il viendra tout seul, plus souvent. L'immeuble est habité par des Fédiens qu'on croise dans les escaliers ou dans l'ascenseur, lorsqu'il n'est pas en panne. Il est surpris du peu de courtoisie des locataires qui ne saluent pas ceux qu'ils rencontrent ou qui leur ferment la porte au nez comme cette jeune fille toujours pressée qui avance en ayant l'air de ne voir personne. Sous le long *ghamm* on devine que sa taille est élancée et comme elle ne porte pas de *surghamm* autour de la tête, il est possible d'admirer sa chevelure blonde et ses yeux bleus. Malgré lui, Farique se prend à y penser et à y repenser jusqu'au jour où il essaye de l'aborder mais sans succès. Il en conclut que c'est une personne sérieuse qui ne parle pas à n'importe qui et ceci le raffermit dans ses efforts pour la connaître. Lors de ses visites aux cousins Krombalion, il ralentit volontairement son passage dans les escaliers, dans l'espoir de la voir passer. Il compare la silhouette légère de l'inconnue à celle de son épouse, alourdie par trois grossesses, et dont les charmes se sont quelque peu estompés depuis leur mariage, nonobstant une grande beauté au départ.

Sa pratique de la médecine lui a montré que les Fédiennes sont en général plus sveltes que les Istériennes. A force de vouloir imiter leurs fameux top modèles en se laissant presque mourir de faim, elles deviennent aussi squelettiques que les rescapés des camps de concentration du siècle précédent. Maigres comme elles sont, et malgré leur blondeur très appréciée, elles n'attirent que peu la plupart de ses compatriotes, sinon pour le symbole de victoire et le statut social qu'elles représentent lorsqu'ils ont accès à l'une d'elles. En général, les Istériens savourent les femmes replètes au corps charnu dans toutes ses parties, surtout les plus privées, et le Docteur Piquemalion ne fait pas exception à la règle. Mourial, sur ce chapitre lui donne entière satisfaction. Pourtant, il commence à ressentir la monotonie de ses rondeurs qui s'arrondissent chaque jour un peu plus. La jeune fille de l'escalier est encore fraîche et le *ghamm* qu'elle porte semble couvrir un physique harmonieux. Farique se met à fantasmer sur ses cheveux, ses yeux, son corps, désire la connaître puis la désire tout court. Il y a sûrement un moyen de lui être présenté puisqu'elle est la voisine de sa cousine qui a déjà fréquenté sa mère avec qui elle échange parfois des denrées culinaires.

Devenu un personnage assez important pour oser lui offrir le mariage, il confie ses intentions matrimoniales à sa cousine. Noria ne pose aucune question concernant l'avenir de Mourial. Elle sait que celle-ci sera répudiée pour faire place à sa remplaçante. C'est là un droit indiscutable des maris *boukhiniens* et tant pis pour celle qui n'a pas su garder son homme. De plus, quelle jeune fille de la société barizienne ne serait pas flattée d'être choisie par le Docteur Piquemalion pour être sa femme, quel que soit son rang dans la liste des épousées ? Malgré la réputation de frivolité et d'indépendance des femmes démocratiennes, certains hommes istériens recherchent les unions avec elles. Noria est chargée officiellement d'aller demander la main de Madeleine à son père ainsi qu'il est d'usage dans l'Istéria et autrefois dans les pays d'Occident.

— Ce sera bon pour ma carrière, lui dit-il, de m'unir avec une Démocratienne. Ça m'aidera à augmenter ma clientèle de leur côté.

M. Krombalion entre au salon.

— Noria, veux-tu aller nous préparer du café ?

Noria se lève, comprenant que les deux hommes veulent rester seuls.

— *Jader*, Docteur. J'apprends que tu veux épouser une Fédienne.

— *Jader* sur toi. Oui. Je veux me remarier.

— Pourquoi ? Es-tu malheureux avec Mourial ?

— Non. Pas du tout. J'ai simplement envie d'épouser l'autre. Si la polygamie était permise, j'aurais gardé Mourial pour les enfants. Mais puisque ça nous est interdit, je serai obligé de la répudier.

La répudiation d'une épouse est permise par la loi et acceptée par l'*Essoule*.

– Elle sera très malheureuse. Qu'est-ce que tu lui reproches?

– Elle ne m'a donné que des filles. Je veux avoir des fils.

– Mais la science médicale nous dit que…

– Sais-tu que la science médicale peut se tromper? Nous sommes les premiers à l'admettre, nous les médecins.

– Bien sûr. Bien sûr. Mais si, l'autre non plus te donne pas de garçons? Comment peux-tu savoir d'avance?

– C'est un risque à prendre selon les statistiques, répond le Docteur, têtu. Il me faut cette jeune fille.

– As-tu bien réfléchi? Une Fédienne n'est pas préparée au mariage comme une Istérienne. Elle aura des exigences que nos femmes n'ont pas, des idées bien à elle, un comportement auquel nous ne sommes pas habitués.

– Quand nous serons mariés, répond l'amoureux éconduit, elle s'adaptera à nos manières de vivre et pensera comme nous.

– En es-tu sûr?

– Absolument.

– Mourial est-elle au courant de tes intentions?

– Non. Je ne la mettrai au courant qu'à la toute fin afin de la faire souffrir le moins longtemps possible. Je vous demande aussi de ne pas lui en souffler mot.

– Tu es généreux et prudent, mon cher cousin, répond Noria de retour avec le café, parce que, si la jeune fille d'en haut refuse ton offre, tu n'auras besoin de rien dire chez toi.

– Elle ne peut pas refuser, s'entête le Docteur.

Noria est fière de la mission importante que son cousin lui a confiée. Si la demande est agréée, elle comptera les Duperrier non seulement comme des voisins mais comme des parents. Elle sera plus à l'aise pour frapper à leur porte sous divers prétextes autres que l'emprunt de denrées alimentaires.

Pendant que son avenir est réglé à son insu, Mourial, remarque que les visites de son époux chez la cousine sont longues et se demande s'il n'est pas en train d'avoir une aventure illégale avec elle. Pourtant elle est mariée et mère d'une nombreuse famille. Peut-être alors que les deux hommes traitent affaires ensemble. Pourquoi ne lui en parle-t-il pas? De toutes façons, elle ne peut rien y faire et oserait encore moins lui adresser des reproches.

Farique attend avec impatience la réponse que Noria doit lui transmettre. Mais celle qu'elle lui rapporte n'est pas celle qu'il désire. La famille Duperrier demande une période de réflexion dont elle n'a pas fixé la durée. Ce temps paraît extrêmement long au prétendant. A deux reprises, il s'est arrangé pour rencontrer Madeleine à l'entrée de l'immeuble, espérant lui soutirer le consentement tant espéré mais il n'a reçu que des propos vaseux qu'il ne pouvait interpréter ni comme acquiescement ni comme refus.

La première fois qu'il a réussi à la coincer, elle a admis avoir connu sa demande par l'intermédiaire de la précieuse cousine et voisine. Elle s'est montrée farouche, ainsi qu'il convient à une jeune fille en face d'un homme inconnu et lui a fait un tas de représentations sur la différence de leurs religions, sa situation matrimoniale à lui, leurs âges respectifs éloignés, etc..., etc... Il a balayé toutes ces objections par des arguments irréfutables qui auraient fini par la convaincre si ce n'était l'arrivée inopinée de son frère qui lui a ordonné de rentrer chez elle, ce qu'elle a fait sans discuter. Une deuxième fois, leur rencontre a été encore plus brève. Elle revenait tard du bureau où elle travaillait et semblait tendue car c'est à peine si, en montant chez elle, elle lui a adressé la parole pour lui dire qu'elle n'avait pas complété sa réflexion au sujet de sa demande. Mais, au moins, elle ne lui a pas dit non. Sans doute avait-elle été réprimandée par son patron? Lorsqu'ils seront mariés, elle n'aura plus besoin de travailler. Il l'en empêchera, d'ailleurs.

Plus Madeleine se dérobe à la réponse qu'elle doit donner, plus le Docteur s'obstine à parvenir à ses fins. Il est devenu éperdument amoureux de la silhouette fuyante qu'il poursuit mais sans se l'admettre car l'amour est une attitude féminine et un homme, surtout un Istérien, ne demande rien à une femme. Il exige, il donne des ordres. Malheureusement, celle-ci est récalcitrante et refuse de céder à sa volonté. Impossible de la contraindre tant qu'elle ne lui appartient pas. Il y a de quoi devenir fou.

Négligeant ses malades, il se met alors à la suivre à son insu, partout où elle va. Il prend connaissance de ses heures de sortie, le matin, pour se rendre à son travail, de ses heures de retour, le soir, à la maison. Il relève les noms de ses fournisseurs, établit une liste des adresses de ses amis, repère les parcs où elle aime se promener, observe les personnes qu'elle rencontre. Il ne sait plus s'il est en train de préparer un plan machiavélique pour arriver à la faire plier ou bien s'il est simplement motivé par la curiosité et le désir. Quelque chose comme une intuition masculine lui dit qu'il doit continuer à la couvrir ainsi. Il finit par si bien connaître ses habitudes, qu'il lui semble déjà la posséder. Une adresse où elle se rend parfois après sa sortie du bureau l'intrigue particulièrement mais il porte davantage d'attention sur un chauffeur de taxi qu'elle rencontre dans un parc et qui lui remet des colis après s'être promené avec elle. Il se promet de ne pas lâcher sa proie *ghammée* jusqu'à ce qu'il ait pleinement satisfait sa curiosité, sinon son désir.

Ignorant la filature dont elle est l'objet, Madeleine ne prend de précautions que contre les Policiers des Bonnes Mœurs qui, eux, ne se cachent pas d'elle. D'ailleurs, déguisée en *babboule*, sa vision périphérique réduite à un angle ridiculement petit, son masque noir lui cache le monde extérieur autant qu'elle en est elle-même cachée. Aussi, lorsque son suiveur occulte la talonne en prenant soin de rester invisible, elle ne le voit pas et ne fait aucun effort pour le semer.

Mal lui en prendra un jour!...

* * *

13 LE BON GOUVERNEMENT

La jeune administration du S.E.I. a récupéré et recyclé l'édifice du Parlement de Barize, anciennement siège de l'Assemblée Générale des délégués de la Démocratia. Le monument imposant dont la vocation était l'exercice de la démocratie parlementaire abrite aujourd'hui une forme de gouvernement plus simple qui se suffit de locaux moins spécialisés. Le parlementarisme ayant disparu, la grande salle des délibérations, inutilisée à cet effet, a été reconvertie en salle polyvalente pour réunions spéciales, cérémonies commémoratives et même, en certaines occasions, lieu de prières. Deux fois par mois, les ministres s'y rassemblent pour travailler à la gestion de l'état.

Oeuvre des plus grands artistes parisiens, l'ancienne décoration murale disparaît sous les ornements et les symboles du nouveau régime. Pour être sûr de soustraire aux regards les bas-reliefs allégoriques représentant des femmes insuffisamment vêtues, on a accroché par dessus un pot-pourri de portraits du chef de l'état, de drapeaux istériens, et de banderolles aux slogans illisibles. En quelques endroits, des lions héraldiques ont remplacé les coqs locaux. Sur le mur qui fait face à l'hémicycle, une grosse boule blanche est suspendue au dessus d'une longue bannière sur laquelle le nom d'Eliomm est calligraphié en caractères géants. L'écriture istérienne disposée en colonnes s'insère très bien dans les bannières. Elle se lit de bas en haut, symbolisant ainsi l'élan de l'âme vers la demeure d'Eliomm. Malgré l'esthétique discutable de cette salle, on la fait visiter aux touristes et aux groupes d'élèves en sortie éducative lorsqu'elle n'est pas réservée pour une fonction officielle. Symbole de la victoire d'Eliomm-le-Tout-Puissant, les autorités *ayyoumales* sont très fières d'en avoir pris possession, sinon de l'avoir décorée avec goût.

Une fois par quinzaine, le mercredi, veille du jour férié *boukhinien*, Sa Sainteté le *Grand-Ayyou* en personne vient y présider la réunion du gouvernement. On lit alors à cet éminent personnage les rapports émanant des ministères, on le met au courant de l'actualité locale, nationale et étrangère, on lui présente des projets de lois et, pour finir, on attend sa réaction décisionnelle. Parfois, et, plus fréquemment en hiver, ces réunions de travail se tiennent à l'Elysée plutôt qu'à l'ancien parlement, ce qui évite au chef de l'état de sortir de chez lui par temps froid.

Tout est prêt, ce matin, pour l'accueillir dans la grande salle des délibérations. Dès neuf heures, gardes d'honneur et détectives chargés de la sécurité des lieux occupent leur poste et chaque *ayyou-* ministre a fait installer sur son pupitre les documents et instruments nécessaires à ses interventions. Le Ministre de l'Orientation Nationale, l'*Ayyou* Mechouet Tigralion, l'homme au rôle le plus important dans la conjoncture actuelle, est, comme d'habitude, assis au premier rang. Il est nerveux et bouillonne d'impatience car il prépare un scoop à lancer dans l'Assemblée de ce jour. C'est la découverte d'un ouvrage anonyme délinquant que ne revendiquent ni auteur ni éditeur et qui ne porte pas le sceau officiel d'approbation de l'état. Personne parmi ses collègues n'est au courant de ce bon coup par lequel il escompte impressionner le *Grand-Ayyou* ainsi que ses confrères. Suite à ce succès, il demandera le poste de *Vice-Ayyou* de Fédie que Basram cumule exceptionnellement avec celui de chef suprême du S.E.I. Ensuite, il verra.

L'immense salle où se décide le sort de milliards de citoyens paraît vide. Les ministres ont déjà pris place dans les premiers rangs de l'hémicycle et jettent un dernier regard sur leurs dossiers. Aucun ordre du jour n'est préparé car c'est le *Grand-Ayyou* lui-même qui décide, sur-le-champ, de la hiérarchie des affaires à traiter. De toute façon, chacun, comme de coutume, se présente à l'assemblée avec un sujet urgent qu'il espère faire passer en premier.

Mais le grand homme n'apparaît pas et le temps passe dans une attente respectueuse. Nul parmi les présents n'aimerait qu'on l'entende se plaindre ou se livrer à des remarques désobligeantes car, si le *Grand-Ayyou* l'apprend par un témoin zélé et rapporteur, il ne manquera pas de démettre de son poste l'audacieux ronchonneur et de le poursuivre de son courroux après. Finalement, on voit paraître sur l'écran holographique une estafette qui annonce que la réunion aura lieu au Palais de l'Elysée. Ramassant leurs affaires sans perdre une seconde, les ministériels se bousculent vers la sortie à la recherche de leurs véhicules, puis, leur cortège ainsi formé, ils se dirigent au son des sirènes vers le palais présidentiel.

Le *Grand-Ayyou* Basram Khar Delion, chef du gouvernement et président du conseil, entouré de ses gardes du corps et d'une suite de dignitaires, reçoit ses ministres, debout au sommet du grand escalier.

L'histoire a connu nombre d'hommes d'état qui ajoutaient à leur potentiel politique et psychologique celui de pouvoir, en se réclamant de la religion, impressionner et soumettre les peuples à leur vouloir. Basram Khar Delion en est un des spécimens les plus réussis. S'il a pu mettre l'état au service de la foi, dans son cas c'est le *Boukhinisme*, il est également parvenu à mettre la foi au service de l'Empire, et les deux à son service personnel. Religion-état ou état religieux, telle est devenue cette partie du monde qui remplace désormais la grande et défunte République de la Démocratia. Bel homme d'âge incertain, à la taille élancée, au visage proportionné, au regard singulièrement pénétrant, tel apparaît le maître potentiel du monde. C'est un personnage immense. Il est vêtu du costume traditionnel de son pays composé de deux tuniques, celle du dessus en soie verte, coupée à la hauteur des genoux et celle du dessous, noire, longue et qui laisse apercevoir des bottines à boucles dorées.

Depuis les temps les plus reculés de l'histoire, et, jusqu'à nos jours, tous les peuples, toutes les cultures ont associé le port de vêtements flottants aux mystères de la foi. Les effets contemporains, au dessin géométrique, à l'allure confortable, n'ont pas la majesté des grandes robes longues et amples à l'instar de celles qui ont paré les druides, les prophètes, les prêtres, les grands-prêtres, les papes, les patriarches, les diacres, les rabbins, et même, les souverains de droit divin, à leur couronnement. A partir d'une dalmatique ou d'une chape, il est facile d'imposer le respect et de se prétendre le messager de la divinité, ce qu'on ne peut pas faire de l'intérieur d'un habit étriqué, aux jambes séparées, dans lequel on paraît anonyme, mortel, en un mot, quelconque. Quant à la communion des saints, on y chercherait en vain un canonisé en tenue de businessman. Il faut rappeler, pour finir, que les femmes ont toujours porté des robes mais ce n'est pas la même chose.

Le meilleur illustrateur de cette loi a été le prédicateur télévisuel américain de la deuxième moitié du vingtième siècle et du début du suivant. Privé de la magie de la robe, il a fini par manquer d'auditoire et a disparu de la scène médiatique. Lorsque l'ineffable Eliomm-le-Tout-Puissant a octroyé la Grande Révélation, il était vêtu d'une jupe souple et non d'un pantalon rigide à cylindres. Le *Grand-Ayyou* est un adepte convaincu et un pratiquant ferme de la théorie selon laquelle, s'il ne fait pas le moine, l'habit fait certainement l'*ayyou*. Il confie à qui veut l'entendre que c'est le rejet des soutanes qui a vidé les églises et achevé l'ancienne religion de la Démocratia.

Assorti à sa mise, un volumineux turban vert, couleur préférée d'Eliomm puisqu'il l'a attribuée à la végétation, orné d'une longue plume de même couleur, repose sur son front. Contrastant avec ses épais sourcils noirs, sa longue barbe grisonnante est taillée d'un trait sec horizontal à la manière de celles qu'on aperçoit sur les mentons des guerriers qui ornent les bas-reliefs assyriens. A le voir ainsi, calme et majestueux, l'allure hiératique d'une mosaïque byzantine, on s'explique parfaitement le charisme et l'ascendant qu'il exerce sur les foules *boukhiniennes*. Plus simplement vêtu, il aurait pu, dans l'ancienne société occidentale, être un grand séducteur mais, dans les circonstances présentes, ce talent ne lui est pas nécessaire vu que les femmes de son peuple n'ont pas un mot à dire sur leur goûts en matière de partenaires amoureux et qu'il peut les posséder à volonté sans être obligé de leur plaire. Il n'en est pas de même pour les Fédiennes avec lesquelles, sauf pour les prostituées, il faut se livrer à toutes sortes de tactiques et d'acrobaties ridicules si on veut en avoir une.

– Comme ce serait plus simple si tout le monde était *Boukhinien*, se dit-il souvent, et comme j'aime la simplicité !

Bien que natif de l'Istéria, le *Grand-Ayyou* n'est pas un étranger à la Fédie. Dès ses plus jeunes années, ses parents avaient reconnu en lui une intelligence et une ambition hors du commun qui ne se suffirait pas du contexte limité et rétrograde de son pays natal pour s'épanouir. Le jeune Basram fut destiné à une carrière diplomatique et envoyé à Paris pour y entreprendre des études universitaires à la faculté des Sciences Politiques. En réalité, les études ne l'intéressaient pas comme telles. Ce qu'il ambitionnait, c'était le Pouvoir. Un grand sens politique appuyé sur des calculs statistiques lui montrait que le temps viendrait très vite où le régime politique en Fédie basculerait vers le *Boukhinisme* et il comprit que là était la grande chance de sa vie. Dès sa deuxième année d'études, il se mit à afficher la piété la plus édifiante et reprit le costume traditionnel de son pays d'origine. Il décrocha alors de Sciences Po et s'inscrivit à l'Université d'Etudes *Boukhiniennes* de Paris qui formait les *ayyous* et les docteurs de la dite religion. Tout en poursuivant les études de théologie, pour lesquelles, selon ses biographes, il obtenait les notes les plus brillantes, il fonda le parti Progressiste-Conservateur qu'il dirigea d'une main sûre jusqu'à la victoire. Du jour au lendemain et sans verser une goutte de sang ni fracasser un seul édifice, il se réveilla le maître absolu d'un empire considérable.

Sa vie privée est peu connue car il prend soin de s'entourer de mystère. Plusieurs biographies ont été publiées mais elles ressemblent toutes à des hagiographies parfumées à l'encens. Illustrées d'épisodes admirables destinés à préparer sa légende future, elles dissimulent les véritables événements de sa vie plutôt qu'elles ne les racontent. Pour ses coreligionnaires, il est déjà un saint. Pour ses compatriotes fédiens, il sent le soufre. En secret, très prudemment, car l'irrévérence est punissable, ils ont baptisé le *Grand-Ayyou*, le Grand-Tartuffyou.

Arrivés devant lui, les ministres s'inclinent respectueusement et présentent le *jader*, ce salut ancestral qui exprime l'adhésion, l'écoute et la soumission, par l'inclinaison de la tête et la pose de la main droite derrière l'oreille du même côté, pendant que la gauche comprime la région du cœur. Le *jader* est suivi des baisemains statutaires sur la main droite du receveur. Attention! Ce baisemain n'est pas le geste galant à caractère sexuel autrefois appliqué aux mains féminines par les hommes païens mais, à l'occasion, un symbole d'admiration, de loyauté et, toujours, de soumission.

Lorsque le rituel de salutation respectueuse est complété, le gouvernement, précédé par le *Grand-Ayyou*, suivi des secrétaires et du journaliste agréé, se dirige vers le grand salon du Lion d'Eliomm, lieu de la réunion.

Toute l'Istéria, avec ses terres qui s'étendent sur quatre continents et sa population de plus du tiers de l'humanité, est administrée par un *ayyou* suprême assisté d'un comité de dix-neuf hauts-fonctionnaires portant titre de ministre, y compris celui sans portefeuille. Des *Vice-Ayyous* sont délégués dans chaque province de l'Empire pour en assumer l'administration sauf en Fédie où le *Grand-Ayyou* lui-même cumule les deux gouvernements, celui de l'Empire et celui de la Fédie.

Pas un d'entre ceux-ci ne doit son poste à une victoire électorale, les élections ayant disparu du paysage politique, mais à une nomination directe par le *Grand-Ayyou* selon qui les scrutins sont organisés par des chefs de parti faibles qui ne peuvent gouverner sans appui

114

populaire. Lui-même ne doute pas qu'Eliomm l'a prédestiné à devenir un chef. Fort de cette foi, Basram Khar Delion a réussi à la transmettre à tout son peuple qui se courbe devant son autorité comme si elle venait vraiment du ciel.

Les secrétaires et le journaliste occupent des bureaux en retrait. Les dignitaires prennent place derrière eux. Preuve que le gouvernement n'a rien à cacher, ils sont autorisés à suivre les débats, mais non à intervenir. L'équipe ministérielle istérienne s'est assise de part et d'autre de son patron spirituel et leader politique autour de la grande table ovale du salon.

Tout est prêt pour l'ouverture de la session.

– Au nom d'Eliomm, le grand, le fort, l'intelligent, nasille son *Ayyoumerie* à mi-voix en brandissant de la main droite un exemplaire du *Saint-Boukhin*.

Toute l'assistance se lève.

– Grand, fort, intelligent, psalmodie le gouvernement à l'unisson.

– Eliomm est notre, lumière, notre soleil lumineux.

Le *Grand-Ayyou* baise le saint volume puis le passe aux Ministres qui l'imitent pieusement.

Quand l'opération circulaire du baiselivre est terminée et celui-ci de retour, il le pose pieusement à sa droite sur la table, s'assied, imité par le gouvernement, toussote, lèche ses lèvres, se frotte les mains, retoussotte puis, sans préambule, plonge dans le vif du sujet.

– Qui a un problème important à nous exposer ? demande-t-il.

Dix-huit mains se lèvent.

Le *Grand-Ayyou* joue dans sa barbe puis s'adresse de l'index au Ministre des Transports.

– Toi.

Le Ministre des Transports Publics, l'*Ayyou* Horax Galion, s'incline, adresse un *jader* à l'assemblée et lui fait rapport sur le nombre toujours croissant d'atomobiles, de bêtes de somme et de trait, et la confusion du trafic qui en résulte dans les grandes villes de l'Empire, Barize surtout, où les agents de la circulation ne sont plus capables de la contenir. Des mesures devraient être prises pour diminuer le nombre de voitures tractées. Serait-on bienvenu d'augmenter les droits sur les permis des véhicules et les permis de leurs conducteurs ? Les animaux devraient-ils payer des droits pour circuler au milieu des atomobiles ? Ou le contraire ? Autre chose : pour relier directement le palais présidentiel au temple du Soleil, il y aurait possibilité d'une nouvelle rue pour le percement de laquelle il serait nécessaire de dynamiter quelques pâtés de maisons. En aurait-il la permission ? En aurait-il le budget ?

Le *Grand-Ayyou* donne ensuite la parole au Ministre de l'Education, l'*Ayyou* Astux Moussalion qui présente un nombre de projets de construction d'écoles afin de pouvoir, selon la morale *boukhinienne*, séparer les garçons des filles dès les classes élémentaires en éliminant, une fois pour toutes, l'abomination de la mixité scolaire, ce qui n'est pas encore fait partout.

C'est au tour du Ministre de la Santé, l'*Ayyou* Félix Bandalion, qui s'apprête à présenter un nouveau code d'éthique qui interdira aux médecins fédiens la pratique de la médecine, la gynécologie en particulier, auprès des femmes *boukhiniennes*. Avant que celui-ci n'ait eu le temps d'ouvrir la bouche, l'*Ayyou* Mechouet Tigralion se lève et s'excuse humblement d'interrompre son respectable confrère mais comme il a une affaire d'extrême importance pour la gloire d'Eliomm et la sécurité de l'état, il supplie ardemment le *Grand-Ayyou* de l'écouter en premier.

– Parle, mais ne sois pas long, fait celui-ci, tout le monde ici doit s'exprimer. C'est la justice de l'égalité et nous sommes justes.

– Justes ! Justes ! Justes ! répète l'écho humain.

L'*Ayyou* Ministre de la Santé retient son discours et l'*Ayyou* Méchouet s'exprime.

– Daignez regarder ceci, votre *Ayyoumerie*.

L'air dégoûté, il brandit à la vue de tous un volume grossièrement relié.

– C'est un livre, constate son *Ayyoumerie*.

– Oui, mais pas n'importe quel livre, rétorque Méchouet.

– Qu'est-ce qu'il a de particulier, ce livre ?

– C'est un livre subversif ! Voyez vous-même. Ce disant, du bout des doigts, il ouvre la première couverture, dévoilant ainsi le titre, LA VRAIE HISTOIRE. Il n'a pas notre imprimatur. Il n'est pas signé, non plus.

– Comme le *Saint-Boukhin*, pense Jean Tardieu, le seul ministre qui n'est ni *ayyou*, ni même istérien et qui fait partie du gouvernement sous prétexte d'y représenter la minorité fédienne. C'est lui le ministre sans portefeuille qui lèche discrètement son pouce lorsque c'est son tour de baiser le *Saint-Boukhin*.

– Quelle grossière impertinence ! s'écrient en même temps deux ou trois ministres

Le *Grand-Ayyou*, impassible, veut connaître le contenu de l'ouvrage délinquant.

– C'est le manuel d'histoire que nous avons interdit et qu'ils ont réécrit, *Ayyoumi*. J'ai pris le temps d'en lire quelques pages. Quelle horreur ! Quelle atrocité ! Ils l'ont rempli de calomnies sur les Istériens qu'ils traitent de menteurs, de voleurs, de tyrans, d'ignorants et que sais-je encore ?

Il reprend son souffle.

– Me permettez-vous d'en lire quelques passages ?

Khar Delion acquiesce d'un léger signe de tête.

– Je vous demande humblement pardon de toutes les insolences que mes lèvres vont prononcer bien malgré moi, dit Méchouet. Voici tout d'abord ce que je relève dans la préface.

« Nous rétablissons ici les faits véridiques de notre histoire glorieuse, honteusement déformés par le gouvernement istérien aux seules fins de sa propagande mensongère qui vise non seulement à nous faire disparaître mais à s'approprier nos réalisations et à s'en vanter ».

– Oh ! Ce n'est pas possible !

– Comment ont-ils osé ? !

– Quelle arrogance ! Quelle ignominie ! Quelle indignité !

– C'est épouvantable !

– Qu'on me donne immédiatement une arme !

– Attendez, ce n'est pas tout. Plus loin je lis ceci.

« *Le gouvernement istérien se cache derrière un simulacre de religion pour enrichir une élite gouvernante hypocrite et incompétente. Pour écraser les droits naturels de ses citoyens, il a recours à un soi-disant Eliomm qui n'a jamais existé mais dont les lois sont tellement rigides et primaires qu'elles les endorment et les empêchent à tout jamais de réfléchir. Examinez leurs réalisations scientifiques : zéro.* »

Méchouet s'arrête et promène son regard sur l'assistance qui gesticule dans tous les sens. Les ministres n'ont pas assez de mots pour exprimer leur juste indignation devant l'outrecuidance de ce goujat. Le Ministre de la Justice, l'*Ayyou* Omer Doutalion, retrouve le premier le souffle et la parole.

– Ça mérite la mort, dit-il en dirigeant son regard vers la présidence de la table.

Dix-huit têtes sont hochées pour appuyer ce verdict inopiné.

– Je m'arrête car je pense que vous en savez assez. Au contraire, leur Fédie, est qualifiée de pays hautement civilisé qui a contribué à l'avancement des sciences, des arts et de la philosophie. Ce livre est un crime de haute trahison et un blasphème contre Eliomm. Il faut les punir très sévèrement, conclut Méchouet, satisfait de l'effet obtenu.

– Mais qui voulez-vous punir ? demande le Ministre de la Santé qui ne porte pas le Ministre de l'Orientation en son cœur et dont il envie le poste. A ce que je sache, l'auteur de cet ouvrage a pris soin de ne pas se faire connaître.

– C'est un gredin, un criminel anonyme, s'écrie un ministre emballé.

– Comme tous les criminels, s'amuse à penser le Ministre Tardieu.

– Il faut empêcher à tout prix que ce texte ne soit répandu dans le public. Comment l'avez-vous découvert ? demande le *Grand-Ayyou*.

– Nos détectives ont initié une enquête secrète qui a été longue et très difficile et qui a mené à la découverte des livres ennemis dont ils ont trouvé toute une valise.

– Savez-vous qui l'a écrit ? Savez-vous qui l'a imprimé ? Savez-vous s'il y en a d'autres ? poursuit Khar Delion.

– Non. Nous ne savons encore rien si ce n'est que son auteur est fédien.

Un long silence que personne n'ose briser suit l'aveu d'ignorance de l'*Ayyou* Méchouet. Quelques ministres se tournent vers le Ministre Tardieu qui prend l'air absent. La réaction *grand-ayyoumienne* tarde à venir et s'annonce terrible. Basram Khar Delion qui n'élève jamais la voix se lève en indiquant d'un geste sec aux autres qui se préparent à l'imiter de ne pas quitter leurs sièges, puis esquisse quelques pas dans le salon. De loin, il morigène ses ministres comme le ferait un maître d'école aux prises avec des élèves paresseux. Adieu ! le poste postulé de *Vice-Ayyou* ! Ce sera pour une autre occasion.

– Méchouet, je te donne deux semaines pour découvrir les auteurs de ce torchon, tonne-t-il d'une voix contenue.

Aucune menace verbale n'accompagne ce commandement mais Méchouet en devine la suite non exprimée qui met en cause sa tenure du Ministère de l'Orientation Nationale. Le Ministre de la Santé cesse alors de l'envier.

– *Ayyoumi*, je vous rappelle respectueusement que la police, c'est le travail du Ministère de l'Intérieur. A l'Orientation Nationale, nous avons corrigé les anciens livres d'histoire du pays. La poursuite des criminels n'est pas de notre ressort.

Un regard méprisant est la réponse du chef qui tourne sa colère vers le Ministre de l'Intérieur, l'*Ayyou* Tamiet Jambolion.

– J'ai dit deux semaines, lui lance-t-il. Ce problème concerne tous les ministères et tous devront y travailler. Arrangez-vous pour réussir avant que je n'aie recours au remaniement ministériel. Et tout le monde y passera, je vous l'assure !

C'est dit sur un ton neutre d'autant plus inquiétant qu'on le sait capable de tenir cette promesse insensée. Il s'est rassis et taquine son menton, paraissant réfléchir profondément. Au bout d'un moment, il s'adresse à l'assemblée restée coite.

– Pour le transport, vous interdirez aux femmes de conduire, ce qui débarrassera les rues du tiers des embouteillages et de beaucoup d'accidents. Personnellement, je n'ai jamais aimé les voir au volant. Ce n'est pas leur place. Vous doublerez les droits du permis de conduire des hommes. Ça ne nuira pas au Trésor. Quant aux chevaux, vous les laisserez tranquilles car Eliomm les préfère à tout autre moyen de transport. A l'Education, poursuit-il, vous séparerez les garçons des filles, dès la maternelle. S'il n'y a pas assez d'écoles pour tous, que les filles restent chez elles. Ça c'est leur place. A la Santé, j'interdis aux médecins fédiens de soigner nos femmes et que, désormais, la faculté de Médecine ne forme plus de gynécologues démocratiens. De plus, seules les Fédiennes mariées à des Fédiens seront autorisées à utiliser des contraceptifs. Tu publieras dès demain dans la gazette officielle ce que je viens de dire, fait-il en s'adressant au journaliste agréé qui s'incline en faisant un profond *jader*.

Les problèmes du jour sont vite réglés, sans discussions oiseuses, sans gaspillage de temps et les fonctionnaires n'ont plus qu'à exécuter les instructions. Tel est le modèle de bon gouvernement que les politologues istériens ne cessent de vanter en s'étonnant du peu d'admiration qu'il suscite chez les Démocratiens. La même philosophie est appliquée au système judiciaire où les procès sont expédiés en déjouant toutes les astuces auxquelles ont recours les avocats qui viennent défendre des scélérats en leur trouvant toutes sortes d'alibis ou d'excuses.

Le Grand-Ayyou fait signe que la séance est levée sauf pour les Ministres de l'Agriculture et du Culte avec lesquels il veut s'entretenir sur des affaires très importantes et très secrètes. Le gouvernement se retire, moins ces deux personnages que le chef entraîne vers une salle plus petite.

– Ici, au moins, nous serons tranquilles, dit-il. Je vais commencer par l'Agriculture.

– Je vous écoute religieusement, *Ayyoumi*, dit le Ministre de l'Agriculture, flatté d'avoir été choisi en premier.

– Tu sais, n'est-ce-pas, que l'emblème sacré de notre grande religion est le lion, ce merveilleux animal qui représente la force et la majesté, comme notre Eliomm-le-Tout-Puissant.

Tout en essayant de dissimuler sa surprise du sujet abordé, *Ayyou* Olivier Défolion acquiesce avec déférence.

– Oui, *Ayyoumi*, c'est un animal incomparable.

– Tu sais aussi que les forêts de la région barizienne ne contiennent pas de populations léonines. Ne trouves-tu pas absurde que notre animal religieux vive si loin de nous ? Et n'aimerais-tu pas qu'il revienne courir librement dans les forêts avoisinantes comme au temps où Eliomm nous a révélé le *Saint-Boukhin* ?

– Vous avez raison, *Ayyoumi*, Ce serait merveilleux. En guise de lions, nous n'avons que les deux couples du zoo de Vincennes, répond l'Agriculture.

– Très bien. C'est ce que je voulais entendre. Nous allons les libérer dans la forêt de Rambolion où ils pourront se multiplier et rendre son domaine à Eliomm.

– Si j'ai bien compris, votre *Ayyoumerie* veut créer un parc national pour la conservation des lions dans la forêt de Rambolion.

– Tu n'as rien compris. Qui te parle de créer un parc ? Les lions d'Eliomm ne connaissaient pas de barrières. Ils étaient libres comme au Paradis.

– Mais, *Ayyoumi*, les lions en liberté sont dangereux. Ils peuvent attaquer les promeneurs et se faire tuer par des chasseurs qui prétendront qu'ils ne faisaient que se défendre, proteste respectueusement *Ayyou* Défolion.

– Celui qui tuera un lion fera face à notre justice.

– Et celui qui se fait tuer ?

– Etre tué par un lion est une belle mort, affirme le *Grand-Ayyou*.

– Vous avez raison, *Ayyoumi*.

La discussion se clôt faute de nouveaux arguments et, sur un signe de son chef, *Ayyou* Défolion part réfléchir à l'ordre étrange qu'il vient de recevoir et qu'il ne peut en aucun cas manquer d'exécuter. Il n'est pas question non plus de présenter sa démission car cela ne se fait tout simplement pas. Et puis, si c'est vraiment la volonté d'Eliomm ?

Il reste en présence le *Grand-Ayyou* et l'*Ayyou* Rugilion, le ministre du Culte.

– Qu'en est-il de votre programme de conversion des infidèles au *Boukhinisme* ? lui demande Khar Delion.

– Heu... Ça va moins vite que prévu. Nous avons eu des conversions en grand nombre mais aussi beaucoup de résistance, répond le Ministre du Culte. Les Fédiens, les Fédiennes, surtout, sont très têtus. Mais nous continuons d'y travailler fort, *Ayyoumi*.

– Avez-vous enregistré des conversions en Nordie ?

– Encore moins, hélàs !… Ce pays est le seul qui résiste à Eliomm.

– Il ne résistera pas longtemps, croyez-moi, dit Khar Delion sur un ton que son interlocuteur trouve énigmatique.

La Nordie est un pays du nord de l'Europe qui a refusé l'adhésion et à l'Europa et à la Démocratia. Bien lui en a pris car il a échappé à l'hégémonie istérienne imposée aux contrées où le parti « Progressiste-Conservateur » a gagné les élections. Sa présence sur le bord du S.E.I. et sa résistance à toutes les ouvertures religieuses, commerciales et autres de ce pays qui a commencé par se dire ami, sont subies par les *ayyous* comme des insultes personnelles sans compter que les femmes nordiennes jouissent d'une réputation de grande beauté.

Le *Grand-Ayyou* libère son ministre qui part frustré car il avait espéré un tête-à-tête plus long où il aurait eu le loisir de mieux expliquer son programme de conversions religieuses ainsi que les raisons de son ralentissement et, peut-être, obtenir certains montants que le Ministre des Finances lui a refusés sans donner d'explications.

Basram Khar Delion, par contre, est satisfait de son après-midi. Sauf ce livre subversif, il n'enregistre que des victoires. Les lions retourneront dans la forêt d'où ils viennent et quant à l'unification du culte en Istéria, il a son plan dans la tête.

Il retourne dans ses appartements rejoindre la plus jeune et la dernière des Madame Khar Delion, inconnue du public selon les convenances de l'*Essoule*.

* * *

14 LE JOUR DU SEIGNEUR

Comme le vendredi, le samedi et le dimanche étaient déjà réservés par les trois anciennes religions pour leur jour férié hebdomadaire, Eliomm-le-Tout-Puissant, béni soit son saint nom, a distancié ses fidèles des hérétiques en leur désignant le jeudi pour se réunir au temple, l'adorer, relire des chapitres du *Saint-Boukhin* et le prier en commun. C'est en ce jour de la semaine qu'Eliomm avait livré aux hommes le volume sacré. Ce n'est pas tout. La fête annuelle du Lion, en réalité fête d'Eliomm, est fixée au dernier jeudi du printemps et se prolonge pendant les trois jours suivants. C'est la semaine des quatre jeudis, ainsi que l'ont nommée avec une pointe de malice quelques Fédiens mécréants.

Cette décision eut des répercussions socio-culturelles profondes. La culture bimillénaire du dimanche mourut de sa belle mort. Mercredi-jeudi vit partir les vacanciers du week-end et les trois jours suivants retombèrent dans l'ordinaire de la semaine. Les commerces fermèrent le jeudi et ouvrirent le dimanche. Il ne fut plus question de s'endimancher, coutume d'ailleurs abandonnée depuis longtemps, bien avant l'imposition du ghamm. Le congé hebdomadaire changea de jour et les travailleuses du plaisir s'habituèrent à répondre plutôt « jamais le jeudi » alors que pour les peintres ce devint « plus jamais le dimanche ».

Tous les jeudis de l'année, du lever du soleil jusqu'à son coucher et afin d'y préserver une atmosphère digne et recueillie, il est strictement interdit aux fidèles d'exécuter des mouvements brusques, d'élever la voix et surtout de se livrer au fou rire. Sourire et rire discret sont tolérés. Ces restrictions sont respectées par toute la population de l'Empire y compris les non-*boukhiniens* qui y reconnaissent un précepte de cet étiquette *essoulienne*, plus forte qu'une législation écrite, plus efficace qu'un code pénal.

Le mercredi n'ayant pas été pas mentionné dans le calendrier d'interdits de la foi, la fête commence le soir-même par des célébrations profanes à caractère gastronomique suivies, à partir de minuit, de rites religieux ou simplement de sommeil. Le congé du lendemain donnera aux fidèles l'occasion de se reposer doublement, de leur semaine de travail, d'abord, de leur soirée joyeuse, ensuite. Ils pourront alors, en toute piété et la conscience tranquille, s'assembler au temple pour y assister à la glorification hebdomadaire du grand Eliomm, que son nom soit vénéré jusqu'à la fin des temps, et lui rendre leurs hommages religieux.

C'est vraiment beau de voir jeudi après jeudi le peuple des croyants se préparer à la cérémonie. A partir de huit heures du matin, dans les rues de la ville, on n'aperçoit que des infidèles. Tous les *Boukhiniens* sont retenus dans leur salle de bain pour y accomplir les ablutions purificatrices. Eliomm est très exigeant au chapitre des soins hygiéniques. Aucun fidèle ne peut pénétrer dans le temple s'il ne s'est préalablement lavé en récitant les prières spécifiques à chaque partie de son anatomie. Il en est de même pour les vêtements portés durant la journée sainte et qui doivent être fraîchement sortis d'une lessive manuelle, condition facilement satisfaite par l'absence de machines à laver dans les foyers istériens. Les fidèles, par contre, jouissent de la liberté de choisir leur savonnette mais l'usage du parfum ainsi que des eaux de toilette qui risqueraient de transformer la journée de la propreté en fête de la séduction sont strictement interdits. Si le bain du jeudi est obligatoire, les autres jours de la semaine cet exercice est facultatif. Grâce au *Boukhinisme*, on est sûr que la population est propre et pimpante une fois par semaine, au moins pendant quelques heures.

Le jour d'Eliomm, les *ghamms* et *surghamms* exhibent un repassage récent, les tuniques et turbuches à pompon des hommes qui sortent leur costume traditionnel pour l'occasion sentent bon le savon et leurs souliers étincellent à travers le cirage frais. Ceux des femmes restent invisibles sous la longueur de leurs jupes. De toute façon, elles n'ont pas le droit de les faire briller par crainte de reflets polissons. Eliomm, dans sa sagesse, a établi ces lois sévères afin d'inculquer la propreté, l'hygiène et la décence aux croyants de la vraie foi et il y a réussi, particulièrement le jour du Seigneur, son jour.

Les Duperrier aiment le jeudi matin car la ville leur paraît moins surpeuplée et Barize, à ce moment-là, leur donne l'illusion qu'il est encore un peu Paris. Lorsqu'ils vont se promener dans leur quartier, ils rencontrent d'autres Fédiens qui, comme eux, profitent du calme de l'heure pour reprendre possession de leur cité.

Madeleine est sortie seule. Sa mère préfère poursuivre son sommeil et son père s'obstine à lire un journal qui le fait bondir de rage et s'écrier « C'est absurde ! » à la lecture de chaque article. Comme elle n'a aucun rendez-vous clandestin ce jour-là, elle a abandonné son costume de *babboule* et se promène, permis de circuler en poche, nu-tête dans le quartier. Il fait beau. En passant devant un parc, elle aperçoit un banc vide dont elle accepte l'invitation. Assise, détendue, elle laisse aller le train de ses pensées qui la mène vers une opération de bilan de sa vie.

1. Son implication dans le mouvement PRO-V-OCC lui procure satisfaction et fierté.

2. La VRAIE HISTOIRE a rejoint un public considérable et, par miracle, le secret, pourtant partagé par un très grand nombre de lecteurs, adultes et enfants, n'en a pas été divulgué.

3. Son nouveau permis restreint de circuler seule, valide pour un an, est enfin arrivé. Entre-temps, son déguisement de *babboule* lui a permis de jouir de libertés inconnues à ce jour.

4. L'épisode du médecin amoureux est chose du passé et celui-ci a fini par comprendre que ses chances étaient nulles.

5. Elle est libre d'être toute à Marcel et ne s'en prive pas.

6. Personne n'est au courant de ses multiples vies secrètes.

Madeleine se félicite de tous ces résultats, mais quelque chose l'empêche d'éprouver une joie sans mélange lorsqu'elle considère le cinquième point. Pourtant rien n'a changé et rien ne devrait changer. Lors de sa dernière visite à l'appartement, une légère divergence d'opinion a surgi entre eux. C'était au sujet de la VRAIE HISTOIRE. Peut-être que Marcel en a ressenti de l'agacement ? Pourtant il l'a assurée de son amour et le lui a copieusement prouvé.

– Je m'imagine toutes sortes de choses parce que j'ai peur de le perdre, se dit-elle, et d'ailleurs, c'est peut-être mieux ainsi. Si nous étions mariés nous aurions eu, comme tant de couples, des querelles qui auraient fini par tuer notre passion. Nous aurions divorcé en nous disputant les enfants. J'aurais fait une dépression... Oui. C'est mieux comme ça. Ah ! Zut !... Je ne sais plus...

Elle décide de ne pas se laisser entamer par les difficultés du point cinq mais plutôt de prendre en considération la moyenne de ses bonheurs au résultat plus que satisfaisant et de ne penser à rien d'autre, pour le moment, qu'à ces moineaux qui sautillent sur la pelouse devant elle.

– Si j'étais l'un d'eux, je n'aurais pas eu besoin de *ghamm* ni de permis pour m'envoler où et quand j'en ai envie... J'aurais pépié toute la journée...

L'atomobile qui passe la fait sursauter. C'est celle du Docteur Piquemalion qui ralentit en arrivant à sa hauteur, klaxonne bruyamment en lui faisant signe de la main, puis accélère vers sa destination. Sa femme et ses enfants ne sont pas avec lui.

Le point quatre, à son tour, devient douteux.

– Est-ce qu'il a vraiment compris ? se demande Madeleine, agacée.

La moyenne de ses réalisations vient de baiser dangereusement.

Le Docteur se rend seul au 65, rue de la Lionne-Rugissante où les Krombalion s'apprêtent à célébrer le Saint-Jeudi selon les rites aquatiques du culte.

Pour commencer, le ou la fidèle doit réciter une prière d'introduction générale avant de faire couler l'eau de son bain. Cette oraison peut être récitée en commun. Ensuite, tour à tour, chaque membre de la famille lave les différentes parties de son corps en récitant une oraison appropriée à chacune, combinant ainsi le nettoyage corporel avec la purification spirituelle. L'opération terminée, d'autres invocations accompagnent le port de vêtements propres. Le bain rituel hebdomadaire est obligatoire pour tous et toutes sauf certains jours du mois où les femmes ont l'interdiction formelle de prononcer les mots sacrés. Chez les Krombalion, on respecte un ordre de préséance pour la baignade du Saint-Jeudi. Monsieur Krombalion père commence le cérémonial, suivi de ses fils qu'il surveille pour s'assurer qu'ils n'escamotent pas les incantations et que la mousse est abondamment produite et utilisée. Madame fait de même avec les filles après avoir vérifié leur droit aux prières. Dans une famille nombreuse, le rite de l'eau et de la savonnette peut durer plusieurs heures.

Farique salue ses cousins et va attendre au salon qu'ils se soient tous baignés. Lui-même a procédé à ses ablutions avec les siens avant de sortir mais a décidé d'aller au temple avec les Krombalion plutôt qu'avec sa propre famille. Il a ses raisons. Un moment plus tard, Monsieur Olex Krombalion nettoyé, purifié, ciré et repassé, vient le rejoindre.

– Sainteté du Saint-Jeudi sur toi, s'adresse-t-il au visiteur en lui faisant un *jader*, il paraît que la jeune fille d'en haut ne veut pas de toi.

– Et sur ton esprit, fait le docteur en retournant le *jader*, ce n'est pas comme elle veut. D'ailleurs elle ne m'a pas encore répondu.

– Ah! Oui! Mais si elle refuse, pourras-tu la faire revenir sur sa réponse? Tu ne peux pas l'obliger. Elle n'est pas de notre foi.

– Je vais lui faire une offre qu'elle ne peut pas refuser. Je ne sais pas encore laquelle mais je trouverai quelque chose, tu peux en être sûr.

Monsieur Krombalion regarde l'heure.

– Mais qu'est-ce qu'elles ont à mettre tant de temps à s'habiller? Ah! Les femmes! Toujours les mêmes.

Ni les filles ni les garçons ne sont prêts lorsque ce cri est lancé mais ce sont les premières qui reçoivent tout le blâme. Quelques minutes plus tard, la famille acquittée de ses devoirs religieux du matin, se met en marche vers le temple de la Décence.

Au temps de la Grande Révélation, il n'existait pas de véhicules motorisés et les *Boukhiniens*, leur exemplaire du *Saint-Boukhin* serré dans la main droite, se rendaient à pied à la maison d'Eliomm. Depuis, la coutume a été préservée et personne aujourd'hui n'oserait emprunter sa voiture ou un taxi car il enfreindrait la volonté divine dont on ne sait pas si elle est en faveur ou contre une modernisation des techniques de transport religieux. Le *Saint-Boukhin* ne s'étant pas prononcé sur la question, le doute qui en résulte fait préférer l'abstention. Comme les hommes, entre le bain et la cérémonie au Temple, ont l'interdiction de toucher ou de frôler les personnes de l'autre sexe, ils avancent regroupés, dix pas devant leurs femmes et leurs filles.

Les Bariziens infidèles, eux, sont toujours ravis par le spectacle de leur ville aux rues vides d'atomobiles et de passants pendant les deux heures que dure la célébration du Saint-Jeudi.

Les *Boukhiniens* ne connaissent pas d'autre saint que le Grand Eliomm, leurs temples portent généralement les noms des vertus les plus prisées dans la culture istéro-*boukhinienne*. Ainsi Barize s'enorgueillit des temples de la Foi, de la Virilité, du Courage, de la Piété, de l'Obéissance, de la Soumission, de la Pudeur, de l'Essoule, etc…, etc… Le temple de la Décence qui s'est substitué à l'ancienne église paroissiale de Saint-Mathieu n'est pas très loin du 65, de la Lionne-Rugissante. On n'a pas istérianisé l'architecture de l'édifice, on y a simplement remplacé les signes extérieurs de l'ancienne foi par ceux de la nouvelle. La croix a cédé sa place à une sphère blanche et la façade a été débarrassée de toute la statuaire de canonisés qui l'habitent depuis sa construction, au dix-huitième siècle. Une banderolle flasque portant des caractères géants en langue istérienne se balance au dessus du portique. Le portrait du Père Suprême affiché sur tous les édifices de la ville n'apparaît nulle part sur les murs extérieurs, ce qui peut surprendre, mais Sa Sainteté le *Grand-Ayyou* lui-même se doit de s'effacer devant la divinité d'Eliomm-le-Tout-Puissant.

Seuls les *Boukhiniens* et *Boukhiniennes* ont le droit de pénétrer dans l'enceinte sacrée de l'ancienne église. Les Infidèles y sont interdits. Il n'y a pas de contrôleurs pour le vérifier. Ce n'est d'ailleurs pas nécessaire car un Païen qui se glisserait parmi les fidèles serait vite reconnu par l'un d'eux et immédiatement expulsé du lieu saint. Les cortèges qui émergent des rues avoisinantes se dirigent vers le parvis du temple où ils se mélangent à la foule compacte avant de s'en détacher pour pénétrer selon l'ordre de l'*Essoule* dans le lieu sacré. Aussitôt arrivées, femmes et fillettes se dirigent vers une porte de côté qui leur est réservée. Les hommes utilisent l'entrée principale et vont se placer à l'avant de la nef dont ils occupent la première moitié. Ainsi en a décidé Eliomm, jugeant dans son immense sagesse que si les hommes regardent des femmes, même entièrement enveloppées, l'image des tentatrices se substituera à la sienne et la cérémonie de prière se transformera en lupanar spirituel. Par contre, si les femmes voient devant elles les trains arrières des hommes en position oratoire, cela n'aurait aucune conséquence pour l'humanité passée, présente et à venir car, selon les théologiens *boukhiniens*, celles-ci n'ont pas, face aux bas de dos de l'autre sexe, les mêmes réaction que les hommes face aux leurs.

Sauf pour quelques détails, l'intérieur du temple ressemble à celui de l'ancienne église. Bancs et prie-Dieu ont disparu. Pour s'asseoir, les fidèles disposent de rangées de coussins de prière disposés en arcs de cercle successifs autour de l'ancien autel. Les coussinets des hommes, de forme carrée, se différencient de ceux, ronds, des femmes. Tableaux et sculptures ont été retirés et, à la place du tabernacle, une grosse boule blanche sculptée dans le marbre force le regard surtout si ce regard se pose sur elle pour la première fois. Cette boule n'est pas le portrait d'Eliomm, portrait qu'il est impossible d'exécuter par méconnaissance du modèle mais la sphère est la représentation la plus rapprochée que connaissent les *Boukhiniens* de la perfection divine. L'éclairement à l'aide de cierges a été préservé et cette décision est citée par les *ayyous* comme un grand signe de leur tolérance et de leur ouverture d'esprit vis à vis des autres religions. En réalité, au temps de la révélation du *Saint-Boukhin*, aucun autre type de luminaire n'était connu ; les *ayyous*, appliquant le même raisonnement que celui qui leur a fait renoncer aux véhicules motorisés, ont retenu l'ancien système d'éclairage à la cire.

Le rituel sacré *boukhinien* est beau à voir. L'assemblée des croyants parfaitement alignée, s'assied en tailleur sur les coussins de prière, les mains jointes doigt contre doigt, les pouces dirigés vers le plafond. L'immobilité des hommes qui fait penser à des alignements de statues, leurs expressions recueillies, leur nombre impressionnant, affirment la foi indéfectible qui les a réunis autour de la grande boule, évocatrice des attributs célestes. Les Krombalion, père, fils et cousin par alliance, placés au troisième rang, se figent comme leurs voisins, en attente du signal de départ de la prière. Dans la seconde moitié de la nef, ce qui frappe le regard, c'est la conformité des silhouettes féminines, toutes vêtues du même costume noir, assises dans la même position, comme si c'est la même personne qui se répète indéfiniment. Pas un mouvement, pas un bruit ne perturbent l'atmosphère de profond recueillement qui règne dans cette section du temple et il est à parier que toutes les têtes cachées dans les voiles abritent les mêmes pensées au même moment. Même les nourrissons retiennent leur vagissement et on entendrait un mouchoir tomber.

Quatre *ayyous* uniformément enturbannés et barbus, ornés de chapes liturgiques de couleur blanche, viennent se placer debout de part et d'autre de l'autel, faisant lever l'assistance comme un seul homme et une seule femme. Les célébrants psalmodient à l'unisson les versets d'ouverture et les fidèles retournent les répons. Puis, toute la nef s'installe sur les coussins pour prendre part à la lecture d'un saint passage révélé.

– Ouvrez vos *Saint-Boukhins* à la page cent trente-cinq, annonce l'*ayyou* numéro un à partir de la gauche. Nous allons lire et méditer les dix premiers versets du troisième chapitre de notre livre sacré.

– Merci ! Merci ! Merci à Eliomm de nous l'avoir donné ! psalmodie le peuple et le chapitre trois est exposé autant de fois qu'il y a de fidèles et de *Saint-Boukhins* dans le temple.

Les fidèles du sexe fort poursuivent leurs remerciements.

– Merci ! Merci ! Merci à Eliomm d'avoir fait de nous des hommes comme lui.

– Mmmmmmmmm… mmmmmmmm…, bourdonne le sexe faible.

Ce qui suit cette introduction coutumière n'est pas qu'une simple lecture mais un exercice de piété, rempli d'émotion par le nombre et la cohésion du groupe dont chaque membre rassure l'autre et le confirme dans sa foi par sa présence et par l'étalage de sa dévotion. L'*ayyou* numéro un s'avance et commence la lecture sacrée.

Les textes offerts à la méditation des croyants sont sélectionnés au Ministère du Culte par un comité d'*ayyous* qui soumet son choix au *Grand-Ayyou* avant de le communiquer aux paroisses de l'Empire. Le plus souvent, c'est le *Grand-Ayyou*, lui-même qui, après avoir longuement réfléchi, transmet sa décision au comité. Le sujet d'aujourd'hui est d'une grande profondeur et d'une importance particulière, car il concerne l'orientation idéologique des sujets de l'Empire dont ceux-ci sont parfois tentés de s'éloigner. Malgré la vigilance des autorités et leur chasse inlassable du modernisme, les tentations demeurent de s'y adonner. Heureusement, le livre sacré a vu venir et, dans le trente-cinquième chapitre, des instructions très précises ramènent les déviants dans le droit chemin.

– Lecture du premier verset du chapitre trente-cinq du très *Saint-Boukhin*.

– Gloire ! Gloire ! Gloire à Eliomm, répond le temple.

– *Voici notre volonté. L'innovation nous est déplaisante et l'invention est une innovation. Donc, l'invention nous est déplaisante aussi. Laissez cette activité impie aux infidèles et conservez les choses telles que je les ai trouvées lorsque je suis descendu vous révéler la vérité.* Sagesse incomparable d'Eliomm, conclut le lecteur.

Suit le second verset.

– *Vous êtes créés à l'image de votre dieu, c'est-à-dire, moi. Votre dieu ne change pas. Je suis celui qui ne change pas. Vous ne changerez pas non plus par respect pour moi. Sinon, vous subirez des châtiments terribles.*

L'*ayyou* fait signe à l'assistance qui poursuit avec lui la lecture de la suite du texte. Au commencement de chaque nouveau verset, les fidèles accomplissent un *jader* dirigé vers la sphère puis, pendant la lecture, ils balancent la tête d'avant en arrière dans un mouvement synchronisé qui fait penser à un champ de blé balayé par un vent qui tourne de cent quatre-vingt degrés à chaque phrase. Il est des passages qu'il faut lire debout, d'autres à genoux, une fois sur le droit, une fois sur le gauche, enfin, d'autres au repos, calé sur les coussins. Les changements d'attitude ont lieu avec la même discipline édifiante, le même silence recueilli. Le monde n'existe plus. Chaque *Boukhinien*, chaque *boukhinienne* écoute, accomplit sans discuter, sans analyser, sans contester ce qu'Eliomm lui demande de faire à ce moment précis. Gloire à lui en haut !

Le passage le plus porteur de la cérémonie est le sermon qui vient conforter les fidèles dans leur foi et leur apporter les dernières instructions qu'Eliomm a communiquées au *Grand-Ayyou* pour qu'il leur en fasse part. Les trois autres *ayyous* sont chargés de la diffusion du message dont chacun est responsable de livrer un tiers. Trois sermons sont donc écoutés avec le même respect malgré l'ankylose des jambes qui gagne les fidèles les plus pieux. Ces homélies ne contiennent en général que des rappels de points de doctrine qu'on est tenté d'oublier parfois, et qu'il faut répéter sans relâche afin de les imprégner dans les mémoires de façon à les rendre indélébiles. Celles de ce jour particulier glissent vers des sujets moins mystiques. Elles contiennent des révélations de triomphes insérées dans les rêves du *Grand-Ayyou* avec mission d'en faire part au peuple pour le réjouir. C'est la façon habituelle d'Eliomm de transmettre son journal à la terre et le destinataire-commissionnaire s'en acquitte sans faillir. Le message céleste exhorte les *Boukhiniens* à être très vigilants contre les espions et à dénoncer ceux qu'ils soupçonnent d'activités louches. C'est la volonté d'Eliomm en cette semaine liturgique.

Lorsque la triple prédication est terminée, l'*ayyou* numéro un s'avance vers les fidèles et, avec un *jader* profond, psalmodie la fin du culte.

– Partez dans la paix victorieuse d'Eliomm-le-Tout-Puissant.

Alors, les fidèles grisés, étourdis par leur communication avec Eliomm, se lèvent et lèvent leurs bras en répétant à l'unisson le nom de la divinité qu'ils prolongent d'un tenuto appuyé sur la dernière syllabe de son nom.

– Eliommmm…, ommmm…, mmmmmm…, et le Temple fait écho à ces bourdonnements multiphoniques.

La sortie a lieu dans le bruit et la cohue au milieu des vendeurs ambulants qui attendent leur clientèle fidèle de fidèles au bas des marches. Comme partout et toujours, les gens, rassurés et apaisés par l'accomplissement de leurs devoirs religieux, cherchent à retrouver leurs parents et amis, à connaître les dernières nouvelles ignorées par les médias, à entendre et à raconter les petites histoires anodines des amis, à constater l'état réciproque de leurs santés, à passer du temps agréable ensemble. Les familles réunissent pour la circonstance leurs membres des deux sexes libérés à ce moment de l'interdiction du contact physique et les enfants se font acheter des friandises sous les encouragements des petits vendeurs. Cela dure presque une heure avant que la foule ne se disperse et qu'on ne voie et entende les premiers véhicules modernes reprendre la rue et rétablir ainsi la normalité quotidienne.

On se met à table presque en même temps chez les Duperrier et chez les Krombalion. Pour les Krombalion, c'est dimanche même si c'est jeudi et Noria a fait une préparation rare et prisée de légumes farcis en l'honneur de leur invité, son cousin. Le plat auquel elle a travaillé pendant deux jours est abondamment épicé, savoureux et d'aspect fort appétissant.

— Bravo, ma chère cousine, dit Farique oubliant l'amour contrarié, tu es vraiment un cordon bleu ! J'ai rarement goûté d'aussi délicieuses feuilles de vigne.

— Tu penses ? Moi je trouve qu'elles manquent de citron, répond Monsieur Krombalion la bouche pleine. Où est le citron ? Je ne le vois pas sur la table.

Ce disant, il regarde sa femme qui se lève immédiatement.

— Je vais en apporter tout de suite.

— Elle sait pourtant que j'aime le citron !

Noria revient de la cuisine, l'air penaud.

— Je n'ai pas trouvé de citrons. J'ai dû oublier d'en acheter. Je m'en excuse.

— Arrange-toi pour m'en apporter tout de suite !

Que faire et où aller pour ne pas encourir la foudre maritale ? Les marchés du quartier sont fermés le jeudi et la seule source proche de citrons est la cuisine voisine.

— Bien. Attendez-moi un instant. Je vais aller demander à mon amie, Nicole Duperrier, de m'en prêter un. Elle ne me le refusera pas.

En entendant ce nom, Farique bondit de sur sa chaise.

— Ne te dérange pas, cousine. Je vais y aller moi-même.

Les Duperrier s'apprêtent à commencer leur repas qui comporte comme celui de leurs voisins un menu utilisateur de citron lequel est placé sur la table à la disposition des amateurs. Un coup de sonnette retentit. Léo va ouvrir à l'importun.

C'est le Docteur Piquemalion.

— Ah ! Non ! Est-ce qu'il vient encore harceler ma fille ?

Le Docteur est déçu de ne pas voir Madeleine à la porte.

— Bonjour, Monsieur Duperrier. Excusez-moi de venir vous déranger en ce moment où vous devez être à table avec votre famille.

– Ce n'est rien, Monsieur, répond le maître de maison d'un ton qu'il veut courtois. Qu'est-ce que je peux faire pour vous ?

Farique manque d'oublier la raison de sa visite impromptue et cherche des mots. Il finit par se rappeler ce qu'il est venu quérir.

Après avoir opposé une fin de non-recevoir à la demande de citron sous prétexte de pénurie de la denrée, Léo Duperrier, piétinant l'*Essoule*, omet d'inviter le sonneur à entrer et à partager le repas de famille que le Docteur aurait pourtant trouvé infiniment plus savoureux que celui préparé par sa cousine même si le menu en est plus ordinaire.

Farique retourne, vexé, et fait part de l'attitude négative du voisinage fédien. Lui n'a pas obtenu la fiancée qu'il demandait et Noria au lieu d'avoir son citron subit une scène dure de reproches.

– C'est un peuple d'avares, tout simplement. C'est bien connu ! s'écrie Monsieur Krombalion dont la colère est ainsi détournée de sa femme vers les voisins, au grand soulagement de celle-ci.

– Ils n'ont aucun respect pour l'*Essoule*. Tu ferais mieux de t'éloigner de leur fille.

Malgré tout, les Krombalion consomment voracement le plat sous-citronné. Personne, sauf le père, n'aime vraiment l'excès de cet assaisonnement.

Avant de rentrer chez lui, Farique prend Noria à part et lui demande de ne plus s'occuper de solliciter Madeleine et que lui-même n'y pensera plus.

– Sainteté du jeudi sur vous tous.

– Et sur ton esprit, font-ils en lui rendant son *jader*.

Il retourne rejoindre sa femme et ses enfants, déçus d'avoir passé le congé sans lui.

* * *

15 LA NUIT DU DIABLE

Le nom de « Charlemagne » continue de faire son chemin dans la société barizienne. Plusieurs commerces nouveaux et même anciens se sont donné ce nom illustre comme raison sociale, à la surprise des vieux Fédiens qui connaissent la place occupée par le personnage dans l'histoire interdite de leur pays. Est-ce là un signe prémonitoire de la victoire espérée dans un avenir prochain et dont on s'entretient tellement dans les milieux concernés ? Pourtant, les propriétaires de ces établissements sont des Istériens et, pour eux, Charlemagne ne représente aucunement un élément de patrimoine.

Quel est alors ce mystère ? Faut-il s'en inquiéter, s'en réjouir, ou bien considérer cette popularité comme l'œuvre du hasard ?

Hasard aussi les autres erreurs commises par des élèves fédiens et que rapportent plusieurs professeurs d'histoire presque en même temps ?

– Charles Martel repoussant les envahisseurs à Poitiers ?
– Jacques Cartier découvreur du Canada ?
– Le soleil à Austerlitz ?
– Pasteur, l'inventeur de la vaccination contre la rage ?
– Etc…, etc…, etc…, etc…
– Mais qui a pu leur apprendre ça ? !!!

Ces bourdes d'élèves sont racontées par les professeurs qui s'en font des gorges chaudes pendant qu'ils sirotent un café entre deux cours. Rien d'étonnant puisque les bêtisiers d'élèves ont déjà fait l'objet de recueils édités avec un immense succès. Il se trouve cependant quelqu'un qui ne la trouve pas drôle du tout. La mode « Charlemagne » est connue et suivie de près par les fonctionnaires des deux Ministères, celui de l'Éducation et celui de l'Orientation Nationale, observateurs attentifs de toutes les tendances qui se font jour dans la population. Avec son esprit inquisiteur, le Ministre Tigralion soupçonne dans cette affaire autre chose que de simples sottises d'élèves car celles-ci tournent toujours autour de lambeaux ressuscités du programme d'histoire enseigné avant l'avènement du S.E.I. et abandonné depuis. Comme cette coïncidence, selon lui, ne peut pas être fortuite, il décide d'approfondir l'affaire qui, par un hasard heureux où il faut reconnaître la main d'Eliomm, tombe à point après l'ultimatum de deux semaines lancé par le *Grand-Ayyou*. Ne se pourrait-il pas que ces incidents, innocents en apparence, soient reliés à des milieux délinquants clandestins et qu'ils le conduisent aux auteurs de la VRAIE HISTOIRE ? Il y a là une piste non négligeable qu'il convient d'éclairer.

Une enquête rapide auprès des lycées qui ont signalé les récitations subversives lui fait connaître les noms de quelques élèves fautifs. Il parvient alors à établir une liste à l'aide de laquelle, il peut organiser et faire exécuter l'opération policière la plus machiavélique et celle qu'il juge la plus réussie de sa carrière de fin limier, considérant les avantages qu'elle procurera au S.E.I. et à lui-même. Seul l'*Ayyou*-Jambolion, Ministre de l'Intérieur et responsable de la police, sera mis au courant de ce qu'il trame. Le *Grand-Ayyou* ne sera averti qu'à la fin de l'opération et seulement en cas de succès.

Deux heures du matin viennent de sonner lorsque, simultanément, chez les Carnet et quatre autres familles, la porte d'entrée tinte avec fracas, réveillant les innocents dormeurs qui croient rêver un début de cauchemar.

– Qu'est-ce que nous avons pu manger hier soir ? se demandent-ils à moitié conscients.

– Police ! Ouvrez !

En plein milieu de la nuit, les volontés humaines sont ramollies, les intelligences endormies et la présence d'esprit, absente. Brutalement arrachés à leur sommeil, les gens sont désorientés, terrorisés, vulnérables, se demandent ce qui leur arrive, ne peuvent faire appel à aucune initiative. C'est ce moment que les stratèges des états policiers signalent aux dictateurs comme étant le plus efficace pour envoyer leurs sbires surprendre les citoyens auxquels ils en veulent.

Avant qu'ils n'aient pu se rendre compte de quoi que ce soit, les Carnet entendent leur porte se fracasser et voient une dizaine d'enragés en uniforme de policiers surgir dans l'appartement.

– Personne ne bouge ici ou on vous abat comme des chiens ! est la déclaration d'entrée de jeu du chef de la meute qui, lui, ne porte pas d'uniforme.

Il braque une arme de poing sur le père de famille. Celui-ci, effrayé, tremblant, balbutie son indignation assortie d'une demande de voir un mandat de perquisition.

– J'ai dit silence, hurle le chef qui n'a encore rien dit à ce sujet.

Monsieur Carnet se tait. Il n'y a absolument rien d'autre à faire. La suite est un film d'horreur. Des hommes s'en prennent à la bibliothèque du salon dont ils éparpillent le contenu sur le plancher pendant que d'autres vident tous les tiroirs de la maison. L'épouvante saisit les trois Carnet qui, finalement réveillés, commencent à comprendre. Ce saccage est commis par la police et il est impossible, dès lors, d'appeler la police au secours. Le rêve de reconquête de la patrie s'éloigne brusquement. Serrés l'un contre l'autre sous le regard méchant du limier qui les tient en joue, ils s'enlisent dans le gouffre mouvant du désespoir. Entre le calme de la nuit paisible et la descente en enfer, il ne s'est passé que quelques secondes. Pour eux, c'est sans doute la fin.

– J'ai trouvé ! crie un des policiers qui rentre dans la chambre en brandissant le volume de la VRAIE HISTOIRE, celui où Jean a étudié le vrai règne de Charlemagne.

131

– Donne-moi ça! dit le chef en s'emparant du livre héroïque.

C'est vraiment la fin. Non seulement pour les Carnet mais pour tous les autres qui, comme eux, l'ont acheté et enseigné à leurs enfants, pour ceux qui l'ont écrit et pour ceux qui l'ont distribué, pour tous ceux qui y croient. Qu'adviendra-t-il de tout ce monde-là? L'histoire, la vraie, pas seulement celle qui est écrite dans le volume proscrit mais celle de toute l'humanité, est remplie de situations semblables. Il n'ont qu'à se les rappeler. Les vainqueurs ont procédé à des executions sommaires après des simulacres de procès. Des parents, des amis ont disparu dans la nuit et leur sort n'a jamais été connu. Est-ce cela qui les attend?

– Assez! ordonne le chef, nous avons trouvé ce que nous cherchons.

Il appelle un des policiers et lui fait recueillir tous les renseignements concernant chacune des trois personnes présentes, nom, âge, religion, profession, etc... Quand c'est terminé, il se lève et s'adresse à Monsieur Carnet.

– Vous êtes attendu demain à neuf heures au poste de police numéro sept pour votre enquête préliminaire. Vous viendrez seul.

– Mais qu'est-ce que j'ai fait? De quoi suis-je accusé?

– On vous le dira demain. Et n'y manquez pas. Ce serait très mauvais pour votre famille... Quant à vous, la dame, si vous tenez à revoir votre mari vivant, vous ne soufflerez mot à personne de ce qui vient de se passer. A per-son-ne! Comprenez-vous? Retournez vous coucher maintenant.

Sur ce bon conseil, la meute policière sort de l'appartement laissant derrière elle l'angoisse, le désespoir, la porte brisée, des coliques abdominales et l'appartement en désordre. Personne n'y peut refermer l'œil du reste de la nuit.

Quatre autres familles ont subi, cette nuit-là, le même traitement que les Carnet. Cinq citoyens, pères de famille, sont attendus le lendemain au poste. Ils ne se rencontreront pas parce que les policiers ont pris la précaution de les convoquer à des heures différentes.

– Mais qu'est-ce que nous allons faire? se torture Madame Carnet.

– Papa, ne restons pas ici. Faisons nos valises et partons!

– Ce n'est pas aussi simple...

– Mais pourquoi? Ils ne veulent plus de nous.

Jacques Carnet examine les options qui s'offrent à lui. Prendre le large, se cacher, mettrait sa famille dans une véritable situation d'otage à la merci des autorités qui ne se priveront pas d'en profiter ainsi qu'elles l'ont déjà montré en diverses circonstances. Partir tous ensemble? Emigrer? Oui, mais aller où? Ils sont partout. Affronter l'horreur de l'errance sans domicile fixe, la recherche quotidienne d'un abri pour la nuit, la quête de nourriture, l'illégalité, l'incertitude non pas du lendemain mais de l'heure suivante, le danger d'être pris, est plus qu'il ne peut demander aux siens. Lui-même se sait condamné mais il serait inhumain de les entraîner avec lui dans une telle aventure. Il décide de subir seul la justice istérienne. La malheureuse famille est éplorée.

Le lendemain, le Ministre *Ayyou*-Tigralion averti du succès des fouilles, vient assister aux interrogatoires des prévenus. Le Ministre *Ayyou*-Jambolion l'accompagne. C'est l'officier qui a dirigé le raid chez les Carnet qui procède.

– Comment expliquez-vous la présence de ce volume chez vous ? commence-t-il en brandissant l'objet du délit.

– Mais, Monsieur, j'ai une bibliothèque chez moi… comme tout le monde et ce livre s'y trouvait… tout simplement.

– Vous vous moquez de nous ! Attention ! Ce livre n'est pas autorisé. Nous voulons savoir où vous vous l'êtes procuré.

– Je… je ne sais pas. Il était toujours là. Je n'ai pas acheté tous les livres de ma bibliothèque. Il y en a qui appartenaient à mes parents. D'autres ont été apportés par ma femme ou mon fils.

Monsieur Carnet est perdu. Il n'a préparé aucun plan de réponse. Il balbutie.

– Non ! Ce livre est nouveau. Nous n'en avons trouvé trace chez aucun éditeur ni dans aucune bibliothèque. Il contient un tissu de mensonges et de calomnies contre l'Empire ! C'est un livre interdit, empoisonné, pourri. Il n'a pas l'approbation du Ministère. Vous allez nous dire qui vous l'a vendu ou prêté ou donné !

Le ton de l'inquisiteur monte dangereusement. Monsieur Carnet pense aux deux personnes, aux deux garants qu'il a laissés chez lui, morts de peur.

– Ah ! Oui. Je me souviens maintenant.

– A la bonne heure ! C'est plus sage ainsi pour vous tous. Alors ?

– Un démarcheur s'est présenté chez nous, un jour, et, pour l'aider, nous lui avons acheté un livre. C'était celui-là. Heu ! Nous n'avons pas pu acheter son encyclopédie, fait-il en s'essayant à une blague.

Mais le temps n'est pas propice aux blagues. L'officier, qui se sait observé par deux ministres importants et qui pense à sa promotion, s'approche et crie plus fort encore.

– Qui est ce démarcheur ? Vous devez le connaître ! Dites-nous son nom !

– Je vous jure que je ne connais pas son nom.

– Vous mentez.

– Je vous jure que je dis la vérité. Nous recevons parfois des vendeurs itinérants mais nous ne retenons pas leurs noms.

Monsieur Carnet a dit la vérité. Le PRO-V-OCCateur qui lui a vendu la VRAIE HISTOIRE a pris la précaution élémentaire de ne pas révéler son identité autrement que comme un compatriote. L'officier le laisse pantelant dans son bureau et va rejoindre les Ministres dans la pièce attenante d'où ceux-ci ont suivi toute la conversation à travers un miroir à sens unique…

– *Ayyoumi*, il prétend ne rien savoir. Faut-il appliquer des pressions ?

– Commence avec le détecteur de mensonges.

– A vos ordres, *Ayyoumi*.

Cet appareil qui seconde les corps policiers depuis plus d'un siècle a profité d'un perfectionnement tel qu'il est presque impossible, aujourd'hui, à un coupable de déguiser les mouvements de son âme pendant l'interrogatoire. S'il n'affiche pas encore le texte intégral des pensées qui passent par la tête de sa victime, il attire l'attention des bourreaux sur les passages douteux de la confession et doit, en tous cas, être soutenu par une intervention manuelle brutale des interrogateurs. Les aveux surviennent en général au cours de cet épisode.

Jean Carnet transpire et halète. On lui applique les électrodes et son officier recommence tout l'interrogatoire qu'il lui a déjà fait subir et dont il pensait s'être tiré à bon compte. Il donne les mêmes réponses, inquiet de la tachycardie qui le prend, sûr qu'elle éveillera des soupçons. Lorsque le questionnaire est passé en entier, l'officier déroule la feuille et pousse un cri. Le stylet a tracé une ligne droite. Rien n'a été enregistré.

— Maudite mécanique! C'est toujours la même chose. Qu'est-ce que le ministre va dire?

Le ministre ne dit rien parce que l'officier lui dit que le détecteur n'a rien détecté chez l'accusé.

— Interroge alors les autres. L'un d'eux finira par nous apprendre ce que nous voulons savoir, ordonne Tigrélion.

Les autres ont vécu les mêmes épreuves d'abord chez eux, au milieu de la nuit, ensuite au poste, face au policier qui les interroge. Il est donc superflu d'en faire le récit d'autant que, sans s'être mis de connivence, ils fournissent les mêmes renseignements, c'est-à-dire, rien. Ils sont tous incarcérés séparément.

L'*Ayyou*-Ministre Tigralion sollicite une audience du *Grand-Ayyou* Basram. Les deux semaines ont passé et il tient à se présenter avec un résultat spectaculaire au prochain conseil des ministres qui se tiendra incessamment. Il se précipite devant le *Grand-Ayyou* en brandissant cinq exemplaires de la VRAIE HISTOIRE.

— Regardez *Ayyoumi*, s'écrie-t-il en faisant un *jader* profond, j'ai attrapé cinq autres volumes de ce soi-disant livre d'histoire.

Le Grand *Ayyou* garde son calme méprisant.

— Tu as mis deux semaines pour capturer cinq manuels. Combien te faudra-t-il de temps pour venir à bout de toute l'édition?! Et combien plus pour attraper l'auteur?

La règle de trois n'est pas le fort de Tigralion. Il balbutie…

— Ça ne va plus tarder. L'enquête progresse très bien. Seulement quelques jours encore.

Il n'ose pas demander davantage et met son chef au courant des perquisitions qui ont fait découvrir ces livres et des incarcérations qui ont suivi.

— As-tu l'intention d'arrêter toute la population fédienne? Nous n'avons pas assez de prisons pour les garder et tu n'as pas assez de temps pour le faire.

— Non. Non. Pas toute. Les gens qui sont détenus depuis ce matin ont tous menti. J'ai des méthodes pour les faire parler.

— Et s'ils ne parlent pas? S'ils ne savent vraiment rien?

– *Ayyoumi*, vous êtes plein de sagesse. Mais je vous demande de me faire confiance. J'ai mon plan pour les capturer. Je promets de vous les livrer dans un court délai. Avec l'aide d'Eliomm, je réussirai.

– Eliomm est le plus grand, le plus fort, le plus puissant, conclut le *Grand-Ayyou*.

L'entretien se termine. Le fameux plan que Tigralion ne dévoile pas à son chef consiste simplement à harceler la population fédienne en poursuivant les descentes nocturnes dans les foyers, de les fouiller et d'arrêter les occupants jusqu'à ce que l'un d'entre eux finisse par se mettre à table. Si nécessaire, des « pressions » plus vigoureuses que le détecteur de mensonges seront appliquées.

Pendant que les familles se morfondent dans l'ignorance du sort des leurs, convoqués pour interrogatoire et pas encore revenus, le Docteur Piquemalion persiste dans la filature inlassable de son aimée. De retour dans son bureau, il rédige des rapports détaillés de ses observations. Pendant quelques semaines, il a réussi, sans trahir sa présence, à ne pas décoller de Madeleine. Deux points l'ont intrigué.

Primo, pourquoi s'est-elle *babboulisée* elle qui prétend ne pas avoir de religion ? Ce sombre costume informe la rend difficile à reconnaître dans la foule comme cette fois où il a suivi une parfaite inconnue avant de réaliser son erreur.

Secundo, qui est ce chauffeur de taxi qu'elle rencontre au parc et avec qui elle échange des paquets ? Une bonne fois, il décide de satisfaire sa curiosité et de suivre l'homme plutôt que la femme.

Il y a un dieu, sans doute s'appelle-t-il Eliomm, pour les suiveurs. Les suivis, eux, ont été oubliés par le leur. En conséquence, Farique réussit à repérer le domicile de l'inconnu où, d'une cachette improvisée, il observe les mouvements de va-et-vient des personnes et des paquets suspects qui y transitent. Il faut être aveugle ou bien naïf pour ne pas tirer les conclusions évidentes et Farique qui n'est ni l'un ni l'autre comprend qu'il a découvert quelque chose d'important qui va lui permettre de toucher au but, c'est-à-dire Madeleine. Il aura dans les mains une carte maîtresse qui la lui soumettra à tout jamais. Elle sera punie de toutes ses manigances pour l'éloigner et cédera inévitablement à sa volonté. Et pas dans très longtemps.

– Maintenant, elle ne pourra plus refuser mon offre, triomphe-t-il.

Se frottant les mains, il décide d'aller rencontrer immédiatement le Ministre *Ayyou*-Jambolion de l'Intérieur et de la Police.

* * *

16 LE CHÂTEAU-FORT DE CARTES

La lecture de ce qui suit est déconseillée aux âmes sensibles au sort de la Fédie autant qu'à celui de la grande amoureuse-patriote qui se débat entre sa passion, sa mission, le harcèlement indésiré d'un soupirant têtu et tous les secrets qu'elle garde, pauvre malheureuse, au risque d'en étouffer.

Bientôt poindra le grand jour tant attendu qui sera le premier des derniers du Sublime Empire de l'Istéria. L'Opération Vérité a été préparée de longue date par ses organisateurs lesquels ont conçu un plan d'action audacieux en se munissant de toutes les précautions indispensables à sa réalisation. Dans une première étape, il leur a fallu réveiller les Fédiens de la léthargie où les avait plongés dix ans de dictature social-*boukhinienne* et les mobiliser au combat. Ils ont commencé par la résurrection des héros qui ont illustré leur histoire et le rappel de leurs exploits glorieux. Pour cela, ils ont écrit, édité et diffusé un livre très important dont ils ont fait un best-seller au nez et à la barbe des autorités. Dans la foulée de cette réalisation téméraire, des éditoriaux d'opinion libre se sont mis à circuler clandestinement et même, un journal politique appelé « Le Libérateur » a commencé à paraître régulièrement. Une feuille humoristique intitulée « Le Lion Enchaîné » a vu le jour et connu le succès immédiat. Ce n'est pas tout. Hors des centres urbains, des résistants appelés terroristes par le camp adverse s'entraînent secrètement en vue de l'insurrection armée qui couronnera le travail moral accompli par les activistes du mouvement PRO-V-OCC.

Le plan d'action est aussi astucieux qu'audacieux et car il compense l'inégalité du nombre et l'infériorité de l'armement par une stratégie foudroyante, clef de la réussite. Une victoire sur un ennemi supérieur en nombre n'est pas impossible. D'ailleurs le mot « impossible » n'est pas fédien. On a connu dans l'histoire récente, des nations dont la détermination, le courage et surtout la planification intelligente ont eu raison de millions d'ennemis qui voulaient les jeter à la mer. Les volontaires fédiens comptent s'emparer par surprise des principaux centres nerveux du gouvernement ; ils vont le déclarer déchu, arrêter ses têtes importantes, proclamer la République Fédienne, avant que personne ne soit revenu de sa surprise. Aussitôt fait, ils s'occuperont de rétablir les institutions démocratiques si honteusement bafouées. Quant au *Grand-Ayyou*, on ne lui laissera même pas le temps de sauter hors de son lit. Immédiatement capturé, il deviendra la carte principale de la négociation à suivre. Mais, attention ! Il ne faudra surtout pas en faire un martyr.

La beauté de cette entreprise réside dans sa simplicité. Pendant les dix années d'histoire du Sublime Empire de l'Istéria, son armée n'a jamais livré bataille et sa police a été si longtemps détournée vers le harcèlement des civils, des « civiles » surtout, que l'état-major fédien n'anticipe pas une longue résistance de leur part. Confiants en leur valeur et sûrs de celle beaucoup moindre de l'ennemi, les futurs combattants des Forces de la Fédie Libre (FFL), brûlent d'impatience d'agir. Par un pieux mensonge, Alain Duperrier a fait croire à ses parents qu'il est en vacances chez un ami alors qu'en réalité il a rejoint son unité de combat. Auprès de ses camarades, attentif au signal de déclenchement des hostilités, comme eux, il est résolu à vaincre ou à périr. De leur côté, dans les villes, les PRO-V-OCCateurs sont prêts. « Prudence et Patrie » leur a recommandé leur chef et, plus que jamais, ce judicieux conseil est à suivre. Madeleine, malgré ses peines de cœur, éprouve toutes les difficultés du monde à dissimuler sa joie.

Les préparatifs d'exécution de l'opération vont bon train sans aucune anicroche ni imprévu, avec la rigueur nécessaire et, s'il s'était agi d'un acte délictueux, la preuve aurait été fournie en cette circonstance que le crime parfait pouvait exister. Très bientôt, le Sublime Empire cessera d'être sublime et cessera tout simplement d'être. Le choix du grand jour s'est arrêté sur un jeudi. Les Boukhiniens surpris dans leurs baignoires, leurs vêtements à terre, n'auront pas le temps de réagir… Oui. La mère patrie fédienne est au bout du tunnel, tout près, à bout de bras. Encore quelques heures et tout sera accompli… Le jeudi redeviendra le bon vieux jeudi du bon vieux temps.

Entretemps, et malgré les avertissements sévères de ne pas révéler les événements de la nuit, les familles visitées par la police ont divulgué leur mésaventure à leurs proches qui, à leur tour, l'ont fait connaître autour d'eux. Un nuage d'angoisse plane sur les amateurs de la VRAIE HISTOIRE et ils sont nombreux. Les Fédiens directement impliqués dans l'Opération Vérité souhaitent alors accélérer l'action afin de prévenir les mesures, quelles qu'elles soient, que le gouvernement a commencé à prendre contre leurs concitoyens. C'est une course contre la montre qui va se livrer. Versin opte pour l'action immédiate. Il se propose de visiter à la hâte tous les groupes PRO-V-OCC de Barize afin de régler les derniers préparatifs.

Il n'a pas le temps de le faire. Grâce à un informateur inattendu suscité par Eliomm-le-Tout-Puissant, la police a repéré sa trace et le prend de court. La dernière réunion de la cellule GAULE à laquelle il assiste est brutalement interrompue par un raid de policiers istériens qui défoncent la porte puis tous les meubles de l'appartement où elle se tient. Le tricolore encore déployé sur le mur du salon est arraché par un policier qui le porte à son chef lequel le déchire puis le piétine. Il crache ensuite dessus.

– A mort les traîtres ! sont les premiers cris des assaillants.

– A bas la Démocratia impie !

– Vive le Sublime Empire !

– Vive le *Grand-Ayyou* Basram !

– Vous allez payer très cher votre trahison, très, très cher !

Le règlement de comptes commence à l'instant même. Versin et les douze membres de la cellule sont poussés sans douceur vers la rue où les attend un camion carcéral. Ils sont dirigés vers la prison du Soleil et mis au secret, chacun seul dans un cachot. Le jour n'est même pas arrivé en son milieu. Immédiatement, l'*Ayyou*-Tigralion averti par l'officier qui a dirigé le raid se précipite chez le *Grand-Ayyou* pour lui offrir ses respects et le mettre lui-même au courant de la capture des auteurs de l'ignoble complot.

– C'est bon, lui dit le *Grand-Ayyou*, visiblement satisfait. Maintenant, nous allons pulvériser les ennemis d'Eliomm.

– Oui, *Ayyoumi*, le monde entier va savoir la puissance et l'intelligence des Istériens. Je vais de ce pas avertir les journalistes.

– Pas encore. Il faut faire parler les prisonniers et arrêter tous leurs complices, d'abord.

– Quelle sagesse est la vôtre ! s'écrie Tigralion, c'est bien vrai. Comme vous dites, on publiera la nouvelle quand nous les aurons tous pris.

– Quel fourbe ! pense le *Grand-Ayyou*, et il ajoute :

– Tâche d'en avoir fini avant la journée de la Victoire. Cette année nous fêtons les dix années d'existence du Sublime Empire. La célébration devra être éclatante.

Elle le sera par cette nouvelle victoire de l'Istéria. Alors que la première a amené les *ayyous* au pouvoir, la seconde écrase brutalement et peut-être définitivement le peuple fédien. La capture de Rémy Martin exerce un effet de dominos. A la suite de fouilles systématiques, de confessions obtenues par des méthodes qu'aurait dénoncées « Amnistie Internationale » si elle avait continué d'exister et par des délations de citoyens opportunistes, la plupart des autres PRO-V-OCCateurs sont pris. Les ailes du mouvement sont brisées et le projet sacré qui a versé tant d'espoir dans les cœurs fédiens est anéanti dans l'œuf.

L'armée de libération tapie dans l'ombre à la campagne attend des ordres qu'elle ne reçoit pas. Ce qui lui parvient, ce sont les mauvaises nouvelles. Celle de la capture des chefs à Barize entame le moral des troupes qui commencent à déserter. Des régiments Istériens sont dépêchés à la poursuite des rebelles qui sont cernés et désarmés avant qu'il n'aient le temps de se disperser ou de se défendre. La défaite ou la victoire, c'est selon l'optique que l'on adopte, est complétée en moins d'une semaine.

Le mercredi suivant, les ministres arrivent à l'Elysée avant l'heure du conseil, car chacun tient à être le premier à offrir ses hommages au chef. Lorsqu'il paraît, ce sont *jaders* sur *jaders*, baisemains, baisetuniques, courbettes, révérences, salamalecs et toutes expressions connues d'adulation de l'autorité ; c'est à qui sera le plus collé sur la personne du *Grand-Ayyou*, à celui qui le palpera, lui ou son vêtement, le plus grand nombre de fois.

Monsieur Basram Khar Delion se laisse faire sans mot dire. Lorsqu'il a assez du bain de ministres, il lève le bras et la séance de frottement est remplacée par une litanie de louanges.

– *Ayyoumi*, Ah ! *Ayyoumi*. vous êtes le meilleur, le plus grand, le plus intelligent

– L'esprit d'Eliomm est en vous !

– Vous êtes le cadeau que nous a envoyé le divin Eliomm!

– Eliomm! Eliomm! Eliommmmmmm...... !

– Que nous sommes chanceux d'être sous sa protection et la vôtre!

– Nos ennemis vont se rouler dans la fange!

– Et la manger comme ils le méritent!

– Vive notre *Grand-Ayyou* Basram Khar Delion!

– Vive! Vive! Vive!

– Ecoutez! Les foules en délire vous acclament!

De la rue, monte la clameur d'une cohue attroupée près des portes du palais et qui scande le nom de son grand homme pour le faire apparaître au balcon. L'*Ayyou-Grand* fait taire les ministres et les entraîne vers la porte-fenêtre du salon en leur disant:

– Je ne veux pas décevoir mon grand peuple.

– Oh! Quel noble caractère! admirent les ministres.

Au balcon, le *Grand-Ayyou* jouit d'une ovation assourdissante et gesticulante qui dure un très long moment.

– Khar Delion! Cœur de Lion! scande le peuple en délire.

Le *Grand-Ayyou* envoie sourires et *jaders* à la foule qui s'époumonne. Il est heureux. Son gouvernement peut constater de visu l'étendue de sa popularité et en prendre de la graine.

Au conseil, le sujet du jour est le complot contre la sûreté du Sublime Empire qu'on fera passer avant les affaires courantes et urgentes.

– Au nom d'Eliomm, le grand, le fort, l'intelligent, entonne Basram *Grand-Ayyou* à mi-voix.

– Grand, fort, intelligent, répond le gouvernement à l'unisson.

– Je vous écoute.

L'*Ayyou* Méchouet Tigralion, le grand artisan de cette victoire, prend la parole.

– Nous sommes ici, aujourd'hui, comme d'habitude sauf que ce n'est pas comme d'habitude. C'est un grand jour pour notre Sublime Empire car nous venons d'écraser les écœurants ennemis d'Eliomm, sans bataille, sans effusion de sang, sans perdre une seule vie istérienne.

Applaudissements nourris. *Jaders*.

– Par ce triomphe, nous avons consolidé notre pouvoir et notre autorité. Le monde entier nous respecte et nous craint. Mais, attention! notre travail n'est pas terminé. Nous tenons des prisonniers très importants dont il faut régler le sort. Ces traîtres passeront devant nos tribunaux où ils recevront la sentence exemplaire qu'ils méritent pour leur perfidie.

– Par Eliomm, vous avez raison. Ils doivent être punis sévèrement, acquiescent les collègues.

– La peine de mort, au moins, s'écrie un ministre.

– Oui! Oui! Oui!

– Comme vous le savez, ces révolutionnaires sont très bavards et si on les laisse se défendre, ils pourront perturber la population par leurs propos impies. Je me permets de suggérer qu'on les juge à huis clos pour éviter des ennuis.

– Oui, vous avez raison. Il ne faut même pas laisser parler ces infâmes. D'ailleurs, ils n'ont rien d'intéressant à dire.

– Non. Au contraire. Il faut que le monde entier nous voie les confondre.

Le conseil discute longtemps de la forme que prendra le procès de Rémy Martin, alias Versin G. et de ses acolytes. Un tour de table montre un gouvernement également partagé entre le procès ouvert et le procès à huis clos. Faut-il

1) le tenir sur la place publique avec journalistes et diffusion holovisée afin de faire connaître aux autres velléitaires de la dissidence le sort qui les attend s'ils se livrent à l'insubordination civile ou bien

2) le juger dans le plus grand secret afin de répandre la crainte née du mystère?

Des adeptes de la publicité veulent en faire un événement historique à la gloire de l'Istéria, du *Boukhinisme*, d'Eliomm-le-Tout-Puissant et d'eux-mêmes. Qu'en pense le *Grand-Ayyou*?

Jusque là, celui-ci a écouté sans intervenir les opinions s'affronter. Il toussote, respire, puis laisse tomber ses paroles.

– L'*Ayyou* Tigralion dit que nous avons réussi sans effusion de sang istérien. C'est vrai. Mais nous avons quand même gagné la guerre. Leur armée clandestine n'était-elle pas entraînée pour nous combattre? Donc, c'est une victoire militaire que nous venons de remporter et c'est la volonté d'Eliomm qu'elle soit inscrite comme telle. Les accusés seront traités comme des espions ou des terroristes, je vous en laisse le choix. Quant au procès, il sera public parce que nos juges sont capables de faire honte à ces félons. Le monde entier pourra suivre les débats et s'incliner devant la puissance d'Eliomm afin que soient découragés tous ceux qui auront des visées d'imitation des coupables. Par là, nous prouverons hors de tout doute que nous sommes dévoués à la justice. Celui qui croit le contraire offense Eliomm.

– *Ayyoumi*, comme toujours, vous avez raison, reconnaît *Ayyou*-Méchouet Tigralion en *jadérant*, et j'ai été fou de penser le contraire.

– Alors nous sommes d'accord, répond Basram. Et toi, fait-il en se tournant vers le ministre sans portefeuille, qu'en penses-tu?

– La même chose que vous, Monseigneur, répond Tardieu, prudent, la même chose, tout à fait la même chose.

– Tu es mon meilleur ministre. Dommage que tu ne sois pas *Boukhinien*.

Le meilleur ministre exécute un *jader* très profond.

Le procès des conjurés devient dès lors une affaire médiatique destinée à nourrir la propagande istéro-*boukhinienne*. La préparation en est confiée à l'*Ayyou*-Omer Doutalion, le Ministre de la Justice, avec recommandation d'obéir aux instructions que le *Grand-Ayyou* qui suit de très près l'affaire ne manquera pas de lui fournir. Le Conseil décide de renforcer la sécurité dans toute la province fédienne et de donner aux policiers le droit d'arrêter n'importe qui, n'importe où, n'importe quand.

La question des *babboules* qui, dernièrement, se sont étonnamment multipliées n'est pas soulevée. S'adresser à une de ces saintes femmes est faire une offense directe à l'honneur et à la loi d'Eliomm. D'autre part, comme il est possible que leur costume soit utilisé par des délinquantes ou des délinquants de petite stature, il faudrait les interpeller pour s'assurer de leur identité. Quoiqu'il en soit, leur anonymat dérange le Ministre de l'Intérieur et de la Police, l'Ayyou Tamiet Jambolion, un sceptique inavoué qui nourrit des doutes sur la sincérité de leur vocation et qui déplore l'obstacle qu'elles représentent au contrôle parfait de la population par la police. Mais il ne dit rien de peur de soulever des objections de nature religieuse, donc insurmontables. Contester des lois religieuses ne se fait pas selon l'*Essoule* immuable, encore moins en présence du *Grand-Ayyou* qui aurait dû y penser lui-même, selon ce libre penseur. Le conseil en reste là et ajourne les débats sur les affaires courantes et urgentes à sa prochaine réunion statutaire. Paradoxalement, jusqu'à nouvel ordre, les *babboules* resteront les femmes les plus libres et les plus indépendantes de la population féminine de l'Istéria.

Ainsi la Fédie, son espoir et son avenir s'effondrent encore une fois comme un château de cartes. Dix ans auparavant, le pays a cédé à un déferlement démographique. Sa population déjà réduite au quart du total s'est accrochée à ses institutions et à ses traditions qu'elle a inculquées aux trois autres sur lesquels elle compte pour les maintenir et les défendre. Mais un grand nombre de Néo-Fédiens ne les ont absorbées qu'en surface puisqu'à la première occasion ils les ont jetées aux poubelles pour les remplacer par les leurs.

C'en est fini de la culture qui attribue à chaque homme deux patries, son pays et la Fédie. La douceur et la joie de vivre, la galanterie, l'élégance, le raffinement, les manières exquises, la bonne gastronomie, l'extraordinaire éclosion des idées, le bel esprit, même la gouaille joyeuse, enfin, tout ce qui était la France autrefois et qu'ensuite la Fédie a préservé lors de son bref passage dans la Démocratia, tout ça, c'est bien fini, relégué aux oubliettes, effacé à jamais. Les Fédiens iront rejoindre les Hittites, les Iduméens, les Amorites, les Motchés et tout les autres peuples dont même les cruciverbistes les plus érudits ignorent les noms, en attendant qu'un jour lointain des archéologues s'évertuent à déterrer les faibles traces de leur existence à la surface de la terre. Encore faudrait-il que la profession d'archéologue existe encore…

Le premier résultat de ces tragiques événements est que beaucoup de Fédiens succombent à l'angoisse et décrochent de leurs activités professionnelles. La dépression nerveuse est un mal dont les chercheurs Démocratiens n'avaient pas encore réussi à découvrir toutes les causes, à plus forte raison à le guérir au moment de l'arrivée au pouvoir des *ayyous* et pour lequel, aujourd'hui, des soins palliatifs n'existent plus. La médecine istérienne sous les ordres directs d'Eliomm ne reconnaît pas cette catégorie de maladies dont le *Grand-Ayyou* dit que ceux qui s'en plaignent ne sont que des simulateurs ou des fous qu'il faut enfermer s'ils deviennent dangereux. Il n'existe dans le Sublime Empire ni traitements thérapeutiques, ni pilules antidépressantes, ni psychiatres pour les prescrire, ni psys d'aucune sorte. Il se trouve des asiles de fous.

Un autre mal épouvantable, la honte qui suit l'humiliation, qui ronge et détruit aussi sûrement qu'un virus, reste sans remède. Il n'en a jamais eu même au temps béni de la Démocratia et ceux qui y succombent aujourd'hui ne peuvent attendre de secours de personne car tout le peuple en est affecté. En parler devient une torture et l'avilissement général s'exprime par un grand silence et des mines d'enterrement.

Comme tous ses compatriotes, Madeleine lutte seule contre l'abattement qui la terrasse. Va-t-elle succomber à l'épidémie de neurasthénie qui frappe la population de ses compatriotes? Elle est sans nouvelles d'Alain parti plein d'enthousiasme il y a quelques semaines et disparu depuis. Serait-il prisonnier ou en fuite, à la recherche d'une cachette sûre? A-t-il été tué et son corps jeté sans sépulture dans un champ?

Incapable de dissimuler son inquiétude, elle finit par avouer à ses parents la part qu'il joue dans la résistance. C'est un secret de moins à porter mais, pour eux, quel choc d'apprendre qu'Alain n'est pas en vacances mais à la guerre, qu'il est un héros et que ses chances de retour sont très minces! PRO-V-OCC démantelé, il ne reste plus à Madeleine que Marcel dont elle ne peut ni ne veut révéler l'existence et le rôle dans sa vie. D'ailleurs, elle a besoin de tout l'appui de son affection pour traverser les épreuves qu'elle est en train de vivre. Elle ira le rencontrer au plus vite, avant de devenir complètement folle. Le Docteur Piquemalion, heureusement, s'est fait plus rare et semble avoir enfin compris qu'il n'est pas accepté. Il ne s'est même pas montré pour triompher devant elle des succès de l'Istéria.

Marcel est ébranlé par les événements. Il est moins empressé qu'à l'ordinaire. Madeleine à bout de nerfs le serre dans ses bras puis craque.

– Marcel, Ah! Marcel! Je n'en peux plus!

– Mais qu'est-ce qui ne va pas, ma chérie?

– Tout ce qui se passe en ce moment… les arrestations en masse des Fédiens, les mesures policières, l'absence de mon frère, j'ai peur.

– C'est vrai que ça va mal, console Marcel, mais ça va passer, je te le jure. Pour toi, pour moi, rien ne va changer. Il faut, simplement, être plus prudents et continuer à vivre comme nous l'avons fait jusque là. Après tout, nous nous sommes habitués à leur régime, n'est-ce pas?

Ils sont assis sur le canapé du salon contrairement à leur habitude de passer directement dans la chambre à coucher.

– Tu me dis que ton frère a disparu? Qu'est-ce qui lui est arrivé?

Des larmes abondantes coulent sur ses joues. Elle se laisse aller et lui raconte en hoquetant son aventure avec PRO-V-OCC et l'engagement d'Alain dans les Forces de la Fédie Libre. Depuis les tristes événements, la famille est sans nouvelles de lui. Quant à elle, son état psychologique est réduit à celui d'une loque et elle n'a plus que son amour pour trouver la force de survivre dans la géhenne de sa vie.

Elle se tait et Marcel ne dit mot. La tête dans les mains, elle ne remarque pas l'expression de non-amour qui se fait jour sur le visage de son amant. Ni une étreinte, ni un baiser de ceux qui l'auraient étourdie un moment à ses soucis ne viennent. Elle comprend qu'il est accablé par les révélations qu'il vient d'entendre, qu'il partage sa douleur.

– Tu as raison, c'est très dur tout ça, dit-il au bout d'un moment.

– Il nous restera toujours notre amour, mon amour.

– Sûrement. Sûrement. Mais désormais, il faudra redoubler de prudence. Ces gens seront très durs avec nous s'ils nous attrapent.

Elle se lève et l'attire vers la chambre d'amour. Il est lourd à traîner.

– Ecoute, pas aujourd'hui. J'ai mal à la tête.

– Mon pauvre chéri! Viens te reposer près de moi.

– Non. Il faut que je rentre. Une autre fois.

Il se dirige vers la porte d'entrée.

– Quand allons-nous nous revoir? implore Madeleine.

– Ecoute, ma, chérie, je te ferai signe bientôt. Attends mon appel. Surtout, n'essaye pas de communiquer avec moi.

Tiède est le baiser qu'il lui donne en sortant. Il s'excuse de ne pas l'accompagner en atomobile, malgré la pluie qui tombe dru, invoquant la raison de la prudence. Restée seule sur le trottoir, perplexe, déçue, démoralisée, trempée, elle prend lentement le chemin de la maison. Elle s'inquiète de sa santé, lui qui a toujours montré tant d'équilibre et tant d'entrain. Que lui restera-t-il si Marcel à son tour s'écroule? Que restera-t-il de leurs amours? Rien. Rien de rien. Absolument rien. Et c'en sera fini de sa vie.

Il est deux heures du matin lorsque, quelques jours plus tard, la sonnette de la porte d'entrée retentit doucement dans l'appartement des Duperrier. Madeleine qui dort mal croit que c'est la police de la Sureté qui a percé son secret et qui vient l'arrêter.

– C'est fini pour moi, se dit-elle, et peut-être que c'est mieux ainsi. Ça m'évitera d'avoir à prendre des décisions très difficiles...

Elle se lève lentement et passe sa robe de chambre en savourant profondément ses derniers instants d'indépendance.

– Ici, je suis libre. Mais, quelques pas plus loin, je serai prisonnière. Oh! Temps! Suspendrais-tu ton vol pour me faire plaisir? Merci.

Elle marche lentement en raccourcissant ses pas. La sonnette insiste doucement. C'est bizarre. Elle ne semble pas actionnée par une force hostile.

– Qui est là? chuchote-t-elle.

– Ouvre. C'est moi.

Elle manque de s'évanouir. C'est la voix d'Alain. Elle ouvre en tremblant.

– Mon Dieu! Toi!? Tu n'es pas...

– Non, mais j'ai failli. J'ai été laissé pour mort dans un champ et j'ai réussi à m'enfuir.

Voici les parents qui ne dormaient pas non plus. Ils croient rêver. Ils accueillent Alain comme un enfant perdu et retrouvé, un héros admiré. Après lui avoir reproché son silence sur ses activités patriotiques, ils le félicitent chaudement et lui font raconter ses aventures. Madeleine qui s'attendait à un sort tragique et qui se trouve en face d'une surprise inespérée se hâte de lui préparer un repas léger.

Amaigri, sale, fatigué, il déguste la nourriture propre tout en racontant la déception de ce combat qui n'a jamais eu lieu. Sans avertissement ni explications, la communication avec les groupes PRO-V-OCC a été coupée et, peu après, la nouvelle a circulé que la plupart des PRO-V-OCCateurs étaient sous les verrous. Le moral a baissé d'autant plus vite qu'une autre nouvelle faisait état de troupes istériennes lancées à l'assaut des milices fédiennes lesquelles ne feraient pas le poids devant le nombre d'ennemis et de chars lancés à leur poursuite. Le groupe d'Alain s'est rendu au bout d'une demi-heure. Certains résistants dont lui-même ont réussi à s'enfuir.

– En réalité, je me suis caché dans la forêt pendant le jour et j'ai marché la nuit, poursuit Alain. Heureusement, j'ai réussi à passer inaperçu et j'ai pu arriver. C'est un miracle parce que pendant ce temps je n'ai pas beaucoup mangé et ma blessure qui saignait risquait de me trahir.

– Tu es blessé? Tu as fait tout ça en étant blessé? s'écrient en même temps ses parents et sa sœur.

– Il faut l'emmener de suite à l'hôpital. Vite! Vite!

– Non. Il ne faut pas. Je serai reconnu par ma blessure. Les hôpitaux ont ordre de signaler toutes les lésions d'origine suspecte. Mais rassurez-vous, ce n'est pas grave. Ça ne demande qu'un pansement propre.

– Demain, nous chercherons un médecin sûr, dit Nicole.

Après s'être restauré, le blessé est lavé, proprement soigné et conduit dans son lit pour y récupérer le repos et le sommeil indispensables. Lorsque la maisonnée s'assoupit, rassurée, il est cinq heures du matin. La famille est enfin réunie, saine et sauve. D'un commun accord, on décide d'attendre au lendemain pour aviser Olga car personne n'est pressé d'entendre ses reproches et ses récriminations sur la conduite imprudente de son frère.

Madeleine reprend de l'espoir. Avec Alain de retour, le cours de la vie redeviendra normal. Il prendra quelques jours de repos bien mérité, le temps que sa blessure soit cicatrisée puis il retournera à l'université terminer ses études, à l'abri de tout danger. Plus tard, il exercera sa profession. Après un moment de morosité, les Fédiens finiront par oublier l'épisode malheureux et se résigneront, n'ayant pas d'autre choix, à vivre à l'istérienne. Comme Madeleine, Marcel se remettra de ses émotions et continuera à diriger sa petite usine. Ils recommenceront à se rencontrer comme d'habitude. Finalement, de tout ceci ne restera que le souvenir d'un moment, d'un mauvais moment qui n'aura pas passé aussi vite qu'on l'aurait souhaité mais qui, comme toutes choses dans la vie, aura fini par finir un jour.

Ainsi suppute Madeleine en essayant de reprendre sa vie en mains, délivrée qu'elle est d'une partie du stress de la clandestinité. Terminée pour elle l'existence de soldate! Pour garder sa motivation de vivre, elle explore des possibilités de rôles à jouer autres que celui d'une

Jeanne d'Arc du vingt-et-unième siècle. Il y avait eu dans la vraie histoire de l'ex-France une certaine Charlotte qui avait poussé l'exaltation patriotique jusqu'à laisser sa vie en échange de celle du tyran qu'elle avait supprimée de son poignard. Mais Madeleine ne veut plus s'engager dans cette voie où elle a déjà investi les plus belles années de sa jeunesse. C'est trop de danger pour peu de résultat. Elle a largement fait sa part de sacrifice à la patrie. Maintenant, elle aspire à du repos, de la tranquillité, elle a besoin de sécurité et surtout d'oublier tout ça.

— Je tourne la page, enfin… celle de PRO-V-OCC. Je ne garde que celle de Marcel.

Marcel, ne l'a pas appelée comme promis. Il doit être occupé. Il faut lui laisser le temps. Plus tranquille depuis la fin des événements, Madeleine attend patiemment.

Hélas! Les choses n'évoluent pas dans le sens de ses rêveries. Des détails dont chacun tout seul peut paraître insignifiant mais dont l'ensemble est lourd de menaces apportent chaque jour aux Fédiens des rappels de leur défaite. Le premier est la fréquence accrue des demandes de citrons et autres agrumes et légumes de la part de la famille Krombalion qui ne se soucie plus de remettre les denrées emportées. Madame Krombalionne, moins sereine, ne demande plus à Madame Duperrier si elle peut emprunter mais lui indique sans ménagement les produits dont elle a besoin comme si elle ne faisait qu'exercer son droit. Un jour que les citrons ont manqué, Madame Krombalionne part fâchée en proférant des remarques peu obligeantes sur les voisins qu'on rencontre dans ce pays. Les Fédiens que les Duperrier rencontrent dans les escaliers affichent des mines penaudes et se saluent à peine. On dirait qu'ils ont perdu l'envie de respirer. Lorsqu'ils vont dans la rue, des réflexions déplaisantes sont intentionnellement prononcées à voix haute sur leur passage. Les Fédiennes sont particulièrement visées car aux déclarations nationalistes s'ajoutent, pour elles, des propos sexistes dégradants. Les demandes de services et de renseignements pour lesquels tous les citoyens paient les mêmes impôts sont accueillies avec des sourires ironiques et les réponses subissent des délais indus avant d'arriver.

Les médias s'acharnent sur les « terroristes » pour lesquels on prépare un procès retentissant. L'opprobre qu'on jette sur eux déborde sur toute l'ethnie fédienne amenant des sentiments de colère revancharde qui cautionnent une persécution sourde sinon un harcèlement de la part de la population majoritaire. Tous les Fédiens sont soupçonnés d'avoir participé à l'Opération Vérité même ceux qui n'ont fait que l'approuver moralement sans s'y être mêlés directement. Ceux qui se sont prudemment tenus loin du mouvement subissent les conséquences de la témérité des autres et tiennent à s'en démarquer. Ils adressent des messages de félicitations et de fidélité au *Grand-Ayyou* et sont traités de « collabos » par leurs compatriotes malheureux.

Dans sa cellule, Versin, redevenu Rémy Martin, se sait perdu car il ne peut espérer de secours de nulle part. Il est abasourdi par les derniers événements, si brusques, si inattendus. Toutes les précautions prises se sont avérées inutiles. Comment ces choses ont-elles pu arriver? Comment ont-ils su? Tout en se torturant à revivre le plan d'action si soigneusement préparé, une idée atroce l'envahit, celle d'une trahison. Mais qui? Pourquoi?

145

De temps en temps, un officier ou un *ayyou* viennent le voir non pas pour le réconforter mais pour l'interroger et surtout contempler cet énergumène qui a osé s'élever contre le gouvernement divin d'Eliomm. Aucun avocat n'a encore été assigné pour sa défense et, d'ailleurs, aux yeux de la loi et de l'*Essoule* istériens il est indéfendable. Leur justice ne reconnaît pas les circonstances atténuantes, l'insanité temporaire, l'insuffisance de preuves ou le doute raisonnable. Elle n'accorde pas non plus de libérations sous caution, encore moins celles, conditionnelles, pour bonne conduite.

Quelques caisses remplies de volumes de la Vraie Histoire ont été trouvées dans son appartement et c'est plus que suffisant pour les juges qui ont déjà décidé sa sentence. Son procès ne sera qu'un cirque destiné à impressionner les foules et à prouver la grandeur d'Eliomm ou quelque chose d'approchant car, dans la vraie histoire de l'Istéria, les ennemis de la nation sont exécutés sans procès ni verdict. A la fin du simulacre, lui et tous ses camarades de l'aventure héroïque seront condamnés à mort et exécutés à moins qu'ils ne soient offerts comme menu aux lions sacrés que le *Grand-Ayyou* a fait lâcher dans la forêt de Rambolion en oubliant de fournir les proies nécessaires à leur nourriture.

Dès le départ, Rémy était prêt à mettre sa vie au pied de l'autel de la patrie et prendre ainsi place dans le panthéon de ceux qui se sont illustrés par le même sacrifice, à côté de Versingétorix dont il a emprunté une partie du nom, de Roland, de Jeanne d'Arc, de Lapalice, du Chevalier d'Assas, de l'enfant Bara, de Jean Moulin et de tant d'autres qu'il serait trop long de nommer ici. Les peuples sont les gardiens de leur histoire et les héros survivent dans la vénération de leurs descendants qui racontent leurs exploits, leur érigent des monuments, immortalisent leurs noms dans les places publiques, s'en inspirent pour leurs œuvres d'art et de littérature, célèbrent leur fête annuelle et les donnent comme exemples et modèles de vertu à leurs enfants. Quand vient le malheur de la défaite, ce n'est pas seulement leur territoire qui est perdu mais, également, leur passé que les conquérants oblitèrent et réécrivent ensuite à leur avantage. Les vaincus n'ont plus d'histoire. Ils n'ont plus de héros. Ils sont vraiment morts et profondément enterrés.

C'est cette double disparition qui attend les malheureux PRO-V-OCCateurs. Nulles sont leurs chances d'illustrer la vraie histoire de la Fédie. Il figureront bientôt dans celle du S.E.I. mais comme de vulgaires bandits. Rémy sera tout au plus le bandit inconnu sur la tombe duquel ne brûlera aucune flamme.

* * *

146

17 AMOUR... QUAND TU NOUS LÂCHES...

Trois semaines après sa dernière rencontre avec Marcel, Madeleine, amoureuse, confiante et respectueuse de la recommandation qu'il lui a faite de ne pas entrer en communication avec lui mais plutôt de l'attendre, attend encore. On dirait que Marcel a besoin de recul pour digérer les confidences graves qu'il a reçues d'elle, revenir de sa surprise, reprendre ses esprits et s'adapter à la nouvelle conjoncture politique en essayant faire oublier aux autorités ses origines fédio-démocratiennes. Il est, d'ailleurs, reconnu pour être un homme d'une grande prudence, d'une plus grande discrétion, qui fait rarement un faux pas en affaires et saura bientôt les faire redémarrer.

Quel est alors ce pincement que Madeleine ressent ce matin, au réveil? C'est le premier jour de la quatrième semaine d'absence et quelque chose lui dit qu'il ne l'appellera pas. Que s'est-il donc passé pendant les vingt-quatre dernières heures pour expliquer une chute aussi brusque de confiance et d'espoir? Rien du tout, sauf qu'une prémonition sournoise qui l'a insidieusement envahie et qu'elle ne peut plus ignorer a fini par avoir raison d'elle.

Aussi longtemps qu'elle a pu le faire, elle s'est détournée de la vérité mais la vérité impitoyable l'a talonnée jusqu'à ce jour gris où elle lui a sauté à la gorge. Marcel, elle en a la certitude, préfère s'éloigner d'elle à cause de sa connection avouée avec les « hors-la-loi » du moment. Il a peur. Il n'y a plus aucun doute, Marcel est en train de sacrifier leur amour à sa sécurité personnelle en la laissant tomber comme une vieille pantoufle de crainte de tomber avec elle. Privée de son soutien moral au moment où elle en a le plus grand besoin, elle se voit repoussée dès ce jour, et pour le reste de sa vie vers le désert glacé de la solitude.

Comment fait-on pour guérir la plaie causée par un chagrin d'amour? Peut-on, d'abord, la guérir? La veille encore, elle était au comble de l'inconscience et du contentement. Voici que, du jour au lendemain, devenant la plus misérable des créatures, elle vient de passer sans purgatoire du paradis à l'enfer.

Son portrait lumineux de Marcel se ternit, s'estompe pour être remplacé par son négatif. Elle réalise qu'il ne l'a jamais aimée. Il s'amuse de la passion qu'elle lui a vouée. Il ne pense qu'à ses ambitions personnelles, à sa carrière, à sa famille, à elle, en dernier lieu et seulement lorsqu'il en a le temps. Aujourd'hui, elle n'ira pas au bureau et n'appellera même pas pour avertir de son absence. Comparées à ce qui lui arrive, les sanctions qu'elle encourra sont insignifiantes. C'est le jour le plus sombre de sa vie.

Endossant son *ghamm* réglementaire, elle s'assure de son permis de circuler seule et sort marcher sans but dans les rues bondées. Ses pas incertains la dirigent vers les berges de la Seineria où, en proie à la douleur des blessés du cœur, indifférente à la foule, elle s'arrête pour regarder couler l'eau du fleuve, image de son amour emporté. Sait-elle seulement pourquoi elle souffre? Est-ce à cause de l'abandon dont elle est victime ou bien parce qu'elle vient de comprendre qu'elle s'est grossièrement trompée en se croyant aimée d'amour ou bien les deux? L'une ou l'autre réponses lui sont tellement insupportables qu'elles suscitent en elle le désir violent de devenir amnésique afin d'effacer tout le contenu de sa mémoire, y compris l'insurrection avortée.

– Peut-être que c'est maintenant que je me trompe, peut-être que tout est encore comme avant...? Peut-être qu'il va finir par m'appeler? Peut-être...

Lorsque l'espoir la rattrape, il est aussitôt chassé par le silence de celui qui est la cause du drame. Sa promenade l'amène au milieu du pont *Ayyou*-Alax où elle s'arrête, figure tragique.

– Ah! Si j'avais le courage! Mais je suis lâche... j'ai peur. Si je saute, je vais me mettre à nager vers la berge. Je le sais... Et puis, je suis une excellente nageuse.

Un passant s'est approché sans bruit. Il l'observe un moment.

– Pauvre petite dame! Je vous reconnais. Vous êtes fédienne, comme moi. Vous avez raison. C'est ce qui nous reste à faire.

Surprise, elle le dévisage. L'inconnu est un homme jeune, probablement un compatriote accablé, découragé comme tous ceux qui ont espéré le coup d'état libérateur. Il se parle à lui-même à voix basse, presque inaudible.

– Tout est fini, maintenant. La France, la Démocratia et la Fédie sont mortes et enterrées et nous avec. Complot réussi ou pas, nous ne sommes plus qu'une minorité au milieu d'un océan istérien et je ne veux même pas savoir comment nous en sommes arrivés là.

Il secoue la tête pensivement.

– Lorsque des armées étrangères nous envahissaient, nous savions nous défendre, parce que l'ennemi se présentait en uniforme, drapeau en tête, regroupé devant nous. Nous nous défendions, nous combattions. Mais quand les envahisseurs étaient des petits groupes de civils sans armes, comment pouvions-nous deviner qu'en venant sangloter à nos frontières, ils nous mettraient en plus grand danger qu'en temps de guerre? Eh! Bien! Aujourd'hui c'est nous qui pleurons à chaudes larmes.

Satisfait par l'analyse historique qu'il vient de livrer, l'inconnu attend une réaction de Madeleine qui reste réfugiée dans le silence de sa peine.

– Nous avons vécu pour la liberté et le sexe sans contrainte mais nous n'avons pas su engendrer, hélas! reprend-il. Vous, les femmes, vous étiez trop occupées pour ça! Vos droits, vos carrières, vos loisirs, vos conditionnements physiques, vos personnalités à affirmer et tout le reste, ne vous ont pas laissé de temps pour élever des enfants. Non. Ne protestez pas. De toutes façons il est trop tard.

Et comme Madeleine n'est pas d'humeur à amorcer un débat sur le féminisme d'autant plus qu'elle a fait exactement ce qu'il vient de reprocher à la communauté féminine des pays sur-développés, elle le laisse poursuivre son monologue.

– Nous avons été trop mous, trop… démocrates. Oui. Oui. Notre merveilleuse démocratie était pleine de trous. Comme un fromage de Gruyère.

Tout d'un coup, le politologue improvisé dirige vers Madeleine un regard intense.

– Vous alliez sauter? Faisons-le ensemble, si vous voulez. Main dans la main, nous serons le couple de la mort. Je m'appelle Guillaume. Et vous?

– Heu… Jeanne.

– Jeanne. Quel drôle de hasard! J'étais amoureux d'une Jeanne et elle m'a quitté… il y a longtemps. Je me suis engagé dans une unité de combat et vous connaissez le résultat. C'est fini de nous. Chère Jeanne, ni vous ni moi n'avons d'avenir dans ce fichu monde. Quittons-le de notre propre gré. Choisissons notre dignité et faisons le plongeon fatal. Voulez-vous?

Madeleine n'est pas prête à sauter et d'ailleurs elle n'a pas tout à fait les mêmes raisons que l'inconnu pour plonger avec lui. Elle en est là à cause d'un chagrin d'amour alors que lui, malgré sa déconvenue avec l'autre Jeanne, souffre d'une peine politique. Si tous les deux se résignent à faire le grand saut, ce devra être chacun de son côté. Elle prend peur et s'éloigne. Le suicide n'est décidément pas sa tasse de thé.

Tantôt se mourant d'inquiétude et tantôt tremblant de colère, elle reprend le chemin de la maison sans réussir à chasser Marcel de ses pensées, s'obstinant à chercher des réponses qu'elle ne trouve pas. Pourquoi, mais pourquoi a-t-il agi ainsi? S'il est en danger, il pourrait trouver un moyen discret de lui faire parvenir des nouvelles au lieu de la laisser se morfondre d'inquiétude et de désespoir. Peut-être que, malgré tout, elle devrait prendre l'initiative d'aller le trouver elle-même au risque de le mécontenter. Continuer ainsi est impossible. Elle est une femme d'action. Elle ira le trouver dès le lendemain.

Comme elle tourne le coin de la rue de la Lionne-Rugissante, le docteur Piquemalion surgit tout d'un coup et s'arrête devant elle. Elle sursaute.

– Ah! J'aurais dû plonger dans la Seineria avec Guillaume, se dit-elle, s'arrêtant à son tour.

– Mademoiselle Madeleine, je voudrais vous dire quelques mots, si vous permettez.

– …

– Comment se porte votre frère?

– Mon frère se porte bien, merci.

– Et sa jambe blessée?

– Mais… très bien. Je ne sais pas de quelle belle jambe vous parlez.

– Mademoiselle Madeleine, je sais beaucoup de choses que vous ne savez pas que je sais mais que vous savez aussi.

À cette phrase aussi ambiguë que menaçante, Madeleine sent son sang se retirer, sa sueur perler et son cœur la bousculer avec violence. D'où vient à cet homme cette morgue nouvelle et comment a-t-il su qu'Alain était blessé? La trahison est-elle partout? De quels moyens diaboliques ces gens-là disposent-ils pour découvrir les secrets les mieux cachés. Mais peut-être qu'il bluffe et qu'il cherche à lui faire dire des choses compromettantes. Pour commencer, elle crâne et fait l'ignorante. Elle verra après.

— Ah! Oui! Lesquelles, s'il vous plaît? rétorque-t-elle.

Le Docteur Farique parle lentement mais sûrement d'un nid de terroristes appelé RETOUR dont le chef a organisé une édition illégale d'un livre interdit. Ce livre a été distribué à la population fédienne par les soins de… Madeleine n'écoute plus l'histoire qu'elle connaît si bien. Ce qui reste du monde vient de s'écrouler sur elle. Elle vient d'être assaillie dans ses retranchements les plus retirés. A la déconfiture de la Fédie, elle ajoute la sienne propre.

— Dois-je continuer, chère Madeleine?

— Mademoiselle Madeleine, tout est perdu cette fois-ci y compris l'honneur, se murmure-t-elle, réalisant que le fil qui retenait la fameuse épée vient d'être tranché.

— Pardon?

— Non. Rien.

Se rendant compte de l'état moral dans lequel il a mis sa future, le Docteur en profite pour déposer quelques cartes sur la table.

— Votre frère et vous-même avez comploté contre l'état. Si vous êtes pris, vous êtes passibles de peines très sévères.

Déjà, il fait son procès et celui d'Alain!

— Aurons-nous droit à des avocats? demande-t-elle, déposant les armes.

— Comment? Ah! Oui! Vous aurez droit aux meilleurs avocats du barreau barizien. Mais, entre nous, ça ne changera rien à vos sentences qui sont déjà décidées.

Jeanne d'Arc. C'était écrit quelque part qu'elle deviendrait la Jeanne d'Arc de son siècle. Dire qu'elle vient tout juste de renoncer à la lutte armée clandestine pour mener à l'avenir une vie tranquille, ordinaire, à l'abri du danger, cachée mais heureuse, selon le vieux proverbe. Elle renoncerait à certains de ses projets, de ses ambitions et de ses rêves; elle arborerait toujours le même look anonyme, tout ceci en échange de la sainte paix et de la sainte sécurité.

Hélàs! La sécurité vient de se sauver entraînant l'autre sainte avec elle. De toute façon, de la sécurité à l'istérienne, elle n'a que faire. Elle décide alors de suivre l'exemple de sa glorieuse compatriote, la Pucelle d'Orléans.

— Bravo! Monsieur le Docteur! Vous êtes un fin limier et vous avez gagné. Moi, j'ai fait mon devoir et je suis prête à en assumer les conséquences.

— Mais non, ma chère Madeleine…

– Je ne vous permets pas d'employer mon prénom.

– Voyons ! Voyons ! Il ne faut pas le prendre comme ça. J'ai à cœur de vous sauver. Vous savez combien je tiens à vous.

Toujours orléaniste, elle défie la précarité de sa situation.

– Monsieur, je suis prête à donner ma réponse à la demande que vous avez chargé votre cousine de me faire et c'est...

– Ecoutez-moi, coupe-t-il, C'est plus sérieux que vous ne pensez.

Il n'ose pas employer son prénom mais étale le reste de son paquet sur la table.

– Vous devez réaliser que vous n'êtes pas la seule compromise dans ce complot. Votre frère a pris les armes, nous le savons. Le médecin qui l'a pansé sera poursuivi. Vos parents seront accusés d'avoir protégé des traîtres et passeront à leur tour en justice. Je dois vous rappeler que les tribunaux ne seront pas tendres avec les prévenus et que les condamnations seront très dures. C'est donc toute votre famille qui est menacée et non vous seule. Considérez bien. Si vous me permettez de vous protéger, tous les vôtres n'auront plus rien à craindre des autorités. Personne, soyez-en sûre, n'oserait toucher à un cheveu de l'épouse ou des parents de l'épouse du Docteur Farique Piquemalion. Pensez à votre frère que vous aimez bien. Ce serait tellement triste qu'il soit passé par les armes !

Muette de stupeur, Madeleine se débat avec l'odieux chantage dont elle est l'objet.

– Je rêve... Non. Je suis au théâtre... J'ai déjà assisté à cette pièce sauf que c'est moi qui joue maintenant. Je dois consentir à épouser un bandit pour libérer le pape. Eh ! Bien ! Tant pis pour le pape ! Qu'il aille au ciel ! D'ailleurs, si j'avais écrit cette comédie, j'aurais trouvé un meilleur dénouement pour l'héroïne. Hélas ! Je ne suis pas dans une pièce. Je suis dans la vraie vie. Ce mariage forcé, c'est pour de bon et c'est pour sauver les miens. Oh ! Quelle horreur ! Je vais être une héroïne malgré moi !

Si elle refuse le mariage avec le Docteur, son frère sera exécuté et leur parents iront croupir dans une affreuse prison. Elle-même sera condamnée à la réclusion perpétuelle dans une impossible geôle où elle vieillira seule, bêtement, tristement, inutilement, et qui sait quoi ? Marcel l'a expédiée dans un désert, celui-ci la fera enfermer dans un trou. Vraiment, ils peuvent se serrer la main tous les deux !

Il est difficile d'affirmer à cette étape du récit que le Docteur Piquemalion n'est pas un méchant homme. C'est pourtant la vérité. Il ne veut pas de mal à Madeleine. Il la veut tout simplement. N'est-ce pas une chose normale ? Plus elle se dérobe, plus il s'accroche. Sa persévérance a été récompensée puisque sa filature l'a mené directement au chef de la conspiration, ce qu'aucun des limiers en mission n'a réussi à faire. Il a prévenu anonymement les autorités. A partir de là, les événements se sont précipités à son avantage, la conjuration a été démasquée et voilà enfin Madeleine devant lui, désemparée, cernée, sans défense.

C'est alors qu'il lui fait l'offre qu'elle ne pourra pas refuser.

– Chère Mademoiselle Madeleine, je comprends votre émotion et je vais vous laisser aller vous reposer. Mais demain après-midi, à quatre heures, je viendrai recevoir votre réponse définitive. Au revoir, Mademoiselle.

Madeleine monte chez elle au son d'une marche funèbre qu'elle est la seule à entendre.

– Ça, c'est une offre que je ne peux pas refuser… Où est-ce que j'ai déjà entendu cette expression ?

Dans l'escalier, elle rencontre Madame Krombalionne dont elle ignore le salut. Elle arrive chez elle, l'air hagard, l'œil vague.

– Mais qu'est-ce qu'il y a, demande Nicole, on dirait que tu as vu un fantôme !

– C'est pire !… C'est ce Docteur.

Elle éclate en sanglots.

– C'est fini !… Je veux mourir !… Il n'y a pas d'autre solution.

Jeanne D., la résistante, la PRO-V-OCCatrice, l'héroïne du siècle, est consumée. Il n'en reste qu'une enfant malheureuse qui pleure sur l'épaule de sa maman.

Maman !… Maman !…

– Léo ! Alain ! Venez ! Mado est malheureuse.

Les deux hommes accourent et voient leur pauvre Madeleine complètement écroulée. Ils l'entourent et la consolent de leur mieux mais elle met longtemps à se calmer et à pouvoir parler. Entre deux accès de larmes, elle raconte son entretien avec le Docteur.

– Mais ma petite fille chérie, pourquoi est-ce que tu te mets dans cet état ? Tu n'est pas obligée d'accepter sa proposition. Nous te l'avons toujours dit.

Léo approuve de la tête.

– Ta mère a raison. Il ne peut pas t'obliger à l'épouser. Je t'interdirai de le faire. Leur loi m'en donne le droit. Qu'en penses-tu Alain ?

Au lieu de répondre, celui-ci se mord les lèvres. Il est au courant du dilemme dans lequel sa sœur se débat. Elle intervient.

– Ce n'est pas si simple…, balbutie-t-elle.

– Comment ça, pas si simple ? Mais qu'est-ce qui se passe ici ? Y a-t-il quelque chose que vous me cachez ? Qu'on m'explique !

Madeleine confesse alors à ses parents ce qu'a été sa vraie vie jusque là. Alain n'est pas le seul résistant de la famille. Comme lui elle a lutté dans la clandestinité et cela depuis plus de deux ans. Elle a réussi pendant tout ce temps à garder le secret de son affiliation à une cellule PRO-V-OCC, allant jusqu'à s'accoutrer en *babboule* pour pouvoir circuler sans autres entraves que celles de son vêtement. Malheureusement, elle a dû être reconnue par quelqu'un qui l'a rapportée au Docteur. Fort de cette information, celui-ci a refait surface muni d'une nouvelle demande de sa main, tenant dans chacune des siennes un bâton et une carotte. Le bâton se présente sous la forme de terribles menaces adressées à toute le famille au cas où la jeune fille refuserait de convoler en justes noces avec lui. La carotte, c'est le silence sur les activités subversives, l'amnistie et quelques autres privilèges de type politique ou professionnel qui récompenseront le consentement accordé.

De son implication avec Marcel, Madeleine ne souffle mot puisque de toute façon ça n'existe plus. A quoi bon ressusciter des morts antipathiques? La catastrophe qu'elle affronte maintenant l'aidera à oublier la précédente. A quelque chose malheur est bon…

– Voilà, conclut Madeleine, pour résumer : si je refuse, nous sommes tous perdus, si j'accepte, nous sommes tous sauvés.

Elle appuie sur le « tous ».

– Tous, murmurent Léo, Nicole et Alain, pas un de moins.

– Qu'est-ce que j'ai fait au Seigneur pour avoir des enfants héroïques !? se lamente Léo.

Le conseil de famille qui se tient pour élaborer un plan de défense commune contre le sort qui s'acharne commence par un long silence où chacun, perdu dans ses pensées, visualise le gouffre où il va sombrer et qui se nomme confiscation des biens, longue détention sans droits des détenus, humiliation, travaux forcés, enfin le long, l'interminable martyre. Pourtant le salut est dans les choses possibles. Il suffirait que Madeleine… C'est, d'ailleurs, elle qui est au cœur de toute cette histoire. Si elle accepte d'être l'épouse du Docteur, la situation se redressera d'un coup et la famille recommencera à vivre et à respirer ce qui n'est pas arrivé depuis longtemps.

Le mariage abhorré ne devrait pas trop durer car on sait que ces gens-là font un sport de la répudiation de leurs conjointes et Madeleine recouvrera sa liberté un jour pas trop lointain, lorsque le Docteur vieillissant jettera un regard gourmand sur une femme plus jeune. C'est heureux que le *Boukhinisme* ne tolère pas la polygamie simultanée.

Ainsi vont les pensées secrètes des deux hommes qui ne feront pas obstacle à l'union si elle est acceptée. Mais pas plus l'un que l'autre n'essayeront de convaincre leur fille et sœur de leur désir secret de voir l'affaire se conclure au bénéfice de tout le monde ou… presque.

Nicole de son côté se fait du cinéma sur l'avenir tel qu'il pourrait être dans les deux cas. Sombre et tragique est son film. Entre une union forcée et des persécutions politiques, il est difficile d'avoir une préférence. Mieux que son mari, elle comprend ce qu'est pour sa fille un mariage sans amour ni amitié et ce, même si ce n'est que temporaire. Il y a aussi la question des enfants. Et avant, celle de la contraception. Que pourrait faire Madeleine si le docteur exige des enfants et qu'elle n'en veut pas? La descendance des familles istériennes est toujours nombreuse, la Démocratia l'a appris à ses dépens. Tout de même, il en a déjà trois, et lors d'un divorce, la loi en attribue la garde au père. Madeleine sera-t-elle obligée de les élever à la place de leur mère. Et si elle-même en avait à son tour?

L'héroïne de la situation cornélienne laisse aller ses pensées dans le même sens. Que décider? Que faire? Accepter une chose odieuse? Refuser et causer la perte de toute la famille sauf Olga qui a pris ses distances et s'est assuré de toutes les protections nécessaires? Fuir, mais aller où? Elle serait vite reprise et tous paieraient la conséquence de son geste imprudent et, pour finir, inutile.

– Ne te sacrifie pas pour nous, dit Alain. Donne ta réponse comme tu l'entends et nous nous arrangerons tous ensemble après.

Les parents confirment le généreux conseil mais Madeleine n'en est pas convaincue car on ne l'a pas encouragée à refuser. Il est vrai qu'en cas de refus elle sera exposée comme eux et davantage aux châtiments terribles réservés aux traîtres.

– Le comble, c'est que je n'ai pas même pas le choix du non-choix. Je ne peux pas ne pas choisir. Je me fais penser à un certain âne sauf que moi je n'ai ni faim ni soif.

Cette dernière réflexion fait apparaître quelques pâles sourires.

Il est tard lorsque parents et enfants se quittent, n'ayant réussi à prendre aucune décision, n'ayant réglé aucun problème, ne parvenant pas à fermer l'œil. Madeleine se visualise debout devant cour d'assises aussi indulgente qu'un tribunal de la Sainte Inquisition dont le jury d'*ayyous* prononcera son verdict de culpabilité après un procès-farce. Elle sera ensuite attachée devant un peloton d'exécution, à moins qu'elle ne soit pendue haut et court, si jeune, innocente. Ou bien elle se voit devenue Madame Piquemalion *surghammée* et prisonnière dans la maison du Docteur. D'autres situations cauchemardesques se succèdent dans son imaginaire avant qu'elle ne parvienne à trouver le refuge du sommeil.

– Si je suis condamnée et exécutée, c'est pour de bon, se dit-elle, mais si j'épouse ce bonhomme, ce n'est pas nécessairement pour toute la vie. Lorsqu'il en aura assez de moi comme il l'a fait avec son épouse actuelle, il me répudiera pour en prendre une autre. Je saurai m'arranger pour lui faire la vie noire. A moins que je ne devienne veuve... veuve très joyeuse... Mais, mon Dieu! Par quoi faudra-t-il passer avant d'en arriver là! De toute façon, il saura qu'il n'est pas le premier dans ma vie. Je n'y peux rien. Je ne lui devais rien. Il veut sa réponse demain? Il l'aura.

Une petite lueur de solution se fait jour dans la nuit.

– Gagner du temps, je dois gagner du temps. Il obtiendra mon consentement, le cher Farique, mais le mariage n'aura pas lieu aussi vite qu'il le pense. Bien des choses peuvent se passer entre temps. Quoi? Je n'en sais rien encore... On verra...

C'est la dernière cigarette du condamné que Madeleine se prépare à fumer, mais cette cigarette, la période de fiançailles préalable, sera longue, très longue.

– Encore une cachotterie, hélas!... Ce sera la dernière, je me le jure.

Rassurée, elle s'endort d'épuisement.

Le lendemain, après une nuit agitée, les trois Duperrier viennent guetter le réveil de Madeleine dont la porte reste fermée. Il est midi et Madeleine n'est pas connue pour être une adepte de la grasse matinée. Pas un bruit ne sort de sa chambre. On a beau tendre l'oreille, on n'entend rien. A moins que... Aurait-elle?... Non. Non. Par pitié! Ce n'est pas possible!

– Je pense qu'il faut ouvrir, dit Nicole dont l'appréhension augmente avec chaque minute écoulée.

– Peut-être qu'elle dort encore. Elle en avait tellement besoin.

– Surtout après les émotions d'hier.

– Qu'est-ce qu'on fait?

Un conciliabule commence lorsque le loquet tourne doucement et l'objet de l'inquiétude générale fait son apparition au grand soulagement de ceux qui l'attendaient et dont aucun n'a laissé paraître le terrible soupçon qui l'a saisi devant la durée inusitée de ce sommeil.

– J'ai faim, annonce-t-elle en guise de bonjour, dissipant l'angoisse.

Elle avale un copieux petit déjeûner pendant lequel elle leur fait part du conseil que lui a apporté la nuit.

Ouf! Pour le moment…

* * *

18 LE VISITEUR DU SOIR

Le mercredi suivant, le conseil des ministres autorise la diffusion de la grande nouvelle. Le complot avorté fait, pendant les semaines et les jours suivants, la une des quotidiens qui se couvrent de messages de félicitations adressés à Sa Sainteté, le *Grand-Ayyou* Kardelion. Gavée par ce battage publicitaire, la population en oublie les pénuries coutumières de toutes sortes de denrées ainsi que le chaos administratif dans lequel elle se débat chaque jour. Dans tous les milieux, dans tous les coins de l'Empire, la conspiration diabolique est le sujet des conversations. Lorsqu'ils se rencontrent, les Istériens se félicitent bruyamment l'un l'autre, s'adressent des *jaders* profonds, se serrent les mains, s'embrassent. Ils parlent et rient à voix haute en se réjouissant de la vigilance de leur bon gouvernement. La joie éclate sur tous leurs visages.

– C'est la preuve irréfutable qu'Eliomm nous préfère aux Démocratiens, se disent-ils.

– Nous sommes son peuple favori, ajoutent-ils.

– Eliomm, le fort, le puissant, l'imbattable, se répondent-ils.

Des drapeaux istériens sont hissés en chaque lieu où il est possible de le faire et aucun citoyen n'aurait manqué de pavoiser balcons, fenêtres et toutes les ouvertures de son logis qui donnent sur la rue. La tour de Barize en est couverte et l'Arc de Triomphe de l'Istéria se vêt de deux immenses portraits du chef de l'état, un de chaque côté du monument. Une pénurie de drapeaux commence, d'ailleurs, à se faire sentir. La ville de Barize, entre les couleurs istériennes et les portraits du *Grand-Ayyou* soudain multipliés à l'infini, pourrait une nouvelle fois changer son nom et s'appeler Basramville. Les tuniques traditionnelles masculines réapparaissent et, lorsqu'on aperçoit des groupes de bavardage arrêtés sur le trottoir, on peut être sûr qu'ils commentent l'« affaire ».

De l'autre côté de la barrière, rires et exubérance sont remplacés par des soupirs, des lamentations et des questionnements exprimés dans la discrétion des demeures privées. Les Fédiens, humiliés, démoralisés, prudents, préfèrent diminuer leur visibilité dans la rue.

Tous les jours, des éditoriaux abondent de la part de journalistes pour qui l'occasion est merveilleuse de faire valoir leur patriotisme et leur loyauté envers le régime. Les quotidiens se saisissent des événements pour sortir des éditions spéciales, plus touffues, plus chères que d'habitude, et dont les titres rivalisent en enflure verbale comme en épaisseur de lettrage. Le succès, dû en partie à un hasard fortuit, est présenté aux citoyens lecteurs comme un triomphe des stratèges du Sublime Empire sur l'armée la plus puissante du monde. Des batailles féroces sont décrites à l'aide de cartes d'état-major par des officiers en tenue de campagne. Les Istériens en sont fiers.

Dans les médias électroniques, l'horaire normal est souvent interrompu par des bulletins spéciaux qui diffusent à qui mieux-mieux les louanges du grand homme sous le leadership duquel le *Boukhinisme* vient de remporter une victoire éclatante sur le Paganisme. Tantôt on le voit entouré de généraux chamarrés, tantôt il est tout seul, assis à son bureau de travail, l'air sérieux, en train d'étudier des dossiers, a moins qu'on ne diffuse simplement un ancien portrait officiel, un de ceux qu'on a l'habitude d'apercevoir partout sur les murs de la ville.

Un climat fiévreux est entretenu jour après jour afin de ne pas laisser, un seul instant, le peuple oublier la grandeur des vainqueurs et l'indignité des vaincus. Les photos des terroristes accompagnées de légendes diffamatoires apparaissent en première page des journaux. On les accuse de tous les maux de la terre. Par les bons soins du Ministère de l'Orientation Nationale, Rémy Martin, le principal prévenu, est présenté à la population comme un psychopathe sanguinaire assoiffé de sang. Les cellules PRO-V-OCC ne sont que des ramassis d'individus à la mine patibulaire, inquiétants, vicieux, dont les réunions, tenues sous des prétextes politiques, étaient des orgies abominables. La preuve la plus éclatante est la présence parmi eux de jeunes femmes. Que peuvent faire celles-ci lorsqu'elles s'enferment avec des hommes dans un lieu discret ? Tout le monde le sait. Lorsqu'un homme et une femme se trouvent ensemble, surtout si la femme n'est pas rituellement couverte, le démon se met entre eux et les incite à forniquer... C'est écrit dans le *Saint-Boukhin*. Etc... etc... Les ragots véhiculés alimentent l'indignation vertueuse des citoyens qui ne demandent qu'à les croire et à les répandre. Cette politique de dénigrement systématique obtient un succès dont l'auteur, le Ministre lui-même, n'est pas peu fier.

– De la calomnie, de la calomnie, encore de la calomnie, dit-il, il en restera toujours quelque chose d'utile.

Pendant ce temps, l'*Ayyou* Doutalion, Ministre de la Justice, s'occupe dans le plus grand secret de son ministère à la préparation du procès des conjurés, ce qui agace grandement l'*Ayyou* Tigralion. Celui-ci estime que, même si l'administration de la justice appartient au Ministère du même nom, cette tâche particulière lui revient à lui, à cause du rôle primordial qu'il a joué dans la confusion des conspirateurs. Non seulement le *Grand-Ayyou* n'en tient pas compte mais il l'écarte du processus décisionnel et des événements importants de l'heure.

– Contente-toi de manipuler l'opinion publique en faveur d'Eliomm, lui a-t-il lancé au cours d'une récente réunion, c'est ton travail.

Ayyou-Tigralion légèrement inquiet de cette nouvelle attitude à son égard décide d'agir de son propre chef et d'accomplir une action d'éclat pour rappeler à tous ceux qui sont tentés de l'oublier ce qu'il est capable de faire et dont il vaut mieux se souvenir.

Rémy Martin est gardé à vue dans une ancienne prison de l'Ile de la Cité-des-Lions, située en plein cœur de Barize, entre deux branches de la Seineria. Cette forteresse avait, en son temps, hébergé de nombreux détenus et détenues dont la plus célèbre était une souveraine malheureuse, qui vint y attendre son exécution capitale. Plus tard, désaffectée et classée monument historique, la Conciergerie, car c'est elle, a été réassignée par les *ayyous* à sa fonction première et renommée Centre de Détention du Soleil ou CDS. Avec sa silhouette massive, ses murs épais de château-fort et ses ouvertures parcimonieuses, elle apparaît lugubre, sombre, sinistre, et elle l'est vraiment. Rémy occupe une cellule dont on a bouché le jour. Sa montre lui a été retirée et rien sinon les mouvements biologiques de son corps ne témoignent du temps écoulé. Malgré l'ampoule blafarde qui, à partir du plafond, empêche l'obscurité d'être totale, il ne voit rien de ce qui l'entoure. Il est prostré.

Ne faisant que ressasser les événements qui se sont succédé depuis la mise sur pied de PRO-V-OCC, il se creuse violemment les méninges pour découvrir la faille par laquelle l'ennemi s'est introduit dans l'organisation. Il passe en revue tous les PRO-V-OCCateurs qui se sont enrôlés dans le mouvement. Tous et toutes semblaient sincères, honnêtes et avaient montré des raisons sérieuses de s'engager dans la lutte. Ils étaient accourus par centaines et il les avait recrutés personnellement. Aucun d'eux ne pouvait être ce judas qui les avait vendus. Alors? A moins qu'il n'y ait eu parmi eux un parfait hypocrite, excellent comédien. Mais qui? Qui?

C'est ensuite le tour des appartements où se sont tenues les réunions clandestines. Des voisins? Toutes les précautions nécessaires avaient été prises pour que les séances aient l'allure d'événement sociaux ordinaires et tous les groupes ont respecté les mêmes consignes en faisant rapport après chaque activité. Aucun incident, aucun coulage n'a été signalé. Même si les complices étaient l'objet de filature par des espions de la police, leurs suiveurs, en les voyant arriver par petits groupes élégamment mis, auraient déduit qu'ils venaient dîner en ville. La dame qui est venue emprunter des citrons et dont l'intervention inopinée les a jetés dans la terreur aurait-elle soupçonné quelque chose en s'avançant dans la pièce où ils étaient réunis autour d'une table servie? Il est possible qu'elle ait été vexée de ne pas avoir été conviée à la dégustation des victuailles. Selon l'*Essoule* istérien, la nourriture doit faire l'objet d'une invitation à la partager et les PRO-V-OCCateurs, occupés à tout autre chose, n'y avaient pas pensé. De toute façon, Madame Emilionne ne lui paraît pas assez perspicace pour deviner la véritable nature de la réunion. Qui soupçonner alors, si ce n'est pas elle?

Faut-il croire à la prédestination? Dans ce cas, la Fédie, ex-France, ex-Gaule, doit bientôt disparaître de la carte. Ce grand pays a joué pendant des siècles un rôle éclatant dans l'histoire avant d'arriver aux avatars récents qui l'ont balancé d'un nom à un autre. Plus de deux millénaires se sont écoulés entre la Gaule et la Fédie, extrémités chronologiques de la France. Son cycle de vie touche à sa fin. Usées par l'âge, selon la loi à laquelle tout être vivant doit se soumettre, ses forces vives l'ont abandonné. C'est maintenant au tour d'un autre peuple, d'une autre nation à prendre la relève, à ramasser le flambeau de la civilisation, à le faire progresser avant de se le faire arracher à son tour. Comme la Fédie, le Sublime Empire Istérien, après quelques siècles d'existence, finira par disparaître, lui aussi. Mince consolation, vraiment!

Tout en se perdant en conjectures de toutes sortes, Rémy s'inquiète du sort de ses compagnons de lutte, Marie, tout d'abord, dont il est sans nouvelles, se demandant si elle est encore en vie. Tous les chefs des cellules PRO-V-OCC sont incarcérés dans cette même prison du Soleil mais on les a séparés et isolés, faisant croire à chacun qu'il est tout seul en ce lieu. Les autres patriotes sont répartis dans les différents pénitenciers de la ville. Il n'en sait rien et personne parmi les gardiens n'a le droit de lui adresser la parole, encore moins de lui communiquer des renseignements stratégiques.

Tournant en rond comme un tigre en cage, hanté par des questions douloureuses, Rémy s'efforce de résister à la folie qui commence à l'envahir. Combien de temps durera sa réclusion et comment elle se terminera, il n'en sait rien. Il tente de s'endormir mais il lui est impossible de profiter du calme et des ténèbres que lui offrent les circonstances pour plonger dans un sommeil réparateur et porteur d'oubli.

— Encore quelques jours comme celui-ci, se dit-il, et ils n'auront plus besoin de m'exécuter. Je serai mort tout seul.

Il est surveillé vingt-quatre heures sur vingt-quatre. Au milieu de la porte de la cellule, à la hauteur du visage, se trouve un judas aveuglé par une vitre opaque. C'est du verre à sens unique qui laisse le regard pénétrer dans la cellule mais l'empêche d'en sortir. Poussés par la curiosité et l'ennui de passer de longues heures en milieu carcéral, quoique du bon côté des barreaux, les gardiens ne se privent pas d'aller observer les captifs à leur insu. Ils trouvent très distrayant de constater leur détérioration progressive et de comparer les différentes performances d'endurance à l'isolement. Des paris sont ouverts.

Un jour, ou bien est-ce un soir? la porte s'ouvre grande sans qu'aucun plateau de nourriture ne soit déposé sur le sol. Un être humain se tient sur le seuil, le premier que Rémy voit depuis son incarcération. L'intrus porte l'habit religieux. Il entre dans l'espace étroit puis se tourne vers le gardien qui l'accompagne et lui demande d'apporter une chaise. Le gardien revient avec l'objet sollicité.

— Laisse-nous, maintenant, fait le visiteur du soir.

Le gardien sort et verrouille la porte d'une clef de son lourd trousseau. L'*Ayyou* s'installe en face du lit où Rémy est étendu. Celui-ci se relève avec effort.

— Bonsoir Monsieur Versin G.!

Rémy sursaute, se demandant qui peut connaître le pseudonyme qu'il s'était donné et qui ne servira plus à rien.

— Bonsoir... La lumière est tellement faible que le prisonnier ne distingue pas le visage du visiteur inattendu. Qui êtes-vous? Que me voulez-vous? Je n'ai rien à vous dire.

— Moi, j'aurais quelque chose à vous dire. Je suis l'*Ayyou* Méchouet Tigralion. Vous devez me connaître, sinon me reconnaître.

— Oui. En effet. Mais qu'est-ce qu'un personnage comme vous vient faire en ce lieu sinistre? Si c'est pour un interrogatoire, je suis amnésique.

– C'est pour une visite. Une simple visite.

En disant ces mots, *Ayyou*-Méchouet tend au prisonnier un colis lui faisant signe de l'ouvrir tout de suite. Le paquet contient une bouteille de vin, un pain, un saucisson et une petite boîte remplie de salade. Ce n'est qu'une modeste collation mais aux ingrédients de meilleure qualité et plus appétissants que ceux de l'ordinaire de la prison.

– Je ne connais pas vos goûts en nourriture et j'ai pensé vous faire plaisir en vous apportant ceci. Vous devez avoir faim.

Rémy ne comprend pas ce qui lui arrive. L'*Ayyou*, qui appartient à l'espèce ennemie par excellence, celle qu'il a combattue de toutes ses forces, se tient avec courtoisie, avec déférence même, devant lui qui est battu, brisé, vaincu. Il n'a pas faim mais il boirait le vin et mangerait avec plaisir le saucisson dont l'arôme lui taquine les narines. Un dernier soubresaut de fierté le retient.

– Je n'ai pas faim, Monsieur le Ministre. Par contre, j'aimerais savoir ce qui m'arrive et combien de temps je vais passer dans cette taule.

– C'est justement ce dont je viens vous parler. Mais servez-vous d'abord. Votre appétit reviendra en mangeant.

Rémy cède à la raison qui lui souffle de refaire ses réserves d'énergie, peu importe la source. Le vin est goûté. Il est excellent. Le pain et le saucisson se joignent pour former un sandwich qui accompagne le bon cru et la salade s'associe à la petite fête gastronomique. Au fur et à mesure de la satisfaction de sa bouche et du comblement de son estomac, l'agressivité de Rémy s'amenuise et il commence à bavarder avec son visiteur dont le cadeau n'a d'autre but que de l'amadouer et de faire fléchir sa volonté.

– Monsieur l'*Ayyou*, je vous écoute.

– Savez-vous pourquoi vous êtes ici ?

– Si vous êtes venu vous moquer de moi, alors il n'y aura pas d'entretien entre nous et je vous remercie pour les victuailles.

– Pas du tout ! Je me suis mal exprimé. Je voulais bavarder avec vous et vous poser quelques questions auxquelles vous n'êtes pas obligé de répondre car, comme je vous l'ai dit, je ne suis pas ici en tant que policier.

– Eh ! Bien ! Allez-y. Posez.

– Voilà. Je voulais vous demander pourquoi, au départ, vous et les vôtres avez pris les armes contre le gouvernement au risque de vos situations et de vos vies.

Ainsi formulée, la question appelle une réponse sous forme de déclaration solennelle.

– J'ai pris les armes pour défendre ma patrie, répond simplement Rémy. Si je suis ici aujourd'hui, c'est que moi et les miens avons subi la défaite. Vous, vous avez remporté la victoire. C'est ainsi. Ce sont des choses qui arrivent dans l'histoire des peuples, dans la vraie histoire. Le contraire aurait pu se passer et nous serions chacun à la place de l'autre, ajoute-t-il, philosophe.

L'*Ayyou*-ministre sourit en constatant l'effet du vin. Son plan est en train de réussir.

– Mais qui vous a attaqué ? Contre qui vous battiez-vous ? Aucun missile ne s'est abattu sur le territoire, aucune armée étrangère ne l'a envahi.

– Connaissez-vous la guerre civile, ironise Rémy, celle qui lutte contre un ennemi intérieur ? C'était celle-ci notre guerre et l'ennemi, c'est le gouvernement qui réside à Barize.

– Mais c'est le gouvernement légitime que vous vouliez faire sauter ! Un gouvernement démocratiquement élu par le peuple. Et vous vous dites défenseurs de la démocratie ! ironise à son tour l'*Ayyou*. S'il y avait aujourd'hui des élections, soyez sûr que ce gouvernement serait reporté au pouvoir. Avec une très large majorité.

– Justement. Il n'y a plus d'élections ! triomphe Rémy.

– C'est la volonté du peuple qu'il n'y en ait plus.

– Vous voulez dire la volonté de votre clergé, n'est-ce pas ?

L'*Ayyou* ignore l'ascension de la moutarde vers son nez. Ce n'est pas le moment de perdre son calme et les chances de succès de sa petite opération personnelle. Rémy reprend.

– Pourquoi votre clergé ne s'occupe-t-il pas seulement de religion au lieu de se mêler des affaires de l'état qui ne regardent que les laïcs ?

– C'est la volonté d'Eliomm que le spirituel et le temporel soient associés et cette volonté est celle du peuple puisque c'est ça que vous voulez. Où est la contradiction ? Etes-vous d'accord que la majorité des citoyens de ce pays veulent que les choses soient ainsi ?

– Je ne peux pas le nier, accorde honnêtement Rémy.

La « majorité des citoyens » est incontournable. La minorité n'a qu'à accepter et se taire.

– Nous sommes donc un pays démocratique, mon cher Monsieur, triomphe à son tour Méchouet Tigralion.

– D'une certaine façon, admet Rémy.

– Alors, vous vous êtes soulevés contre un pays démocratique, n'est-ce pas ?

Rémy se demande où l'ayyou veut en venir et pourquoi sa petite démonstration sonne si faux. Une majorité de citoyens, la totalité si on ne compte que les *Boukhiniens*, approuve l'administration à l'istérienne qu'elle attribue à la volonté d'Eliomm. Paradoxalement, l'Istéria est, en même temps qu'une dictature théocratique, une démocratie populaire ! Cela se peut-il ?

L'*Ayyou* poursuit son argumentation.

– Monsieur Martin, est-ce que vous n'avez pas le sentiment d'avoir perdu votre temps en tapant sur le mauvais clou ?

– Je ne sais plus… En tous les cas, il est trop tard, et ce qui est fait ne peut pas être défait. Rémy n'a plus envie d'argumenter. L'*Ayyou* se lève.

– Vous avez raison. Il est trop tard et je vais vous laisser réfléchir à ce que je vous ai dit. Je reviendrai plus tard. En attendant, y a-t-il quelque chose dont vous ayez besoin ?

– Me raser. Me baigner. Me changer.

– Très bien. Je m'en occuperai.

– Et aussi…

– Et quoi ?

– J'aimerais savoir où se trouve ma femme.

– Autre chose ?

– Oui. Qui nous a trahis ?

– Je tâcherai de m'en informer.

Méchouet Tigralion part, très satisfait de sa rencontre.

– Rasé, lavé, renseigné sur le sort de sa femme, Martin n'aura plus qu'une idée, celle de sortir de sa cellule à tout prix… se dit-il, et alors il acceptera le marché que je lui proposerai.

Chez les Duperrier, éprouvés par l'évanouissement du dernier espoir de la Fédie, désolés de voir leur fille s'engager dans une alliance indésirée, soulagés de l'éloignement du danger de leur mise en accusation, la plus totale confusion règne au sujet des sentiments.

– C'est absurde. C'est plus qu'absurde, rabâche Léo Duperrier.

Dans un moment, comme il l'a annoncé la veille, le prétendant viendra chercher sa réponse et tout sera consommé. Madeleine s'est *ghammée* pour le recevoir et Hélène lui a préparé un vin et quelques biscuits. La famille s'installe au salon. Elle a décidé d'adopter une attitude courtoise et digne en évitant les grandes manifestations d'émotivité qui accompagnent habituellement les cérémonies de cette nature.

A quatre heures précises, le Docteur Farique Piquemalion se présente, vêtu d'un costume élégant, un bouquet à la main. Il est accompagné de sa cousine, Madame Krombalionne, qui, contre son habitude, n'est pas *surghammée*, considérant déjà que les deux hommes Duperrier ne sont plus des étrangers mais des membres de sa propre famille devant qui il n'est plus obligatoire de dissimuler sa chevelure et ses sourcils. Monsieur Krombalion s'est excusé, préférant emmener ses fils au parc.

Rapidement, le Docteur aborde l'objet de sa visite en s'adressant à Monsieur Duperrier père.

– Monsieur, j'ai l'honneur de vous demander la main de votre fille, Mademoiselle Madeleine.

– Monsieur, j'ai consulté ma fille au sujet dont vous m'entretenez et, suite à son consentement, je consens.

Léo n'est pas fier en prononçant ces paroles. Le Docteur n'en tient pas compte. Très vite, il oublie la petite guerre sournoise que sa « fiancée » lui fait et se transforme en parfait galant. Il ôte son turbuche pour se conformer à l'étiquette fédienne.

– Mademoiselle Madeleine, vous me faites beaucoup d'honneur en acceptant. Je vous assure que je saurai me faire aimer de vous.

Pendant toute cette scène, comme si ce n'est pas d'elle qu'il s'agit, Madeleine n'a pas ouvert la bouche.

– Quand aimeriez vous fixer la cérémonie du mariage ? Pour moi, le plus tôt, le mieux.

Alain s'interpose.

– Monsieur, le Docteur…

– Appelez-moi Farique, mon cher futur beau-frère.

– Très bien. Mon cher Farique, n'êtes-vous pas déjà marié ?

– Soyez rassuré, cher Alain. Pour épouser votre charmante sœur, j'ai l'intention de répudier ma femme.

– Savez-vous si elle l'acceptera ?

– Elle n'a pas le choix de l'accepter ou de ne pas l'accepter. Si je décide de le faire, cela suffit pour casser notre mariage. Mais je ne veux pas être trop dur avec elle parce qu'elle a été une bonne épouse et une bonne mère. Je lui laisserai un certain temps pour s'habituer.

– Laissez-lui le temps qu'il faudra. Moi, je suis prête à attendre, intervient Madeleine qui trouve dans ce délai une partie de la solution de son problème. L'avez-vous avertie de vos intentions à son égard ?

– J'attends de connaître les vôtres.

– Excellent, pense Madeleine, voilà qui me laisse encore plus de temps.

A ce moment, Farique se lève, solennel, et se tourne vers sa future.

– Mademoiselle Madeleine, vous avez fait de moi l'homme le plus heureux de Barize et je n'attends que le moment de faire de vous la femme la plus heureuse de la Fédie. Permettez-moi de vous remettre ce modeste gage de mon amour.

Il lui tend un petit écrin qu'elle prend du bout des doigts en tentant un sourire poli.

– Je me retire maintenant, ma chère bien-aimée, mais je reviendrai bientôt pour ne plus vous quitter. Au revoir, chers parents, s'adresse-t-il à la famille Duperrier et, s'approchant de Madeleine qui ne s'y attend pas, pose un baiser sur sa joue puis sort satisfait.

Jusque là, Noria n'a pas, par respect pour le Docteur, prononcé une parole. Dès qu'il est parti, elle se rue sur le petit écrin que Madeleine tient encore, le lui arrache et l'ouvre, découvrant une riche bague ornée d'un somptueux diamant. Elle est prise de folie.

– Oh ! Quelle merveille ! Ce bijou vaut très cher ! Vous avez de la chance, ma chère cousine, d'épouser un tel homme. C'est votre gros lot. Je vous l'avais bien dit.

Madeleine qui ne s'est pas remise du baiser qu'on vient de lui voler, se retient d'éclater en s'entendant appeler « cousine » par sa plus grande ennemie. Pour ajouter l'insulte à l'injure, celle-ci la saisit par les épaules et, sans attendre que Madeleine ne la lui tende, souille son autre joue, celle que le fiancé n'a pas touchée.

– Je sens que nous allons être de grandes amies, dit-elle.

– …

– Et je t'apprendrai à devenir une vraie épouse de *Boukhinien*, à plaire à Farique selon nos coutumes (Madeleine veut la tuer…). Je t'apprendrai à parler l'istérien et à cuisiner les plats qu'il aime. Je te donnerai un tas de petits trucs (…après une longue séance de torture). Tu apprendras à utiliser les citrons pour fabriquer de la pâte à épiler (…elle est prête à lui arracher la chevelure…). Tu peux compter sur moi (…cheveu par cheveu…). Et puis, tu verras que la lessive se fait mieux à la main qu'avec les machines qui déchirent les vêtements (…à la jeter par la fenêtre du quatrième… avec son paquet de linge sale…).

– C'est plus qu'absurde, c'est terrible, est la conclusion de Léo après la visite fatidique.

On décide d'attendre pour publier les fiançailles que le Docteur, en répudiant sa femme, se soit rendu libre d'épouser Madeleine. Après cela, on les annoncera et on les fera durer le plus longtemps qu'on pourra. Le mariage est ainsi retardé de plusieurs mois. Le Docteur n'a pas le choix de faire autrement ni Madeleine de reculer. Elle vient d'allumer sa cigarette du condamné.

Le lendemain de la visite du Ministre de l'Orientation Nationale au Centre de Détention du Soleil, Rémy reçoit un rasoir électrique qu'il réussit à utiliser malgré l'absence de miroir. On lui fait passer un baquet rempli d'eau ainsi qu'une savonnette, mais on oublie de lui fournir des vêtements de rechange. Malgré tout, ces objets transforment sa cellule en salle de bain de luxe et il procède aussitôt à sa toilette qu'il fait suivre d'une lessive sommaire de son linge. Un bien-être l'envahit et il commence à se laisser bercer par quelque chose qui ressemble à de l'espoir.

Calmement, il se met à réfléchir. L'*Ayyou* qui s'est dérangé pour venir le voir jusque dans sa prison est un membre important de la junte religieuse. On dit qu'il est le numéro deux du pouvoir, appelé à succéder au numéro un en le devenant lui-même. Il a pris des mesures pour adoucir le sort d'un prisonnier important et lui a annoncé une proposition qu'il reviendra en personne lui exposer. Tout n'est peut-être pas perdu. Mais quel sera ce marché ? Se rallier à l'Istéria et convaincre les Fédiens que collaborer est la seule solution envisageable ? Faire amende honorable et se « confesser » publiquement comme au temps des régimes communistes du siècle passé ? Livrer des noms de personnes recherchées par la police ? Autre chose ?

Rémy attend la visite de l'*Ayyou* avec impatience et encore plus de curiosité.

La porte de la cellule s'ouvre à la même heure que la veille.

– Alors, Monsieur Martin, comment vous sentez-vous aujourd'hui ?

– Mieux.

Il se tait, attend l'offre annoncée.

– Vous pourrez recouvrer votre liberté et obtenir l'amnistie totale si nous parvenons à un accord sur l'offre que je viens vous faire.

– Je vous écoute.

– Voici. Si vous vous convertissez au *Boukhinisme* et l'annoncez publiquement, vous êtes un homme libre et honoré dans notre société.

–!!!...

– Réfléchissez avant de répondre. Vous êtes tenté de refuser et je peux le comprendre mais envisagez-vous de passer le reste de votre vie dans ce lieu sinistre à la merci de gardiens qui n'auront d'autre distraction que de vous tourmenter ?

– Le reste de ma vie ! s'écrie Rémy. Vous savez bien que je serai condamné à mort et qu'il n'y aura pas de reste de vie pour moi !

– Je n'en suis pas si sûr. Nous pouvons demander pour vous la clémence du tribunal et commuer votre peine en détention à vie. Vous serez un détenu anonyme dont le long sacrifice ne servira aucune cause.

– Mais je ne peux pas abandonner, trahir ceux que j'ai entraînés dans cette aventure en leur disant que je m'étais royalement trompé. Ils y ont laissé leur vie !

– Nous les incluerons dans le pardon général.

– Est-ce le *Grand-Ayyou* qui vous chargé de me tenir ces propos ? Parlez-vous au nom de son autorité ?

– Le *Grand-Ayyou* est toujours d'accord avec mes initiatives. Quand, et si vous acceptez, il sera mis au courant de votre décision.

La lumière se fait dans l'esprit de Rémy sinon dans sa cellule. Le *Grand-Ayyou* n'est pas au courant de la démarche de Tigralion. Celui-ci agit de son propre chef. Il tente de lui arracher une confession et une abjuration en lui promettant monts et merveilles mais a-t-il le pouvoir de tenir ses promesses ? Si Rémy accepte de signer ce qu'il lui demande, il en tirerait tout le bénéfice politique, il accroîtrait sa popularité et s'approcherait dangereusement du pouvoir. Quel pouvoir ? Le seul qui lui manque est celui que détient le chef. *Ayyou*-Tigralion est-il lui aussi en train de comploter contre le *Grand-Ayyou* Basramite ? Celui-ci, fin renard, ne se laissera pas faire. Tigralion n'a pas autant d'influence en haut lieu qu'il essaye de faire croire au prisonnier qui, d'ailleurs, fait semblant d'y souscrire.

Quant aux promesses d'amnistie, elles ne sont ni plus ni moins que des assurances en l'air sans autre garantie que la parole de l'*Ayyou* Méchouet Tigralion, c'est-à-dire, prêtes à s'envoler. Rémy comprend qu'il est un enjeu important et que lui aussi a un pouvoir de négociation, même s'il compte ne jamais se livrer à la farce de la conversion spontanée. Le plus pressé est de savoir comment profiter de la situation. Pour commencer, il est nécessaire de faire durer le dialogue.

– Je ne comprends toujours pas la raison de votre offre généreuse. Après tout nous sommes des traîtres à votre patrie. Ce que vous proposez nous soustraira au châtiment que nous méritons. Qu'avez-vous à y gagner vous-même ?

– Je suis ministre dans mon gouvernement mais n'oubliez pas que je suis *ayyou* avant tout et que je travaille à répandre le *Boukhinisme* sur la terre. Votre adhésion publique à notre foi aura un grand effet d'entraînement sur ce qui reste de population démocratienne et il y aura, après vous, des conversions nombreuses.

Ayyou-Tigralion déclare de saintes intentions avec des objectifs édifiants et Rémy fait semblant d'y être intéressé. Ainsi se poursuit une négociation entre deux interlocuteurs qui jouent chacun une comédie dans un but qu'aucun n'avoue. L'*Ayyou* n'a jamais eu l'intention de tenir sa promesse de libérer les conjurés. Ce qu'il veut, c'est lancer un coup d'éclat avec la signature de Martin avant de l'abandonner à la justice des *ayyous* et aux taquineries de ses geôliers. Rémy, quant à lui, n'a jamais eu l'intention de se convertir.

– Monsieur le Ministre, ce que vous me demandez est très sérieux et j'ai encore besoin de réfléchir. Pourriez-vous m'écrire une note indiquant votre offre, vos conditions, et les conséquences d'une acceptation de ma part ? J'étudierais attentivement ce document avant de m'engager sérieusement dans la foi *boukhinienne*.

Ce que Tigralion désire le moins, c'est laisser derrière lui un écrit compromettant qui restera pour témoigner de sa trahison.

– Ce qui se discute ici est un échange entre gens d'honneur et, par conséquent, ne nécessite pas de paperasse. Je vous laisse le temps d'y méditer jusqu'à demain.

– C'est bien ce que je vais faire. Mais vous ne m'avez pas apporté des nouvelles de ma femme et de mes compagnons.

– Je n'ai pas eu le temps de m'en occuper.

Il se lève et veut ouvrir la porte qui résiste. Il se retourne.

– Personnellement, je pense que réfléchir avant d'entrer dans la meilleure religion est une insulte à toute la communauté *boukhinienne* alors qu'elle vous invite généreusement à vous joindre à elle. Bonsoir, Monsieur. Je reviens demain, mais c'est la dernière fois.

Le ton vient de changer.

– Ah! pense Rémy, voici la vérité.

– Gardien! Ouvrez la porte!

Ni le gardien, ni la porte ne remuent.

De nouveau.

– Ouvrez! Gardien!

De nouveau, rien,

D'une voix qui rappelle les rugissements des lions sacrés, *Ayyou*-Méchouet Tigralion se met à appeler les gardiens volatilisés. Il rugit de plus belle jusqu'à ce que ses derniers cris soient étouffés dans une toux irrépressible.

– Je ne comprends pas ce qui se passe, hoquète-t-il.

– Y a-t-il un prisonnier qui s'excite? fait une voix qui émane de la salle des gardes.

– Ce n'est pas un prisonnier. C'est moi, votre Ministre. Ouvrez, je vous dis!

– Nous ne pouvons pas. Nous avons des ordres, répond la voix qui s'est rapprochée.

– Quels ordres, imbécile?! C'est moi qui donne les ordres ici.

– Non. C'est moi.

Cette dernière phrase a été prononcée par une autre voix que Tigralion reconnaît immédiatement pour être celle du *Grand-Ayyou* lui-même. Il blêmit. Le *Grand-Ayyou* dans le Soleil! Qu'est-ce qu'il est venu faire ici? Comment a-t-il su?...

– Calme-toi, mon cher Ministre, prononce calmement la voix de Sa Sainteté. J'ai ordonné que les prisonniers soient tenus au secret et pourtant, te voilà chez l'un d'eux. Tu as osé enfreindre mes ordres.

– Faites ouvrir, *Ayyoumi*, faites ouvrir et je vais tout vous expliquer.

– Je n'ai pas besoin d'explications pour savoir que tu venais ici me trahir en complotant avec le prisonnier Martin.

– Je ne complotais pas, je vous le jure. J'étais venu l'exhorter à la conversion à notre belle religion. C'était pour la plus grande gloire du S.E.I. Je voulais qu'il fasse une confession publique de ses crimes avant son procès.

– Je le sais.

– Il est prêt à consentir. Nous en discutions.

– Grand naïf! Il se moque de toi.

Rémy est aussi étonné que son adversaire de la présence derrière la porte de sa cellule du grand personnage qui confirme ses soupçons sur les intentions cachées de Tigralion mais qui a, en même temps, deviné les siennes. Surpris et amusé, il écoute le curieux échange, presque oublieux de sa situation tragique.

– Tel est pris qui croyait prendre, se dit-il en souriant.

– C'est moi qui me moque de lui, *Ayyoumi*. C'est moi.

– Tu lui as promis la liberté. De quel droit?

– Je n'allais pas la lui donner…

– Tu as usurpé mes prérogatives.

– Pardon, *Ayyoumi*, pardon! Je ne l'ai fait que pour la gloire d'Eliomm et la vôtre. Je voulais vous faire une surprise.

– Vraiment? Eh! Bien! Mon cher. C'est moi qui t'en fais une.

Un bruit de pas indique que le *Grand-Ayyou* s'éloigne de la cellule de Rémy Martin devenue aussi celle de Méchouet Tigralion lequel se met à crier comme un enragé.

– Laissez-moi sortir! Vous n'allez pas me laisser avec cet impie! *Ayyoumi*! *Ayyoumi*!

L'impie se met à rire d'un rire de fou et la cellule résonne de bruits bizarres où on reconnaît les accents de la gaîté mêlés à ceux de la colère. L'*Ayyou-Grand* qui ne manque pas d'une certaine générosité laisse, en partant, l'ordre de séparer les deux adversaires réunis malgré eux dans l'adversité. Deux cellules résonnent alors de bruit car Rémy continue de se tenir les côtes et l'*Ayyou* Tigralion à crier de son côté.

– Ce n'est pas juste! Ce n'est pas juste! Eliomm! Viens au secours de ton serviteur! Je n'ai rien fait! Je suis innocent! Sortez-moi d'ici! Mort au tyran!

Lorsqu'il ne lui reste plus qu'un filet de voix rauque, il s'arrête, essoufflé et commence à réfléchir.

– Si j'avais su, j'aurais laissé le complot s'accomplir et tant pis pour ce vieux fou de Basram.

Tout d'un coup, il réalise l'horreur de sa situation. Il partage tout simplement le sort peu enviable de Rémy Martin et de toute sa bande de Fédiens malchanceux.

* * *

167

19 UN PLAT FROID

Le principe de la séparation des trois pouvoirs, si cher à l'ancien « Occident » et, par la suite, à la Démocratia, est tenu par les *ayyous*, pour primaire, enfantin, séditieux, irrespectueux et indigne d'une nation destinée à unifier la planète sous la bannière d'Eliomm-le-Tout-Puissant. Ce n'est rien de moins qu'un gaspillage de temps, d'argent et d'énergie. Depuis longtemps en Istéria, la preuve a été faite qu'une assemblée législative est un organisme inutile puisque toutes les lois nécessaires au fonctionnement harmonieux de la société sont contenues dans le *Saint-Boukhin*. Ces lois sont aussi parfaites qu'Eliomm lui-même, mais l'humanité étant ce qu'elle est, cela n'empêche pas la chicane de surgir et d'envoyer les adversaires devant les tribunaux. Si une divergence de points de vue ou même une simple hésitation se fait jour, les juges se réfèrent à l'*Essoule* qui, depuis des siècles a montré aux Istériens la façon correcte de se conduire.

En ce qui concerne le pouvoir judiciaire, celui que la Démocratia prétend donner en exemple au monde n'est qu'une farce sinistre par laquelle les criminels se moquent de la société. Les fameux procès devant jury amènent au tribunal des individus qui ignorent tout de l'administration de la justice et qui, de surcroît, sont susceptibles de se laisser corrompre ou intimider. Par contre, la magistrature istérienne est composée d'*ayyous* experts en la connaissance du livre sacré et familiers de l'*Essoule*. Gardiens de la morale *boukhinienne*, ces derniers ne prennent en considération ni circonstances atténuantes, ni accès d'insanité temporaire et passent pour incorruptibles. Tous les membres du clergé sont, dans l'ordre, appelés à s'asseoir sur le banc des juges sauf si le *Grand-Ayyou* exerce son droit de permuter la liste des priorités lorsqu'il le juge nécessaire ou quand le Tout-Puissant lui en donne l'ordre. Pourtant, l'Empire possède un Ministère de la Justice dirigé par un ministre dont on peut se demander à quoi il passe ses journées. En réalité, comme tous les autres, ce ministère est un secrétariat aux fonctions administratives, dépourvu de pouvoir réel. Son titulaire gère la justice au nom de son chef lequel garde un œil ouvert et vigilant sur les événements importants qui appellent son intervention directe.

Il reste le pouvoir exécutif dont une grande partie du public pense qu'il s'agit de celui d'exécuter les criminels et qu'il laisse en toute confiance exercer par le *Grand-Ayyou*. Ne faisant rien pour dissiper le malentendu, celui-ci peut, dès lors, disposer de ses ennemis en toute tranquillité et sans déroger à la loi. Cet éminent personnage souscrit, par ailleurs, au système des trois pouvoirs mais sous la forme personnelle qu'il lui a donné, c'est-à-dire, en les regroupant et se les appropriant d'une manière exclusive. L'histoire a des retours et c'est ainsi que la dernière partie du vingt-et-unième siècle est témoin de celui de l'absolutisme avec pour monarque, un *Ayyou* absolu de droit divin.

Une réunion spéciale est convoquée à l'Elysée dans le but de procéder à la sélection des trois magistrats qui présideront aux audiences et prononceront les sentences des accusés. Les journalistes en seront exclus. L'arrestation du Ministre Tigralion étant gardée secrète, le *Grand-Ayyou* ouvre la séance en informant le gouvernement de son départ pour une mission très importante. Il lance ensuite l'habituel tour de table sur le sujet du jour.

L'*Ayyou* Doutalion, le Ministre de la Justice, s'exprime, le premier :

– Votre *Ayyoumerie*, mes chers collègues, j'ai fait rédiger l'acte d'accusation. Il est accablant et je me demande comment ils pourront s'en tirer sans encourir la peine capitale. Je me demande aussi pourquoi, au lieu de nous donner tout ce mal, ne pas les faire exécuter immédiatement dans leurs prisons ? Nous épargnerions des frais à l'état.

– Mais alors, intervient l'*Ayyou* Tamiet Jambolion, Ministre de l'Intérieur et de la Police, nous manquerions l'occasion de faire un exemple public du sort des traîtres à la patrie. Je ne suis pas d'accord pour étouffer l'affaire. Au contraire, elle devra glorifier notre sublime pays et remplir de terreur les ennemis de la vraie foi. *Ayyoumi*, poursuit-il en adressant un *jader* à l'autorité suprême qui y répond selon l'usage antique istérien, je suis prêt à siéger sur le jury qui présidera au procès.

Le Ministre Samprax Rugilion (Culte) s'éclaire la gorge, exécute un *jader* profond à l'adresse de l'assemblée, reçoit les *contrejaders* de courtoisie puis s'exprime :

– Je suis, par la grâce de notre sublime *Grand-Ayyou*, Ministre du Culte. Les traîtres qui vont passer devant notre justice sont des ennemis de notre foi même s'ils prétendent être des laïcs. D'abord, ce n'est pas vrai. Les laïcs n'existent pas et, de toute façon, nous ne les reconnaissons pas. Ils ont attaqué notre nation ; or notre nation et notre religion ne font qu'un. Donc...

– Où voulez-vous en venir ? s'enquiert un autre ministre.

– Je veux montrer qu'ils sont des hérétiques et qu'il faut les juger comme des hérétiques et non comme les libérateurs qu'ils prétendent être. *Ayyoumi*, qu'en pense Votre Sainteté ? Selon le *Saint-Boukhin*, l'hérésie ne connaît qu'un seul verdict...

– Continue, ce n'est pas mal, opine Sa Sainteté.

– Si je peux me permettre, fait un curieux, quelle différence votre procès religieux fera-t-il ? Ne sont-ils pas, de toute façon, passibles de la peine de mort ?

– Un procès pour hérésie est plus agréable à Eliomm, déclare le *Grand-Ayyou*, et nous le tiendrons ainsi.

– C'est aussi mon opinion, font plusieurs voix appuyées de *jaders*.

Plusieurs questions de procédure doivent être réglées avant de commencer les audiences. Il faut décider si les accusés seront jugés individuellement ou s'il vaut mieux les regrouper par unités ou autrement. L'idée du huis clos est majoritairement repoussée, on choisit le site des procédures et on nomme les représentants des médias qui seront autorisés à assister aux séances pour en diffuser les comptes-rendus. On discute de la pertinence d'assigner des procureurs aux accusés.

Le *Grand-Ayyou*, le menton calé dans la main, relève le sourcil gauche, celui de la profonde concentration. Retenant sa longue barbe, il semble être entré en communication avec Eliomm mais ne perd pas un mot du débat animé. Quand les arguments, contre-arguments, propositions, anti-propositions, opinions, objections, réflexions, remarques, commentaires, etc…, etc…, sont épuisés et qu'un silence d'attente se fait, il prend la parole à son tour.

– Le Tout-Puissant m'a inspiré une idée issue de son incomparable générosité et de son infinie intelligence. La voici. Lorsque le procès sera terminé et que les sentences de mort seront prononcées, notre gouvernement fera une offre au chef des conjurés.

Tous les ministres avancent la tête.

– Laquelle, *Grand-Ayyou*, laquelle?

Basram prend le temps de toussoter, de hocher la tête avec componction, de piquer les curiosités.

– Nous lui offrirons le pardon contre sa conversion officielle au *Boukhinisme*.

Silence et expressions admiratives s'emparent de l'assemblée stupéfaite.

– Le grand Eliomm est le plus grand, le plus puissant, le meilleur!

– Quelle idée géniale, vous avez là, *Grand-Ayyou*!

– Comment avez-vous pensé à une telle chose?

– C'est un message direct du Tout-Puissant… Il vient de vous le dire! renseigne le Ministre Jambolion qui regrette aussitôt son intervention ironique.

Heureusement, Basram n'y prête pas attention. Il pense à Méchouet Tigralion qui a eu le bon esprit d'avoir cette excellente idée puis de se laisser prendre en flagrant délit de conspiration contre l'état, c'est-à-dire contre lui.

– S'il accepte, il est possible que la plupart des Fédiens le suivent et qu'ainsi nous n'ayons plus d'ennemis ce qui est une victoire pour Eliomm. S'il refuse, nous aurons montré notre générosité au reste du monde. Dans les deux cas, nous sommes gagnants.

Les ministres se bousculent autour des mains de Basram qu'ils mouillent de baisers. Ils attendent ensuite, émus, la suite des ordres qui arrivent débités en cascade, selon l'habitude du chef.

– Le jury sera composé des *ayyous* Samprax Rugilion, Omer Doutalion et Tamiet Jambolion. Les accusés seront regroupés selon leurs cellules de rebelles et la première à passer sera celle qu'on nomme RETOUR, la plus criminelle de toutes. Seul son chef sera autorisé à plaider sa cause et, par la suite, sa sentence sera appliquée à tout le groupe.

– Qui sera son avocat?

– Il serait ridicule de le faire défendre par un *ayyou*, n'est-ce pas?

– Moi, en tous cas, j'aurais refusé.

– Moi aussi!

– Moi aussi!

– Nous ferons appel à Maître Motux Baratan qui sera le procureur du principal prévenu, autant dire l'avocat du diable, Ha! Ha! Ha!...

Maître Baratan est un avocat criminaliste renommé. Le *Grand-Ayyou* poursuit ses instructions.

– L'offre de conversion sera faite en notre nom par le Ministre Rugilion du Culte. Les journalistes étrangers seront admis dans l'antichambre et des points de presse seront tenus après chaque audience pour les renseigner. Ils devront soumettre leurs textes au Ministère de l'Orientation Nationale avant de les expédier dans leur pays. Les débats seront diffusés par l'holovision nationale dans tout l'Empire et dans le monde entier.

Il n'y a rien à redire, plus rien à dire.

C'est au Ministre des Communications, Varilux Enfilion que revient la tâche d'organiser l'information holovisée du procès.

– *Ayyoumi*, nous sommes prêts pour la diffusion. Et même, s'il le faut, nous pouvons émettre en direct pendant les débats.

– En direct? Ce serait la première fois. Que feras-tu des paroles séditieuses qu'il faudra couper? Ces gens ont la langue pendue, tu le sais. Ne vaut-il pas mieux faire un montage subséquent comme cela s'est toujours fait? A la gloire du Tout-Puissant?

– Que votre *Ayyoumerie* me fasse confiance. J'ai mis au point une technique pour filtrer les images et les sons blasphématoires en transmission directe. Pas un mot, pas un geste ne passeront qui ne nous soient favorables.

– Je compte sur toi pour qu'aucun dégât ne soit commis à l'honneur du S.E.I. Tu sais le risque que tu prends.

– Je le sais, *Ayyoumi* et n'ai aucune crainte.

Basram se lève, imité par le gouvernement. Il se dirige vers la porte entouré de ses quatre gardes du corps.

– Tout ceci doit être terminé avant la fête de la Victoire, lance-t-il et sort sans se retourner.

Pendant que les *ayyous*-juges s'aiguisent les dents en vue du procès retentissant qu'ils sont appelés à présider, pendant que les techniciens de l'Holovision Nationale inspectent leurs appareils et que les prisonniers subissent leur pénible captivité, quelque part, une innocente vit un drame affreux.

Ce n'est pourtant pas une ennemie fédienne, ni une conspiratrice non plus. Cette femme n'a commis aucune infraction au code vestimentaire, ni manqué une prière, ni prononcé une seule parole condamnable. Elle n'a pas trompé son mari ni abandonné ses enfants. La liste des délits qu'elle n'a pas commis serait interminable à énumérer et, pour résumer ses mérites, il suffit de mentionner qu'elle n'a jamais dérogé ni à loi, ni à *Essoule* mais qu'elle est traitée comme si elle était coupable de tous les délits précédemment nommés et ceux omis.

Cette malheureuse, c'est Mourial, la première épouse du Docteur Farique Piquemalion qui, après de longs et loyaux services, se voit renvoyée chez sa mère sans explications et sans enfants. Le Docteur a pris quelques ménagements pour lui annoncer sa décision irrévocable, mais une répudiation, même enrobée de sucre, est une répudiation, c'est-à-dire, une mise à pied humiliante et cruelle.

– Mais qu'est-ce que je t'ai fait ? se lamente-t-elle les yeux pleins de larmes.

– Rien. Tu as même été une excellente épouse.

– Alors, pourquoi ? Pourquoi ?

– C'est ainsi. Je ne t'en veux pas. J'ai rencontré une jeune fille que j'aime. C'est tout ce que je peux te dire. Tu auras un montant d'argent pour vivre confortablement.

– Tu as oublié combien nous avons été heureux ensemble ?

– Et alors ? Ça te fera de bons souvenirs à garder.

Farique fait de son mieux pour ménager Mourial. Il use de toute la douceur et de toute la patience dont il est capable mais ses réserves arrivent à épuisement. Il veut en finir au plus vite car Madeleine ne veut même pas le rencontrer tant qu'il garde son épouse à la maison.

– Ne m'oblige pas à être dur. C'est déjà difficile comme ça. Cesse plutôt de pleurnicher et va préparer tes valises.

Il est inutile de discuter. Indifférent, lointain, Farique est devenu impénétrable et elle réalise que rien ne le fera revenir sur sa décision. Quitter un mari aimé est dur mais perdre injustement ses enfants est atroce. La loi l'autorise à faire ce qu'il fait et lui commande à elle d'obéir sans discuter. N'étant pas encore faite à la soumission totale, conservant malgré tout un peu d'espoir, elle essaie de négocier.

– Laisse-moi avoir les petites. Je pourrai m'occuper d'elles pendant que tu seras libre pour te remarier et avoir d'autres enfants.

– Mes enfants resteront avec moi. C'est la loi !

– Mais tu viendras les voir autant de fois que tu voudras. Je les soignerai mieux que n'importe qui. Ce sont mes enfants, après tout, dit-elle en retenant des sanglots.

– J'ai horreur des larmes, dit Farique qui quitte la pièce et termine ainsi la discussion oiseuse que sa femme lui impose. Il sort en ajoutant :

– Il n'y a rien à faire. C'est la loi et je me dois de la respecter. Allez, *jader* sur toi !

De son côté, Madeleine, avec le secours des membres de sa famille improvise ses cours de préparation au mariage avec un Istéro-*Boukhinien*. Son moral ressemble à une courbe sinusoïde. Tantôt optimiste, elle retrouve sa combativité, sûre de découvrir un moyen de se dérober à cette union sans exposer ses parents, tantôt le pessimisme s'empare d'elle, lui faisant regretter de ne pas avoir écouté Guillaume et se voyant mariée à cet étranger.

– Je lui rendrai la vie noire comme le *ghamm* qu'il veut m'imposer et, s'il m'oblige à porter le *surghamm* sur la tête, moi je lui ferai porter des cornes jusqu'au plafond. Nous serons quittes.

Le mieux est de s'en sortir vivante et libre. Il faut absolument que quelque chose arrive qui rende l'union impossible. Mais quoi ? S'il ne s'était agi que d'elle, elle aurait volontiers partagé le sort des PRO-V-OCCateurs et celui de Jeanne d'Arc en assumant héroïquement les conséquences de son refus. Plus les jours passent, plus vite il faut passer à l'action, une action dont elle n'a pas la moindre idée.

– J'ai perdu mon imagination, se lamente-t-elle. Il m'a déjà réduite…

Finalement, il ne reste que la mort, la mort d'un des deux futurs, qui peut la délier de son engagement maudit. Elle ira rejoindre Guillaume, remplira ses poches de cailloux et lui proposera de faire ensemble, dans les eaux du fleuve, le plongeon devant lequel elle a reculé une première fois. Aujourd'hui, elle a toutes les raisons du monde pour ne pas manquer de courage. A moins que… Non ! Non ! Quelle injustice ! Ce n'est pas à elle de mourir. C'est à lui. Il aura un accident sur la route. Après tout, il conduit son ato à des allures dangereuses et un accident est vite arrivé. Ou bien, en traversant la rue, un véhicule le renversera. Il y a plein de victimes du trafic dans Barize. Une de plus… Ça ferait l'affaire de tant de personnes !

Comment faire mourir quelqu'un sans le tuer est le problème que Madeleine cherche à résoudre en vain. Enfoncer des épingles dans son effigie ? Ce n'est pas assez rapide et ce n'est même pas sûr. Trafiquer les freins de sa voiture ? Difficile surtout si on n'a aucune notion de mécanique atombile. Tirer un coup de pistolaser sur lui ? Mettre le feu à son appartement ? Le noyer ou le poignarder dans son bain ? Beerk !… Lui servir de la nourriture empoisonnée ? La douce Madeleine n'est pas bâtie comme une Brinvilliers et, ni tuer, ni se tuer ne sont des actes qu'elle aurait le cœur d'accomplir.

De plus en plus, elle se fait à l'idée qu'aucune échappatoire n'est en vue et qu'elle devra céder à son destin *boukhinien* et se résigner à devenir Madame Farique Piquemalion. Le Docteur ne le lui laisse pas oublier en se présentant tous les jours chez les Duperrier muni d'un bouquet de fleurs et d'un cadeau à l'intention de sa « fiancée ». Nullement pressée de l'entendre pérorer d'amour, elle a demandé aux membres de sa famille de le recevoir à sa place tant qu'il n'aura pas régularisé sa situation matrimoniale. Les cadeaux, conservés dans leur emballage intact, sont remisés au fond d'un placard dans l'intention de les lui rendre un jour en les lui jetant à la face, espère-t-elle.

– Je le ferai mourir de rage. Je le tromperai. Avec mon costume de *babboule*, j'irai rejoindre mes amants. Je retrouverai Marcel…

Marcel ? Où est-il ? Il y a longtemps qu'ils ne se sont vus. L'a-t-elle oublié ? Elle se rend compte soudain qu'il a quitté la permanence de ses pensées et qu'elle ne ressent plus à son sujet ni regrets ni chagrin. Trop d'événements lourds en prenant possession de sa vie l'ont relégué, lui, au dernier plan. Elle n'a plus ni temps pour lui ni disponibilité pour son souvenir.

Il reste pourtant un petit point noir collé dans son cœur, quelque chose comme une envie de revanche. Ce sera facile à réaliser. Rompant la consigne qu'il lui a donnée de ne pas chercher à le revoir mais de l'attendre, elle ira le trouver en le menaçant de l'afficher, ce qu'il ne voulait à aucun prix depuis le premier jour de leur liaison. En l'obligeant à reprendre les relations intimes, elle fera d'une pierre deux coups, un beau doublé de vengeance englobant son amant ex-chéri et son mari ci-abhorré. Le grand Marcel sera réduit à n'être plus qu'une marchandise de plaisir, un jeu de récréation, une machine à spasmes qu'on fait travailler sur demande et qu'on appelle seulement quand l'envie s'en manifeste.

La vie est féroce mais ce n'est pas toujours aux mêmes à en subir la cruauté. Elle en a été victime, c'est maintenant à Marcel de l'être. Quant au Docteur, il y goûtera aux mains de sa seconde épouse qui s'en chargera sans remords.

Madeleine prend de l'expérience et de la maturité. Fini l'amour au dessus de tout, le sacrifice suprême, le don total de soi, finie la douceur, la générosité, finie la naïveté, fini, fini, fini ! A partir de maintenant, elle prend ses sentiments en main et agit sans émotion, comme un stratège qui prépare froidement son plan d'action. Elle se sent presque heureuse de la solution « Marcel » qu'elle vient de trouver. La vengeance passe pour un plat que l'on avale froid. Mais c'est aussi un fin menu de gourmet, succulent à s'en lécher les doigts jusqu'aux épaules…

– De plus, ça donnera un nouveau sens à ma vie, se dit-elle, ragaillardie.

S'assurant du permis délivré par son jeune frère, elle endosse son *ghamm* et sort se promener dans la ville. Nicole lui propose de l'accompagner mais elle la remercie, préférant sortir seule, une des dernières fois, peut-être. Elle s'aventure au milieu de la foule toujours aussi dense où se côtoient des passants, des militaires vêtus d'uniformes aux couleurs pittoresques, des vendeurs ambulants entraînant des grappes humaines accrochées à leur étalage, des garçonnets qui courent derrière un ballon, des animaux et beaucoup de bruit. La gent féminine est denrée rare mais non absente du paysage. On en voit qui suivent leur homme, d'autres qui portent leurs emplettes en équilibre sur la tête, un bébé sur un bras, un autre dans le ventre, la main libre tractant de jeunes enfants, enfin certaines, agglutinées en groupes serrés, sans époux ni progéniture, qui poursuivent leur route, toujours bardées de leur *ghamm-sur-ghamm*. Y en a-t-il parmi celles-ci qui sont dans la rue pour se promener ou simplement se distraire ? C'est peu probable.

De temps en temps passe une *babboule* entièrement fermée dont Madeleine se demande si elle est authentique ou si, comme elle l'avait fait elle-même, son déguisement est utilisé dans un but inavouable. Madeleine adresse à l'une d'elles un *jader* qui reste sans réponse. Une seconde sainte femme répond à son bonjour mais s'éloigne sans ajouter un mot. La pratique de cette salutation fait partie de l'éducation d'une future Madame Piquemalion. Le *jader* n'est pas en faveur chez les Fédiens dont l'expression orale est plutôt dénuée de gesticulation et qui échangent, quand c'est nécessaire, des signes plus discrets. Selon la légende, ce serait Eliomm-le-Tout-Puissant lui-même qui l'aurait indiqué le jour de la Grande Révélation à son peuple qui l'adopta en symbole de soumission totale. Les pieux *Boukhiniens* dirigent des *jaders* vers le ciel, adresse présumée d'Eliomm. C'est un exercice de piété qui tient beaucoup de l'acrobatie vu qu'il conjugue simultanément une inclinaison vers le sol avec un redressement vers le firmament.

Chaque fois qu'elle croise des passants *boukhiniens*, Madeleine s'amuse à leur adresser le *jader*. Plus loin, rencontrant un couple de minoritaires fédiens, elle les salue d'un signe de la main et se met à bavarder avec eux. Ils sont surpris.

– Nous vous pensions istérienne, dit la dame, en vous voyant adresser des *jaders* aux passants. Mais vous semblez être fédienne comme nous.

– Je le suis encore, soupire Madeleine. Je m'amusais un peu.

– Ah! Bon! On se demandait.

Ils reprennent leur chemin.

– Bizarre, pense Madeleine, on me prend déjà pour une Istérienne. Pourtant je ne suis pas encore *surghammée*.

Par la force de l'habitude, elle se retrouve sur le chemin du pont *Ayyou*-Alax, celui où, quelques jours plus tôt, elle a bavardé avec Guillaume. Tout d'un coup, elle a envie de savoir s'il a trouvé un compagnon ou une compagne pour sauter avec lui, s'il a sauté tout seul ou bien s'il n'a pas sauté du tout. A l'entrée du pont, un homme est accroupi près du parapet devant un vieux chapeau renversé au fond duquel quelques pièces de monnaie tentent d'en attirer d'autres. Elle traverse le fleuve puis revient sur ses pas vers le mendiant dont elle enrichit le couvre-chef-sébile d'une petite pièce de cinq *isters*. Puis elle s'adresse à lui.

– Venez-vous souvent par ici, Monsieur? lui demande-t-elle.

Un hochement de tête qui ne dit ni oui ni non est la réponse de l'individu.

– Je me demande si vous connaissez quelqu'un du nom de Guillaume. C'est son prénom. Je ne connais pas son nom de famille. Il venait parfois se promener par ici.

Guillaume, car c'est lui relève la tête et sourit tristement.

– Je le connais très bien. Et je vous reconnais aussi.

– Ce n'est pas possible! Que vous est-il arrivé? Heureusement, vous n'avez pas sauté ce soir-là, ni après, mais tout de même? Qu'est-ce que vous faites ici?

– Je suis un lâche, Madame. J'ai tout perdu. Je n'ai plus de raison de vivre. Je faisais partie d'un mouvement clandestin… Enfin, c'est fini… Je viens tous les jours sur le pont en espérant trouver le courage de plonger. Et je ne l'ai pas. Je ne l'aurai jamais.

– Vous savez, moi non plus, je n'ai pas ce courage.

– Merci pour votre obole. C'est mon seul gagne-pain.

En retournant chez elle, Madeleine, ne peut s'empêcher de penser aux nombreux Guillaume, victimes de l'histoire contemporaine, anciens PRO-V-OCCateurs qui ont pu s'évader et qui sont maintenant en fuite, traqués, perdus, misérables. Elle n'est pas la seule de cette espèce, hélas! Elle se promet d'aider celui du pont à sortir de son marasme sans compter qu'il n'est ni antipathique ni laid, loin de là. Peut-être même qu'il tiendra compagnie à Marcel. Oui. Pourquoi pas? Lui, au moins, il s'est battu.

Un camelot brandit son journal en hurlant le titre principal.

— PROCES DES CONSPIRATEURS!...

C'était un quotidien de l'après-midi rédigé en langue istérienne mais incluant quelques articles en français eu égard à sa clientèle fédienne. Madeleine l'achète et feuillette les pages françaises où on trouve parfois des nouvelles sociales. Elle sursaute. Son nom y est écrit. Le Docteur Piquemalion annonce son mariage prochain avec une belle jeune fille issue d'une importante famille fédienne.

— Sans même me consulter! Ça commence bien...

Elle hâte le pas.

Sa mère la reçoit à la porte.

— Devine qui a vidéphoné pour toi.

— ...?

— C'est ta sœur Olga qui tient à te féliciter. Elle te rappellera un peu plus tard.

— Je boirai ce seau jusqu'à la lie, marmonne Madeleine d'une voix inintelligible.

— Qu'est-ce que tu veux boire, ma chérie?

— Non rien. Je n'ai pas soif.

— Ah! j'ai cru entendre...

Madeleine tend le journal à son père.

— Il est rempli de nouvelles absurdes, papa, dit-elle avec un sourire las. Tu sais, je me demande si je n'aurais pas dû être, en ce moment, avec mes compagnons de la résistance au lieu de me préparer à épouser l'ennemi.

Léo et Nicole ont mauvaise conscience chaque fois que revient le sujet du mariage qui les sauve mais qui, d'une certaine façon, sauve aussi leur fille. Leurs sentiments sont ambigus. Dans leur cœur, ils repoussent cette union mais, en même temps, souhaitent qu'elle se réalise.

— C'est absurde, absurdissime, est la conclusion de Léo.

* * *

20 LE GRAND PROCES

Il a été décidé de tenir les audiences du procès des traîtres, qualifié de « procès du siècle » par la presse istérienne, dans un lieu de prière puisque le complot éventé visait le renversement de la nation religieuse de l'Istéria. L'endroit choisi ne pouvait être que le célèbre Temple du Soleil, site prestigieux par son histoire et son architecture, témoin de tant d'événements glorieux du temps des prédécesseurs du Sublime Empire, et l'un des plus anciens et célèbres monuments de Barize. La tenue des débats entre ses murs illustres ne manquera pas d'assurer cette continuité.

Ancienne cathédrale de style gothique, le Temple Renouvelé de la Lumière du Soleil a été réassigné au culte *boukhinien* et transformé en conséquence. A l'extérieur, rien de l'architecture originelle n'a changé si ce n'est que deux lions en pierre ont été ajoutées de part et d'autre de la porte centrale. Ce n'est pas le cas à l'intérieur où de nombreuses modifications ont été apportées dans le but d'adapter le monument à la pratique du *boukhinisme*. Le mobilier et la statuaire qui ne sont d'aucune utilité au culte de cette confession ont disparu. Des cercles de coussins rituels posés à terre, des sphères blanches de dimensions variées, des bannières liturgiques tout autour, sur les murs et les colonnes, et le nom d'Eliomm écrit partout, les ont remplacés. Les splendides vitraux survivent, lourdement ébréchés, leur composantes colorées remplacées au fur et à mesure de leur bris, par du verre opaque de salle de bain. Enfin, le plancher, craquelé, fissuré, défait, qui, d'ordinaire, appelle les fidèles à méditer sur les embûches qui parsèment le chemin du paradis, a été pourvu de passerelles en bois pour la circonstance.

Le *Grand-Ayyou* tient à attribuer un caractère sacré au procès et, pour lui donner l'autorité d'une cérémonie religieuse, il a décidé que le public invité à y assister n'aura pas d'autre sièges que les polochons habituels de la prière. Les hommes seront assis devant et les femmes, comme il se doit, à l'arrière.

Un régiment d'élite des Forces de l'Intérieur, le Premier Templiers, est déployé autour et à l'intérieur de l'édifice métamorphosé en palais de justice. Les stalles sur le côté droit du chœur sont réservées à la magistrature et les conspirateurs lui feront face, enchaînés dans celles du côté opposé, qui serviront pour l'occasion de box des accusés. Ces dernières ne seront pas protégées par des parois de verre à l'épreuve des attaques-surprises, les autorités

177

jugeant les mesures de sécurité suffisantes et, si du milieu de l'assistance, émerge un tueur fanatique, le meurtre des accusés sera considéré comme un acte d'Eliomm. Une dépense superflue est ainsi sagement évitée.

Tous les événements judiciaires vont se passer dans le chœur. Le reste du temple, nef, transept et bas-côtés sera occupé par un public attentivement choisi par le gouvernement. Un kiosque provisoire est érigé dehors à l'intention des journalistes étrangers dans lequel on tiendra des points de presse après chaque séance. Si le *Grand-Ayyou* désire assister en personne au spectacle, il n'aura qu'à venir occuper son fauteuil installé devant l'ancien maître-autel. Des décorations de circonstance ajoutées à celles du temple, drapeaux, bannières à slogans, lions héraldiques, et même un vieux canon, symbole de la puissance d'Eliomm, complètent les préparatifs.

Malgré un ciel gris et menaçant, le grand jour, largement médiatisé d'avance, voit une foule immense couvrir le parvis du Soleil à tel point que les forces de l'ordre doivent tirer des coups de semonce pour dégager l'entrée et ouvrir un chemin au convoi des prisonniers qu'on dirige vers leur dernier jugement. L'escouade anti-émeute est appelée à la rescousse des Templiers. Quand l'ordre est rétabli, quelques blessés légers gisent dans leur sang, des éclats de verre jonchent l'esplanade mais la cohue est éloignée et le passage ouvert. Sur présentation de leur titre, les invités sont introduits dans le temple et dirigés vers leur coussinet. Une atomobile officielle amène les trois juges qui ont décliné sous divers prétextes l'offre de se rendre au temple à pied comme l'exige la tradition. Puis, vient le tour des prisonniers.

Afin de permettre au plus grand nombre de les apercevoir en personne et d'en tirer des leçons salutaires, ils a été décidé d'effectuer leur transport à l'aide de véhicules ouverts, à traction chevaline comme au temps de la Grande Révélation. Ce n'est, d'ailleurs, pas la première fois que Barize assiste à une telle scène.

Rémy Martin est seul dans la première charrette où on l'a assis, les mains liées derrière le dos, le visage contre le sens de la marche. Sous le béret qu'il porte, s'échappent des cheveux peu coiffés. La deuxième carriole transporte les autres membres de la cellule RETOUR serrés tant bien que mal, l'un contre l'autre. Deux lignes de cavaliers, sabre au poing, chamarrés depuis le sommet de la tête jusqu'aux sabots de leur monture, chevauchent de part et d'autre des deux voitures en menaçant la populace surexcitée qui risque de déborder à tout instant. Il n'y a rien de nouveau sous le soleil qui a souvent été témoin du délire de multitudes hurlant leur colère contre un ennemi capturé et désarmé. Comme le veut l'usage, au passage des prisonniers, poings et imprécations s'élèvent sans arrêt. Enfin, cerise sur le gâteau, un escadron de femmes vociférantes est lâché dans la cohue pour faire honte aux traîtres et aux traîtresses et démontrer au monde la liberté d'expression dont elles jouissent sous la protection d'Eliomm-le-Tout-Puissant.

– Oh ! Eliomm ! Tu es notre soleil. You ! You ! You !

– You ! You ! You ! Eliomm ! Oh ! Notre Eliomm ! Tu es le plus grand ! Le plus fort !

– You! You! You! Honte à tes immondes ennemis!

– Ya! Ya! Yahou! répondent des hommes dont le cri est différent.

– Ya! Ya! Ya! La vermine est écrabouillée!

– Aïe! Attention à mon pied!

– Vive notre *Grand-Ayyou*, le grand Basram.

– You! You! You! Basram! Basram! Basram!

D'autres cris issus des deux sexes tiennent d'un style plus réaliste.

– Ya! Ya! A mort, les traîtres!

– You! You! You! A mort!

– A bas la Démocratia! Vive le Sublime Empire!

Une des crieuses de la troupe retire son *surghamm* et le met en pièces au grand scandale de l'entourage.

– Laissez-le moi! Je veux le mettre en morceaux, hurle-t-elle, échevelée, en brandissant les débris de son couvre-chef, comme ça!

Les hommes reculent devant la furie.

– Rentre chez toi, espèce de folle impudique, crie un des cavaliers, sinon c'est toi qu'on va mettre en morceaux. Et rhabille-toi immédiatement!

– Mais je n'ai rien fait, entend-on encore puis le reste des protestations de la harpie se perd dans la foule qui la dilue.

Le cortège s'arrête devant le majestueux portique aux lions et les prisonniers sont conduits sans douceur à leur box. Comme pendant le transport, Rémy est assis tout seul dans une des premières stalles alors que toute la seconde charretée est placée un peu plus loin dans le reste des sièges. Ils sont tous là, l'expression butée, les poings et le cœur serrés, Raymond, Jean, Victor, etc… C'est leur dernière réunion de groupe. Des quatre femmes membres, seules Chantal et Brigitte sont présentes. Marie et Madeleine n'y sont pas, la première, disparue de la circulation et la seconde, sauvée par l'amour, ce même amour qui a fait échouer leur projet. La plupart des PRO-V-OCCateurs des autres cellules ont été capturés mais seule, « RETOUR » est envoyée au tribunal. On a décidé de faire, d'abord le procès du chef, d'appliquer ensuite, sans discrimination, la même sentence à tous les membres du mouvement quelle qu'ait été leur participation aux activités. Ce sont des mesures sages de bonne administration des deniers publics en même temps que de la justice. Gloire en soit rendue à Eliomm!

Trois coups sont frappés. Les *ayyous*-juges, la sentence des accusés écrite sur leur turbuche, font leur entrée, salués par l'assistance debout en silence respectueux. L'*Ayyou* Samprax Rugilion étend les bras, adresse un *jader* circulaire au peuple puis, joignant les mains, cherche Eliomm au plafond. La prière statutaire commence.

– Mmmmmm…, mmm…, bourdonne l'assemblée des fidèles.

– Oh! Tout-Puissant Eliomm, nous nous inclinons devant ta justice suprême.

179

L'*Ayyou* Rugilion s'incline très bas.

Le peuple descend plus bas et reprend en chœur.

– Juste ! Juste ! Juste !

– Que ta gloire aveugle les salauds !

– Salauds ! Salauds ! Salauds !

– Tu as obscurci le ciel de ce jour pour leur indiquer ta colère.

– Colère ! Colère ! Colère !

– Le soleil a disparu mais toi, tu es là !

– Là ! Là ! Là !

L'*Ayyou* Jambolion tire légèrement la manche de l'*Ayyou* Rugilion.

– *Ayyou*, je vous en prie, laissez tomber la météo. On est pressé.

Rugilion revient de sa transe.

– Oui. Oui. Nous sommes… Heu !… Nous allons nous asseoir et juger les criminels.

– Assis ! Assis ! Assis ! est le répons de la foule docile et tout le monde se rassied.

– Qu'on lise l'acte d'accusation ! ordonne l'*Ayyou* Doutalion.

Alors l'*Ayyou* Contax Pardoulion, procureur de l'Empire, lit un acte d'accusation, long, répétitif, exagéré, accablant et terminé par une demande de condamnation à la peine capitale. On y dégage deux grands délits. D'abord, l'écriture et la distribution de la VRAIE HISTOIRE, ensuite, le coup d'état avorté contre la nation.

– Plaidez-vous coupable ou non-coupable à tous ces actes pervers ? demande l'*Ayyou* Jambolion d'un air hautain à Rémy Martin.

– Innocent ! hurle l'accusé. Je suis innocent ! C'est vous les pervers ! défie-t-il.

Sous les voûtes illustres, s'élève un grondement réprobateur qui fait écho sur les murs, les colonnes, les verrières et le reste de l'architecture.

– Silence ! Arrêtez les caméras ! hurle le Ministre des Communications venu en personne superviser les opérations, faites quelque chose ! Passez un message commercial !

Les juges pris de court ne savent plus comment réagir à une situation dont le dénouement est décidé d'avance mais qui évolue en bafouant leurs prévisions. De quelles sanctions pires que la peine capitale qui l'attend pourraient-ils menacer l'accusé ? C'est alors que l'avocat de la défense se manifeste.

– Vos *ayyoumeries* les juges, Messieurs et Mesdames, respectables citoyens, clame-t-il en agitant ses grandes manches, mon client est innocent ! Non pas des crimes dont on l'accuse mais… innocent tout simplement. Je peux prouver à la cour qu'il n'était pas en possession de toutes ses facultés lorsqu'il a perpétré ce qu'on lui reproche aujourd'hui. Ecoutez-moi bien. Est-il normal de se révolter contre Eliomm comme il l'a fait ? Est-il logique d'aller contre le bon sens ? Est-ce qu'un être raisonnable aurait tenté de détruire notre Sublime Empire ? De lutter contre la vraie foi ? Jamais, entendez-vous, jamais ! Il faut être entièrement fou ou stupide pour agir ainsi. Donc, l'accusé Rémy Martin est un fou mais c'est un malheureux fou, donc un fou malheureux, donc un fou! A ce titre, je réclame la clémence du tribunal à son égard. Merci de votre attention.

Il regroupe ses manches, et s'assied après avoir promené son regard sur l'assemblée, fier de sa plaidoirie, fier de son traité de la folie, fier enfin du syllogisme qu'il vient d'énoncer en guise de conclusion. Au milieu de l'océan d'Istériens houleux, Rémy écoute, incrédule. Voilà que son avocat essaye de le faire passer pour dément alors que dans la jurisprudence istérienne la folie qu'elle soit temporaire ou permanente n'a aucun poids dans les arguments de la défense. Si on le traite de fou, c'est qu'un complot vise à détruire son esprit avant de tuer son corps. C'est pour imputer à la déraison les nobles actes de courage accomplis au service de la patrie. La stratégie utilisée a pour but d'anéantir moralement son groupe, ses partisans et tous ses compatriotes. Il y a de quoi devenir vraiment fou comme le prétend ce prétentieux.

– Assez! Je désire que mon avocat soit relevé de ses fonctions et que je puisse assumer ma défense tout seul, demande-t-il fermement aux juges.

– Mais pourquoi? Il plaide très bien, vous ne trouvez pas?

– Je ne suis pas d'accord avec sa stratégie de défense. Il cherche à me faire passer pour débile et irresponsable de mes actions. C'est faux! Je proteste énergiquement!

Les *ayyous* se concertent. Les trois pompons se touchent. Psss… psss… psss…

– Psss… psss… psss… psss…

– La loi istérienne exige que chaque accusé soit défendu, dit Doutalion en détachant son pompon du paquet. C'est son droit fondamental et c'est notre devoir de le lui fournir. Donc, que vous le vouliez ou non, Maître Baratan sera votre procureur. Asseyez-vous maintenant et écoutez sans dire un mot. Veuillez poursuivre, cher Maître.

Maître Baratan décontenancé reprend.

– Messieurs et Mesdames, recommence-t-il avec ses manches, notre incomparable Eliomm-le-Tout-Puissant dans sa grande sagesse,… sa grande intelligence,… heu… je disais donc…

Pierre bondit.

– Ne changez pas le sujet! Nous ne sommes pas ici pour juger l'incomparable Eliomm, mais pour me permettre de me défendre contre vos accusations.

– Mais personne ne vous en empêche, fait remarquer le président du tribunal, au contraire, on vous facilite la tâche. Vous n'avez qu'à répondre aux questions du procureur de l'Empire. Allez-y, procureur. Posez vos questions.

Le procureur de l'Empire, l'*Ayyou* Pardoulion, l'expression grave et hautaine, se dresse.

– Reconnaissez-vous avoir écrit, édité et mis en vente cet ouvrage? et, ce disant, il brandit à la vue de l'assistance un exemplaire de la VRAIE HISTOIRE.

– Oui, je reconnais avoir édité la VRAIE HISTOIRE et je reconnais l'avoir répandue. Je déclare que la VRAIE HISTOIRE n'est pas un ouvrage séditieux. C'est le récit véridique des événements qui se sont succédé le long de nos siècles glorieux. A ce que je sache, il n'y a aucun crime à proclamer la vérité. C'est le droit et le devoir de tout être humain de la poursuivre.

181

– Entendez-vous, Messieurs les juges, il admet sa culpabilité. Il reconnaît être l'auteur de l'ouvrage interdit. Je n'ai plus rien à ajouter, crie le procureur de l'Empire avec son poing.

– Je n'admets qu'une seule chose, Messieurs les *ayyous*. L'écriture, oui. La culpabilité, non. Vous vous êtes appropriés notre passé et l'avez déformé à votre avantage. Vous en avez fait des bobars pour endoctriner vos écoliers. C'est vous les coupables ! C'est vous les menteurs avec votre simulacre de procès ! C'est vous qui auriez dû être à ma place aujourd'hui !

De violents coups de marteau retentissent à ces paroles audacieuses.

– Insolent ! Entendez-vous l'insolent ?

– Quel effronté ! Non. Je ne peux plus, gémit l'*Ayyou* Doutalion en s'épongeant le front.

– Il mérite d'être lapidé ! glapit l'*Ayyou* Rugilion, oublieux de son devoir d'impartialité.

– On ne lapide plus aujourd'hui, on pend, informe l'Ayyou Jambolion.

– Oui, mais au temps de la Grande Révélation…

Ah ! Qu'on est loin de la justice paisible rendue à l'ombre d'un chêne par ce saint souverain, en ces jours meilleurs du fameux bon vieux temps ! Cet arbre légendaire poussait sur l'île, tout près du Temple du Soleil, peut-être même sur son emplacement occupé alors par une forêt. Le bon souverain et juge avait à cœur le règlement des litiges dans l'équité, la dignité et le respect de ses sujets. Il n'était pas question de couper des bébés en deux ni de jeter les accusés dans la rivière pour savoir s'ils étaient coupables ou non. L'écoute consciencieuse des plaignants et un sens profond de la psychologie, aidés de sa générosité naturelle, inspiraient son cœur et lui dictaient des verdicts si justes que les adversaires ne pouvaient se quitter que réconciliés et amis. Aucun « procès du siècle » ne vint troubler la sérénité de ce tribunal champêtre dont l'histoire garde un souvenir attendri et que les scripteurs du Ministère de l'Orientation Nationale essayent par tous les moyens de faire oublier.

La cour qui juge les PRO-V-OCCateurs est autre. Tous ses intervenants semblent en proie à des crises de nerfs. L'hystérie est devenue collective. Personne ne parle, tout le monde crie, hurle, gesticule. Rémy a décidé de poursuivre son combat jusqu'au bout. Se sachant condamné, il tient, à se payer une dernière fois la tête de ses juges avant de perdre la sienne par leurs bons soins. Il offrira à la patrie un dernier sacrifice et un dernier exemple édifiant. Ses partisans, hélas ! peu nombreux dans le Temple, se composent des membres de RETOUR assis dans la stalle voisine de la sienne et, peut-être, de quelques autres discrètement mêlés à l'assistance. Tout le reste de l'auditoire, franchement hostile et qui ne le cache pas, l'a déjà condamné. L'holodiffusion du procès est sévèrement censurée et, pas plus ses arguments que ses bons mots ne passeront à la postérité. Son sacrifice risque d'être gaspillé. Mais il tient à mourir debout.

Madeleine, pieuse inconnue sous son costume de *babboule*, a réussi, grâce à une intervention de son « fiancé », à se procurer une invitation et à se glisser dans les rangs de l'assistance. Plus d'une fois, elle a voulu lancer son accoutrement en l'air et se précipiter dans le chœur rejoindre ses ex-compagnons pour partager leur noble et malheureux sort, mais elle n'a pas osé le faire. Elle pense à ses parents et à son frère menacés. Sous son abri noir, des tremblements agitent son corps et des larmes mouillent ses joues qu'elle n'ose pas essuyer de peur de se trahir.

– Vous êtes accusé de désobéissance civile, d'insubordination, de trahison, d'espionnage, de mépris du peuple istérien et de ses traditions, de manque de respect à la religion, même à la vôtre, d'ailleurs. La loi vous commande de faire approuver par les autorités tous les textes que vous écrivez pour le public. Vous ne l'avez pas fait. Pouvez-vous le nier?

– Non. Je ne le nie pas. De quelle loi parlez-vous? Si je ne l'ai pas fait c'est parce que la loi de l'imprimatur est une loi injuste que le peuple n'a pas votée et à laquelle je ne me sens pas obligé de me soumettre.

Des applaudissements accompagnés de bruits de chaînes crépitent à partir des stalles qui retiennent les membres de RETOUR. Les soldats menacent les insolents de leurs armes.

– Vous entendez? Il reconnaissent leur insubordination.

– La loi d'Eliomm est supérieure à toutes vos soi-disant lois humaines, reprend l'*Ayyou*-Président. C'est lui qui veut être le guide de nos pensées et de nos écrits. Nous n'avons qu'à nous incliner et nous sommes heureux de le faire. La preuve? Qui domine le monde aujourd'hui? Qui?

Sauf les stalles du côté droit, le temple croule sous les vivats et applaudissements.

– Bravo! Il l'a eu, triomphe un spectateur.

Le dialogue vient de prendre une tournure religieuse. Rémy est entraîné dans un débat théologique.

– Eh! Bien! Pour nous, peu importe qui domine le monde, la vérité est sacrée. C'est la recherche de la vérité qui est notre religion!

– Bravo! hurlent les ex-PRO-V-OCCateurs en applaudissant de plus belle aux tintements de leurs chaînes.

– Ha! Ha! Ha! C'est nous qui avons la vérité! Votre vérité à vous ne vaut plus rien. Elle n'est même plus bonne à dire. Elle n'a plus cours. Vous allez vous enrouer à force de crier dans le désert! D'ailleurs, quel besoin de se mettre à chercher ce qu'Eliomm-le-Tout-Puissant a déjà révélé?

– Douter de sa parole, enchaîne le juge-*Ayyou* Jambolion, est un blasphème. Or, en cherchant, vous admettez votre doute. Vous êtes donc un blasphémateur! Un criminel!

– Non! Douter, c'est penser, c'est être. Mais vous ne pouvez pas le savoir vous qui ne connaissez que le fameux *Boukhin*!

– Mais il déraille! C'est ça la vérité, s'écrie l'*Ayyou*-Rugilion.

Le duel oratoire sur la vérité crée un remous dans l'assistance qui hue et applaudit en succession rapide. Dans la jurisprudence istéro-*boukhinienne*, le blasphème est le crime le plus grave, le plus sévèrement punissable. Sur le banc, les juges lèvent les bras, le président frappe à coups redoublés de son marteau. La diffusion holovisée des débats a été coupée depuis belle lurette et remplacée par une alternance de cantiques, de messages publicitaires et de vidéoclips biographiques variés. Le désordre est à son comble. L'accusé, lui, dépouillé de tout espoir et de toute incertitude sur son sort, reste hautain, imperturbable, fier. Il a réussi à jeter la confusion dans le camp ennemi.

— Toc! Toc! Toc! s'agite le marteau et celui qui le manie hurle :

— C'est assez pour aujourd'hui!!! La séance est levée! Allez! Ouste! Tout le monde dehors!

Le Temple commence à se vider. Des amas de coussinets abandonnés ici et là semblent avoir servi à une bataille peu rangée. A ce moment, le signal du vidéphone retentit sur le bureau de l'*Ayyou* Doutalion. C'est le *Grand-Ayyou* qui a suivi la séance de chez lui. Doutalion se lève, esquisse un *jader*, puis, au bout d'un court moment, raccroche.

— Demain, l'audience se tiendra à huis-clos, communique-t-il à ses deux collègues, interrogateurs. C'est la volonté d'Eliomm.

— Qui vient de vidéphoner? Le Tout-Puissant Eliomm lui-même?

— Mais non! C'est le *Grand-Ayyou* qui nous transmet ses ordres.

— Ah! Bon! Faut-il l'annoncer tout de suite?

— Non. Il faut laisser le peuple rentrer chez lui et ensuite les médias s'en chargeront.

Le grand Basram a abandonné l'avis qu'il avait imposé au gouvernement lors de la réunion préparatoire sur l'opportunité de tenir un procès public. Il avait cherché à asséner un coup spectaculaire aux ennemis de la foi, les ennemis de son pouvoir, mais ces adversaires-là se sont avérés plus coriaces qu'il ne l'a prévu et les choses sont en train de prendre une tournure dangereuse. L'accusé principal, le chef des conjurés n'a fait que marquer des points contre le procureur inepte qu'il a lui-même désigné sur les conseils de l'*Ayyou* Cavalion. En même temps, l'auditoire holovisuel s'étonne de voir passer tant de messages commerciaux et si peu d'images du programme proprement dit. Les juges, à leur tour, se sont laissé entraîner dans des échanges acrimonieux avec le prévenu et la magistrature y a laissé échapper beaucoup de sa dignité. Trois faces sont en train d'être perdues et cela devant le monde entier. Bref, il faut agir.

Le *Grand-Ayyou* décide de prendre les choses en main.

Immédiatement, il vidéphone au juge en chef et lui communique ses commentaires ainsi que l'ordre de poursuivre la procédure à huis-clos. Le lendemain seulement, les médias l'annonceront au public. Les invités de la veille devront être désinvités. Lui-même viendra présider le tribunal, entouré de tous les ministres. A l'incompétence de son équipe magistrale, s'ajoute la curiosité qu'il éprouve à l'égard de ces fous qui se sont lancés tête baissée dans une entreprise vouée à un échec certain. C'est l'occasion de la satisfaire.

Les Bariziens sont déçus d'être exclus des audiences même si les débats sont diffusés par les médias, diffusion qui consiste, d'ailleurs, en comptes-rendus scrupuleusement censurés lus par des lecteurs de nouvelles après chaque audience.

– On sait ce que ça veut dire, grommelle un des invités de la veille. Ils raconteront ce qu'ils voudront et nous ne saurons rien de ce qui s'est passé vraiment.

– Tu es fou ? Tu veux être arrêté et jugé comme eux ? rétorque son compagnon. Fais attention à ce que tu dis. N'importe qui peut entendre et ensuite…

Ce dialogue imprudent a été échangé, non par des Fédiens comme on pourrait s'y attendre, mais par des Istériens. La déception est rude et, dans certains esprits incomplètement domptés, elle laisse s'échapper un premier relent de jugement personnel, de ceux que les dictateurs prisent le moins mais qu'ils ne peuvent empêcher de voir le jour.

Le deuxième jour du procès est nettement différent du premier. Le parvis du Temple, vide de citoyens, est occupé par les Forces de l'Intérieur qui ont érigé des barrages sur toutes les rues et ponts qui communiquent avec les environs. Seuls quelques correspondants istériens et étrangers sont autorisés à assister aux points de presse du kiosque des journalistes. Les prisonniers sont amenés en fourgons cellulaires mécanisés, les juges, comme la veille, en atomobile officielle, sauf que le *Grand-Ayyou* s'est discrètement glissé parmi eux. Déserté, le Temple paraît immense malgré les cohortes de soldats postées en nombre d'endroits jugés stratégiques. Les quinze membres du gouvernement, parmi eux le Ministre sans portefeuille quelque peu mal à l'aise, s'asseyent dans les premières rangées du transept. Leur chef siège dans une stalle près des trois juges qui se sont respectueusement décalés de quelques places pour lui. Le plus surpris de le voir est l'occupant de la stalle opposée, l'accusé principal, lui aussi entouré de sièges vides.

Les deux adversaires échangent des regards virulents, l'un de colère, l'autre de défi.

Le *Grand-Ayyou*, le premier, rompt le silence.

– Alors, Monsieur le provocateur, il paraît que vous voulez vous défendre tout seul.

La réponse vient, laconique.

– Je suis innocent.

– Ah ! Non ! sursaute l'*Ayyou* Pardoulion, vous êtes bel et bien coupable ! *Ayyoumi*, aimeriez-vous entendre lecture de l'acte d'accusation ?

– Inutile, je le connais par cœur, lui répond Khar Delion. Assieds-toi.

– Alors vous savez que c'est un tissu de mensonges ! défie Rémy.

Khar Delion se râcle la gorge.

– Hier, on vous a reconnu coupable d'insubordination et de blasphème et aujourd'hui vous serez trouvé coupable de sédition et de complot contre l'état. Où est l'innocence ?

– C'est vous et votre clique de curés qui êtes coupables de crimes contre la nation !

Applaudissement nourris et tintements de chaînes de la stalle des partisans. Khar Delion retient sa colère et, d'un geste, empêche les gardiens de se jeter sur les prisonniers.

– Laissez-le. Il m'amuse. Accusé, continuez votre baratin.

– Monsieur le *Grand-Ayyou*, vous êtes coupable d'exercer le pouvoir tout seul en prétendant être le représentant de la divinité. Vous êtes coupable d'étouffer toute opposition de la part des citoyens, coupable de tuer l'esprit qui pense. Vous vous conduisez en idole intouchable, n'agissant que pour son propre intérêt, méprisant la population et vous maintenant au pouvoir par la terreur! Vous n'êtes qu'un dictateur, un despote, un tyran.

Les PRO-V-OCCateurs acclament leur chef.

— Vive le mouvement PRO-V-OCC! Vive la liberté! Vive Versin! A bas la dictature! s'écrient-ils spontanément.

Les juges, les ministres, les gardes du corps et les gardiens des prisonniers sont, encore une fois, sous l'empire de l'indignation, prêts à réduire au silence éternel l'impie qui ose manquer de respect au représentant sur terre d'Eliomm-le-Tout-Puissant, le Saint Basram. Ce dernier lève une main et, de nouveau, amenuise le zèle de ses défenseurs.

— Laissez-le parler, dit-il, je veux voir jusqu'où il va pousser son outrecuidance. Plaidez, Monsieur le provocateur. Surtout, n'oubliez pas que vous êtes ici pour vous défendre d'un complot civil et militaire, non pour m'accuser, ce qui est un blasphème, donc un délit à ajouter à votre acte d'accusation déjà chargé. D'ailleurs, le nom que vous et les vôtres vous êtes donné est à lui seul un programme délictueux. Allez. Je vous écoute.

— Oui. Je vais parler mais vous n'allez pas aimer ce que je vais dire.

La procédure de justice s'est transformée en altercation personnelle. Rémy poursuit lentement en appuyant sur ses mots.

— J'ai voulu débarrasser ma patrie d'un gouvernement tyrannique, rétrograde, ennemi du progrès, un gouvernement qui bâillonne ses citoyens, qui impose sa croyance par la force, qui réduit en esclavage la moitié de sa population. Voyez comment vous avez traité le patrimoine de l'humanité en détruisant ses œuvres d'art, ses monuments, en brûlant ses livres et ses images. Vous avez fait de l'étude et de la recherche scientifique un délit. Résultat, plus rien ne fonctionne sauf votre réseau de policiers pourris!

Malgré la violence des propos émis, Basram s'amuse des critiques qu'il entend pour la première fois. Il faut vraiment qu'un homme soit condamné à mourir pour avoir le courage de s'exprimer comme il le fait. Quel dommage qu'il ne soit pas Istérien!

— Vous, c'est sans doute l'anarchie que vous prônez?

— Non, Monsieur. Ce pourquoi je me suis battu jusqu'au bout, c'est la souveraineté du peuple, c'est-à-dire la démocratie. C'est pour le règne de la raison, du respect des droits et de la dignité de chacun, de la liberté!

Rémy crie ce dernier mot.

— C'est ça, ma foi! Et je meurs martyr pour elle!...

Le groupe RETOUR, entonne la Marseillaise. De son poing, Rémy scande la mélodie tout en regardant le *Grand-Ayyou*. Ce dernier prend un air méprisant.

— Mais nous la pratiquons très bien, votre chère démocratie! Tout ce qui se passe en Istéria est la pure volonté du peuple qui, jour après jour, nous livre son consensus et sa satisfaction. Sans gaspillage de fonds et sans perte de temps, nous l'avons le vote populaire!

– Oui. Par l'endoctrinement et le lavage de cerveau.

– Pourtant, nous ne faisons aucune campagne publicitaire pour vendre notre religion. Alors que, dans votre système, on s'empare des esprits pour les obliger à acheter n'importe quoi et pas toujours d'utile ni de spirituel. Et très cher, par dessus le marché!

– Même s'il s'est produit des dérapages, notre science et notre technologie ont progressé pour le plus grand bien de l'humanité. Elles nous ont soulagés de la superstition, de la terreur, de la pauvreté, de la faim et de la maladie!

– Ha! Ha! Dites aussi qu'elles vous ont apporté le chômage, la délinquance, la débandade sociale et l'éclatement familial, sans compter l'environnement que vous vous êtes plu à massacrer en faisant de cette terre une poubelle géante. Que pouvez-vous répondre à cela?

– Simplement, que malgré tous ses sous-produits si catastrophiques, l'Istéria ne dédaigne pas de se servir de cette technologique diabolique, rétorque Rémy ironiquement. Que pouvez-vous répondre à cela?

– C'est notre dieu, Eliomm-le-Tout-Puissant, qui vous a permis de la développer afin qu'elle serve à la conquête du monde par son peuple et que son règne arrive et que sa volonté soit faite partout, partout, partout! Nous la mettons au service d'Eliomm. Quand ce sera fait, très bientôt, d'ailleurs, nous détruirons tous vos engins sataniques et le monde entier reviendra purifié à l'époque de la Grande Révélation, c'est-à-dire, au bon vieux temps! Et l'environnement sera restauré.

Il ne s'agit pas, bien entendu, du même « bon-vieux-temps » que celui qu'avaient évoqué les aînés du Parc Monceaulion. Ni de celui de Rémy Martin et de ses acolytes… Ce « bon-vieux-temps » là est beaucoup plus ancien et, semble-t-il, plus discutable.

– C'est-à-dire, au Moyen Age, à l'époque de la Grande Noirceur.

– Ce que vous appelez à tort la Grande Noirceur est la plus belle époque de l'histoire, celle qu'Eliomm a privilégiée pour nous faire connaître sa volonté divine. C'est celle que nous devons prendre comme modèle puisque tel est son désir. Pourquoi a-t-il choisi cette date? C'est là, un des grands mystères de notre foi, et, les mystères de la foi, vous devez le savoir, vous, on ne cherche pas à les comprendre. On ne les discute pas. On les accepte humblement. Fin de la leçon de catéchisme.

– Mystère ou pas, nous empêcher de nous exprimer, c'est nous empêcher de vivre, réplique Rémy. C'est bien Eliomm, qui nous a créés avec un cerveau pensant? Alors, nous devons l'utiliser pour lui obéir, n'est-ce-pas? L'analyse, la recherche, la réflexion, la remise en question sont le devoir de tout être doué de raison. Vos citoyens passifs soumis aveuglément aux ordres de leur clergé ne sont que des robots et votre nation est une nation de zombies religieux.

Basram, pris d'un accès, se bidonne.

– Ah! Oui! Ha! Ha! Ha! Expliquez-moi alors comment ces zombies ont pu conquérir la Démocratia? Ce monde pourtant si technologiquement avancé? Pouvez-vous me le dire?

C'est au tour du camp istérien d'applaudir très fort.

– C'est simple. Comme les fourmis. Par la reproduction insensée.

Il est heureux que l'holovision n'ait pas enregistré ces dernières répliques car le débat est devenu moins glorieux pour le *Grand-Ayyou* qui perd pied devant les raisonnements impertinents poussés par son prisonnier. Pour le moment, il en a assez entendu sans compter que le procès est en train de s'embourber et risque de ne pas être terminé à temps pour la grande fête de la Victoire. La faim commençant à se faire sentir, il décide de déclarer une pause.

– Le tribunal se retire une heure pour délibérer.

Les trois juges et le reste du gouvernement sont invités à se rendre dans l'ancienne sacristie où les attend une copieuse collation. Quand les estomacs sont remplis, les soupirs de satisfaction poussés, les cafés sirotés et les remerciements adressés à l'hôte-chef du gouvernement, celui-ci les relance sur l'habituel tour de table.

Chaque *ayyou* émet l'opinion que Rémy Martin est coupable au premier degré de délits extrêmement graves. L'hyperbole saisit alors les ministériels. Même la peine de mort n'est pas une sanction suffisante pour un odieux criminel aussi méprisable que lui. Il faut trouver quelque chose de plus sévère, de plus terrible, quelque chose qui l'empêchera à tout jamais, lui, ses partisans, et ses compatriotes de recommencer.

– Merci *Ayyou* Doutalion, interrompt le *Grand-Ayyou*, je vous charge de créer une punition plus grave que la mort. Il va vous falloir beaucoup d'imagination...

En certaines circonstances, celle-ci, par exemple, Basram Khar Delion pouvait faire preuve d'humour. Les ministres lui montrent leur appréciation en éclatant de rire. L'*Ayyou* Doutalion est celui dont l'hilarité est la plus exubérante. Pourtant, il est furieux contre lui-même d'avoir poussé la flatterie trop loin, furieux contre celui qui vient de le ridiculiser et devant lequel il doit toujours se montrer obséquieux.

– Toc! Toc! Toc! le tribunal! annonce l'huissier de service, deux heures après l'interruption de la séance.

Le procureur de l'Empire, l'*Ayyou* Pardoulion s'avance au milieu du chœur et agite une feuille de papier. Khar Delion lui fait signe de commencer.

– Accusé, levez-vous commande l'huissier.

Rémy Martin se lève d'un bond.

– Le Grand Jury vous a trouvé coupable de tous les délits dont vous êtes accusé. Le même verdict s'applique à vos complices ici présents et à ceux qui ne le sont pas. En conséquence, vous êtes tous condamnés à la peine capitale par pendaison. Les exécutions auront lieu demain matin à l'aube sur la place de l'Istéria.

* * *

21 LE GRAND CHOIX

Un silence de mort, c'est le moins qu'on puisse dire, succède à l'annonce du verdict. Ils ont beau s'y attendre, une telle condamnation, lorsqu'elle est annoncée, tombe comme un couperet sur la tête de ceux qui en sont l'objet. Avant la lecture du jugement, envers et contre toutes circonstances, un état d'espoir, si mince soit-il, subsiste encore chez eux. Après, ils deviennent des morts-vivants. Les vaillants combattants de PRO-V-OCC n'ont, cette fois-ci, ni la force d'acclamer ni le cœur de chanter.

Du côté des vainqueurs, une pieuse ovation accueille le verdict.

– Oh! Eliommmmm......, Ommmm......, Mmmmm......

Le *Grand-Ayyou* y répond avec un *jader* circulaire. Lorsque le bourdonnement s'éteint, il se tourne vers le second box d'accusés.

– Vous, les petites dames, que ceci vous serve de leçon. Si vous étiez restées dans vos foyers comme des femmes respectables, rien ne vous serait arrivé.

Chantal et Brigitte, la gorge serrée, retiennent leurs larmes. Chantal élève une protestation.

– Ça nous est égal! Nous avons choisi librement. La vie des femmes dans votre société est une vie d'enfer! Vive la liberté! Vive la mort!

– Oui. Vive la liberté! A bas les leçons qui ne serviront pas puisqu'on doit mourir! approuve Brigitte de toutes ses forces.

Le *Grand-Ayyou*, vexé, prend un air méprisant, puis, faisant appel à la solidarité des mâles du monde entier, se tourne vers Rémy.

– Elles sont effrontées, vos femmes. Vous ne trouvez pas?

– D'abord, ce ne sont pas mes femmes. Ce sont des citoyennes libres qui n'appartiennent à personne.

– Libres? Elles? Ha! Ha! Ha! Regardez-les. Elles vous ont entraînés dans une aventure mortelle avec leur liberté! Ça vous apprendra à les écouter.

Rémy ne sait que répondre à cet argument qui se réclame davantage du préjugé indéracinable que de la véracité des faits observables. Il garde le silence. L'*Ayyou* qui vient de s'engager sur un terrain obscur connu de lui seul se frotte les mains. Avec un sourire en coin, il reprend.

– Vous voyez? C'est moi qui ai raison! J'ai toujours raison.

– Mmmmmm…… mmmmmmmmm……, chantonne quelqu'un.

Basram est au courant de la filature de cette femme fédienne qui a mené le Docteur Piquemalion et, par la suite, les forces policières droit au repère des bandits. Mais par égard pour son médecin si habile à le soulager de ses rhumatismes il reste discret sur l'événement. Le moment est venu pour lui de lancer son grand coup de théâtre, celui qu'il veut servir à un immense public.

– Faites entrer les caméras, ordonne-t-il et l'huissier se précipite à l'extérieur du Temple pour ramener l'équipe d'holovision qui vient en courant réinstaller ses appareils.

– Maintenant, écoutez tous et toutes les paroles du Ministre Rugilion.

Ayyou-Rugilion se lève et s'adresse à l'accusé.

– Le divin Eliomm, dans sa générosité, vous laisse une possibilité de rester en vie. En son nom, le gouvernement du Sublime Empire de l'Istéria vous propose de renoncer à vos hérésies, de confesser vos erreurs et de pénétrer dans la grande famille *boukhinienne*. En échange, votre peine sera commuée.

Les ex-PRO-V-OCCateurs sursautent.

– Encore ! s'écrie Rémy, j'ai déjà entendu cette offre…

– …et vous n'y avez pas répondu poursuit Basram. Nous vous offrons de nouveau cette chance. C'est votre dernière. Prenez-la, mon cher ami. N'hésitez pas.

Il parle avec douceur et respect devant les caméras qui ont recommencé à rouler pour les auditoires du monde entier. Nul ne pourrait, en ce moment, le taxer de tyran ou de dictateur.

Rémy s'est rendu compte de la reprise de la diffusion. Basram poursuit.

– Vous pensez à vos partisans qui vous accuseront de trahison ? Eh ! Bien ! Dites-leur de la part d'Eliomm et de la mienne que l'offre que je viens de faire les concerne autant que vous. Celui ou celle qui se convertit au *Boukhinisme* échappera à l'exécution capitale et son sort sera identique au vôtre. Mais, attention ! ces conversions ne seront reçues que si le chef, c'est-à-dire, vous, accepte en premier. Sinon, tous… khkhkh !…

Cette sinistre conclusion est accompagnée d'une mimique descriptive de la main dans la région du cou.

La communauté démocratienne est consternée par le verdict brutal et, davantage, par le jeu hypocrite auquel se livre le chef de l'état transformé par caprice personnel en président du tribunal. En paraissant faire une offre généreuse de vie sauve à quelques individus, c'est la mort d'un peuple et de sa culture, qu'il vient d'arrêter. Dans les maisons, devant les écrans d'holovision, on se tord les mains en se demandant lequel est le pire. Personne ne voudrait se trouver à la place de Rémy qu'on rend responsable du sort de milliers de Fédiens pour lesquels il aura à prendre une décision cruciale, soit cruelle et courageuse, soit salvatrice mais infamante.

– Je le plains d'avoir à faire ce choix, s'écrie Léo.

– Le *Grand-Ayyou* pourrait donner des leçons à Machiavel, remarque Alain.

S'il ne s'était agi que de lui, Rémy aurait sèchement refusé sans l'ombre d'une hésitation. Mais des centaines de ses compatriotes sont impliqués dans la réponse qu'il doit donner. Quant à la sincérité du *Grand-Ayyou*, rien ne la garantit car tout ceci n'est probablement qu'une farce destinée à leurrer le public. Au cas où les conditions sont acceptées par eux, nul ne peut être sûr et certain que le verdict premier du « jury » ne s'appliquera pas aux PRO-V-OCCateurs qu'on fera exécuter à l'aube, sans tambours ni trompettes.

Ayyou Basram Khar Delion, vedette de l'holovision et champion des cotes d'écoute joue avec sa souris hamletienne.

– Mon cher ami, murmure-t-il, mielleux, Eliomm me fait savoir qu'il compatit à votre hésitation en vous laissant un délai raisonnable de réflexion. Il aimerait avoir votre réponse d'ici à trois jours. Vous pourrez consulter vos amis et même vos ami-es, ajoute-t-il, avec un dernier sourire de courtoisie perfide.

La comédie prend fin avec ces mots.

– Le procès est terminé, dit-il en se levant et se dirigeant avec sa suite vers la sortie du Temple. Il fait signe à l'*Ayyou* Jambolion de le suivre.

– *Ayyou* Jambolion, lui chuchote-t-il, vous ferez servir aux prisonniers de la nourriture et des vins de qualité, comme dans le meilleur des hôtels. Pendant les trois prochain jours, vous les laisserez prendre leur repas en commun. Eloignez d'eux les gardiens. Après, je vous ferai parvenir d'autres instructions à leur sujet.

– A vos ordres, *Ayyoumi*.

Les prisonniers sont ramenés dans leur cellule où Rémy, très ébranlé, se livre à l'analyse de la seconde offre de salut faite dans un espace de temps très court. Pas plus que celui de Tigralion, la semaine précédente, le marché proposé par le *Grand-Ayyou* n'est à prendre au sérieux. Une fois la conversion proclamée en public avec tout le bénéfice moral qui en résultera pour son administration, les promesses de pardon seront oubliées et les Fédiens subiront des exécutions secrètes dans leur lieu de détention, ni vu ni connu.

Le mieux est d'en finir le plus tôt en refusant de bouger et gardant son honneur intact. Mais les compagnons ignorent la machination de Tigralion et espèrent, peut-être, que leur chef accepte de les sauver. Il faut à tout prix qu'ils la connaissent pour ne pas qu'ils pensent que celui-ci les envoie à la mort une seconde fois.

Lorsqu'il est réintégré dans sa cellule, il croit, en passant, entendre crier : « Refusez ! ». Pas plus que lui, ses compagnons n'ont abandonné leur idéal. Il tente de réfléchir mais il reste indécis, abattu, désespéré. La nuit est longue, interminable. S'il ne s'agissait que de lui… où même, seulement de la cellule RETOUR… La décision grave que, seul, il doit prendre implique tout le mouvement, c'est-à-dire, des centaines, peut-être des milliers de ses concitoyens.

Le lendemain, au déjeûner, les prisonniers se trouvent, à leur grande surprise, réunis autour d'une table copieuse et appétissante comme au bon temps, pas si vieux, de la liberté. Les gardes qui sont venus les chercher dans leurs cellules n'ont donné aucune explication sur l'élargissement du régime alimentaire et carcéral qui leur est inopinément appliqué.

C'est irréel. Une table princière est dressée au milieu de la salle des gardes. Sur une belle nappe blanche qui contraste avec la vétusté et les ténèbres des lieux, dix couverts élégants sont disposés autour d'un centre de table arrangé à l'aide de chandeliers et de fleurs. Dix chaises confortables invitent les clients à venir s'asseoir après leur passage au buffet sur lequel sont rangés les nourritures et les vins en attente de dégustation. Au fumets qui s'en dégagent, les « convives » reconnaissent des mets délicieux auxquels ils n'ont pas goûté depuis longtemps. Un des meilleurs restaurants de Barize a été mis à contribution pour la circonstance. Les glandes salivaires entrent en activité, quelques glandes lacrymales s'émeuvent. Ça ressemble à un retour à la vie. Un reste de dignité retient les expressions d'appétit d'éclater au grand jour.

Une musique douce se fait entendre. Aucun maître d'hôtel, aucun serveur n'accompagnent le festin. Aucun garde non plus. RETOUR ressuscité se souvient de ses réunions de travail toujours déguisées en rencontres élégantes pour des raisons de sécurité. Deux différences pourtant : aujourd'hui, les invités ne portent pas leurs meilleurs atours, loin de là, et les victuailles servies sont plus abondantes et plus variées que celles qu'ils trouvaient d'habitude chez leurs hôtes co-conspirateurs.

Les PRO-V-OCCateurs éberlués se demandent

1) s'ils ne rêvent pas

2) s'ils ne sont pas venus avaler leur dernier repas.

– C'est trop beau. Je n'en crois pas mes yeux.

– Mon nez, non plus, ni mes oreilles…

– Ne nous réjouissons pas trop tôt, prévient « Renard », le jeune avocat. C'est peut-être un piège qu'on nous tend.

Les compagnons s'arrêtent.

– Assurons-nous que ces aliments ne sont pas empoisonnés et que ce n'est pas notre exécution commune qui est dissimulée dans cette nourriture…

– C'est comme dans un polar d'Agatha Christie.

– Je prends le risque. J'ai faim, dit Raymond.

– Puisqu'ils attendent notre réponse dans trois jours, nous exécuter maintenant nuirait à leur propagande. Bon appétit ! Allez !

Tous commencent par se servir abondamment. Rémy prend place au milieu de la table et de ses compagnons d'infortune.

Malgré le surprenant banquet, l'humeur générale n'est pas à la fête car la tablée regroupe des condamnés à mort, chose difficile à oublier. La proposition faite par le *Grand-Ayyou* est inacceptable même si elle débouche sur l'évitement de la peine capitale et, de toute façon, elle ne dépend pas d'eux tous mais d'un seul d'entre eux.

Les assiettes et les verres se remplissent, se vident, recommencent, contrairement aux conversations qui, elles, ne démarrent pas. Personne n'ouvre la bouche si ce n'est pour y introduire la bonne nourriture et le bon vin. Tout le monde y pense. En attente de mort, les héros savourent un des derniers plaisirs de l'existence qu'ils sont à la veille de perdre. Dommage ! La vie aurait pu être si belle…, le bon vin est si bon…

– Si on faisait semblant d'accepter et qu'on reprenait la lutte ensuite ?

C'était ce que Rémy ne veut pas entendre. L'édifice de la détermination commence à s'ébranler. Le bloc patriotique de la résistance accuse quelques fissures. On a juré d'aller jusqu'au bout pour libérer la patrie mais le bout s'éloigne, fuit, devient flou. Les protestations qui s'élèvent lui paraissent faibles. Ce Basram est un malin et le déjeuner aux chandelles n'est qu'un moyen de pression machiavélique ourdi dans le but de ramollir les volontés et de l'amener à céder à ses propres partisans. Tombé dans une souricière, il se tait et les autres respectent son silence.

Une heure plus tard, les gardes enjoignent aux condamnés de réintégrer leurs taules. Le soir, le dîner a lieu comme d'habitude, c'est-à-dire, avec un menu de prison dans la solitude des cellules qui abritent cette nuit-là beaucoup d'insomnie, de questionnements et d'angoisse.

Le lendemain au déjeûner, même manège. Des plats encore meilleurs que ceux de la veille, de l'excellent vin, du chocolat, des fleurs, de la musique, une absence totale de gardes. C'est la drôle de fête, encore une fois.

– Hier, les aliments n'étaient pas empoisonnés, mais aujourd'hui, ? fait remarquer « Renard », toujours méfiant.

– Ils veulent sûrement écouter nos conversations. Cherchons les micros.

Les micros, si micros il y a, sont si bien cachés qu'ils le restent malgré des fouilles minutieuses.

– Soyons prudents, quand même, avertit Rémy.

Aucune condamnation à mort n'ayant été levée, les mines restent aussi sombres que la veille pendant qu'assiettes et verres se remplissent et se vident. Rémy prend la parole.

– Mes chers amis et compagnons, vous savez que j'ai une responsabilité terrible à prendre, celle de répondre à l'offre de conversion qui m'a été faite et qui vous concerne tous. Personnellement, s'il ne s'agissait que de moi, je n'accepterais jamais, même pour sauver ma vie. Mais mon refus vous entraînerait tous à la mort. Je vais donc demander à chacun de m'indiquer la réponse qu'il souhaite me voir donner. Il suffira d'une voix dissidente pour que j'accepte d'embrasser publiquement le *Boukhinisme*, quitte à m'en sortir plus tard. Je commence par toi Chantal. Peux-tu me dire quelle est ta décision ?

– Comme toi, Rémy, si j'étais seule, je refuserais sans hésiter. Mais je ne veux pas être la cause de la perte des autres. Laisse-moi le temps d'y penser.

– Moi, sans m'accrocher à la vie, je préfère ne pas mourir tout de suite. Mais je ne veux pas non plus adhérer à leur religion.

– Si nous échappons à la peine capitale, nous pourrons reprendre le combat alors que, morts et six pieds sous terre, nous ne pourrons plus rien faire.

– Et nous serons morts pour rien.

– Tant qu'y a d'la vie, y a d'l'espoir, fredonne Victorien, le journaliste qui a particulièrement apprécié le vin offert par le *Grand-Ayyou*.

Toutes les réponses vont dans le même sens.

– Prenons un vote, comme en démocratie, propose Jean Gut.

– Attention! Ce n'est pas la même chose. En démocratie, ceux qui perdent le vote ne sont pas massacrés pour autant. Ils conservent la vie et tout le reste de leurs droits alors que nous...

– Nous, nous ne sommes même pas sûrs de rester en vie si nous acceptons leur proposition. Rien ne peut les obliger à tenir leur promesse.

– Laisse-nous réfléchir jusqu'à demain, suggère Raymond, si toutefois demain ils recommencent à nous inviter. La nuit porte conseil.

– Pas la dernière, en tous cas. Elle ne m'a apporté qu'une longue insomnie.

– La même chose qu'à moi.

Comme la veille, les prisonniers sont reconduits sans un mot dans leurs cellules pour la nuit où ils pourront réfléchir sur leur bizarre de sort. Rien n'a été réglé au cours de ce deuxième festin. Par contre, le goût du sacrifice suprême semble s'être affadi au contact de la bonne chère et de la bonne compagnie. Si parmi les conjurés il s'en était trouvé un seul qui souhaitait l'acquiescement de Rémy à la proposition du *Grand-Ayyou*, il n'a pas osé le dire devant ses compagnons.

Il faut absolument que la consultation soit secrète.

Rémy est incapable de fermer l'œil. Il s'inquiète de Marie dont il est sans nouvelles depuis qu'il a été arrêté. S'il survit à cette dure épreuve, pourra-t-il la retrouver? Sinon, connaître son sort? Est-elle encore en vie?

Cette nuit d'indécision et de décision est la plus pénible de son existence et il en vient à se demander si la mort n'est pas, en fin de compte, plus facile et plus souhaitable que tout cela.

Le troisième jour, selon les ordres venus d'en haut, la fête commence le matin par un passage dans une salle de bain munie de tout le confort. L'eau chaude, le bon savon, le linge propre répandent bien-être physique et détente mentale sur les prisonniers à l'hygiène trop longtemps négligée. On leur laisse le temps de se prélasser dans les baignoires, on leur fournit des serviettes parfumées et de l'eau de Cologne, les hommes se rasent, les femmes se coiffent. On entend même des chansons de douche.

– Dites donc, est-ce que c'est un bain rituel qu'ils nous font prendre avant de nous exécuter? demande un soupçonneux.

– Lave et tais-toi, répond un compagnon sous le savon.

– Tu as raison. Il vaut mieux mourir en odeur de sainteté, reprend le soupçonneux au nez sensible.

Quand tout le monde est nettoyé, soigné, parfumé, habillé et présentable, le festin se re-matérialise et les PRO-V-OCCateurs relaxés, rafraîchis, se trouvent encore une fois en train d'hésiter devant un buffet alléchant. Si, la veille, la table a été princière, celle-ci est royale. Mais c'est probablement la dernière puisque la réponse de Rémy est attendue le lendemain, fin du délai de réflexion. Il est donc indispensable d'arriver à un consensus, le jour même, avant de se quitter définitivement.

– Horreur! j'ai engraissé, s'écrie Brigitte tirant des rires qu'on n'a pas entendus depuis très longtemps.

– Mais ça te va très bien, console Daniel, l'ingénieur.

Tous, sauf Rémy, constatent qu'ils ont pris du poids. Cela détend l'atmosphère qui en a grand besoin. A la fin de la bombance, le groupe se met au travail, Rémy dirigeant l'assemblée, comme aux beaux jours.

– Nous allons prendre un vote secret. Mais ce ne sera pas une victoire de la majorité comme en démocratie. Il me suffira d'un seul bulletin « pour » pour que je l'accepte. Si j'ai à le faire, les autres ne seront pas obligés de m'imiter mais moi j'ai le devoir de sauver autant de vies que je peux. Je vous dispense de signer vos bulletins.

Des petits papiers sont trouvés, vite remplis et remis à Rémy qui les empoche pour les lire plus tard, seul dans sa cellule. Mais ses compagnons lui demandent de les ouvrir tout de suite.

Il lit le premier. C'est une demande de sursis par le biais de la conversion. Le bon bain a certainement fait son effet.

– J'accepte à contre cœur, dit-il d'une voix cassée. Inutile de lire le reste.

On entend un hourrah muet. Les gens ne sont prêts à mourir. Ils acceptent de subir la mascarade de la *boukhinisation* forcée et se pressent autour de Rémy en le consolant, le fé-licitant et le remerciant. Mais leur joie n'est pas pure parce que la cause de leur réjouissance est douteuse. En chuchotant, ils jurent de se retrouver pour ressusciter PRO-V-OCC et re-prendre la lutte contre l'envahisseur. Lui-même finit par découvrir un bénéfice à sa reddition, et c'est l'espoir de revoir Marie ou, du moins, de connaître son sort. Madeleine aussi lui donne de l'inquiétude. Il n'a pas été mis au courant de ses affaires de cœur. S'il avait su qu'elle était à l'origine de cette déroute!...

– Encore une défaite humiliante, soupire-t-il en rentrant dans sa cellule. Demain je dois mentir en prétendant que j'adore Eliomm.

Il se met à parcourir les papiers anonymes remis par les membres du groupe. Huit d'entre eux demandent l'acceptation et deux le refus. Il y a donc deux personnes dans le groupe qui ont fait montre d'héroïsme à moins qu'elles n'aient été poussées par le dégoût...

Le lendemain, tout rentre dans l'ordre. Obscurité, isolement, menu innommable retrouvé, les PRO-V-OCCateurs attendent le résultat de la décision de leur chef. Vers le milieu de l'après-midi, celui-ci est escorté au bureau du directeur de la prison où l'attendent ses trois juges, les *Ayyous* Doutalion, Jambolion et Rugilion. Le Président *Ayyou*-Doutalion prend la parole.

— Le *Grand-Ayyou* veut connaître votre réponse à sa proposition.

— Qu'adviendra-t-il de moi et de mes compagnons si j'accepte ?

— Vous ne serez pas exécutés. Vous aurez la vie sauve.

— Cela, je le sais. Mais après ?

Les juges se consultent à voix basse dans leur langue. Rémy comprend qu'ils n'ont pas d'autre information à lui donner vu que le *Grand-Ayyou* n'a pas dévoilé ses intentions à leur sujet. Le colloque discret dure un bon moment. Psss… psss… psss…

— Vous resterez en vie. Est-ce que cela ne vous suffit pas ?

— Non. Je veux savoir si je serai amnistié et libéré comme promis.

Les trois têtes des juges se rejoignent à nouveau et les chuchotements reprennent. L'*Ayyou* Jambolion quitte la pièce. Il revient au bout d'un moment annonçant qu'il a communiqué avec le *Grand-Ayyou* et qu'il est porteur d'excellentes nouvelles. Ceux des prisonniers qui se convertiront au *Boukhinisme* obtiendront grâce et libération. Les autres seront exécutés selon le verdict qu'ils ont reçu.

— Encore des promesses en l'air, pense Rémy, encore des mensonges.

— Pouvez-vous me mettre tout ça par écrit ? demande-t-il à ses juges.

— Naturellement, répond *Ayyou* Doutalion. Voici le texte que vous devez signer pour obtenir votre libération. Vous le devez à la générosité et à la noblesse de notre grand Basram.

Il tend à Rémy une feuille sur laquelle se lit la phrase suivante :

Je, soussigné, déclare renoncer à mes erreurs passées et admettre la suprématie du divin Eliomm, dieu unique, à qui je demande de me recevoir dans la sublime religion boukhinienne qui est celle du grand peuple istérien, son préféré, à qui je demande de pardonner mes crimes, mes blasphèmes et tout le reste.

— Signez, Monsieur Martin, et vous serez libre.

— Mais, Monsieur l'*Ayyou*, il n'y a rien sur ce document qui indique ma grâce et ma libération reliées à ma conversion.

— Vous êtes libre de le signer ou non. Ce texte a été rédigé par le Sa Sainteté et nous ne pouvons rien y changer. Vous avez la parole de notre chef. Cela devrait vous suffire.

La parole du chef ! Du vent… Encore une souricière où Rémy s'est laissé piéger. Mais le temps n'est plus aux longues séances d'analyse de situation et de préparation de plans d'action. Cette fois, il faut en finir au plus vite.

— D'accord. Je vais signer.

Il prend le stylo que lui tend l'*Ayyou* et griffonne sa signature la plus laide au bas du document. L'*Ayyou* le lui arrache. Puis les trois *Ayyous* sortent sans dire un mot à Rémy qui se met à les poursuivre en criant.

— Quand allez-vous me faire sortir d'ici ! Quand allez-vous tenir vos promesses ?

Les gardes le ramènent dans sa cellule.

— Ils m'ont eu encore une fois, les salauds !

Les Duperrier vivent aussi leur « libération ». A la fin du procès, Farique vint annoncer que Mourial a fini par se résigner et rentrer chez ses parents. Il est donc libre et disponible pour célébrer ses fiançailles avec la charmante Madeleine, « libre » et disponible elle aussi.

Madeleine est acculée. Elle portera le titre de fiancée. Elle décompte.

– Il me reste la période des fiançailles avant de mourir.

Encouragée par le succès de son accoutrement, elle multiplie les sorties en solitaire. Après ses rencontres, jusque là, pudiques, avec son « fiancé », elle éprouve un immense besoin de décompression et se précipite dans la rue, n'importe où, là où ses pas capricieux la dirigent. Ceux-ci l'amènent parfois devant l'appartement des époux Lebeau. Un jour, elle aperçoit Marcel sur le trottoir.

– Ma vengeance, se réjouit-elle, féroce.

Elle s'approche de lui.

– Marcel ! Tu vas bien, mon amour ?

Il s'arrête, figé comme la fameuse statue de sel. La voix de la *babboule* lui rappelle quelqu'un.

– C'est moi, ta Madeleine. M'as-tu oubliée si vite ?

– Non. Non. Pas du tout ! Mais qu'est-ce que tu fais ici ? Je te croyais au Temple du Soleil, avec les accusés de la conspiration.

– J'ai réussi à m'enfuir. Viens avec moi. Je vais tout te raconter.

Elle lui prend le bras qu'elle connaît si bien.

– Tu m'as terriblement manqué, minaude-t-elle.

– Non. Ecoute. Je… je n'ai pas le temps, maintenant. Il ne faut pas que tu restes ici. Ma femme va descendre me rejoindre.

– Cher Marcel, tu n'as pas changé.

– Vite ! Vite ! La voici.

La *babboule* s'éloigne non sans avoir entendu Marcel dire « Non, chérie, c'est une femme sans importance ».

Pendant cette période transitoire dont elle ne sait trop combien elle durera, Madeleine est gâtée par sa famille plus qu'elle ne l'a jamais été auparavant. Son père, sa mère et son frère savent qu'ils lui sont redevables de leur vie et de leur liberté. Appréciant le sacrifice qu'elle fait, ils la consolent du mieux qu'ils peuvent, essayant de trouver au futur époux des mérites humains, mais surtout des qualités convenant à une femme fédienne.

– C'est un homme intelligent, instruit, dit Léo avec quelque conviction.

– Il ne te laissera manquer de rien, ajoute Alain, et comme il est médecin, tu seras toujours sûre d'être en bonne santé.

– Tant qu'à faire, constate Nicole, s'il faut épouser un *boukhinien*, autant en épouser un riche… et il l'est.

– C'est absurde, remarque Léo.

– Comment ça, absurde ? Préférerais-tu qu'il soit pauvre par dessus le marché ?

La plus enthousiaste de cette union, c'est Olga qui ne cesse de crier sa joie à croire que c'est elle la future épouse du Docteur Piquemalion.

– Enfin ! Madeleine est devenue raisonnable, clame-elle, nous allons pouvoir nous fréquenter.

Madeleine la fuit autant qu'elle a évité Farique avant leurs fiançailles officielles.

– C'est ce qu'elle pense, bougonne-t-elle, boudeuse.

La date du mariage est enfin fixée au mois suivant, quelques jours après la grande fête de la Victoire d'Eliomm-le-Tout-Puissant sur les peuples indignes.

* * *

22 LE JOUR DE GLOIRE

– *Au nom d'Eliomm-le-Tout-Puissant, notre dieu suprême, que ses ennemis périssent carbonisés dans la géhenne!*

La foule de plus d'un million de personnes qui se presse sur le parvis du Temple du Soleil hurle à l'unisson et en cadence.

– Suprême! Suprême! Suprême!

Des poings se tendent vers le ciel. Les hauts-parleurs glapissent.

– *Au nom d'Eliomm le Terrible! Que ses ennemis souffrent atrocement!*

La foule rugit.

– Terrible! Terrible! Terrible!

De nouveau, on entend la voix multipliée à l'infini :

– *Au nom d'Eliomm-le-Tout-Puissant, l'Invincible, le Vainqueur!!*

L'écho et les poings répondent.

– Vainqueur! Vainqueur! Vainqueur!

Puis, toute la place ensemble :

– Eliommmmm…, Ommmmmm……, Mmmmmmmm……, Mmmmmm…

C'est la fête annuelle de la Sublime Victoire, fête laïque et religieuse en même temps car les citoyens de l'Empire, ne font aucune distinction entre leur loyauté religieuse et leur loyauté nationale, sauf qu'ils se rapportent plus volontiers à la première qu'à la seconde. Heureusement pour eux, le problème ne se pose plus puisqu'après avoir longtemps vécu comme citoyens ordinaires de nations laïques, mécréantes, ils se trouvent aujourd'hui, par la grâce d'Eliomm-le-Tout-Puissant, maîtres et de la foi et des institutions politiques des pays, capables désormais, en toute quiétude, d'être Istériens et *Boukhiniens* en même temps. Ce jour particulier de l'année 2084, la célébration sera la plus grande, la plus éclatante, la mère de toutes celles qu'on a jamais connues car le bon peuple commémore le dixième anniversaire de la fondation du Sublime Empire de l'Istéria (S.E.I.), nation préférée d'Eliomm.

Au palais *ayyoumal* de l'Elysée, tout le monde s'affaire depuis les petites heures, car Basram Khar Delion est un homme matinal qui exige le réveil de tous ceux, famille, domestiques et fonctionnaires qui vivent autour de lui. Seule la jeune Mme Khar Delion qui ne participe pas à la fête, *Essoule* oblige, continue de dormir dans sa chambre. C'est son grand jour à lui qui est arrivé. On commémore dix années glorieuses du règne d'Eliomm sur un empire qui couvre plus du tiers des terres émergées, un coup d'état ennemi écrasé, un complot ourdi par un ministre, étouffé dans l'œuf. Son pouvoir personnel est consolidé. Il profitera de l'occasion pour porter un coup extraordinaire dont nul encore ne se doute, encore moins ses ministres qui sont généralement tenus dans l'ignorance de ses décisions jusqu'au moment où ils en prennent connaissance en même temps que l'auditoire national. Le mystère fait partie de ses outils de pouvoir.

Cela fait plusieurs semaines qu'il rédige en secret le texte de son discours annuel sur l'état de l'Empire. Dans l'ancienne Démocratia, les chefs d'état, paresseux ou incompétents, faisaient composer leurs allocutions par des auteurs payés qui ne se gênaient d'ailleurs pas pour en trahir le contenu avant leur prononcé en public par ceux qui les ont commandés. Lui, Basram Khar Delion, est aussi capable de gouverner que de rédiger son courrier personnel et, ce matin, son discours est prêt autant sur papier que dans sa mémoire car il l'a appris par cœur. Ce sera le discours le plus percutant de sa carrière, celui par lequel il changera encore une fois le cours des événements.

Il est, sans contredit, le plus grand personnage de l'histoire de son pays jusqu'à ce jour. Après sa mort, on lui élèvera un mausolée conçu par les plus grands architectes de l'Istéria, sur le modèle de celui qui reçoit encore les restes de l'Empereur Napoléon Premier. Au fond, pourquoi pas? Il n'y aura qu'à retirer le sarcophage de l'Empereur, oublié jusque là, pour le remplacer par le sien, entouré de ceux de ses épouses successives et de ses nombreux enfants. Il reposera ainsi dans le site le plus célèbre de Barize et la population en fera un lieu de pèlerinage.

– Je dois l'inscrire dans mon testament, se dit-il en prenant son petit déjeûner, seul dans sa chambre, j'avertirai mon notaire.

L'holoviseur diffuse un vidéoclip sur lui-même qu'il connaît déjà. Il s'en détourne préférant jeter un coup d'œil rapide sur les quelques quotidiens et périodiques locaux et étrangers qu'on lui apporte chaque matin. Les titres sont éblouissants. Ils ne parlent que du Sublime Empire de l'Istéria, de son dixième anniversaire, de son incomparable chef, de sa puissance, de son intelligence, etc… Quelle lecture enivrante pour commencer la journée! Un ou deux journaux étrangers dont la couverture des événements rédigée dans un style indifférent qui risque d'altérer l'humeur de l'auguste lecteur ont été retirés. Mais celui-ci ne s'en rend pas compte et garde l'excellente disposition avec laquelle il s'est éveillé. Il manque même de plaisanter avec le valet qui le sert.

Comble de la gloire et cerise sur le gâteau, Rémy Martin vient, la veille, d'accepter le marché qu'il lui a proposé et pour lequel il a ajourné les exécutions capitales en espérant que le prisonnier finirait, sous les supplications de ses compagnons, par céder à temps pour le grand jour, ce qu'il a fait.

Il s'habille simplement, comme à l'ordinaire, refusant les ornements voyants qu'il juge indigne de tout homme qui se respecte, mais veille à ce que son turban soit enroulé bien haut et que la longue plume qui le chevauche se tienne bien droite. L'*ayyoumobile* spéciale l'attend avec son escorte. La plupart des ministres sont venus le saluer avant de former le cortège qui défilera triomphalement dans les rues en fête. La procession s'ébranle.

La fête de la Victoire d'Eliomm est célébrée dans tous les coins du vaste empire mais celle qui se tient à Barize aujourd'hui est de loin la plus grandiose, la plus glorieuse, la plus recherchée de toutes puisque de nombreux citoyens de toutes les régions du Sublime Empire ont demandé et obtenu l'autorisation de s'y rendre. Par millions, ces voyageurs-pélerins viennent voir, écouter et admirer cet homme extraordinaire à qui ils doivent la réalisation du vieux rêve de conquête sainte de l'univers par l'Istéria, un rêve en train de devenir réalité. Même si le portrait du grand homme est exposé partout, dans les villes et jusque dans les campagnes les plus reculées, même si l'holovision le présente au cours de programmes spéciaux, tous les jours, les Istériens sont désireux de connaître en personne celui dont la réputation a largement dépassé les frontières de l'Empire. De plus, la ville de Barize, malgré sa consécration de ville sainte *boukhinienne*, exerce encore une attraction universelle irrésistible, de caractère profane. Elle demeure la reine du monde. Aller à Paris en demandant la permission de se rendre à Barize est une occasion à ne pas manquer d'autant plus que des rumeurs circulent à l'effet que les autorités y réservent cette année-là une grande et belle surprise à la population.

Bien qu'il y ait dans la capitale de vastes espaces pouvant aisément contenir une foule nombreuse, le *Grand-Ayyou*, jugeant la place de l'Istéria et le Champ de Mars trop séculiers, leur a préféré le site religieux du parvis du Temple de la Lumière du Soleil, véritable centre de la foi et de l'Empire. Depuis plusieurs semaines, les employés des Ministères de l'Orientation Nationale et du Culte travaillent à le préparer pour la cérémonie. Drapeaux et bannières flottant à la brise légère de cette fin de printemps affichent fièrement l'allégeance des organisateurs et des clients de la fête. D'immenses banderolles accrochées autour de l'esplanade écrivent le succès et la détermination du peuple victorieux. Sur le parcours du cortège *ayyoumal*, de nombreux arcs de triomphe en bois peint portant des messages d'amour du peuple à son chef ont été érigés. Quant aux marchands ambulants auxquels ces festivités procurent leurs chiffres d'affaires les plus élevés de l'année, ils ont été priés d'aller exercer leur commerce ailleurs ce qu'ils ont fait en occupant les rues et ruelles des alentours. Toute circulation motorisée, pédestre et animale est interdite en ce lieu, ce qui ajoute à l'engorgement des rues avoisinantes déjà colonisées par le commerce itinérant.

Devant la porte du temple, les organisateurs ont fait ériger une estrade drapée, fleurie et couverte d'un dais, haute d'une vingtaine de marches placées sur le côté, au milieu de laquelle trône le pupitre d'où le *Grand-Ayyou* s'adressera directement au peuple d'Eliomm et au reste de la planète. Trois rangées de sièges disposées en cercles concentriques attendent les membres de l'Intelligentsia istérienne. Au dessus de la tribune, un immense écran exposera le visage de l'orateur à la vue des spectateurs les plus éloignés. Enfin, pour le service d'ordre, des miliciens choisis parmi les citoyens dévots et reconnus pour leur loyauté sont placés en des points stratégiques, là où ils pourront, tout en se mêlant à la foule, accomplir leur travail de placiers-policiers.

Dès le matin du grand jour, alors qu'Eliomm a manifesté sa mansuétude en élevant un soleil radieux dans un ciel immaculé, les haut-parleurs tonitruent des hymnes et des slogans destinés à attirer la population vers le grand rassemblement. Des groupes de crieurs patriotiques suivis par des porteurs de bannières géantes où figure le visage du grand personnage défilent dans la ville entre les trottoirs bondés de spectateurs accourus pour les voir passer, avant de leur emboîter le pas. Plus d'une heure avant le début des cérémonies, annoncé pour dix heures du matin, une foule compacte et agitée, dominée par une mer de drapeaux et de portraits du *Grand-Ayyou* occupe déjà l'esplanade.

Les femmes sont denrée rarissime en ce lieu. Celles qui ont osé s'y présenter sont *gammées* et *surgammées*, certaines *babboulisées* de sorte qu'on les devine plutôt qu'on ne les voit. Pour elles, la fête des Victoires ressemble à une fête des Défaites. Parmi les *babboules*, se cache Madeleine qui, l'expression hagarde mais invisible, adresse des *jaders* aux inconnus que le hasard met sur sa route. Malgré les représentations de ses parents sur l'imprudence de se mêler à une foule aussi nombreuse et probablement survoltée, elle a refusé de rester avec les siens réunis devant l'écran, pour entendre le père des discours, celui qui va finaliser la destruction de la Fédie. Elle s'est accoutrée et a pris la rue.

Les voisins Krombalion, se considérant des parents par alliance, ont courtoisement convié les Duperrier à venir écouter avec eux le discours sur l'état de l'Empire. Plus courtoisement encore, les Duperrier ont décliné l'aimable invitation, préférant se livrer librement à leurs réactions de Fédiens horrifiés. Il est vrai que par le mariage futur de leur fille ils échappent à toutes mesures répressives de la part des autorités mais cela ne change en rien leur attitude envers le *Boukhinisme* et son représentant, l'impossible Basram. A leur tour, ils ont invité les tantes, Sergine et Régine, à partager l'écoute de ce qui s'annonce comme une série de nouvelles catastrophes. Alain s'est offert pour aller les chercher.

– Est-ce que nous ne devrions pas inviter Olga et son mari? avait demandé Nicole.

– Tu ne trouves pas qu'il y a assez de tension comme ça? avait rétorqué Léo.

– Mais enfin! C'est notre fille. D'ailleurs Madeleine a annoncé qu'elle allait sortir.

– Fais comme tu voudras. Je t'aurais avertie.

Olga et son mari n'ont pas été invités.

– Ils n'ont qu'a aller chez les Krombalion…

Vers onze heures, une houle secoue la place du Soleil et le bruit court comme une vague que le cortège officiel n'est plus loin.

– Le voilà! Le voilà! crie-t-on.

En effet, on entend la fanfare qui le précède et dont la musique, en s'approchant, se fait de plus en plus forte, jusqu'à couvrir les bruits de la place. L'*ayyoumobile* apparaît enfin, entourée d'une imposante escouade de cavaliers-policiers et suivie par le gouvernement à pied.

On n'a pris aucun risque pour la sécurité du chef, car, même écrasés, des ennemis perfides peuvent l'attendre pour l'abattre. De l'intérieur du blindage transparent de son véhicule, le noble passager regarde la foule qui, en l'apercevant, lui sert une ovation délirante qui semble ne plus s'arrêter. Il en a presque le vertige, mais quel vertige délicieux! Humains, bannières, drapeaux, s'agitent, s'exclament, acclament, sautent, hurlent longuement.

– *Ya! Ya! Ya!* entend-on.

Peu de femmes étant présentes, aucun *you you* ne jaillit.

Arrivé au pied de l'estrade des officiels, Khar Delion sort de sa bulle et gravit majestueusement les marches du podium. Des personnages se précipitent sur ses mains qu'ils se disputent pour les baiser avec dévotion. Une bousculade s'en suit. Basramite atteint enfin le pupitre où il attend patiemment la fin de la démonstration en essuyant ses mains humides. L'écran géant saisit son portrait. Il lève un bras, la foule se fige et une fanfare entonne l'hymne national istérien que l'assistance reprend en chœur.

> La vic-toire en chan-tant,
> Eliom-me nous la don-ne
> Et son ca-non dé-ton-ne…
> Dans nos cœurs triom-phants

> Ya! Ya! Ya! Ya! Ya! Ya!
> Is-té-ria! Is-té-ria! Is-té-ria!…
> Mmmmmm……

Ah! L'émouvant, l'ineffable moment d'émotion qui fait couler quelques larmes à ceux qui y reconnaissent le signe de leur victoire et bien davantage à ceux qui écoutent celui de leur défaite! La parole tant attendue vient enfin.

Un instant de silence a suivi les premières invocations à Eliomm-Tout-Puissant. Le *Grand-Ayyou* se recueille un moment, imité par l'assistance qui retient tous ses bruits, laissant les mouches répandre ceux de leur vol. Il lance ses invocations à Eliomm.

– *Au nom d'Eliomm-le-Tout-Puissant, notre dieu suprême, que ses ennemis périssent carbonisés dans la géhenne!*

L'écho et les poings répondent.

– Suprême! Suprême! Suprême!

– *Au nom d'Eliomm le Terrible! Que ses ennemis souffrent atrocement!*

– Terrible! Terrible! Terrible!

– *Au nom d'Eliomm-le-Tout-Puissant, l'Invincible, le Vainqueur!*

– Vainqueur! Vainqueur! Vainqueur!

Puis, toute la place ensemble:

– Eliommmmm…, Ommmmmm……, Mmmmmmmm……, Mmmmmm…

– Le bourdonnement religieux meurt dans le silence.

– Barize! Barize! Barize! Tu nous appartiens! Tu es notre esclave à nous qui sommes les esclaves d'Eliomm-le-Tout-Puissant!... Barize! Tu étais un lieu pervers, impur, un lieu d'hérésie et de péchés, plein de femmes nues, mais Eliomm t'a choisie et nous t'avons purifié par notre conquête en écrasant impitoyablement le grand Satan, ton allié! Barize! Oh! Barize! Nous avons brûlé tes impies comme des ordures et la flamme de nos bûchers s'est élevée dans le ciel à la vue de tous les pêcheurs ennemis d'Eliomm! Malheur à ceux qui s'opposent à son pouvoir! Ils subiront des châtiments terribles, des supplices affreux! Malheur à ceux qui parlent ou écrivent contre lui! Ils connaîtront notre courroux sur la place publique! Nous les couperons en morceaux que nous disperserons aux quatre vents!

Les fidèles *jadèrent* à droite et à gauche. En réalité, les bûchers publics n'ont jamais servi qu'à exécuter la littérature ennemie mais l'image de style employée par l'orateur est destinée à enflammer l'imagination des auditeurs, ce qu'elle fait largement. Les premiers mots du discours ont répandu la colère dans les auditoires fédiens. C'est enrageant d'entendre ainsi dénigrer celle qui a été la plus merveilleuse ville du monde sans pouvoir la défendre, sans pouvoir riposter.

– Ah! L'hypocrite! Pourquoi l'a-t-il choisie si elle est tellement corrompue?

– Ecoutez-le débiter ses élucubrations!

– *Au nom d'Eliomm, l'unique qui a donné la vérité unique à notre grand peuple! Oui! Eliomm-le-Tout-Puissant est unique! Et notre peuple est unique à son image. Oh! Grand Eliomm! Nous te remercions des victoires que tu nous donnes! Tu nous montres que nous sommes dans le droit chemin, que nous avons raison, que nos ennemis se trompent grossièrement!*

La doctrine que tu nous a enseignée est simple, claire, pure. Elle est vraie, tellement vraie que nous n'avons pas d'hérétiques parmi nous. Nous n'avons pas de mécréants! Et ceux de nos ennemis qui l'étaient, nous les avons justement éliminés.

– Mmmmmmm…, mmmmmmm……, commente le bon peuple.

Ce n'étaient que des impies! Des athées arrogants qui se vantaient de pratiquer la liberté individuelle! La li-ber-té in-di-vi-du-elle! Parlons-en de la liberté individuelle! Comme si les nations peuvent survivre avec! Ils prétendent que chacun peut penser et faire ce qu'il veut? Au lieu de se plier à la volonté d'Eliomm? Mais c'est de la folie furieuse! Voyez vous-mêmes! Où sont-ils aujourd'hui ces soit-disant libertaires qui prétendaient respecter l'individu?... Ha! Ha! Ha! Riez mes amis, riez car nos ennemis ont versé des larmes amères sur leur naïveté. L'individu n'est rien! Il n'est qu'un ver de terre qu'on peut écraser n'importe quand. C'est la communauté qui compte aux yeux d'Eliomm. C'est le groupe seul qui gagne. Riez avec moi! Riez!

– Ha! Ha! Ha!... Ha! Ha! Ha!... reprend l'auditoire en délire qui se gondole comme un seul homme et l'holovision nationale diffuse cette hilarité dans tout l'empire.

Ceux et surtout celles qui viennent de se faire traiter d'impies en frémissent de rage et d'humiliation. Les Fédiens, vaincus et humiliés, écoutent ces paroles en essuyant les larmes amères de la défaite qui coulent sur leurs joues.

— Ils prétendaient au progrès de la science et à l'avancement des lumières de l'humanité! Ils ont marché sur la lune et sur la planète Mars. Pour faire quoi? Civiliser la lune? Cultiver la planète Mars? Quel affreux mensonge! Moi je vous affirme qu'ils se vantent! Ils n'ont été nulle part! Le Grand Eliomm ne le permet pas. C'est par des effets spéciaux de cinéma qu'ils vous ont fait avaler leur soi-disant conquête de l'espace! Ce n'est pas vrai. Je vous dis que ça n'a jamais eu lieu. Allons donc! C'est impossible!... Quels fieffés menteurs!

— Mmmmmmmm......, mmmmmmmmmm......

Leur prétendue civilisation, c'était quoi? Rien que des femmes nues, dévêtues, déshabillées, des cuisses, des fesses, des seins, des ventres, exposés sans vergogne. Sous prétexte de confort et d'égalité, elles exhibaient toutes les parties de leur corps partout, dans la rue, dans les bureaux, dans les vitrines, à l'holovision, dans les journaux, à la plage! Partout! Partout! Partout!... Ah!... Il y avait même des nations indignes où des femmes prenaient la tête de leur gouvernement. Au lieu de rester chez elles à s'occuper de leurs enfants et de leur maison et à servir leur mari! Ces salopes osaient se dire nos égales. Des putains, nos égales! Mais ce n'est pas entièrement de leur faute car où étaient, pendant ce temps, les hommes qui auraient dû les soumettre? Je vais vous le dire, moi. Ils s'embrassaient comme des efféminés! Et ils ont laissé les femmes devenir des hommes à leur place!... Honte!... Honte!... Infamie!...

Avec une expression scandalisée, le discoureur se verse une rasade d'eau qu'il boit lentement. Il toussote, se râcle la gorge puis reprend son propos.

— Ils ont affiché leurs perversions et ils en étaient fiers! Tous les vices, les intoxications, les crimes étaient tolérés, encouragés par leur soi-disant gouvernements démocratiques pourris jusqu'à la moelle! Et savez-vous pourquoi les délinquants étaient tellement gâtés dans leur société! Mais parce qu'ils étaient tous délinquants. Quel système de justice que le leur, mes amis, quel système! Les criminels, aidés par des avocats véreux, se moquaient des juges en prétendant avoir perdu la raison, au moment du crime. Ah! Oui! Ils disaient qu'ils n'étaient plus capables de faire la distinction entre le bien et le mal? Entre le permis et l'interdit? Tiens! Tiens! Pourquoi se cachaient-ils alors pour commettre leurs méfaits?

Fier de sa trouvaille, le *Grand-Ayyou* s'arrête de parler pour permettre à l'assistance de réagir. Mais celle-ci ne sait pas trop s'il faut avoir recours à la réaction No 1, celle qui libère un enthousiasme patriotique bruyant, ou bien à la No 2 qui peint sur le visage une expression d'indignation approbatrice du propos tenu. Chacun regarde furtivement autour de lui pour savoir dans quel sens démarrer la sienne mais c'est l'orateur qui reprend.

— Le meilleur système de justice au monde, c'est nous qui l'avons! Nos criminels ne sont pas gâtés. Ils ne sont pas libérés sous... comment ça s'appelle?... caution, avant, et

conditionnellement après. Non. Ils sont punis de façon à ne plus avoir envie de recommencer. Nous leur faisons subir des châtiments terribles. Et la preuve que nous avons raison, la voici : nous n'avons plus de criminalité. Nous avons désorganisé le crime. Nous avons réussi à éliminer la drogue et ses trafiquants.

– Naturellement! Ils n'ont pas besoin d'opium. Ils ont la religion à la place! s'écrie à partir de chez lui un auditeur fédien peu convaincu.

– *Le monde entier nous admire et nous envie parce que n'importe lequel d'entre vous peut oublier un sac plein d'argent sur la place publique et le retrouver intact plusieurs jours après. Nous ne sommes pas une société violente, nous!*

Cet improbable sac plein de métal est un retour symbolique au vieux temps, préféré d'Eliomm, qui a précédé celui des billets, des chèques, de l'argent électronique et de la cybermonnaie. Mais la foule, lectrice assidue du *Saint-Boukhin*, applaudit frénétiquement et scande des slogans d'approbation. Dans le camp des vaincus de nouvelles larmes voient le jour. Malgré eux, les Fédiens trouvent quelque vérité dans l'analyse sévère à laquelle se livre le *Grand-Ayyou* devant son peuple triomphant.

– *Et nos jeunes? Où sont nos jeunes? Là où ils doivent être, à l'école, à la maison, au Temple. Où étaient les leurs? Ils fuguaient pour devenir des voyous, porteurs de casquettes à l'envers. Nos fils à nous sont obéissants et fréquentent le temple en écoutant leurs aînés. Et ils sont habillés avec goût et discrétion comme des gens respectueux de la société.*

Aucune mention n'est faite sur ce que doivent être le comportement ou le vêtement des filles. En public, selon l'étiquette istérienne, les femmes ne doivent jamais être mentionnées. Elles sont inexistantes. Quant aux casquettes, depuis le siècle dernier, la mode les a fait tourner en succession régulière autour des points cardinaux de la tête. Les visières se sont perchées tantôt sur une oreille, tantôt sur l'autre, jamais sur le front, le plus souvent, sur la nuque, ce qui explique l'expression employée par le *Grand-Ayyou* qui déteste particulièrement cette dernière position.

– *Nous ne connaissons pas les ouvriers paresseux qui font la grève comme des sauvages parce que le café n'est pas assez bon! Nous n'avons pas de pompiers qui laissent brûler les maisons, des policiers qui refusent d'arrêter les criminels, des bandes de criminels qui font la loi parce qu'il n'y en a pas une pour les empêcher!*

– Mmmmmmm… mmmmmm……, approuve la foule…

– *La dé-ca-den-ce! Oui! Eliomm les a punis de leurs péchés en les faisant tomber dans la décadence. A quoi reconnaît-on la décadence? Je vais vous le dire. C'est quand les populations ne peuvent pas vivre sans médicaments antidépresseurs, sans psychiatres et sans suppléments vitaminiques! C'est quand les gouvernements faibles se font manquer de respect à tous propos, quand ils se laissent critiquer et insulter par n'importe quel imbécile et qu'ils présentent des excuses ensuite. A cause de la liberté d'expression, disaient-ils. Encore, la liberté! Chaque citoyen avait le droit de raconter ce qui lui passait par la tête, d'écrire ce qu'il avait envie d'écrire, d'exprimer sa désapprobation en public, dans la presse, à la radio, de parler contre la religion, d'étaler ses vices, de salir la société!... Impunément! Est-ce cela que nous voulons, nous les Istériens?*

Le non accompagné des poings brandis qui jaillit spontanément de la foule manque de jeter à terre l'estrade et ses occupants tellement le son en est assourdissant. Non! Non! répète-t-on du plus fort de la voix puis des applaudissements issus d'un million de paires de mains éclatent.

– *Voulez-vous la pornographie?* insiste le *Grand-Ayyou*.

– Non! hurle la foule qui pense oui en secret.

– *Voulez-vous les criminels en liberté?*

– Noooo oo oon!...

– *Voulez-vous les ivrognes au volant sur les routes?*

Un roulement de tonerre qu'on suppose vouloir dire non ébranle la place. Peu à peu, la foule s'égare dans une excitation désordonnée. Le *Grand-Ayyou* prend une grande lampée d'eau puis, levant les deux bras, il les tient immobiles en même temps que ses lèvres. Le calme revient instantanément.

– Il n'y pas à dire. Le vieux fou a de l'ascendant, doivent reconnaître quelques auditeurs ennemis.

– Qui sait ce qu'il va encore nous sortir? se demandent les Fédiens qui écoutent avec attention et beaucoup d'inquiétude les propos du chef de l'état car à chaque fête annuelle, ils ont appris une nouvelle les concernant, nouvelle généralement désastreuse. Une fois, ça avait été les mesures de nationalisation, c'est-à-dire, le transfert de tous les biens de production vers les citoyens de religion *boukhinienne*. La plus grande confusion avait, par la suite, régné sur les tentatives de distinguer ce qui était moyen de production de ce qui était simple entreprise sans importance. Eliomm avait fini par trancher. Une autre fois, ils avaient brutalement appris que les femmes seraient, à l'avenir, obligées de se *ghammer* et qu'elles ne pourraient plus circuler dans la rue autrement qu'accompagnées d'un homme qui avait autorité légitime sur elles, père, frère, fils ou époux; en leur absence, grand-père paternel, oncle de même, cousin par alliance, etc...

– Oh! Éteins-moi ce maudit appareil, s'écrie un holospectateur excédé, quelque part.

Les discours du *Grand-Ayyou* sont les champions des cotes d'écoute. Jamais prédicateur du haut de sa chaire ou depuis son studio d'holovision, jamais politicien à l'abri de sa plate-forme électorale, jamais prince royal en se mariant ne purent suspendre autant d'audience que lui à leurs lèvres. Le protestataire n'est pas écouté et l'appareil reste ouvert...

– Malgré tout ce qu'il a dit de la démocratie, j'aurais préféré vivre en ce temps-là, dit quelqu'un.

– C'était le bon vieux temps...

– Tais-toi, il recommence...

Basram Khar Delion est célèbre pour ses discours marathoniens. Doué du charisme qui fait le succès des grands hommes d'état, il sait séduire et convaincre les foules. Celles-ci le suivent partout, l'écoutent avec respect, s'abreuvent de ses paroles, imitent même ses tics. Ennemi juré de la démocratie, il ne l'est pas de la démagogie dont la pratique lui a valu le poste qui fait de lui l'homme le plus puissant du monde, titre autrefois reconnu au président des Etats-Unis d'Amérique. Il ne cesse d'ailleurs pas de se vanter d'avoir détruit le grand Satan, qualificatif qu'il attribue tantôt à la population de cet ancien état, tantôt à son président.

– Comment peut-il raconter autant de bobards sans se fatiguer? murmure un homme à son compagnon, on le dit pourtant taciturne et avare de paroles.

– Je t'en prie, tais-toi, répond le compagnon, la place est remplie d'espions.

Cette courte conversation subversive entre deux citoyens Istériens dénie l'homogénéité de l'assistance tant vantée par les autorités. Il en est ainsi dans toutes les dictatures. Elles étouffent les velléités d'expression de la dissidence mais elles ne peuvent jamais la faire mourir dans les esprits.

Depuis plus d'une heure que le chef de l'état parle sans arrêt aucune allusion n'a encore été faite aux mesures importantes que les rumeurs ont laissé présager.

– *La seule, la vraie foi est la nôtre, la sainte religion du Boukhinisme vénérée par ses fidèles dans le monde entier. Le grand Eliomm nous a donné le* Saint-Boukhin *qui nous enseigne les meilleures règles de vie. Il ne nous laisse jamais dans l'erreur ni dans le doute. C'est le génie du* Boukhinisme! *Dès notre réveil, il nous montre le chemin de la vertu et veille sur nos actions jusqu'au sommeil de la nuit. Nous ne pouvons pas nous tromper si nous écoutons le* Saint-Boukhin. *Et si nous trahissons notre religion, le* Boukhin *indique les punitions sévères que nous méritons. Heureusement, il n'y a pas de traîtres parmi nous. Eliomm nous a donné la victoire sur les peuples impies comme les peuples de la Démocratia qui ont renié leur foi! Même si elle est moins vraie que la nôtre, une mauvaise religion c'est mieux que pas de religion du tout. N'est-ce pas mieux que d'adopter des sectes? Oui! Des sectes! Des sectes criminelles et vicieuses au lieu d'embrasser le* Boukhinisme *si pur et si noble.*

Dans les maisons fédiennes où parents et amis se sont, comme d'habitude à ces occasions, réunis pour atténuer le choc des mauvaises nouvelles et s'encourager mutuellement, les visages trahissent une grande appréhension. Pourquoi, ce discours religieux, tout d'un coup? On a fini par s'habituer à la succession d'insultes proférées, et on s'en console avec l'idée que l'art oratoire du *Grand-Ayyou* s'appuie sur un vocabulaire dont le niveau laisse énormément à désirer. Le sujet religieux est le plus dangereux de tous car mobiliser les fanatismes risque de susciter les plus grands courants d'intolérance qui peuvent déchirer et ensanglanter une société. C'est pourquoi un malaise que justifiera un peu plus tard l'annonce officielle des nouvelles mesures se répand dans les groupes fédiens qui commencent à craindre le pire.

— J'ai l'impression que cette fois nous sommes vraiment perdus, dit Léo.

— Je crains le pire, murmure Nicole en mordillant son mouchoir.

Alain serre les poings.

Le pire ne tarde pas à arriver.

— *Mais nous sommes des vainqueurs généreux. Nous allons leur faire une offre qu'ils ne pourront pas refuser.*

Sentant que quelque chose d'important va se passer, la foule s'immobilise et son silence se fait mortel. Dans les maisons istériennes et les autres, dans les ambassades, dans le monde entier, toutes les activités sont suspendues en attente de l'audition de la grande nouvelle. Le temps semble arrêté au point qu'à un aveugle, la place du Temple paraîtrait vide. Basram-*Grand-Ayyou* regarde la foule et s'arrête un moment avant de lancer son coup de canon à la face du monde.

Il tire calmement.

— *Il n'est pas bon que les sociétés soient divisées parce qu'elles s'affaiblissent jusqu'à disparaître. Comme la Démocratia, Ha! Ha! Ha!… La future société du S.E.I. doit être une, indivisible et forte. Comme il n'existe plus aujourd'hui de Démocratia ni de Fédie ni plus rien de tout ça, il n'existera plus demain de Démocratiens ni de Fédiens ni rien d'autre. A partir d'aujourd'hui, il n'y aura plus en Istéria qu'un seul peuple, le peuple istérien et une seule religion, la religion* boukhinienne. *Non! Que le monde se rassure. Nous n'allons pas incinérer les Démocratiens dans des fours crématoires car, je répète, nous ne sommes pas des sauvages. Non. Nous allons les accueillir généreusement dans notre grande foi! Ils se convertirons sans formalités spéciales puisque ce matin même j'ai signé un décret par lequel ils sont tous devenus* Boukhiniens. *Tous les citoyens de l'Empire auront droit au pompon sur leur turbuche. N'est-ce pas merveilleux? Un pour tous! Tous pour un!!! termine le Grand-Ayyou en se souvenant d'une lecture faite, il y a longtemps.*

— Un! Un! Un! hurle la place du Temple de la Lumière du Soleil.

— Et voilà. Tout est consommé, constate un Fédien à la maison.

L'adresse de l'*ayyou* est loin d'être terminée mais il veut laisser à l'assistance et surtout à l'auditoire médiatique le temps de digérer le contenu de ses dernières paroles. Il retourne s'asseoir sur son fauteuil où il est de nouveau assailli par ses conseillers surpris qui se précipitent sur ses mains et son manteau en proférant les vives félicitations qu'il vient de mériter par cette dernière action audacieuse mais juste. L'*Ayyou* Carfouche Tortilion s'avance sur le bord de l'estrade et, brandissant sa crosse, il se met à orchestrer une séance d'adulation de son supérieur.

— Vive le *Grand-Ayyou* Basram, la gloire de notre nation!

— Vive! Vive! Vive! vocifère l'auditoire.

— Le *Grand-Ayyou* est le plus intelligent et le plus fort!

— Fort! Fort! Fort! accepte l'assistance.

– Il est notre modèle. Nous sommes tous des Basram !

– Bas-ra-m ! Bas-ra-m ! Bas-ra-m ! chante la foule sur le vieil air des lampions.

Le reste des slogans se perd dans la cacophonie glorifiante. L'annonce de l'unification absolue de la foi dans l'Empire istérien a retenti comme un orage dans le monde entier. Sur la place de la Lumière du Soleil, la foule est au comble de l'excitation. Les hommes s'embrassent, se serrent les mains. Ils dansent leur joie, crient à la cantonnade, psalmodient des citations du *Boukhin*, s'égosillent, brandissent les poings, déchirent leurs vêtements. Certains en profiteraient pour aller retrouver les marchands de boissons désaltérantes mais personne n'ose quitter la place car il est important d'être vu en train de participer activement à toute la cérémonie.

Les ardeurs se calment, le *Grand-Ayyou* revient et le discours reprend à partir du pupitre.

– *Nous ne sommes pas des tyrans. Notre grande générosité nous a fait accueillir les Démocratiens, elle nous fera tolérer ceux qui refusent la conversion, c'est-à-dire, ceux qui préfèrent rester païens. Oui, des païens fanatiques qui choisissent volontairement l'erreur au lieu d'accepter la vérité que nous leur offrons ! Nous accepterons pourtant que ces païens vivent parmi nous. Mais nous ne pouvons pas nous empêcher de nous demander comment il se fait et pourquoi ils refusent la reconnaissance de notre grand* Boukhin. *Serait-ce qu'ils le jugent impie ? Quel sacrilège ! Oser croire que notre* Saint-Boukhin *n'est pas le plus saint, le plus vrai, le plus noble des livres religieux ! Ces gens ne sont pas seulement des impies mais des blasphémateurs qui méritent les pires châtiments parmi ceux qu'on trouve dans le* Boukhin. *Personnellement, je ne peux pas comprendre qu'on repousse le Saint-Boukhin puisque c'est Eliomm lui-même qui nous l'a remis sans intermédiaire.*

Ces mots jettent plus encore de terreur dans les foyers et les cœurs restés démocratiens. Le *Grand-Ayyou* leur accorde la vie sauve, mais de quelle sorte de vie s'agira-t-il, désormais ? Déjà, depuis la prise de pouvoir des Istériens il y a quelques années, les conditions s'en sont terriblement détériorées réduisant les Fédiens à n'être que des citoyens de seconde classe vivant chez eux comme des étrangers honnis. Que peut-il arriver de pire, se demandent les malheureux à court d'imagination. Les paroles ne sortent plus. Les questions restent avalées et les yeux et les oreilles fixés sur les écrans des holoviseurs…

– *Nous les garderons parmi nous malgré le chaos administratif et les frais que cela nous causera.*

Un silence en attente d'une autre nouvelle choc.

– *Ceux qui commettent l'erreur de choisir le paganisme en dépit de nos exhortations devront en assumer les conséquences, c'est-à-dire, les coûts de la désorganisation qui résultera de leur entêtement impie. Ils auront à payer des droits supplémentaires pour recevoir les services de l'état. Sinon, ils ne pourront plus vivre dans ce pays et devront s'en trouver un autre.*

La grande nouvelle est enfin sortie. Un triple choix est offert à tous les Démocratiens.

1) La conversion au *Boukhinisme* et on n'en parle plus.

2) L'acquittement d'une surtaxe dont on peut deviner qu'elle ne sera pas légère.

3) L'exil.

Le public istérien est très satisfait de ces mesures. Jugeant le traitement offert aux païens juste et généreux, il admire une fois de plus la sagacité, le bon jugement, l'esprit d'équité du *Grand-Ayyou* et le lui exprime bruyamment. L'autre public, objet de la nouvelle législation est atterré par l'injustice et la dureté des mesures prises à son égard. Il s'agit purement et simplement d'un génocide des peuples démocratiens et de l'effacement de tout ce qu'ils ont donné à l'humanité de progrès scientifiques, technologiques et sociaux. Leurs grands penseurs, leurs artistes incomparables, leurs bâtisseurs, leurs administrateurs, leurs découvreurs, leurs bienfaiteurs de l'humanité, etc... seront irrémédiablement voués à l'oubli par les générations futures et tout ce qu'ils ont créé disparaîtra de la surface de la terre ou bien sera récupéré par les nouveaux maîtres de la planète.

La belle langue de Molière ne sera plus entendue sur la terre. Elle ne sera même plus enseignée comme langue seconde dans les écoles et, pour comprendre les inscriptions qui auront échappé à l'effacement, il faudra faire appel à des archéologues ou des paléolinguistes, s'il s'en trouve. Le même sort sera réservé aux langues de Shakespeare, de Goethe, de Cervantès, de Dostoïefski, et de toutes celles qui auront servi de véhicule aux grandes idées de l'humanité. Il n'en restera qu'une seule pour baragouiner et bourdonner les prières à cet Eliomm de malheur.

Quant aux individus, quel que soit le choix qu'ils feront, ils seront appelés à survivre comme des ombres, soumis chez eux à la loi des étrangers, malheureux, désespérés, inexistants dans une société qui n'aura de cesse qu'elle ne les ait éliminés soit en les assimilant, soit en les chassant de leur terre ancestrale. Les femmes surtout sont épouvantées à l'idée d'avoir à supporter tous les sévices physiques et psychologiques que subissent les *Boukhiniennes* au nom de leur foi.

Aussitôt connue la décision du gouvernement des *ayyous*, les vidéophones se mettent à sonner et le désespoir à circuler sur les lignes démocratiennes. Les plus optimistes, ceux qui ont tant défendu le nouveau gouvernement au cours de discussions animées, doivent se rendre à la raison de leurs interlocuteurs et concéder qu'on ne peut rien obtenir de lui. C'est, pour la Démocratia en général et la Fédie en particulier, une nouvelle défaite plus profonde, plus irréparable, plus inexorable que la perte des élections et, partant, du pouvoir. La Démocratia sera anéantie par petits coups jusqu'à n'être qu'un épisode historique de peu d'importance puisque l'histoire maintenant sera écrite par les soins du Ministère de l'Orientation Nationale.

— Ainsi notre grand pays sera unifié selon le désir d'Eliomm. Et, quand ce sera fait, nous reprendrons notre expansion pour convertir toute la planète. Ceux qui veulent embrasser

le Boukhinisme *sont nos amis. Ceux qui refusent sont nos ennemis et nous les combattrons par les armes ainsi qu'Eliomm nous l'a commandé. Et alors quand le monde nous appartiendra, nous lui donnerons dix mille ans de paix istérienne. Dix mille ans! Oui, Dix mille! Pas une de moins!*

Voici notre grand projet que nous vous avons dévoilé en entier. Tous les citoyens doivent contribuer à sa réalisation sinon ils sont indignes des grâces d'Eliomm. Eliomm qui est avec nous! Eliomm qui nous protège! Vive Eliomm! Vive le SEI et les Istériens! Le Boukhinisme *est la seule vraie foi les Boukhiniens sont le peuple favori d'Eliomm!*

– Mmmmm...... ,mmmmmmmm......, mmmmmm......

Un bourdonnement monte de la foule subjuguée qui se confond en *jaders, contrejaders,* coups frappés sur la poitrine, prosternations, bras élevées vers le ciel, crânes serrés dans les mains et toutes sortes de manifestations du délire politico-religieux. Le grand Basramite regarde son peuple, celui qui lui appartient, c'est-à-dire, dont il est littéralement devenu propriétaire.

Un mouvement de sa main que transmet l'écran géant interrompt l'extase millionnaire et rétablit un silence immédiat. Tout d'un coup, une escouade de policiers surgit de l'intérieur du Temple et monte sur l'estrade, amenant deux prisonniers qu'elle place de part et d'autre du pupitre présidentiel. Les policiers s'éloignent ensuite laissant à la vue du peuple un tableau étrange où le *Grand-Ayyou*, debout sur son estrade, les bras ouverts, est entouré de deux personnages qui ressemblent à des larrons. Ils sont vêtus de costumes traditionnels istériens.

La foule se tord et hurle. Puis viennent les explications.

– *A ma droite, le bien (*la foule acclame)*, à ma gauche, le mal (*la foule hue)*. Celui-ci est un saint homme et l'autre un bandit. Je vous présente Monsieur Rémy Martin, que j'ai réussi à amener à notre belle religion. Et voici le traître qui a osé s'élever contre le gouvernement d'Eliomm, l'ex-ministre, l'ex-*ayyou*, le satanique Méchouet Tigralion.*

Les deux prisonniers, chacun pour ses raisons personnelles, arborent des expressions sinistres identiques. Rémy a été affublé de vêtements « religieux ». Sa conversion obtenue par un chantage odieux lui pèse très lourd et la satisfaction d'avoir sauvé les vies de quelques uns de ses compagnons ne le console pas. Malgré les éloges dont le *Grand-Ayyou* l'abreuve, il rage de servir de spectacle public à sa gloire. Il aurait souhaité que son transit s'effectue dans la discrétion et qu'on l'oublie après mais l'intérêt de l'état en va, paraît-il, autrement. Le valeureux capitaine de l'espoir d'un temps n'est plus après cet avatar qu'un clown tragique, un fantoche ridicule offert aux railleries de la population. D'ailleurs toute cette célébration n'est qu'un grand spectacle de cirque présenté à des enfants. Rémy en vient même à regretter son geste généreux.

Quant à l'autre personnage, l'ex-*Ayyou*-Tigralion, son expression faciale et tout le reste de son corps expriment la terreur qui le tenaille. C'est à peine s'il parvient à se tenir debout. De

La place du Soleil commence à perdre la voix et à déverser son contenu dans les rues et ruelles avoisinantes au milieu des marchands de toutes sortes qui ont patiemment attendu leur clientèle. Les commentaires vont bon train.

— Notre *Grand-Ayyou* sait ce qu'il fait et il a Eliomm avec lui.

— Il ne peut se tromper puisqu'il obéit à Eliomm, entend-on.

— Oui. Il est infaillible, répond-on.

Remplis de confiance et débordant de reconnaissance envers leur grand leader, les citoyens retournent chez eux. Certains, profitant de la douceur du temps de ce beau mois de juin, s'en vont prolonger la fête de la victoire dans les cabarets clandestins où se produisent des danseuses très peu couvertes ou bien à la recherche de ces petites femmes de Barize encore réputées dans le monde entier. Les marchands ambulants se répandent au milieu de la foule.

* * *

temps en temps, ses yeux lancent des insultes à Rémy considéré comme la cause de sa déchéance. Basram commence par lui régler son cas en y impliquant l'assistance…

— *Peuple des fidèles, Qu'est-ce que le Saint-Boukhin nous enseigne au sujet des traîtres ?*

— A mort ! A mort ! tonne la foule.

— *C'est le jugement d'Eliomm et le vôtre. Méchouet Tigralion sera exécuté.*

— Eliommmmm……, mmmmmmmmm…… est la conclusion de ce procès économique.

— Pitié ! Pardon ! Non, non… Je ne recommencerai plus, j'ai huit enfants, gémit Méchouet tombé à genoux.

Basram fait un signe aux policiers qui traînent le malheureux déjà mort de peur pour l'emmener vers son destin. Puis il montre l'autre prisonnier à la foule.

— *Ce Monsieur, vous le connaissez. Nous l'accueillons aujourd'hui dans notre grande famille religieuse. C'est votre ancien ennemi qui s'est humilié devant Eliomm, qui lui a demandé pardon de ses erreurs et qui va désormais être un fidèle serviteur de notre sublime nation.*

— Serviteur, mon œil ! hurle Rémy qui ne se contrôle plus. Je ne suis le serviteur de personne ! Encore moins d'Eliomm et de sa bande de brigands ! Je suis démocratien ! Je suis… Tenez ! Voici vos frusques !

Il arrache son turbuche à pompon et sa tunique extérieure, les jette et les piétine…

— *Apostasie ! Apostasie !* hurle à son tour le *Grand-Ayyou* en déchirant ses tuniques et, ce faisant, manque de tomber à la renverse. On doit le soutenir et lui donner un verre d'eau.

La foule prévenant sa question se met à scander :

— A mort ! A mort ! encore une fois.

Les gardes s'emparent du renégat qu'ils entraînent vers l'intérieur. On a donc maintenant deux traîtres. Les soldats préparent leurs armes.

Basram reprend ses esprits et revient au peuple en liesse pour conclure :

— *Peuple d'Eliomm ! Vous venez de voir comment l'Empire traite les ennemis d'Eliomm. Malheur à ceux qui s'opposent à sa volonté ! Ils subiront le même châtiment de notre part et de la sienne. Allez en paix, maintenant.*

C'est la fin du grand discours qui a duré plus de trois heures. Des condamnations ont été prononcées mais ceci n'a pas perturbé la fête. Pendant que la foule continue à acclamer et à scander les slogans de la victoire, Basram qui est pratiquement disputé par ses subordonnés qui s'arrachent ses mains pour les serrer et les baiser, descend ensuite de l'estrade au pied de laquelle l'attendent ses gardes du corps pour le mener au milieu de la foule de fidèles, sa foule, un bain de foule comme les baroudauds le prend. Il écarte ses gardes du corps indisciplinés et va vers le peuple qui lui adresse un *jader*. La foule a reflué autour de lui, chacun cherchant à protéger leur homme sans toucher la sainte personne.

23 POSTAMBULE

C'est le début d'un temps nouveau que ce 9 juin 2084, lendemain chantant-pleurant de la fête de la Victoire de l'Istéria. Les Fédiens et tous les autres Démocratiens viennent de recevoir un nouveau coup de matraque sur la tête mais, peu importe, la roue tourne, la vie va continuer. Le formidable Basram a promis à ses fidèles plusieurs millénaires de « Pax Istérianica » sous la haute protection d'Eliomm et, telles que les choses se passent, il est facile de penser que cette promesse sera tenue par ses successeurs.

Désormais, dans l'immense Empire, il n'y aura que des Boukhiniens en Eliomm… mmmmm… mmm… Le multiculturalisme, la tour de Babel, tout ça c'est fini. Des anciens Démocratiens, qu'ils soient Fédiens, Anédiens, Canadiens, Itédiens, etc…, il ne s'en trouvera plus au vingt-deuxième siècle. Leur descendants seront encore présents dans leurs anciennes contrées mais travestis, transformés, recyclés en Istériens de religion boukhinienne. Les mariages mixtes finiront par les diluer dans la population des vainqueurs.

La minorité fédienne demeurée fidèle au Démocratisme avec les conséquences de son choix se compte sur les doigts et, de toute façon, elle reste invisible, hommes et femmes, femmes surtout. On peut considérer sa disparition comme totale. Cependant, Basram la tolère pour l'utiliser comme bouc émissaire lorsque des difficultés économiques tourmenteront sa population.

Les historiens et futurologues du vingtième siècle avaient prévu qu'au vingt-et-unième il se produirait une sorte de « big bang » (au figuré) de la technologie. Leurs prévisions se sont avérées. Il ne se sont pas aventurés, par contre, à visualiser le siècle suivant, le vingt-deuxième, qui s'annonce, au contraire, comme celui d'un « big crunch » de cette même technologie, où le seul éclatement qu'on verra sera celui de la foi et de la culture d'Eliomm et de son Essoule.

Madeleine Duperrier, héroïne d'un jour, bardée de noir, errant sans but dans les rues, essaye de reconstituer sa vie déchiquetée. La liberté et l'autonomie qu'elle espérait trouver en arrivant à l'âge adulte ont été rongées par les événements, une miette à la fois. D'abord c'était le port de vêtements obligatoires, suivi de l'interdiction de vivre dans un logement personnel loin de ses parents, ensuite les restrictions sur ses déplacements, et jusqu'à l'obligation d'adhérer à une religion étrangère. Se marier à tout prix, n'avait jamais été son obsession et voici qu'elle s'apprête à devenir l'épouse d'un important personnage de la nouvelle élite, un des médecins personnels du chef de l'état.

Selon toute vraisemblance, elle se soumettra à ce mariage. Ses chances d'y échapper diminuent de jour en jour. Son futur est en excellente santé. Ce qui, pour une femme, est le plus beau jour de sa vie sera, pour elle, le plus laid, le plus affreux. Tant pis! Elle se dédommagera en se vengeant de Marcel, avec Guillaume, pourvu seulement qu'il n'ait pas sauté du pont, et, peut-être, avec d'autres plus tard. Mais elle devra être très prudente parce que l'adultère féminin est cruellement puni en public. Elle n'est d'ailleurs pas seule à vivre cette éprouvante situation. Nombre de jeunes filles d'origine démocratienne qui veulent fonder une famille ne trouveront désormais que des épouseurs istériens. Le célibat, féminin surtout, n'a pas place dans la société istérienne.

Le questionnement qui la tourmente est celui qui saisit tous ses compatriotes: « Comment cela s'est-il produit? Comment ont-ils su? Qui a trahi? A qui la faute? Pauvre Madeleine! Elle est à mille lieues de se douter de son rôle direct dans cette catastrophe. Peut-être qu'un jour le Docteur le lui apprendra au cours d'une scène de ménage. Il est difficile de présumer de sa réaction lorsqu'elle apprendra sa responsabilité dans la mort de la Démocratia, elle, la Jeanne d'Arc manquée du vingt et unième siècle… »

Le dernier coup asséné après la boukhinisation obligatoire a été l'exécution de Rémy Martin, diffusée à l'holovision nationale. Afin d'empêcher qu'il ne lance à ses bourreaux une phrase glorieuse adressée à la postérité, on lui a mis un bâillon et ligoté les mains. Il est tombé sous les balles du peloton, héroïque, muet. Sa mort a été la cause d'un deuil étouffé dans les cœurs de ses compatriotes. Son corps est introuvable. Aucun monument ne perpétuera sa mémoire, n'honorera son sacrifice. Les partisans dont il avait pu obtenir la vie sauve par sa « conversion » ont disparu et leurs parents essayent en vain de connaître leur sort. Faisant un beau doublé, Basram a fait pendre l'ayyou Tigralion le même jour en faisant diffuser sur les ondes un verset du Saint-Boukhin:

« Ainsi périront ceux qui osent s'opposer à notre volonté suprême ».

— Mmmmmmm……Mmmmm……, a approuvé le bon peuple.

La police est à la recherche d'Augustine Noiret considérée encore dangereuse. Mais Augustine est devenue experte en l'art de la disparition aidée en cela par le déguisement de babboule qu'elle a adopté et qui en fait une nouvelle femme invisible. Les rues de Barize se sont remplies de ces sombres tenues dans lesquelles, d'ailleurs, se glissent des individus de tous les sexes en mal d'incognito. Si elles (ou ils) deviennent imperméables aux forces policières, elles éprouvent, par contre, des difficultés à se reconnaître entre elles et surtout à éviter les espions qui utilisent le même subterfuge pour les infiltrer et les démasquer. Augustine, têtue, courageuse, cherche à reconstituer un mouvement de résistance dans le noir, mais plus personne ne veut l'écouter radoter. Elle répète imprudemment à qui veut l'entendre: « Si seulement ils m'avait écoutée,… si seulement ils avaient voulu… » Un de ces jours, en essayant par erreur de recruter une babboule présumée fédienne, elle se fera prendre puis tombera définitivement dans l'oubli.

Marie, si douce et si excellente cuisinière, n'a pas reparu et sa mère se promène sur les trottoirs défoncés de la ville avec un portrait de la disparue en suppliant les passants de lui dire s'ils l'ont aperçue. A son tour, elle finira par se faire arrêter et incarcérer mais personne n'osera promener sa photographie à elle dans la rue.

Les Carnet sont déchirés. Le père de Jean a perdu son emploi et Jean dont l'erreur malheureuse a causé le malheur de la famille a été renvoyé du Lycée Ayyou-Papilion. Ils font d'infructueuses recherches pour retrouver une situation et une école mais ils restent soupçonnés de collusion avec l'ennemi qui, pourtant, n'existe plus. Ils risquent de tomber dans la misère et d'aller grossir l'armée de sans abri qui a pris possession des rues et des parcs de Barize. Charlemagne, reconnu pour ce qu'il était vraiment, c'est-à-dire, personnage historique et pas nom d'un chiot, a replongé dans l'ombre d'où le hasard l'avait tiré un temps.

Au 65, rue de la Lionne-Rugissante, sauf chez les Krombalion, la stupeur règne. Les locataires sont prostrés. Madame Leclerc réfléchit à son racisme positif. Les Duperrier se secouent afin de reprendre leurs activités normales d'avant les événements. Nicole, nouvellement surghammée, retourne au lycée faire des remplacements de professeurs absents et Alain qui laisse pousser sa barbe poursuit ses études à l'université. Ils ont une décision importante à prendre : se proclamer dissidents ou accepter la boukhinisation étendue à tous les citoyens, c'est-à-dire, ne rien proclamer et laisser faire, ce qui est plus économique.

— Attendons voir quelque temps et ensuite nous ferons ce qu'il faut, conseille Léo qui remet la chose d'un jour à l'autre.

— Attention. Si on est boukhinien, on n'a plus le droit d'abjurer. Il faut se décider aujourd'hui.

Leur futur gendre, au lendemain de la grande conversion, les a félicités de leur entrée dans la vraie foi et, désormais, il se considère comme un de leurs enfants.

— Vous n'allez pas perdre une fille. Vous allez gagner un deuxième bon fils, les assure-t-il.

Son ancienne épouse vit maintenant chez ses parents qui l'ont sévèrement blâmée de n'avoir pas su garder son homme. Elle pleure sans arrêt ses enfants perdues. Sa future épouse se lamente in petto d'avoir à les avoir. Pauvre petites innocentes ! Elles ne cessent de fondre en larmes.

Les tantes Sergine et Régine voudraient inscrire leur dissidence car elles tiennent ferme au démocratisme mais leurs finances en décident autrement.

— Nous ferons semblant d'être converties mais, en dedans, nous resterons les mêmes, expliquent-elles à leur parents et amis. Beaucoup de Fédiens tiennent ce même langage.

Pour adapter leur toilette au nouveau règlement, elles ajoutent le surghamm à leur ghamm qu'elles font teindre en noir. Cela suffit à l'état istéro-boukhinien qui est indifférent à la foi profonde. Paraître pratiquer la religion est suffisant pour faire des fidèles et augmenter le volume de la foule qui noircit de plus en plus.

Olga, la fille aînée des Duperrier, considère les derniers événements comme une victoire personnelle remportée sur sa sœur. Elle affirme à qui veut l'entendre que ce sont les PRO-V-OCCateurs qui sont la cause des nouvelles mesures restrictives adoptées contre le peuple fédien.

— Si on ne les avait pas provoqués, ils n'auraient pas réagi avec tant de dureté. Tant pis pour les imbéciles! Ça leur apprendra!

Sa conversion ne lui coûte aucun effort. Elle est satisfaite du retour de la paix sociale après la raclée administrée aux écervelés du genre de Madeleine. Avec son nouveau surghamm, elle n'aura plus besoin de teindre ses cheveux pour paraître appartenir à la majorité triomphante.

Marcel, boukhinisé à son tour, ajoute le pompon à son turbuche. Il le fait contre ses convictions, mais pour la sécurité de sa femme et de ses enfants qu'il ne veut pas exposer à des tracasseries et à la pauvreté, suite à la confiscation de son entreprise. Il lui arrive de penser à Madeleine et d'en éprouver quelque remords mais il ne souhaite pas la revoir. Le plaisir qu'elle lui donnait ne vaut pas le risque qu'il prendrait en allant la rencontrer clandestinement.

Outre le port du surghamm imposé aux néophytes boukhiniennes, d'autres mesures de purifications leurs sont étendues. L'une des plus sévères est l'obligation de se débarrasser des machines à laver le linge et la vaisselle, des robots culinaires et de toutes les machines actionnées par l'électricité, et d'entreprendre toutes les tâches ménagères à la main. Au bon vieux temps, il aurait été agréable de retrouver voisines et amies à la rivière et de battre le linge côte à côte tout en faisant la causette et l'échange de quelques plaisanteries. La course aurait fait l'objet d'une promenade quotidienne et rendu le travail moins fastidieux. Hélas! dans la grande ville, les femmes doivent rester chez elles, enfermées, isolées, prisonnières de leur amoncellements de linge sale. C'est la volonté d'Eliomm.

— Qui sait ce qui nous attend encore? se demandent-elles. Peut-être qu'un jour ils couperont l'eau courante et nous serons obligées d'aller la chercher aux fontaines publiques.

— Ou dans la Seineria.

— Oui. Surtout que l'eau courante n'existait pas au temps de la Grande Révélation…

Ces mesures contre la mécanisation du travail font, par contre, le bonheur des femmes boukhiniennes depuis longtemps jalouses des privilèges des ménagères démocratiennes qui avaient le droit de mettre à leur service tous les progrès de la technologie.

— Elles cesseront de prendre des airs de supériorité devant nous.

— Nous serons toutes égales maintenant.

— Notre Grand-Ayyou est un homme juste et équitable.

— Un grand démocrate.

— Que la volonté d'Eliomm soit faite.

— Mmmmmmmm……mmmmm……

Selon une autre volonté d'Eliomm, des lions ont été introduits dans la forêt de Rambolion. Ces nobles bêtes y courent en liberté à la poursuite de proies mais elles ne trouvent à chasser que des animaux de petite taille. Elles se souviennent des gros ruminants à cornes dont la chair ferme et appétissante nourrissait leurs ancêtres. Aujourd'hui, les félins doivent se contenter des bipèdes qui suivent les sentiers de randonnée et qui, heureusement, sont un gibier plus lent et plus facile à attraper. Le problème du partage de la forêt entre fauves et humains n'a pas encore été réglé par les autorités malgré quelques rencontres accidentelles entre citoyens profanes et lions sacrés, remportées par ces derniers.

Basram Khar Delion vit son heure la plus glorieuse, la plus « fine », diraient les Anédiens. Il s'est taillé un empire qui couvre plus du tiers des terres émergées et cet empire est le plus unifié qu'ait connu l'histoire. Une seule langue, une seule croyance et tout le monde au pieds d'Eliomm. Et même à ses pieds à lui car ses subalternes, non contents de lui baiser les mains, se prosternent devant lui, hommage qu'il accepte d'un air faussement humble. Qui ne le ferait, d'ailleurs, à sa place ?

Dans l'immédiat, il souhaite venir à bout de la résistance de la Nordie qui s'est toujours défendue avec succès contre toutes les tentatives d'invasion soit par immigration, soit sous prétexte de commerce. Ensuite, il repartira à la conquête du monde car il reste encore des continents peuplés à conquérir. Le plus ennuyeux est que les systèmes politiques répandus dans les pays asiatiques sont moins perméables que la démocratie parlementaire de la Démocratia si facilement circonvenue.

L'Empire se donne un moment de répit avant de reprendre son expansion territoriale. Eliomm veille là-haut et il n'y a aucun doute qu'elle se fera sous son égide. Un jour prochain, toute la planète sera boukhinienne.

Gloire à lui au plus haut du paradis !

Pour le moment, les Istériens proclament fort et loin que l'ex-Démocratia, ex-Occident, progresse inexorablement vers la civilisation qui avait cours lors de la Grande Révélation. Certains murmurent dans le secret de leur rage impuissante qu'elle régresse vers l'obscurantisme. Cet obscurantisme pourtant vainqueur...

Les dernières mesures de destruction de la Démocratia pourront-elles susciter une nouvelle fois des héros téméraires qui lutteront pour la défendre ? Si oui, leur tâche sera immensément plus difficile que celle de leurs malheureux prédécesseurs. Si non, la Fédie deviendra une immense steppe monotone et lugubre dont la population innombrable, s'efforcera de survivre au milieu des pénuries de toutes sortes qu'elle attribuera à la volonté d'Eliomm, faute de moyens efficaces pour les combattre. Toutes les grandes cités de l'Empire, Barize entre autres, prendront l'aspect uniforme de villes bombardées de sacs de poussière. Leurs beaux monuments s'arrondiront avant de s'effriter et de tomber. De l'autre côté de l'Atlantique, on n'a pas attendu que le temps fasse son œuvre. Un des grands symboles de l'idéal américain, la statue de la Liberté, vient de tomber sous les efforts des dynamiteurs qui ne pouvaient pas en supporter la représentation féminine au bras nus qui dominait l'entrée du port de New York. Eliomm ne prise ni les femmes ni la liberté, encore moins leur association.

L'Empire Istérien est là pour rester longtemps, très longtemps, à moins d'un bouleversement imprévu, du genre conquête militaire, coup d'état, épidémie, miracle, collision avec un astéroïde, visite d'extra-terrestres, toutes choses comprises dans le domaine de l'aléatoire très lointain.

Ses citoyens uniformément soumis pensent ce qu'on leur commande de penser et ne contestent pas l'administration du Grand-Ayyou ni les préceptes enchâssés dans le Saint-Boukbin, caution de son gouvernement. C'est une garantie de stabilité. Une révolte, une simple opposition politique aux décisions d'en haut, passent pour actes irréligieux, blasphématoires et sacrilèges, soulevant des émotions meurtrières chez le peuple des fidèles.

Il se trouve ici et là des Istériens qui ne sont pas pris de folie religieuse et voudraient renverser le gouvernement d'Eliomm et de ses représentants au profit d'un gouvernement élu par le peuple mais ces dissidents muselés d'avance ne verbalisent pas leurs critiques. Ils sont difficiles à reconnaître et leur avenir est incertain. Pourtant, ils sont là. Se décideront-ils un jour ?

Les aînés du Parc Monceaulion continuent de s'y rendre tous les après-midi lorsque le temps le permet afin de se retrouver ensemble et oublier leur solitude. Plus que jamais, ils rêvent à rebours du « bon vieux temps ».

— Heureusement que nous ne serons plus là pour voir d'autres calamités, se disent-ils, philosophes, résignés.

— Faites-vous vos prières à Eliomm ?

— Ah ! Ne m'en parlez pas. Je ne comprends rien à cette langue. Et puis, je ne peux pas m'accroupir par terre. Mon genou refuse cette position.

— Le Boukbinisme ne fait pas bon ménage avec mes rhumatismes.

— Moi, c'est mon pauvre dos qui me tourmente.

— Allons au Petit-Coq.

Les voici qui se dirigent cahin-caha vers leur restaurant habituel. Il n'y a plus de coq. L'enseigne annonce le « Lionceau, Restaurant exotique ». Monsieur René, nouvellement barbu, turbuché, pomponné, les accueille à la porte de l'établissement. Il reconnaît leur surprise de le voir ainsi arrangé.

— Que voulez-vous ? Il faut faire avec. Mais vous trouverez vos menus préférés. C'est nous les exotiques, maintenant.

Le mariage de Madeleine approche et Farique maintient un comportement irréprochable. En attendant de la couvrir de caresses, il la couvre de cadeaux dont elle se fiche éperdument. Un jour, dans un élan de tendresse, il lui fait une confidence.

— Nous appellerons notre premier fils Istérix. Ainsi, il affichera ses deux héritages, le paternel et le maternel. Qu'en penses-tu, chère Madeleine ?

– *Génial, répond Madeleine qui n'envisage pas de progéniture.*

Elle prend son sauf-conduit de babboule et sort se promener. Elle s'entraîne en jouant au jader-que-veux-tu jader par ci, jader par là, jader au ciel, jader à la cantonnade. Un marchand ambulant, son panier commercial sur la tête, la dépasse. Il lance son cri.

– *Tron. Tron. Tron. Tron. Tron. Tron. Six trons! Ici les bons citrons! Les meilleurs citrons! Citrons de Floride!*

Madeleine sursaute. Elle interpelle le vendeur qui s'éloigne par crainte de souiller celle qu'il prend pour une sainte femme. Mais celle-ci l'a reconnu à sa voix. Elle le poursuit.

– *Guillaume!*

C'est bien Guillaume qui reconnaît, à son tour, celle qui se cache derrière ces voiles opaques et s'arrête à quelques pas d'elle.

– *C'est vous, Jeanne, la dame du pont. Je m'en souviens, maintenant. Qu'est-ce que vous faites dans ce fichu costume?*

– *Ah! Guillaume! Si vous saviez comme je suis heureuse de vous voir!*

* * *

LEXIQUE SPECIAL

Il a été impossible d'éviter l'emploi de mots nouveaux, donc inconnus, pour les deux raisons suivantes :

1) Le monde de l'an de grâce 2084 comportera de nouveaux appareils et équipements qui n'existent pas encore et qui, par conséquent, n'ont pas encore reçu leur nom. Ils en reçoivent un.

*2) Le français aura été remplacé par l'*istérien, *langue fictive dont les us et coutumes n'ont pas leur équivalent dans la langue de Molière. Il a fallu parfois utiliser des mots de ce parler étranger au cours du récit lorsqu'il était nécessaire d'y faire référence.*

Ces néologismes sont réduits au minimum possible de seize. Ci-dessous, suivent leur liste et leur explication.

Atomobile	Véhicule automobile actionné par un moteur atomique.
Ayyou	Ecclésiastique de la religion *boukhinienne*. Le *Grand-Ayyou* s'appelle Basram Kar Delion. Il est le pape de cette religion et le chef de l'état istérien.
Babboule	Femme voilée, gantée et masquée par zèle religieux. Vêtue de noir.
Babboulette	Petite poupée habillée en *babboule* mais nue sous son manteau.
Boukhinisme	Religion révélée dans le *Saint-Boukhin*.
Electromobile	Véhicule actionné à l'électricité. Désuet en 2084.
Eliomm	Nom de Dieu dans la religion *boukhinienne*.

Essoule	Code oral istérien de comportement social plus respecté que la loi écrite. Transmis de père en fils.
Ghamm	Gros manteau couvrant les chevilles. Obligatoire pour toutes les femmes dans la rue.
Holoviseur	Téléviseur des années 2000 +. Images en relief, réalité virtuelle, etc…
Istéria	Pays imaginaire habité par les Istériens. Religion d'état : le *boukhinisme*.
Jader	Salutation gesticulatoire respectueuse istérienne. On place la main droite sur l'oreille et la gauche sur le cœur tout en inclinant la tête et le corps proportionnellement à la différence de rang entre le *jadéreur* et le *jadéré*.
Saint-Boukhin	Livre sacré de la religion *boukhinienne*. Révélé directement au peuple sans intermédiaire de prophète.
Surghamm	Voile noir qui couvre la tête, les oreilles, les sourcils et le menton des femmes *boukhiniennes*.
Turbuche	Coiffure d'origine istérienne inspirée de la toque et du tarbouche.
Vidéphone	Téléphone avec visionneur d'interlocuteur.

TABLE DES MATIÈRES

Cet ouvrage a été édité par
la Société des Écrivains
147-149, rue Saint-Honoré 75001 Paris
Tél. : 01 39 08 05 38   Fax. : 01 39 75 60 11

Imprimé en France

ISBN 2-7480-0495-7